PANIQUE GÉNÉRALE

Du même auteur
chez le même éditeur

Lune sanglante
À cause de la nuit
La Colline aux suicidés
Brown's Requiem
Clandestin
Le Dalhia noir
Un tueur sur la route
Le Grand Nulle Part
L.A. Confidential
White Jazz
Dick Contino's Blues
American Tabloid
Ma part d'ombre
Crimes en série
American Death Trip
Moisson noire 2003 (anthologie sous la direction de James Ellroy)
Destination Morgue
Tijuana mon amour
Underworld USA
La Malédiction Hilliker
Extorsion
Perfidia
Reporter criminel
La tempête qui vient

JAMES ELLROY

PANIQUE GÉNÉRALE

Traduit de l'anglais (États-Unis) par
Sophie Aslanides

Collection fondée par François Guérif

RIVAGES/NOIR

Retrouvez l'ensemble des parutions
des Éditions Payot & Rivages sur

payot-rivages.fr

Collection dirigée par Jeanne Guyon et Valentin Baillehache

Ouvrage publié sous la direction de François Guérif

Titre original : *Widespread Panic*

À Glynn Martin et à Lois Nettleton, 1927-2008

EXTORSION

Les confessions de Freddy Otash, 1re partie

CELLULE 2607

Pénitencier du Repentir
Quartier des Professionnels de la Prédation
Purgatoire des Pervers
16/7/2020

Vingt-huit ans que je croupis dans ce trou à rats. Aujourd'hui, on m'annonce que si je me triture la tête pour me remémorer mes mésaventures, et que j'en tire un récit, je gagnerai mon bon de sortie.

Tout ce fatras religieux que je méprisais et transgressais s'est finalement réalisé. Il y a le Paradis pour les gentils, et l'Enfer pour les méchamment malfaisants. Et puis, le Purgatoire pour les types comme moi – les salopards sournois qui ont saigné un système cynique et causé des catastrophes. Ça fait presque trois décennies que je suis puni à répétition pour mes péchés. J'ai revécu ma vie terrestre avec une précision pernicieuse. Mes malins matons me font miroiter un marché :

Raconte ton parcours pervers. Tonitrue d'une voix triomphante la vérité. Tu iras peut-être au Paradis en grande pompe.

Mon petit gars, c'est le moment de CONFESSER TES PÉCHÉS.

Le Purgatoire, c'est la zone. On s'y retrouve coincé dans le corps qu'on avait sur terre quand on est mort. On n'a rien d'autre à manger que de la bouffe d'avion, classe économique bradée. Pas de picole, pas de liaisons lascives, pas de séductrices auxquelles succomber. Mes victimes violentées débarquent sans prévenir dans ma cellule. Elles me rappellent mes nombreux méfaits et me perforent le corps avec des tisonniers incandescents. Des gauchos gays tombent en trombe du paradis et me tancent parce que je les ai caftés à l'époque homo-haineuse. C'était mon *boulot*, dans les années cinquante. Je piégeais les célébrités souillées et les politicards connards et je les baisais dans *Confidential*. J'ai vendu mon âme à cette gazette gaffeuse. Et rétrospectivement, je m'en veux VRAIMENT.

M'en veux ? M'enfin !

Ceux qui s'en veulent, ce sont les couilles molles et les minus. Les confessions soulagent la conscience de sa sauvagerie et lui offrent une juste rédemption. Entends mon plaidoyer plaintif, ô public empressé :

Sors-moi de là, bordel !!!!

Mes cerbères m'ont apporté du papier et des stylos. Ils ont rassemblé la collection complète de *Confidential*. Mes synapses grésillent d'un million de souvenirs malsains. Freddy Otash, 1922-1992. Flic véreux, détective privé, roi de l'extorsion sournoise. Je suis le *deus ex machina* démoniaque de mon temps et espace en loques. Je suis le monstre qui manipulait et muselait Hollywood. Je suis l'homme qui détient tous les secrets salaces que vous brûlez de connaître, bande de morbides mortels !

Confidential préfigurait l'infantile Internet. Nos raclures de racontars à nous étaient d'un réalisme répugnant. Les blogueurs hâbleurs d'aujourd'hui, avec leurs révélations renversantes ? Des foireux froussards, tous autant qu'ils sont. Nous, on souillait les grands studios, on flinguait les flibustiers de la politique. On a injecté à l'Amérique le venin du voyeurisme et on l'a rendue accro à cette drogue diabolique. ON A CRÉÉ LA CULTURE DES MÉDIAS MODERNES QUI DÉBALLENT TOUT. On a élaboré une langue cinglante qui est devenue notre marque, notre modèle.

C'est l'idiome des informations ignobles. Le parler des potins. Des insultes infâmes. Avec l'excitation de l'intimidation. Je pense et j'écris en allitérations algorithmiques. La langue doit étriller et taillader. La langue libère en agressant. *Confidential* m'a appris ça. Suite à mes confessions dans ce dialecte détonnant, vous choisirez votre camp. Il y a le Péché et l'Expiation, les mecs – il n'y a rien d'autre.

Le Purgatoire est un emplacement punitif. Hier Montgomery Clift m'a lardé à coups de trident. *Confidential* l'avait baptisé « le Lilliputien à l'eau de lavande » et « Princesse Petit Bout ». Juste après Monty, JFK a débarqué. J'ai tout balancé sur sa consommation de drogue et sa compulsion pour les call-girls. Ensuite, c'est Marilyn Monroe qui est venue me matraquer. Marilyn jouait de la flûte. Elle prodiguait des pipes à des pharmaciens filous, XXXclusivement. En retour, ils la fournissaient en pentobarbital. Peut-être que je n'aurais pas dû cafter – mais le premier amendement m'en donnait le droit !!!

Avec candeur je vais creuser dans ma mémoire. Me voilà prêt à ressusciter et renaître. Ma folle odyssée dans le cirque de mes souvenirs commence MAINTENANT.

AU RESTAU « CHEZ NAT & AL »

Beverly Hills
14/8/1992

« En 51, je travaillais aux Mœurs à Hollywood. On a eu un tuyau sur un bordel installé dans un appart à la Villa Elaine. J'ai foncé là-bas direct. »

On est tankés dans mon box habituel. Mon public : quatre faiseurs du showbiz dans un état pire que le mien. Déambulateurs, cannes et bonbonnes d'oxygène bloquent les accès à la cuisine. Freddy Otash le Frondeur tient le crachoir.

On est à la fin de l'été 92. J'ai soixante-dix ans et je suis dans un super sale état. Depuis que je suis sorti du ventre de ma mère, je m'envoie des litres de scotch et trois paquets de clopes par jour. J'ai de l'emphysème et le palpitant patraque. J'adorerais arriver à quatre-vingts ans. C'est pitoyablement peu probable, j'en suis pertinemment persuadé.

Sol Sidell dit : « Accouche, Freddy. Tu vas à l'appart, et après ? »

Sol Sidell le dissolu. Un amateur de mineures depuis toujours. Dans les années soixante cinglées, il produisait des films de cul pour ados. Je l'ai sorti d'un sale pétrin en 1966. Il s'était fait choper le joint au bec en train de miser deux minettes mineures.

J'enchaîne.

« Bon, j'arrive à l'appart en voiture et je jette un coup d'œil par une fenêtre de côté. Merde ! J'aperçois Sam Spiegel, le type qui a produit *Lawrence d'Arabie* et *Le Pont de la rivière Kwaï*. Il broute une nana de 130 kilos. En 51, c'était carabiné, comme chef d'inculpation. Je dis à Sam que c'est l'heure de passer à la caisse. Soit je l'embarque pour proxénétisme, soit il verse une contribution mensuelle au fonds de pension Fred Otash. »

Mes potes se poilent. J'avale une grosse bouchée de mon sandwich choucroute-corned-beef et je ressens un élancement soudain dans la poitrine. J'avale un comprimé de digitaline. Je vois Jules Slotnick aspirer une grande goulée d'oxygène dans son masque avant d'allumer une Camel Light. Jules produisait des navets sur les luttes des travailleurs agricoles. Histoire de s'acheter une conscience. Il se faisait sucer par toutes ses bonniches. Il leur confisquait leur carte verte pour les contraindre à la turlute quotidienne.

Sid Rednick me relance : « Raconte-nous-en une autre, Freddy. »

Le Sidster est Mr. Shoah-chagrins. Il produisait des documentaires merdiques pour Islamic TV. Il était féru de femmes fortes. Il avait des *grooooos* besoins.

Je farfouille dans ma mémoire à la recherche d'une histoire. Deux vieilles pédales passent à côté du box en ondulant. Ça me donne une idée.

Je les montre du doigt. « En 56, voilà qu'on me rencarde sur une soirée pyjama cent pour cent masculine. Je paye des durs du LAPD cent dollars chacun pour y faire une descente, et j'apporte mon appareil photo. Nos lascars sont encastrés en quintuplette avec Rock Hudson, Sal Mineo et un type couvert de cratères acnéiques. *Confidential* cafte nos encaldosseurs. Universal me paye mille dollars pour que le nom du Rockster n'apparaisse pas dans l'article. »

Le box se boyaute. Jules Slotnick manque s'étouffer. Entre deux hoquets, Al Wexler crache un bout de bagel, qui vole et s'écrase par terre.

Al l'alcoolo possédait six librairies pornos et neuf cliniques où on se fait refaire le blair. Il a défoncé un camion plein d'immigrés mexicains, six morts. J'ai étouffé le truc pour en faire un délit mini-mineur. Al a une dette envers moi, une grosse dette.

Je liquide mon sandwich. Al l'alcoolo souffle trois coups de fausse trompe dans sa main pour annoncer la suite. Je déclame mon credo de toujours : « Je suis prêt à faire tout, sauf commettre un meurtre. Je suis prêt à travailler pour n'importe qui, sauf les communistes. »

Mes vieux lascars applaudissent et s'esclaffent. Mon cœur se serre salement. J'avale de la digitaline et de grandes goulées de scotch.

Je sens le corned-beef et la choucroute qui coincent. Je me sens vaseux, l'indigestion gronde. Un morceau de pain me remonte dans la gorge, je le recrache dans mon assiette.

Mon box bascule. Mes potes se vaporisent. Ma vision s'obscurcit. Des feuilles de calendrier défilent en arrière. Des décennies disparaissent et se perdent. Peut-être que je suis mort. *Peut-être que je rêve tout ça…*

SALLE DE GARDE,
BRIGADE DE RÉPRESSION DES VOLS,

LAPD, Bureau des inspecteurs,
Hôtel de ville
4/2/1949

Me voici, carrément canon en 49. Baraqué, beau mec, sauteur de sublimes salopes, par trois.

Je suis beau et bien monté. Je suis un Libanais lascif. Un chameau, dans tous les sens. Je suis un ancien marine. J'entraînais les gars à Parris Island avant de les envoyer à Saipan, sioux, hein. J'entre au LAPD fin 45. Le goût de l'arnaque me vient très très vite.

Je constitue une équipe de cambrioleurs. Ils ratissent le secteur de mes patrouilles à pied. Ils pillent des échoppes de prêteurs sur gages et des pharmacies qui fournissent de la drogue. C'est moi qui leur indique les coups. Mes flibustiers raflent les biffetons et les stupéfiants. Ce sont les canailles de la nuit. Je suis leur cador, le flic véreux.

Je suis terriblement corruptible et appâté par le gain. Je vis pour la calomnie en cascade. C'est mon destin existentiel. J'avais une petite vie pépère au cul du loup du Massachusetts. Mon père et ma mère m'aimaient. Personne ne m'a sodomisé quand j'étais au berceau. J'ai un code de conduite cool. Il y a des trucs que je refuse de faire. Ce 4 février 1949, mes principes personnels sont pulvérisés.

J'accapare un miroir en pied. Je me peigne et je serre mon nœud de cravate. Mon bel uniforme vient de chez Sy Devore. La salle de garde bourdonne bruyamment autour de moi. Le haut-parleur braille un code 3 – urgence absolue, fusillade au carrefour de la 9e Rue et Figueroa Street.

Deux hommes à terre. Un flic de la circulation, un braqueur. Le flic est salement touché, il risque de ne pas s'en tirer. Le braqueur a des blessures superficielles. Les deux hommes sont à l'hôpital de Georgia Street *en ce moment même*.

La salle de garde bourdonne et gronde. Les téléphones sonnent sans cesse. La pagaille m'assaille. J'entends des marmonnements meurtriers mêlés d'une volonté collective de revanche.

J'entends résonner des pas pesants. Soudain une haleine alcoolisée me hérisse.

« Si t'as fini de t'admirer, j'ai quelque chose pour toi. »

Je me retourne. C'est un flic de la brigade du nom de Harry Fremont. Harry a une redoutable réputation. Il a piétiné à mort deux pachucos pendant les émeutes des costards de zazous. Il maquereaute des putes travesties depuis un bar bi. Et il est saoul comme une vache à midi.

« Ouais Harry ?

– Rends-toi utile, petit. Il y a un tueur de flics à Georgia Street. Le chef Horral pense que tu devrais t'en occuper. C'est une occasion que tu ne dois pas laisser passer. »

Je lui rétorque :

« M'occuper de *quoi* ? Le flic sur lequel il a tiré n'est pas mort. »

Harry lève les yeux au ciel. Il me refile un porte-clés. « 4-A-32. Sur l'emplacement réservé au commandant. Regarde sous le siège arrière. »

J'ai compris. Harry me quitte pas des yeux. Il lâche *Çaaaaa y est, il pige*. Un clin d'œil et il s'éloigne tranquillement.

Immobile, je prends le temps de retrouver mes esprits. Je me charge à bloc avec l'énergie collective. Je sors de la salle de garde en titubant et je descends comme un zombie au sous-sol. J'arrive au garage.

Je trouve la place de parking du commandant. 4-A-32. La clé est bien celle du contact. Il fait noir. Les canalisations au plafond fuient. Les gouttes d'eau ont des couleurs chatoyantes et prennent des formes bizarres.

Je démarre et je sors sur Spring Street. Je roule *trèèèèès* lentement. Le braqueur se trouve dans le service réservé aux détenus. Il s'agit de monter une entourloupe pour son soi-disant transfert. La scène remonte à quarante-trois ans. Elle est gravée dans ma mémoire en couleur et son surround. Je vois encore les visages des passants dans la rue.

Nous y sommes. L'hôpital de Georgia Street.

Le service des soins aux détenus se trouve dans le bâtiment nord. Celui des patients ordinaires est dans le bâtiment sud. Un passage étroit les sépare. C'est là que je comprends :

Ils savent que tu vas le faire. Ils savent que tu es le genre de type à qui on peut confier ce genre de boulot.

Je passe la main sous le siège arrière. Je sors les documents de transfert pour Ralph Mitchell Horvath. Et un .32 à canon court.

Je glisse l'arme dans ma poche de devant et j'embarque les papiers. Je sors de la bagnole. Je prends le petit passage et franchis la porte du service.

Le planton est un collègue du LAPD. Il désigne un petit voyou menotté à une canalisation d'eaux usées. Il a le bras gauche dans une attelle. Il est couvert d'acné et de chancres purulents. Il a une vraie gueule de camé. Et il affiche une insolence crasse.

Du bout du pouce tendu, le sergent trace une ligne d'un côté à l'autre de sa gorge. Je lui tends les documents avant de détacher le gamin et de lui passer mes menottes. Le sergent dit : « Bon voyage, chéri. »

Je pousse mon prisonnier vers la sortie et je lui indique le bout de la ruelle. Il marche devant moi. Je ne sens plus mes pieds. Je ne sens plus mes jambes. Mon cœur en surrégime pompe trop fort. J'ai perdu la sensation de mes membres.

Pas de fenêtres indiscrètes. Pas de passants sur Georgia Street. Pas de témoins.

Je sors le pistolet de ma poche et je tire au-dessus de ma tête. Le recul de l'arme me secoue le bras et ramène un peu de vie dans mon corps. Je suis à au moins deux cents battements par minute.

Le gars se retourne brusquement. Ses lèvres remuent. Un mot s'échappe, comme un glapissement. Je dégaine mon arme de service et je lui tire dans la bouche. Ses dents explosent. Il s'effondre. Je glisse entre les doigts de sa main droite l'arme qui servira à valider le suicide.

Ce qu'il a essayé de dire, c'est « Pitié ! ». La reconstitution se répète régulièrement dans mes rêves. Les détails divers diffèrent. Le « Pitié » revient toujours. Je suis vivant. Pas lui. Telle est la funeste fin.

Le flic a survécu. La balle l'a traversé de part en part. Une semaine plus tard, il reprenait son service.

Monstrueuses représailles. Scandaleusement scélérates, a posteriori. Une crevasse dans la crypte de mon âme. Harry Fremont fait passer le mot – Freddy Otash n'est pas une tache. Le chef Horrall m'envoie une bouteille d'Old Crow. Deux mois plus tard, il se fait virer par le grand jury. Il était mouillé dans une histoire de réseau proxénète. On a fait venir un directeur provisoire pour assurer l'intérim.

Ralph Mitchell Horvath. 1918-1949. Voleur de voitures/braqueur/exhibo. Accro aux barbituriques et au muscat.

Il laisse une veuve et deux gamins. J'ai une culpabilité tellement implacable qu'en pénitence je leur envoie des mandats. Mensuels. Avec fausse signature. Anonymat garanti. Ben… Ralphie est mort. Pas moi.

Séquence nostalgie. En 49, je suis canon. En 92, je pars en couille.

Je reste cloîtré dans mon appart jusqu'au lendemain de la fête du Travail. Je repense au passé et je regarde une dernière fois mes aimées, mes délurées et mes regrettées.

Je fouille les albums. Les vieilles photos me remettent en selle. Me voici avec Frank, Dino et Sammy. Je me suis coupé en huit pour eux. Ils rampent et disparaissent. Il y a plein de photos de mon lit dans mon ancien appart. Je l'appelais « le Baisodrome ». J'étais un pro des parties à trois, à l'époque. Avec des hôtesses, des starlettes et des vraie stars. Liz Taylor et moi, on s'est souvent trituré l'entrejambe en compagnie d'une hôtesse prénommée « Barb ». Il y a des photos de mon amour perdu, Joi Lansing. Des photos de mon grand amour, Lois Nettleton. J'étais jeune et bien monté, en ce temps-là. *Aaaaahhhh* – le putain de merveilleux mystère de la vie !!!

Voilà mon dictionnaire et mon thésaurus. Des instruments indispensables pour les écrivaillons grognons de *Confidential*. La consigne : utilisez l'allitération à foison et multipliez les insultes inventives. Les homos sont des « zézayeurs zobscènes », les lesbiennes, des « brouteuses baraquées », les alcoolos, des « dipsomanes dyspeptiques ». Vulgarisez et vitalisez. Fabriquez un parler populaire *phénoménaaaal*. Faites-en chanter la débauche.

Le jour de la fête du Travail, mes potes passent me voir. On se grille des burgers et on picole grave. Ils repartent à deux heures du matin. Un détachement d'infirmiers les chope et les embarque dans leurs limousines. Les déambulateurs flageolent, les bonbonnes d'oxygène se renversent et roulent sur le sol. Ça me fait mal, de voir ça.

Je m'installe devant la télé pour regarder une rediffusion de *Dragnet*, la série de Jack Webb. Quatre fois j'ai graissé la patte au poivrot de juge alors que Jack passait au tribunal pour conduite en état de grande ivresse. J'ai sauté la femme de Jack, la chanteuse enchanteresse Julie London. Elle a dit que j'avais la plus grosse et la meilleure.

Je me goinfre avec une douzaine de biscuits secs. J'ai déjà vu cet épisode, où le sergent Joe Friday coince une bande de hippies hirsutes. Jack me manque. On s'est bien marrés, tous les deux. Il a lâché la rampe en…

Une bombe à hydrogène me défonce le cœur. Des champignons nucléaires m'engloutissent. Ils se muent en monstres. Johnnie Ray. Monty Clift. Des politiciens me pilonnent, des vedettes de cinéma m'invectivent. Une cascade de condamnations calamiteuses.

Ils me sautent dessus. Ils crient *J'accuse, j'accuse, j'accuse*[1] !!! Je suffoque. Mon bras gauche explose. J'appuie sur le bouton d'urgence médicale sur mon téléphone.

Des bulles pixellisées. Ce sont les titres terrifiants du *Herald* : LE DESPOTE DES POTINS, LE ROI DE L'EFFROI, LE SORCIER DU SCANDALE. Puis un fracas assourdissant. Ma porte défoncée. Un masque sur ma bouche.

Je suis mort. D'où le Purgatoire et ces confessions.

1. En français dans le texte.

MA PATROUILLE À PIED FOIRÉE

Centre-ville de L.A.
4/10/1952

Commissariat central. J'assure la garde de jour. Freddy l'affranchi est désœuvré.

J'ai démantelé ma bande de cambrioleurs. Mes gars étaient devenus accros à l'héroïne. Éperdument prêts à tout, ils avaient tendance à cafter. J'ai perdu tout mon fric au jeu. Je vis avec mon misérable salaire de flic et mon cafard chronique. William H. Parker est devenu chef de la police en 1950. Il a mis en œuvre des réformes rigoristes et truffé les effectifs d'une myriade de mouchards chargés de repérer les infractions et les inconduites. Je me déplace au volant d'une Packard de proxo. Je l'ai gagnée aux dés un soir à Nègreville. Les lampistes de Parker me dénoncent au diabolique directeur. Je suis convoqué et cuisiné copieusement. Parker m'avertit de ne pas me comporter en bolchevique. Il ajoute : « Je t'ai à l'œil, et plutôt deux fois qu'une. » Faut dire qu'avec ses culs-de-bouteille, on lui donnerait deux paires d'yeux.

Il pleut ce jour-là. Un déluge délirant. Les vents véhéments me poussent violemment sur le trottoir pendant ma ronde. Je m'arrête à une borne d'urgence et j'appelle le poste de police. Le planton me dit de me magner le train jusqu'au 668 South Olive Street. On tourne un épisode de *Racket Squad* dans le hall de l'immeuble et ils ont besoin d'un balèze pour repousser les amateurs d'autographes.

Je m'y rends aussitôt. Je chope un vent arrière qui me propulse et je slalome dans la flotte. C'est une unité de soins médicaux. Le hall est puissamment éclairé. Je repère aussitôt une altercation tapageuse.

Des projecteurs, des caméras, des perches de prise de son. La voilà, l'*action*.

Un gars avec des oreilles en chou-fleur asticote une bombasse blonde. Il porte un pantalon en toile serré aux chevilles et une chouette veste. Elle, elle est carénée, faut voir.

Les acteurs et l'équipe de tournage reluquent la scène. Chou-fleur attrape la blonde par le bras et la malmène. Ça me tape sur les nerfs et ça fait vibrer ma corde sensible. Je m'approche par-derrière. Il voit mon ombre et pivote aussi sec. Je lui pète le pif du plat de la main. Je lui balance un coup du gauche dans le larynx et mon genou lui écrabouille les couilles avant qu'il s'affale.

La blonde me remercie d'un mouvement de tête. Je porte la main à mon chapeau. Chou-fleur enfouit son tarin tuméfié dans sa main et appelle sa *rnôman* en pleurnichant. Les acteurs et l'équipe de tournage applaudissent.

La blonde me dit : « C'est mon ex-mari. Il me doit trois mois de pension alimentaire. »

Je file au pékin un coup de pompe dans la tempe et je lui pique son portefeuille. Chou-fleur gémit de plus belle. Les spectateurs sifflent et tapent des pieds avec enthousiasme.

Le portefeuille pèse son poids. Je palpe la cache aux biffetons et je découvre profusion de grosses coupures. Je les tends à la blonde. Elle les range dans son sac à main et laisse tomber un billet d'un dollar sur la tête de son ex-mari en disant : « En souvenir du bon vieux temps. Au plumard, il se défendait bien. »

Je me marre. Je fouille dans ma poche et je lui tends ma carte. Tout dans la classe discrète. Il y a mon nom, mon numéro de téléphone et « Mr. Vingt-Trois Centimètres ».

La carte rejoint la liasse de billets. Un type lance : « C'est à toi, Joi ! Scène 16-B. »

Elle me fait un clin d'œil et s'éloigne. Je menotte Chou-fleur dans le dos et j'appelle le poste depuis le téléphone à pièces. Zarbiwood : ils filment la scène avec l'ex, comateux et menotté sur le plancher.

Je sors fumer une cigarette. Une voiture de patrouille arrive et embarque l'ex pour l'emmener à l'hôpital de Georgia Street. Je repense à Ralph Mitchell Horvath. Un gamin me rapporte ma carte de visite. Au dos, elle a écrit : « Joi Lansing. 39-25-38. Au Googie's, ce soir, 20 h 30. »

J'ai une tanière au-dessus du Strip. Elle est pleine de drapeaux japs et de lugers dans des présentoirs vitrés. J'ai installé une lunette sur mon balcon. Je m'en sers pour mater mes voisines et mirer leur modelé.

Je suis un voyeur. Un vampire. J'observe les gens. Je veux connaître tous leurs vilains petits secrets.

Dans ma chambre il y a un *graaaand* cagibi qui me sert de penderie. J'ai une soixantaine de costumes Sy Devore. Les tiroirs de ma commode débordent de lingerie en dentelle. Mes ardentes amantes m'ont laissé des centaines de dessous en souvenir.

J'ai un dossier sur Ralph Mitchell Horvath. Je l'ai rassemblé en pompant des infos aux postes de police et pénitenciers de tout l'État. Je connais *tous* les secrets de Ralphie.

Il a sauté une chochotte mexicaine à la maison de redressement. Il a produit deux mômes semi-débiles. Il mettait sa femme au tapin pour rembourser ses dettes de poker. Il se procurait des barbituriques chez un pharmacien chinetoque.

Voilà ce que j'ai réussi à dégotter sur lui. Ça me permet de mettre une certaine distance entre moi et Ralphie. Du coup il a moins de prise sur moi. Il faut connaître son ennemi. J'ai conscience de ce postulat impie depuis le berceau.

Je me sape comme un prince pour Joi Lansing. Je mets mes mocassins en croco et je glisse mon flingue dans un holster d'aisselle. Une giclée d'eau de toilette, et un court trajet à pied jusqu'au lieu de rendez-vous.

Le Googie's, c'est un café-bar à l'angle de Sunset Boulevard et Crescent Heights. La déco futuriste me hérisse le poil. Éclairage fluorescent, skaï et chrome. La cantine dernier cri pour les merdeux du show-biz sans avenir.

J'entre. Je regarde Joi Lansing passer d'une table à l'autre. Elle porte une robe trop moulante et une étole en vison étique d'où pend encore l'étiquette d'un prêteur sur gages. La salle est en effervescence à la suite d'une avant-première en projection privée. Une habituée du Googie's a tourné une scène d'amour avec Robert Mitchum. Ce voyou de Bob avait mis la langue. Ils ont partagé un joint derrière le studio de la RKO. Elle l'a sucé dans sa Ford 51.

Un brouhaha règne dans le rade. Je sais que je sens le poulet à plein nez. Je m'écroule dans un box et je déboutonne ma veste. Une petite pédale passe par là et repère mon pétard. Elle file rejoindre sa bande dans le box à côté. Écoutez ça, les filles : le barman du Cockpit Lounge a organisé une vente aux enchères d'esclaves exclusivement mâles. Adlai Stevenson a été salement compromis. Et ça se fend la poire – *ha, ha, ha !!!*

Joi s'assoit. D'un geste, j'attire son attention sur l'étiquette du prêteur sur gages. Elle l'arrache et la pose dans le cendrier.

« Merci pour l'invitation. »

Joi réplique :

« Merci pour la correction. Ce gars m'a cassé le poignet gauche le jour de la Saint-Patrick en 1949.

– Vous êtes trop jeune pour avoir un ex-mari.

– Ouais, et je suis séparé du deuxième. J'irais bien à Reno pour obtenir un divorce express, mais ça risque de ne pas marcher. On s'est mariés à Tijuana, alors les formalités vont être compliquées.

– Y a-t-il quelque chose que je puisse faire ?

– Eh ben, vous êtes policier… »

J'allume une cigarette et je lui tends le paquet. Joi fait non de la tête.

« Il est en liberté conditionnelle, et il fume de l'herbe. Vous pourriez appeler les Stups. Ça pourrait m'aider. »

Je fais non de la tête. « Donnez-moi son adresse. Je vais trouver une solution.

– Il doit venir ici même à 21 h 30. Il vit au YMCA depuis que je l'ai mis à la porte, et le commis de cuisine ici prend ses appels téléphoniques. Il est pas syndiqué. Je lui ai laissé un message bidon après notre rencontre. Vous êtes producteur à la Fox, et vous avez un boulot à lui proposer. Vous avez rendez-vous avec lui sur le parking. »

Je me marre. « Vous êtes partie du principe que j'allais faire ça pour vous ? »

Elle se marre. « Allez, Freddy. Après votre numéro de tout à l'heure, et votre carte signée "Mr. Vingt-Trois Centimètres", qu'est-ce que vous ne feriez pas pour du fric ou de la chatte ? »

Un serveur mexicain passe à côté de nous. Je l'attrape par un passant de ceinture pour l'arrêter. Il voit mon flingue et tremble de trouille.

Je lui fourre un billet de vingt dans la poche. « Va en cuisine me chercher un paquet d'herbe. Si tu me livres pas, tu te retrouveras dans le train de nuit pour Culiacán. »

Manuel me fait *Sí sí* et détale. Joi rigole et me tape une cigarette. Je souffle un rond de fumée en l'air. Le sien monte encore plus haut. Ils atteignent tous les deux le plafond et champignonnent, comme à Hiroshima.

Manuel revient avec la came. Je lui dis de se tirer. La table voisine distille une nouvelle pépite. Ava Gardner a viré Sinatra. Elle est maquée avec un figurant bien monté de Monogram Pictures.

Je lui demande : « C'est quoi, votre vrai nom ?

– Joyce Wassmansdorff.

– Donnez-moi des détails.

– Je viens de Salt Lake City. J'ai vingt-quatre ans. J'ai fréquenté l'école de la MGM et ça m'a menée nulle part.

– Mais maintenant, ça a l'air mieux parti. »

Joi éteint sa cigarette. « J'ai fait six films où je n'apparais pas au générique et quatre où j'y figure. Il y en a trois qui vont sortir : *Racket Squad*, *Gangbusters* et une comédie avec Jane Russell.

– Donnez-moi du croustillant sur Russell.

– Qu'est-ce que je peux vous dire ? C'est une sainte nitouche mariée à un quarterback des Rams. »

Je scrute la salle. Ma paranoïa persistante me prévient. Les deux types avec les cheveux en brosse près du comptoir de la vente à emporter – des sbires de Bill Parker. Je les ai déjà vus au central. Des pisse-froid puritains qui ne pensent qu'à piéger les pourris.

Joi dit : « Il faut avoir les moyens pour profiter de ma compagnie. »

Je scrute à nouveau la salle, je la passe aux rayons X. Une petite crapule que j'ai coincée pour escroquerie me reconnaît et décampe illico.

« Il est 21 h 30, annonce Joi. Cherchez un petit mec avec une banane à la Johnny Cash. »

Je sors et je contourne l'établissement pour rejoindre le parking. Johnny Cash se prélasse, appuyé contre une Mercury 51. Je m'approche. Il aperçoit mon arme dans son étui et lâche *Oh merde*. Il porte un pantalon de couleur claire. Un flot d'urine dégringole jusqu'aux revers. Je donne l'assaut, avec diplomatie.

« Ne bloque pas le divorce. Je me charge de négocier ta pension alimentaire. Envoie-moi le chèque directement. Je prélèverai mon pourcentage et je donnerai le reste à Miss Lansing. »

Johnny lève les mains – *Me frappe pas, boss*. Je sors mon paquet d'herbe et d'un geste preste, je chope sa main gauche. J'appuie fort pour lui soutirer une série complète d'empreintes digitales.

Une pluie fine commence à tomber. Je lui montre la rue. Ex-mari numéro 2 part en courant.

« Hollywood saurait tirer parti d'un type comme vous. »

Je me retourne. Voilà Joi Jolie. Les bonnes occasions, elle sait les reconnaître.

« Vous voulez dire que je pourrais tirer parti de Hollywood. »

Elle m'embrasse. Je lui rends son baiser. Voilà comment tout ça a commencé.

Je sais reconnaître les bonnes occasions. Ça coûte du pognon, mon mignon. Deux jours plus tard, je braque le bouclard d'un bookmaker.

Mon visage est dissimulé derrière un masque d'Hitler. J'entre avec un sac à provisions vide et je ressors avec quatre mille dollars. Je claque la moitié du butin pour Joi et avec le reste, je finance mon affaire. Un pharmacien de Beverly Hills me refile des kilos de pilules à fourguer. Harry Fremont me vend huit armes de poing intraçables. Joi me dégotte un avorteur. Je lui annonce que je vais lui envoyer des jolies-filles-dans-la-mouise. Des armes, de la came et un médecin marron. Ma maîtresse me cornaque dans la culture de la corruption.

Joi a débarqué à Hollywood en 42. Elle avait quatorze ans. Elle s'est inscrite à la MGM et a fait la connaissance de tout le monde. Elle est passablement passe-partout et elle a un réseau carrément riche. Elle sait tout. C'est un annuaire ambulant. Elle connaît des barmen, des bordeliers, des pornographes, des prostituées, des proxénètes, des directeurs de casting et des dealers de dope. Elle connaît profusion de pétasses dans le pétrin. Elle est partie pour faire de moi le Roi de l'Extorsion. Joi inonde Zarbiwood de mes prospectus. Des masses de magouilleurs médisants se laissent séduire par mes propositions : nous sommes acheteurs de ragots sordides potentiellement profitables.

Je travaille au LAPD. J'ai aussi un boulot à côté. En tant que chef de la sécurité au supermarché Hollywood Ranch Market, un lieu proverbialement pernicieux qui reste ouvert toute la nuit. J'arrête les auteurs de vols à l'étalage et de chèques en bois. Comme je ne vis pas au-dessus de mes moyens, je ne donne jamais aux sbires de Bill Parker la moindre raison de douter de moi. J'emmène Joi au Ciro's et au Mocambo. Je repère des flics du Renseignement qui enregistrent la scène. Je leur donne l'accolade comme un frère. Je dis à qui veut l'entendre que je finance mes soirées grandioses grâce à mes gains prodigieux aux courses.

Je vends des flingues, des cachets, je gère un réseau d'avortements clandestins. Je vends sous le manteau un film cochon intitulé *La Ménagerie de Mae West.* Le concubinage, c'est interdit pour les hommes du LAPD. Joi et moi, on se retrouve dans l'appart de sa mère à Redondo Beach. Elle m'informe que la rumeur se répand et s'amplifie : Freddy Otash, c'est Monsieur Incontournable.

On me confie de plus en plus de missions. Je pilonne un pervers qui a sorti sa saucisse sous le nez de la femme de John Wayne. Wayne me donne cinq cents dollars et les dernières infos sur le Hollywood rouge. Dean Martin m'appelle. Il a mis en cloque sa femme de ménage mexicaine qui va bientôt pondre des triplés. Je soudoie un flic de la police des frontières qui renvoie Dolores dolorosa dans son pays. Dean me donne deux mille dollars et me rapporte des ragots répugnants sur une longue liste de starlettes. Je les fais grimper aux murs et elles me lâchent des infos que je revends au plus offrant. Vous voulez des billets de cent et de trépidantes parties de jambes en l'air ? Appelez « Mr. Vingt-Trois Centimètres ».

J'arrange un avortement pour Lana Turner. Elle s'est fait sauter par un saxo alto du nom d'Art Pepper dans un moment d'égarement euphorique. Art ce connard voulait qu'elle garde le gamin et l'a menacée de révéler l'affaire. J'ai planqué deux joints dans l'étui de son saxo et rancardé les collègues. Ça lui a valu neuf mois au pénitencier agricole de Wayside Honor Rancho.

Joi connaît une clique pleine de classe de bourgeoises fortunées de Hancock Park. Elles se sentent insupportablement invisibles, emmurées dans leur ennui. Elles rêvent de coïts clandestins. Joi y voit une source de revenus. Ajoutez « Mac » sur mon CV. Dorénavant, je mène la Patrouille des Étalons.

Les bonnes occasions, c'est de l'amour. Cette conception cynique malmène mon âme malade.

Joi m'annonce que Liberace a une mission à me proposer. On est au plumard chez sa mère quand elle me dit ça. Ses yeux pétillent et me titillent d'une manière totalement nouvelle. Son doigt dessine des dollars dans le vide.

Ce moment-là, je le revois en VistaVision et Pédalo-Scope. Un piano susurre une sonate et martèle une marche turque.

LA NICHE CHIC ET CHOCHOTTE DE LIBERACE

**Coldwater Canyon,
29/4/1953**

Un factotum efféminé me fait entrer. Le jardin, grand comme un terrain de football, est aménagé en décor tropical.

Des flamants flânent. Des toucans font du boucan et mangent les mouches. Un sentier serpente entre de formidables frondaisons et d'exubérantes efflorescences. Tout est vert, mauve et rose.

On arrive dans une clairière. Elle est pavée de pierres ornées de motifs qui représentent des clés musicales. La piscine a la forme d'un piano. Liberace est allongé sur un transat. Un léopard avec un collier doublé vison somnole à ses pieds.

Le factotum s'éloigne en ondulant. J'approche un transat. Le léopard gigote et gronde en me montrant les dents. Je lui gratte le cou et l'embrasse sur le nez. Il se rendort.

Liberace dit : « Vous n'avez peur de rien. Vous êtes le genre d'homme qu'il me faut.

– Je suis là pour vous aider, monsieur. Joi a dit qu'un individu vous fait des misères. »

Le factotum revient avec des rafraîchissements. Deux verres à cocktail pleins d'une substance rose fluorescente. Le gars nous sert et se trisse. La boisson a un goût de bubble-gum radioactif.

Liberace me lance : « Cul sec ! »

La plaisanterie de pédéraste. Ha ha ha. « Alors, un gamin veut vous faire cracher au bassinet, c'est ça ? Si vous refusez, il vous dénoncera à la Ligue pour la vertu. Tous ces Ritals de la mafia qui vont vous voir à Vegas vous tourneront le dos. Votre émission de télé sera supprimée si la rumeur se répand que vous êtes de la jaquette. »

Liberace soupire. « Au moins, vous n'y allez pas par quatre chemins, et en même temps, c'est tellement vrai. Ce garçon fait la plonge chez Perino. Où avais-je donc la tête ? »

Je sirotai ma boisson rose. « Il y a des photos ?

– Bien sûr, chère âme. Il m'a attiré dans une chambre de motel équipée d'un judas dans le mur. »

Un haut-parleur crépite et Judy Garland se met à brailler : "*Someday he'll come along / The man I love.*" Le léopard s'étire et se lèche les balloches. Liberace le câline en roucoulant.

« Cinq mille dollars, monsieur. Vous récupérez les photos et les négatifs, ainsi que ma garantie que ça ne se reproduira plus. »

Liberace fait la moue. Sa poitrine se soulève. Des paillettes tombent de sa toge. Le léopard s'approche de la piscine et présente son postérieur au-dessus du bassin. Il se vide copieusement les intestins.

Le factotum accourt armé d'une épuisette ramasse-crotte. Liberace glisse une main sous son transat et sort un album de photos.

« J'ai un faible pour les anciens détenus, je le confesse à regret. J'ai des photos d'identité judiciaire de lui, et de quelques autres de mes conquêtes du genre gros dur. C'est mon nouveau passe-temps. Quand je n'en mets pas plein la vue à mes fans ou que je ne travaille pas Chopin, je colle des photos. »

Je prends l'album et je le feuillette. Un catalogue de lopettes qui posent. Je compte vingt-six cow-boys concupiscents avec une pancarte autour du cou. Nom, date, numéros des articles du Code pénal pour les charges retenues contre eux. Un large éventail paillard de mâles malfaisants. Violations de la conditionnelle et faits de prostitution à foison.

Liberace tapote le portrait d'un certain Manolo Sanchez. Le garçon est un petit poids coq à l'œil torve.

« Il m'a brisé le cœur pendant que sa gouine de frangine prenait des photos. Ne vous gênez pas pour employer la méthode forte. »

J'opine et je tourne la page. Trois beaux mecs au sourire sinistre apparaissent. Ward Wardell, Race Rockwell, Don Eversall dit le Bourricot. Tous arrêtés pour possession de documents à caractère pornographique.

Je désigne les photos. « Des acteurs de films porno, c'est ça ? Ils font quelques extras. Vous les voyez à l'écran, ils vous font envie, vous leur passez un coup de fil.

– C'est exact. Je suis allé à une projection chez Michael Wilding et Liz Taylor. Michael nous a projeté *Dans la chaleur des vestiaires* et *Prison torride*, et nous a fourni la recommandation qui va bien. »

Je tique sur "recommandation". « Ces types-là pourraient bander pour des femmes ? »

Liberace hurle de rire. « Ils pourraient, ils peuvent, et ils le font, mon ami. Et Don le Bourricot est la huitième merveille du monde, si vous voyez ce que je veux dire. »

Soudain, ça me gratouille. Je me dis, je double. Je vois des dollars et des stars du ciné défiler sur mon Baisodrome.

« Donc, Michael Wilding est un chevalier de la rosette ?

– Jusqu'au trognon, mon chou. Sa maison, on l'appelle entre nous "Chez Tata", ce qui déplaît souverainement à Liz. »

Je glousse. « Et Liz veut divorcer pour pouvoir passer au mari suivant et battre le record du monde ? »

Liberace se tape sur les cuisses. « Oui, et elle devance votre petite amie dans ce domaine. »

Je fais craquer mes phalanges. Liberace se pâme. Pour un peu, il déchargerait dans son jean.

« Dites à Liz de me retrouver au Beverly Hills Hotel, demain soir. Mettez-la au courant de mes états de service. »

Liberace se re-pâme. Le léopard montre les dents et chasse un toucan qui va se planquer dans les feuillages.

Le Perino est un restau plein d'esbroufe pour héritiers de vieilles fortunes. Sa clientèle se compose de vieux cons coincés et de rentières ramollies. J'arrive à l'heure de la fermeture et je me gare derrière, près de la porte des cuisines, qui est grande ouverte. Manolo Sanchez est en train de récurer des gamelles.

Je sors de ma caisse et je m'accroupis pour prendre le temps d'une reconnaissance rigoureuse. À côté d'une chambre froide, une rangée de casiers. J'ai le salace Sanchez pour moi tout seul.

Il se dirige vers son vestiaire en tortillant du croupion et se pomponne. Son minois dans le miroir me revient en pleine face. Je plisse les yeux pour avoir un gros plan. *Aaaaaaah* – sur l'étagère supérieure du vestiaire. Une pile de pochettes de photos.

Sancho se cure les dents. Se presse des points noirs. Se cure les oreilles. Je m'approche sans un bruit. Je sors ma matraque lestée de grenaille. Les poils de sa nuque se hérissent. Il se retourne d'un coup et sort un saignoir.

Crac – sa lame entaille ma veste Sy Devore. Il se met à jurer *en español*. Ma maman en prend pour son grade, apparemment.

Une pirouette et il repart à l'attaque. Risquant un méchant coup de lame, je le frappe en pleine tête d'un mouvement circulaire. Ma queue de castor le cogne, puissance maximum.

Les coutures du cuir lui lacèrent la façade. L'extrémité lui arrache une arcade sourcilière et lui écrase le nez. Il lâche le couteau, que j'envoie valser d'un coup de pied. Je l'attrape par le cou et étouffe son cri. La bassine à friture se trouve tout à côté, des patates crépitent en crachotant de l'huile bouillante.

Je traîne le type jusque-là. Sa main qui tenait le couteau, je la plonge dans l'huile bouillante pour la faire frire. Il hurle. Je maintiens sa main dans l'huile où elle brûle jusqu'à l'os. Des éclaboussures viennent tacher ma chemise du London Shop.

Je le lâche. Je m'approche du casier et je m'empare des étuis pleins de photos. Je jette un œil.

Ooohhh, ça alors. Liberace en pleine action, les tirages en Kodacolor et les négatifs.

Sanchez brame et se précipite dans la cuisine. Il fait tomber une pile de vaisselle et valdingue contre les murs. Sa main est carbonisée et grésille encore. Des bouts de chair croustillants se détachent.

La nuit ne fait que commencer. J'ai cinq mille dollars dans la poche et je suis galvanisé par la castagne et le sang. La révélation me ravit : je vais pouvoir moi aussi faire chanter mon petit monde. Je garde deux des négatifs.

Il suffit d'un appel au fichier central et je récupère les infos sur la troïka des films porno. Les gars partagent une baraque à Silver Lake, et un penchant subversif pour la souillure par le sexe. *Semper fi* – ils se sont connus dans le corps des marines et ils gèrent leurs trafics depuis un bar bondage de San Diego. Ils vendent des fausses cartes vertes, refourguent des aphrodisiaques, emmènent à Tijuana des groupes du Rotary Club voir des coïts bestiaux entre des femmes et des mulets. Ils vendent des godes de quarante centimètres, répliques fidèles du dard de Don le Bourricot.

En 1950, ils se retrouvent dans un sale pétrin. Ils ont vendu de la spanish fly à une nympho énervée et lui promettent un rencard avec Don le Bourricot. Don décline. La nympho s'empale sur le levier de vitesse d'une Buick 46. La police de San Diego enregistre une plainte pour voies de fait. Le juge classe l'affaire sans suite. Un potin persistant prétend que le juge est un client régulier de Race Rockwell.

Je fais un saut chez eux. Leur baraque est une bicoque en bois décrépite, envahie de bougainvillées. Je sonne à vingt-trois heures et personne ne répond. Je force la serrure et je me glisse à l'intérieur. Armé d'une lampe-torche, je fais l'inventaire.

Chez les lascars, des brassards nazis, des romans de Mickey Spillane, des uniformes de marines couverts de décorations. Plus plein de matériel de tournage. Plus une collection de magazines de filles à poil qui remonte jusqu'à 1936. Plus des photos souvenirs du Klub Satan à Tijuana, Nouvel An 1948. El Burro, l'âne fornicateur, avec de belles oreilles rouges de diable.

Je sors sur le porche. Je fume clope sur clope et je tète ma flasque. J'ai reconnu les décorations sur leurs uniformes ; les gars ont fait le débarquement à Saipan et attaqué Guadalcanal.

Je sirote du bourbon. Je suis un brin bourré. Vers une heure, une vieille guimbarde se gare. Les gars descendent et se dirigent vers la porte.

Je sors mon insigne sur lequel je braque le faisceau de ma lampe-torche. Il fait très noir. Je ne vois pas clairement leur capitulation. Appelons ça un coup d'État décontract'. Le dominant parmi les présents devient le chef de la meute.

« Je m'appelle Fred Otash. Vous allez travailler avec moi maintenant. »

Extorqueur exubérant, entrepreneur entreprenant. Je me répète cette rengaine tandis que j'attends l'arrivée de Liz en me léchant les babines.

Je me suis à moitié arsouillé avec les gars, puis j'ai exposé mes conditions. Je prends vingt pour cent sur votre activité obscène, et en échange, vous avez une protection policière. Vous êtes désormais le noyau dur de l'écurie d'étalons de Freddy Otash. Soyez prêts à saillir et satisfaire des ménagères en manque.

Don le Bourricot me fournit une cargaison de pilules de benzédrine. Dans un état second je fais ma tournée d'inspection en ville. J'interromps une bagarre à la mission Jésus Notre Sauveur. J'expulse de Pershing Square un ramassis de racaille rouge. Je serre un satyre devant le Mayan Theater. J'embarque un cinglé en train de cramer au chalumeau un Ford 49 où se bécotent deux tourtereaux.

Ma tournée se termine. Je passe au tribunal et je potasse les lois sur le divorce. Je réserve un bungalow au Beverly Hills Hotel et je vais taxer des provisions aux commerçants du coin. Les Spiritueux de Steve me fournissent le champagne, la brasserie Bruno, la charcuterie. L'un et l'autre me promettent une livraison sans délai.

Je fais un saut jusqu'à chez moi et je troque mon uniforme de flic pour un costume sombre à fines rayures. Eh ouais, votre ardent arriviste s'apprête à fondre sur sa proie !!!

Le bungalow est spacieux et luxueux, plein de fanfreluches frivoles. Le groom fait la grimace devant mon plateau-repas de jambon et fromage. Il lève les yeux au ciel et décampe. Je fais les cent pas et je fume comme une cheminée. On sonne à la porte à vingt heures pétantes.

La voilà, Elizabeth Taylor à vingt et un ans.

Elle reste sur le pas de la porte. Je cherche une entrée en matière. Elle porte une robe blanche moulante qui caresse ses courbes et découvre son décolleté. Elle dit : « Si je bouge trop vite, je ferai craquer une couture. Aidez-moi à aller jusqu'à ce sofa. »

Je la guide en la tenant par le coude. Ma main tremble, mon cœur crépite. Je la fais asseoir et je remplis deux verres de champagne. On se carre sur le canapé et on trinque.

Liz lève le bras et une couture de sa robe cède jusqu'à l'ourlet. Elle jure. « Bon sang ! Je n'étais même pas obligée de la porter ! Vous n'êtes que le limier sur la piste de mon divorce. »

Je glousse. Liz continue. « Ne m'épousez pas, OK ? Je ne peux pas continuer comme ça jusqu'à la fin de mes jours.

– J'aurais une chance ?

– Plus que vous ne le croyez. Avec un héritier de chaînes d'hôtels et un acteur pédé, ça n'a pas marché, alors qui pourrait affirmer qu'avec un flic, ça ne marcherait pas ? »

Je souris, je bois une gorgée de champagne. Liz rafle une tranche de jambon et la bâfre. Ce fichu fourreau blanc l'étouffe. Elle a l'air de souffrir, carrément.

Je défais la fermeture éclair dans son dos. Ça lui donne de l'espace pour respirer. Liz soupire – *Aaaaah*, ça fait du bien.

Les bretelles de sa robe glissent et descendent le long de ses bras. Liz reste imperturbable. Nos genoux se touchent, elle ne refuse pas le contact.

« Comment faire pour me débarrasser de Michael ? Je ne peux pas invoquer la cruauté mentale, parce qu'il est adorable, et je ne veux pas le faire souffrir. Je sais qu'il faut avancer un motif valable pour demander le divorce. »

Je remplis son verre vide. « Je vais installer des micros chez vous. Vous faites boire Wilding et vous l'amenez à avouer qu'il aime les garçons. En mettant les formes, je le menace de tout révéler et il accepte un divorce par consentement. »

Liz sourit jusqu'aux oreilles. « C'est aussi facile que ça ?

– Nous sommes tous des gens civilisés. Vous gagnez probablement plus que lui, mais il est plus âgé et il a des avoirs substantiels. Vous négociez le partage des avoirs et la pension en vous appuyant là-dessus.

– Et votre rétribution ?

– Je prends dix pour cent de votre pension, à vie. Vous ne m'oubliez pas et vous me recommandez à des gens qui pourraient avoir besoin de mes services. »

Liz se détend dans le canapé. Sa robe dégringole en dessous de son soutien-gorge. Nos regards se trouvent. Le décor autour de nous se désintègre.

« Je risque fort de vous oublier… Il y a tant de gens qui réclament mon attention.

– Je vais faire de mon mieux pour que cette soirée reste inoubliable. »

Ça commence de façon maladroite mais charmante. Ma dernière réplique donne le signal du premier baiser. Liz est un peu contrainte par sa tenue trop serrée. D'un mouvement d'épaules, elle fait descendre l'autre côté de la robe jusqu'à la taille.

Je la prends dans mes bras et la porte jusqu'à la chambre. Le mouvement fait sauter trois boutons de ma chemise, qui valsent à l'autre bout de la pièce. On en rit. J'entends la radio dans un bungalow voisin. Rosemary Clooney chante “*Hey, there – you with the stars in your eyes*”.

On se déshabille. Elle, bien roulée avec des seins comme des obus, moi, bien fichu et équipé d'une bite de briseur de ménages. On est le couple sensationnel de L.A. en 53.

On fait l'amour toute la nuit. On alterne coupes de champagne et verres de Drambuie. On fume des cigarettes et on échange des ragots. À l'aube, on enfile un peignoir et on monte sur le toit du bungalow.

Un essai nucléaire est programmé au fin fond du Nevada. Les journaux prédisent un feu d'artifice formidable. D'autres occupants des bungalows voisins sont sur leur toit. Il y a Robert Mitchum et une petite caille frémissante. Je vois Marilyn Monroe et Lee Strasberg. Ingrid Bergman et Roberto Rossellini. Tout le monde a l'air heureux, vidé d'avoir trop baisé. Tout le monde a une bouteille pour fêter l'événement.

Les spectateurs, rieurs, échangent des bonjours. Mitchum a apporté une radio portable pour qu'on suive le compte à rebours. J'entends des parasites puis « … huit, sept, six, cinq, quatre, trois, deux, un ».

Le monde est balayé par un grand souffle. Le sol tremble. Le ciel s'illumine en mauve et rose. On lève nos bouteilles et on applaudit. Les couleurs s'estompent, englouties par une lueur blanche aveuglante.

Je tiens Liz Taylor par la taille. Je regarde Ingrid Bergman droit dans les yeux.

Los Angeles en 53, c'est mon *ground zero* à moi. Cette bombe atomique continue à m'envoyer des ondes de choc à travers le corps.

L'air est saturé de particules. Les gens toussent et suffoquent. Je ne m'en rends même pas compte. C'est le moment de l'explosion qui me reste. Mon L.A. à moi reste mauve et rose à jamais.

Je travaille pour le LAPD. J'effectue ma ronde à pied dans le centre-ville. Je coince des cocos pendant les mouvements qui scandent « Libérez les Rosenberg ! ». Je serre des pervers, des pickpockets et des piqueurs de sacs à Pershing Square. Ma petite affaire de films porno me rapporte du pognon. Don Eversall dit le Bourricot donne du dard dans tous les coins de Hancock Park. C'est Joi qui gère les rencards de Don. Elle prend le café avec des madames affamées et planifie les rendez-vous. Liberace me met au parfum des potins. Liz Taylor et Michael Wilding ont divorcé. Je touche dix pour cent de la pension de Liz. Joi, Liz et moi, on s'envoie en l'air à trois sur mon baisodrome. Liz connaît une hôtesse de la Pan Am qui s'appelle Barb Bonvillain. Elle vole sur la ligne L.A. – Mexico City et elle a rendu la moitié de Hollywood accro aux suppositoires de Dilaudid et de morphine. Barb la Barbare mesure un mètre quatre-vingt-dix, pèse quatre-vingts kilos, et ses mensurations sont : 100 – 60 – 90. Ses performances ont été remarquées au décathlon féminin des jeux de Helsinki en 1952. On se découvre des tas d'aff*iniqués*. Le Baisodrome branle. On massacre le matelas et on ravage les ressorts du sommier.

L.A. en 53 – *ring-a-ding-ding !!!*

Tous les soirs ou presque, Joi et moi on va au Crescendo ou au Largo. Les serveuses me susurrent des secrets salaces en échange de pourboires princiers. Je revis ma jeunesse de petit voyou voyeur – ravageuse résurgence !

Une frustration furieuse s'empare de moi. J'ai toutes les infos. Mais il faudrait une armada d'experts de l'extorsion et de frénétiques de la photo pour en tirer profit. Je me creuse la cervelle. Je me cogne le crâne contre l'hermétique mur de l'ignorance. L'extorsion en tant que dilemme existentiel. Un casse-tête déconcertant digne d'un philosophe français.

Ma vie de flic ne peut pas être à la hauteur de ma vie dans le luxe. Je suis un agent double comme cette crapule communiste d'Alger Hiss. Liz Taylor m'amène en voiture au central et signe des autographes pour des agents en uniforme. Je sais que l'information parviendra aux oreilles du chef William H. Parker. Je n'ai qu'une envie, lui enfoncer mon index dans la poitrine en l'envoyant se faire foutre.

Ralph Mitchell Horvath me hante. Dès que je m'enfonce dans le sommeil, les cauchemars m'envahissent. Joi et Liz me dorlotent avec du pentobarbital et de l'alcool. Tous les soirs je me répète *Il méritait de mourir*. Phénoménales foutaises. Je n'arrive pas à me convaincre que j'ai fait ce qu'il fallait.

Je passe les nuits d'essais nucléaires au Hollywood Ranch Market. Mon bureau, équipé de miroirs sans tain, surplombe les travées. Je les scrute pour repérer les voleurs à l'étalage et je contemple le va-et-vient des paumés.

Ils sont tellement pathétiques, ça me prend aux tripes. Des acteurs de troisième zone qui achètent du pain rassis et de la piquette. Des drag-queens d'un mètre quatre-vingts qui cherchent des bas nylon extra-longs. Des accros au sirop pour la toux qui lisent les étiquettes pour connaître la concentration en codéine. Des ados qui piquent des magazines de cul pour aller se faire dégorger le poireau aux toilettes.

Je scrute. J'épie. Je me perds dans cette populace pitoyable. Un spectre saugrenu se mêle souvent à eux.

Il a environ vingt-trois ans. Il traîne en coupe-vent et trimballe une clope comme un accessoire de mode. D'un air dégagé, il arpente les allées à trois heures du mat. Il a toujours l'air ravi. Il parle aux gens. Il cultive ses relations. Il examine les gens comme je les observais par les fenêtres quand j'étais gosse. Un jour, je l'ai vu sur le trottoir.

Il jouait du bongo devant une petite cour de prostitués pédés et de junkies. Une fille l'a appelé « Jimmy ».

Ce type se pointe par intermittences. Pour moi, c'est un acteur qui vivote grâce aux oboles de gogos bienveillants ou d'homos vieillissants. Je l'ai vu embrasser une fille près des pains. Je l'ai vu embrasser un garçon à côté du rayon des soupes. Il se déplace avec une grâce étrange. Il n'est *ni* efféminé *ni* viril. Il a toujours l'air de ne pas s'être remis d'une bonne plaisanterie.

Je l'aperçois en train de carotter une cartouche de Pall Mall. Je le pince, je lui passe les poucettes et je le traîne jusque là-haut. Il s'appelle James Dean. Il vient d'un trou perdu de l'Indiana. C'est un acteur, un bohémien et ce qu'on voudra d'autre. Il m'explique que les Pall Mall, c'est un code. La devise *In hoc signo vinces* sur le paquet signifie « Par ce signe tu feras des conquêtes ». Entre eux, ils se reconnaissent en se montrant rapidement un paquet de Pall Mall. Tout ça est complètement nouveau pour moi.

Je relâche Jimmy. On ne tarde pas à se retrouver régulièrement dans le bureau. On s'alcoolise, on contemple le rez-de-chaussée et on déblatère sur les humanoïdes. Jimmy fréquente assidûment les bars « cuir » d'East Hollywood. Il me cafte des dealers, des célébrités culottées et alimente copieusement mon stock de ragots. Je lui parle de mes affaires dans les films cochons et de mes étalons aux services tarifés. Je lui promets un rencard avec Don Eversall dit le Bourricot en échange de secrets salaces.

Parfois le silence s'installe entre nous. Je scrute les allées du magasin pendant que Jimmy lit la presse à scandale.

Ces journaux commencent à fleurir. *Peep, Transom, Whisper, Tattle, Lowdown.* Des textes qui titillent. Une langue qui se veut choquante mais reste tempérée. Des insinuations insipides qui laissent le lecteur sur sa faim.

On y traite les hommes politiques de cocos – mais sans jamais les accuser clairement. Jimmy adore ces torchons tout en les critiquant crûment. Il prétend qu'ils ne sont pas assez sordides ni précis dans leur prose. Il les appelle des textes de « cafardeurs craintifs ». Il dit : « T'as du bien meilleur matos que ça, Freddy. Je pourrais te refiler de quoi remplir trois numéros rien qu'avec une soirée au Cockpit Lounge. »

Une cloche carillonne, faiblement, au loin. La mémoire, c'est de la rétrospection revue et corrigée. Ça oui, le destin m'a bien piégé ce soir-là.

Un jeune employé des messageries entre dans le supermarché en tirant un chariot rouge plein de magazines. Il commence à garnir les rayons.

Une couverture attire mon regard, avec ses couleurs primaires priapiques et ses titres tapageurs.

Vous avez pigé. Le magazine s'appelle *Confidential*.

BEVERLY HILLS HOTEL,

14/8/1953

Joi me réveille. Je me castagnais avec un cauchemar. Un cauchemar odieux à double détente : Ralph Mitchell Horvath qui a pris une balle dans la bouche / Manolo Sanchez avec la dextre décharnée.

Je regarde l'autre côté du lit. *Merde* – Liz est partie.

Joi lit dans mes pensées. « Elle a reçu un appel tôt ce matin. Elle a dit que je devais te rappeler qu'Arthur Crowley tient à son rendez-vous téléphonique. »

J'allume une cigarette. Je fais descendre des comprimés de benzédrine avec de l'Old Crow. *Aaaaah*, le petit déjeuner des champions !!!

« Rappelle-moi… Qui est Arthur Crowley ?

– L'avocat spécialisé en divorces qui a besoin de ton aide.

– Bon. Je l'appellerai quand j'aurai fini mon service. »

Joi enfile une jupe et ses chaussures. Elle s'habille aussi vite que la plupart des hommes.

« Arrête de ramener des filles pendant un moment, d'accord Freddy ? Liz est formidable, mais Barb me fait penser à Helga, la louve des S.S. Franchement, ce numéro qu'elle nous a sorti avec le brassard et le porte-jarretelles… Et en plus, dans le lit, elle prend toute la place. »

Je lâche des rires graveleux à gogo. Grâce à mon cocktail, je suis réveillé et revigoré. Plus de rêves moroses ni de brouillard cérébral. C'est l'été à L.A. – *ring-a-ding-ding !!!*

Joi m'embrasse et se barre. Je coule un bronze, prends une douche, me rase et j'enfile mon uniforme.

Le téléphone sonne. Je décroche. « Monsieur Otash, ici Arthur Crowley. »

J'astique mon insigne avec ma cravate. Mon reflet dans le miroir m'émerveille. *Man-O-Manischewitz*[1], qu'est-ce que je suis beau !!!

« Monsieur Crowley, c'est un plaisir de vous entendre.

– Monsieur, je serai bref. Je suis débordé par les maris et épouses à bout de nerfs, qui rêvent de s'étriper. Les textes de loi ne cessent de changer et les juges qui prononcent les divorces exigent des preuves indiscutables d'adultère. Liz Taylor m'a dit que vous auriez peut-être des idées sur la question. »

J'allume une cigarette. La benzédrine coule dans mes veines, me galvanise et me revigore.

« J'ai effectivement des idées sur le sujet. Si vous avez le scrupule souple, nous devrions pouvoir faire affaire. »

Crowley s'esclaffe. « Je vous écoute.

– Je connais quelques marines stationnés à Camp Pendleton. J'étais leur instructeur en 43 et 44, et maintenant, ils sont revenus de Corée et ils ont besoin de s'amuser. Échange de bons procédés. Il leur faut des bolides trafiqués, des complices bien roulées, des talkie-walkies, du matériel pour écoutes téléphoniques et des appareils photo Speed Graphic. »

Crowley se marre. « *Semper fi*, cher monsieur. Vous êtes un homme comme je les aime.

– *Semper fi*, chef. Nous réglerons les détails à votre convenance et je convoquerai mes gars.

– Et d'ici là ? Y a-t-il quelque chose dont *vous* auriez besoin ? »

La benzédrine me chatouille les couilles. Il me vient une idée.

« Mon Baisodrome est assez dégarni ce soir. Liz m'a dit que vous étiez au courant du concept. »

J'entends un bruit de voix devant le bungalow – des voix vigoureusement viriles, brusques et bourrues. J'entends des bruits de pas et des toussotements.

Crowley me dit : « Liz m'a expliqué, oui, je savais à quoi m'attendre. Je vous envoie deux sténos.

– Monsieur Crowley, vous êtes un génie.

– Les génies se reconnaissent entre eux. »

Nous raccrochons. J'entends les voix vibrer, le bruit d'une serrure qu'on crochète. Je vais dans le salon. La porte s'ouvre en grand.

1. Interjection exprimant un étonnement admiratif. Dérivée de « Man, oh man ! », elle a servi de slogan pour la publicité des vins casher de la maison Manischewitz.

William H. Parker.

Avec deux brutes en civil. Plus d'un mètre quatre-vingt-dix. Leur truc, c'est la violence au service de la souffrance. Ces molosses ont pour mission de distribuer les mandales de leur maître.

« *Ne cherche pas à savoir pour qui sonne le glas…* »

Je détache mon insigne et je le jette en direction de Parker. Il rebondit contre sa poitrine et tombe par terre. Les molosses remuent. D'un geste, Parker leur signifie de reculer. Les molosses piaffent et pestent.

Je détache mon ceinturon et je le dépose sur un siège. Je fais preuve de sang-froid. Je suis Freddy Freon, le Chaman du Chantage.

« Vas-y, Bill. Concubinage, un train de vie au-dessus de mes moyens, des entorses au règlement par-ci par-là. Ma tête est sur le billot, boss. Décapite-moi. »

Les molosses prennent l'air suffisant. Parker le Pieux se fend d'un sourire.

« Tu entretiens actuellement une relation intime avec une hôtesse de la Pan Am appelée Barbara Jane Bonvillain, qui se trouve en ce moment même en garde à vue chez les Fédéraux pour possession de narcotiques qu'elle s'est procurés au Mexique. Je dois t'informer que cette Mlle Bonvillain est un agent communiste et l'émissaire personnelle du maréchal Tito, le patron rouge de la Yougoslavie. Et comme si cela ne suffisait pas, Mlle Bonvillain est en réalité un homme, d'où sa taille exceptionnelle. Elle a subi à Malmö, en Suède, une opération pour changer de sexe, fin 1951, avant de produire des efforts brillants pour incarner une athlète féminine aux Jeux olympiques de 52. Tu as baisé un homme, Freddy. Tu es homo. Dégage de ma police ! »

Tu es homo.

Tu es homo.

Tu as baisé un homme.

Tu as baisé un homme.

Tu es homo, tu es homo, tu es homo.

Je bois jusqu'à atteindre un état d'abrutissement hébété. Je m'endors à même le sol. Je fais ami-ami avec les insectes qui ont colonisé le tapis. Des desperados des déjections. Mes crasseux compagnons d'infortune, plus minables que des morpions.

« *Tu es homo, tu es homo, tu es homo.* »

Je bois, je perds connaissance, je me réveille. Je me retrouve nez à nez avec un gros coléoptère. On entame une grande discussion métaphysique sur les relations homme-insecte, traversée de *frissons* typiques de l'autre Français, Camus. Le scarabée m'explique que la vie n'est faite que d'horribles hasards et que nous nous faisons tous baiser par le destin. La biologie veut que les insectes se nourrissent de larves et de feuilles. Les hommes, eux, sont esclaves de leur concupiscence libidineuse qui les pousse à se mettre au plumard avec des mâles-femelles. *Tu ne savais pas que cette elle était un il. Pioche dans ton pilulier et sors-toi de ce bourbier.*

Je suis les conseils du scarabée. La benzédrine efface les effets du bourbon. Pendant des heures, je papote avec mon copain coprophage. On prolonge le tête-à-tête sur la moquette.

J'appelle Abe Adelman au bureau des licences de l'État de Californie. Je lui promets deux mille dollars s'il me dégote une licence de privé dans les plus brefs délais. Je salue le scarabée et me rhabille en civil. Je fonce tout droit au Hollywood Ranch Market.

L.A. ressemble à Pompéi, juste après l'éruption. Le soleil d'été sublime le ciel et répand ses rayons mortels. Les ils sont des elles, les elles sont des ils et les filles les mieux gaulées ressemblent à des gargouilles. J'arrive au magasin et je grimpe quatre à quatre les marches jusqu'à mon bureau. Jimmy est là, en train de feuilleter le numéro d'août de *Lowdown*.

« T'as l'air complètement allumé, Freddy, me dit-il.

– Je viens d'avoir une longue conversation avec un scarabée.

– Qu'est-ce qu'il t'a raconté ?

– Des trucs que tu ne croirais jamais.

– J'y croirais. C'est le fondement même de notre amitié. On se raconte des trucs que personne d'autre ne serait prêt à croire. »

Je souris. « Dis-moi quelque chose de normal. J'ai besoin de retrouver mes repères.

– Le barman du Manhole vend de l'héroïne.

– Je garde ça dans un coin de ma mémoire, au cas où j'aurais besoin de lui. »

Jimmy enchaîne. « J'ai une photo de Marlon Brando avec une bite dans la bouche.

– Je t'en donne un billet de cent. »

Jimmy me passe la bouteille d'Old Crow. J'en avale une lampée et je sens le plancher retrouver le contact avec mes pieds.

« Comment s'est passé ton rencard avec Don le Bourricot ? »

Jimmy écarte les mains d'une soixantaine de centimètres et fait : « Ouille. »

Je me marre. On se passe et on se repasse la bouteille. Jimmy allume une Pall Mall.

« J'ai auditionné pour un rôle dans la série *General Electric Theater*, mais ce connard de Paul Newman va probablement le décrocher.

– Je vais le piéger avec un sac d'herbe et lui foutre la trouille. T'auras le rôle.

– Merci Freddy. »

Je repense au scarabée parlant. Je contemple les travées du magasin. Je me sens appelé vers un destin bien plus divertissant.

« Et dire que j'ai tout un stock d'infos croustillantes et pas d'endroit où les placer. Ça me rend totalement dingue. »

Semper fi.

Je réunis mon équipe d'anciens marines. Mes étalons pornographes et priapiques aux prestations tarifées se présentent promptement. Mes potes de Camp Pendleton montent à L.A. pour se joindre à l'Opération Divorce. Les deux équipes se complètent. J'ai sous mes ordres six cinglés certifiés. Mes pitbulls de Pendleton sont assoiffés de sang depuis qu'ils ont déquillé des cocos en Corée. Ils n'ont qu'une envie, c'est s'éclater, et il faut que je les tienne d'une main ferme. Nos cibles, ce sont les maris et les épouses adultères. Don le Bourricot attire ces dames dans des hôtels de passe et s'empresse de les pénétrer. Dès que j'enfonce la porte, l'appareil photo à la main, les flashes crépitent. Mes pitbulls de Pendleton sont des professionnels de la filature furtive. Ils pistent les épouses égarées et les conjoints coureurs jusqu'aux hôtels puis me préviennent par talkie-walkie. Joi joue les appâts pour les messieurs en manque. Elle s'inspire des notes inouïes d'Arthur Crowley sur les manies des maris. Joi est une séductrice salace et une allumeuse impavide. J'enfonce toujours la porte à l'instant précis où coulisse la fermeture à glissière de Joi.

L'Opération Divorce est une manœuvre des marines et une fabuleuse machine à cash. L'Opération Otash est la forme ultime du commandement clandestin. Je rétribue une armée de mouchards médisants. Ma licence de détective privé arrivée par courrier contribue à me confirmer dans mes délictueux desseins. Je ne verse guère de larmes sur ma carrière avortée de policier. Je file du fric à des flics des Mœurs corrompus pour qu'ils caftent des homos honteux, des héroïnomanes hystériques, des ivrognes au bord de la cirrhose. Je réunis des dossiers dodus sur les secrets des célébrités et j'engrange les horreurs au fond de ma mémoire. La connaissance, c'est le pouvoir – voilà ce que m'a appris le scarabée du Beverly Hills Hotel. La seule pièce du puzzle qui manque encore, c'est comment tirer *systématiquement* du fric de tout ça.

Jimmy s'y met aussi. J'ai botté le cul de ce crétin de Paul Newman et je lui ai mis sous le nez un sac de marie-jeanne portant ses empreintes. Jimmy a eu le rôle dans *GE Theater* et il en rampe de reconnaissance. Je loue ses services pour qu'il baise le mari d'une douairière avide de divorce lasse des frasques de sa moitié. Jimmy est jazz-tango – du moment que ça swingue, il y va. En une semaine, il a bourriné cinq bergères – c'est mieux que le record actuel de Don le Bourricot. J'ai pris des clichés des clientes au moment où Jimmy insérait son salami.

L.A. 53 – *ring-a-ding-ding radioactif !!!* Ce ciel mauve et rose, le mien pour toujours.

Puis, enfin – la convergence confondante.

Je suis sur le Baisodrome. Je me prélasse avec Liz et une séduisante serveuse du Barbecue de Biff. J'entends qu'on soulève le volet de la fente à courrier. Une enveloppe tombe par terre.

C'est un télégramme de la Western Union. Je l'ouvre :

> Cher Monsieur Otash,
>
> Notre magazine, *Confidential*, cherche un correspondant au courant des secrets des célébrités du Los Angeles d'aujourd'hui, de préférence un homme avec une expérience antérieure dans la police. Seriez-vous disposé à me rencontrer dans une semaine, afin que nous discutions d'une éventuelle collaboration ?
>
> Bien à vous,
>
> Robert Harrison, éditeur et rédacteur en chef

« La passion métisse d'Ava Gardner. »

« Johnnie Ray : sa mésaventure dans les toilettes pour hommes. »

« Bob "Bad Boy" Mitchum : Re-retour à Joint-ville ? »

Ça oui – *Confidential*, ça coupe le sifflet. *Confidential* crée le chaos. *Confidential*, ça cartonne.

Je réponds par câble à Harrison et je lui confirme le rendez-vous. Je loue un bungalow de toute beauté au Beverly Hills Hotel. J'emprunte des livres à Arthur Crowley et j'étudie la diffamation publique, la dénonciation calomnieuse et les propos malveillants. J'apprends à penser et parler comme un avocat qui maîtrise son baratin.

Jimmy a accumulé d'anciens numéros de *Peep*, *Lowdown*, *Whisper*, *Tattle* et *Confidential*, bien sûr. J'étudie les failles linguistiques et je cultive les codes de l'équivoque, du sous-entendu, de l'ambiguïté. Je m'initie à l'art de l'insinuation, de l'inférence, de l'implication. Il y a tant de façons féroces de lacérer un lascar à coups de scandales.

En une semaine, je deviens mon alter ego. Je découvre la *scandallusion* et *l'insinuationnisme*. Je m'installe dans le bungalow la veille du rendez-vous. Je converse avec le scarabée qui cause, et nous convergeons :

Confidential est le graal idéal de cette génération dérangée. Désillusionner les masses, c'est les édifier. *Confidential* tord la vérité et harponne l'hypocrisie. C'est une revue rigoureusement recommandable. C'est la monstrueuse Magna Carta de notre époque débile et déboussolée.

Nous sommes le 21 septembre 1953. Il est dix heures précises. On sonne à la porte.

Caviar, canapés… Impeccable. Cocktails copieusement alcoolisés. Mon dossier sur Robert Harrison, ou Bondage Bob – mémorisé au mot près pour une manipulation malveillante.

J'ouvre la porte. Voici le Sultan de la scandallusion. Un craintif émotif dans un affreux costume fripé.

« Monsieur Otash.

– Monsieur Harrison. »

Il entre et lâche un *Oooh-là-là*. Je verse deux cocktails costauds et désigne le divan. Nous levons nos verres. « À la liberté d'expression, dis-je.

– Au premier amendement. À ce qu'il a rendu possible. »

Nous trinquons. Il nous désigne l'un après l'autre. « Étranges partenaires que nous sommes. »

T'es le plus étrange de nous deux, connard. Tu portes des sous-vêtements féminins et tu as un faible pour le fouet. C'est toi qui publiais *Beautés en bas de soie* avant de lancer *Confidential*.

« Dites-moi quelque chose qui attire mon attention, monsieur Otash. Et mettez le paquet, mon vieux. J'ai besoin de ragots, et d'un homme pour les dénicher. Impressionnez-moi. Montrez-moi pourquoi les initiés affirment "Fred Otash est Monsieur Incontournable". »

Je sors ma photo de Marlon Brando. Bondage Bob y jette un œil. Il s'étrangle et m'asperge en recrachant son cocktail.

Mon canapé et ma veste en soie sont constellés. Bondage Bob tousse et essaie de retrouver ses esprits. « Putain de nom de Dieu.

– Puis-je vous livrer franchement mon analyse de votre situation et vous expliquer de quelle façon je pourrais vous être le plus utile ?

– Je vous écoute, mon cher. Je n'ai pas fait cinq mille kilomètres en avion pour entendre du banal bla-bla. »

Je remonte mes manchettes et j'exhibe ma Rolex. Or vingt-quatre carats/diamants/rubis. Boum boum, je balance mes bombes sur Bondage Bob.

« Vous publiez ce qui est en passe de devenir bientôt la première revue scandaleuse dans un marché très encombré. Vous êtes en concurrence avec *Whisper*, *Tattle*, *Peep*, *On the Q.T.*, *Lowdown* et d'autres. Vos rivaux font principalement appel à des comptes rendus de véritables affaires criminelles, des récits de guérisons miraculeuses après diverses maladies, et des versions remâchées de vos articles sur les écarts de conduite des célébrités. Les points forts spécifiques de votre revue sont ses prises de position foncièrement anticommunistes et l'abondance de sexe. Franchement, je trouve que ceux de vos articles qui ciblent *l'avidité* de vos lecteurs manquent de crédibilité et sont dépourvus de l'excitation que les gens recherchent dans *Confidential*. Il n'existe pas de mines d'émeraude au Colorado, pas plus que de plantes uruguayennes qui triplent la taille du membre viril en deux semaines. Vous *mentez*, monsieur. Vous espérez qu'en trompant vos lecteurs avec des histoires comme celles-là, vous allez doper vos ventes et compenser ce que vous coûtent les procès en diffamation qu'on vous intente de plus en plus souvent dans le pays tout entier. Mon cher ami, le juriste renommé Arthur Crowley, m'a informé que les magazines qui publient des articles bouche-trous pleins à ras bord de mensonges en caractères gras créent ce qu'il appelle "une faille de crédibilité et de vraisemblance". À terme, cela remet en question la véracité de tous les articles publiés dans lesdits magazines, qui deviennent ainsi vulnérables tant aux poursuites par des particuliers qu'à ce que M. Crowley appelle "le spectre communiste de la foule prête à lyncher sa victime via le recours collectif", où les parties plaignantes se réunissent sous l'égide d'avocats de gauche pour satisfaire une revendication commune et détruire le premier amendement sur la liberté d'expression que nous tenons pour sacré, ici, aux États-Unis. Les litotes, périphrases, formules évasives qui truffent vos articles fracassants sur les écarts de conduite des célébrités ne parviendront pas à vous sauver la mise. Vous pouvez, tant que vous voudrez, avoir recours à des adverbes comme *apparemment*, *censément*, *prétendument*, ils ne vous permettront pas de vous en tirer. Mes deux premières recommandations importantes sont les suivantes : vous devez augmenter de manière spectaculaire le nombre de vos articles à contenu sexuel, et tout ce que vous publiez dans *Confidential* doit être absolument vrai et vérifiable. »

Oooohh !!! Quelle maîtrise dans le maniement des mots, quel don dans le débit et la diction ! Bondage Bob en reste baba, abasourdi.

Il se tord les mains. Il passe sa langue sur ses lèvres. Il croise les jambes et prend une pause de lopette docile. Je vois les traces laissées par les cordes de contention sur ses poignets.

« Les procès pour atteinte à la vie privée nous coûtent vingt-quatre mille dollars par mois. Ces avocats communistes, il en surgit de partout, comme des rats sortant des égouts. »

Je me lance dans mon second soliloque :

« Les informateurs doivent être à la fois crédibles et malléables, ainsi que vulnérables à la menace d'un déballage public de leurs propres frasques. J'ai travaillé pendant près de dix ans dans la police de Los Angeles. Je connais personnellement tous les flics véreux de cette ville, et pour une simple avance sur honoraires, ils sont prêts à dénoncer tous ceux qu'ils voient passer : célébrités, mondains, communistes, adeptes des unions interraciales, voyous présentables. Les salauds qu'ils caftent en balanceront volontiers six autres à leur tour pour ne pas être cités dans votre magazine et le principe arithmétique que je vous expose est valable à l'infini. Je sais déjà ce que vous pensez : *les informateurs, ça ne suffit pas*, et vous avez raison sur ce point-là. Vous savez peut-être que nous entrons dans une ère nouvelle, pleine d'audace, celle de la surveillance électronique. Je propose que nous installions des dispositifs permanents, des micros fonctionnant en continu dans tous les hôtels de luxe de Los Angeles. Je me chargerai de soudoyer les directeurs et les réceptionnistes desdits établissements pour qu'ils attribuent aux couples adultères de célébrités, hétérosexuels ou homosexuels, des chambres spécifiques, où leurs activités sexuelles et leurs conversations seront enregistrées sur bande magnétique. Le meilleur poseur de micros du monde est un youpin nommé Bernie Spindel. Je dois le voir bientôt. M. Spindel serait ravi de travailler pour votre magazine, et il a un cadeau pour vous. Il a équipé un bungalow du Miramar Hotel à Santa Monica la semaine dernière. Le directeur de l'hôtel est un pédophile masochiste qui éprouve un besoin fort compréhensible de se faire châtier pour ses comportements condamnables. Je m'occuperai de lui infliger tous les mois un châtiment corporel, ce qui le dissuadera d'agresser des enfants tout en le maintenant sous ma coupe. Il aura pour consigne, à appliquer strictement, d'attribuer à toutes les célébrités le bungalow numéro neuf. Le cadeau de Bernie, c'est un enregistrement du sénateur John F. Kennedy en train de sauter Ingrid Bergman et de détailler son projet ridicule de se porter candidat à la présidence des États-Unis, tandis qu'elle bâille et bavasse à propos de ses enfants. Autant vous prévenir : le coït lui-même est très bref. Je n'irai pas par quatre chemins : chez le sénateur Kennedy, ça dure deux minutes. »

Bondage Bob. Il est épaté, époustouflé, ébouriffé.

« Donc, nous… »

Je lui coupe la parole.

« *Donc*, nous allons planquer des micros dans tous les bains publics fréquentés par les homos. *Donc*, j'ai des moyens de pression sur les informateurs qui fournissent des secrets salaces destinés aux plus explosifs de nos articles. *Donc*, je les passe au détecteur de mensonges pour m'assurer de la véracité de leurs affirmations. *Donc*, je crée un climat de terreur à Hollywood, qui est l'endroit le plus somptueusement perverti et le plus cosmétiquement moraliste de cette bon Dieu de planète verte. *Parce que* je possède un flair infaillible pour la faiblesse humaine et que j'ai compris que nous sommes entrés il y a déjà un certain temps dans une ère où les gens puissants et célèbres nourrissent tous secrètement le désir de voir leurs vices étalés au grand jour. *Parce que* je n'hésiterai pas à cambrioler le cabinet de n'importe quel psychiatre pour obtenir des infos croustillantes sur ses patients connus. *Parce que* je suis prêt à empêcher un procès en ayant recours aux menaces et à la violence physique. »

Bondage Bob s'en étrangle. « Mais qu'est-ce que vous refuseriez de faire ? »

Je revois Ralph Mitchell Horvath et je dis : « Commettre un meurtre et travailler pour les communistes. »

Un silence assourdissant s'installe. Laissons-le s'éterniser.

« Est-ce que vous accepteriez que je vous interroge un peu ? Pour tester l'étendue de vos connaissances ? »

J'approuve d'un signe de tête. Harrison me bombarde. Je réponds du tac au tac, incollable.

« Le sénateur Estes Kefauver ?

– Assidu des putes. S'envoie des poufiasses philippines à l'hôtel Statler en ville.

– Sinatra ? Je veux du neuf.

– Il a surpris sa nouvelle petite amie en train de brouter Lana Turner. Il est parti picoler avec Jackie Gleason pendant six jours d'affilée, et a fini en pleine crise de delirium tremens au Queen of Angels.

– Otto Preminger ?

– Amateur de bois d'ébène. Actuellement sous le charme d'une séductrice sépia dénommée Dorothy Dandridge.

– Lawrence Tierney ?

– Bagarreur, psychopathe, le frère du célèbre fumeur d'herbe Scott Brady. Il apprécie beaucoup les garçons du Cockpit Lounge et à l'occasion, les filles qui ressemblent à des garçons.

– John Wayne ?

– Quasi-drag-queen. Il baise des femmes et il a une allure folle en robe longue taille 52.

– Johnny Weissmuller ?

– Un fornicateur forcené. Bien connu pour avoir fait neuf mômes hors mariage avec neuf femmes différentes. Détenteur actuel du record du monde du mâle de race blanche le mieux membré.

– Duke Ellington ?

– Détenteur actuel du record du monde du mâle de race noire le mieux membré.

– Van Johnson ?

– Friand de foutre. Il suce des bites à travers une cloison percée d'un trou dans les toilettes pour hommes du grand magasin May Company, sur Wilshire Boulevard.

– Burt Lancaster ?

– Un sadique. Il possède une chambre de torture bien aménagée dans sa baraque de West Hollywood. Il paye des call-girls grassement pour leur infliger des supplices.

– Fritz Lang ?

– On sait qu'il filme les séances de torture de Burt et qu'il les projette à une clientèle triée sur le volet.

– Misty June Christy ?

– Nympho à fond. L'appât que j'emploie pour mes chantages, Don Eversall dit le Bourricot, la régale sur une base régulière. Mon pote Jimmy Dean a tiré de leur dernier rendez-vous un film d'avant-garde.

Il s'intitule *La Bien Roulée et le Bien Monté.* L'avant-première aura lieu vendredi soir, dans mon salon. Vous êtes cordialement invité.

– Alfred Hitchcock ?

– Un voyeur.

– Natalie Wood ?

– Actrice précoce en pleine hésitation. Selon la rumeur, elle serait installée dans une planque pleine d'esclaves sexuelles pour lesbiennes près de Hollywood High.

– Alan Ladd ?

– Amateur de chattes, dramatiquement sous-dimensionné. C'est un homme en proie à un dilemme existentiel violent. »

Bondage Bob, le grand manitou des magazines. Il est stupéfait, subjugué, asservi. Amorti par les martinis, il est *à moi.*

« Monsieur Otash, je vous engage.

– Cinquante mille dollars par an, plus mes dépenses personnelles. Mes frais de fonctionnement vont au minimum atteindre le double de cette somme. »

Maintenant, il vire un peu au verdâtre. Maintenant, il sait qu'il est coincé. Je me félicite de ce fabuleux coup de force.

« D'accord, monsieur Otash. J'accepte vos conditions. »

Nous échangeons une poignée de main. Nous nous lâchons sur le gin vermouth. Bondage Bond ajoute. « Jean-Paul Sartre est un copain à moi. Il va adorer *La Bien Roulée et le Bien Monté.* »

Le scarabée parlant traverse le tapis et me salue au passage. Je vous jure que c'est vrai.

Jimmy chronomètre le coït. Une minute quarante-six secondes. Jack Kennedy et Ingrid Bergman qui font la bête à deux dos.

Le magnéto a enregistré des confidences sur l'oreiller. Jack dit : « *Aaaaah*, que c'était bon. » Ingrid répond : « Ben, pour l'un de nous deux, peut-être. »

Je me bidonne. Jimmy aussi. Il est trois heures du matin, le magasin est désert. On sirote du Old Crow.

Jimmy dit : « On a bouclé la série *GE Theater.* J'ai invité Ronnie Reagan à la première.

– Il déteste les rouges. Je vais le cuisiner pour qu'il me balance quelques noms. »

La bande magnétique gémit et se tait dans un ultime hoquet. Jimmy éteint l'appareil. Je jette un coup d'œil au rez-de-chaussée. Un citoyen sans cervelle achète le *Confidential* de ce mois-ci.

Jimmy dit : « Quand je serai célèbre, arrange-toi pour qu'on ne parle pas de moi dans ton magazine.

– Le jour où tu y seras, dans mon magazine, tu sauras que tu es célèbre. »

Mon premier chèque arrive. Je m'assure les services de Bernie Spindel, « le Magicien des micros ». Nous passons la semaine à planquer des fils dans les lambris et à installer des micros sous les matelas. Je soudoie les sous-directeurs jusqu'à plus soif. On perce, on taraude, on replâtre, on alèse, on plante, on piège tous les hôtels de luxe. Avec des dessous de table à date fixe, on aura des enregistrements de célébrités salaces surprises dans ces suites somptueuses. Les dollars abondent chez Bondage Bob. On installe des postes d'écoute fixes au Beverly Hills Hotel, au Bel-Air Hotel, au Beverly Wilshire, au Miramar, au Biltmore, au Statler en ville. Un petit chasseur du Biltmore nous tuyaute sans tarder : Gary Cooper et une mignonne encore mineure viennent de se pieuter dans la piaule piégée. *Et toc !* Notre système s'amorce, synchro. Des ressorts qui grincent, des voix qui vibrent, les micros captent des papotages et les transmettent au poste d'écoute. *Et toc !* – mes molosses ex-marines récupèrent la bande magnétique. *Et toc !* – la gamine a seize ans, c'est une élève du lycée mixte Belmont. Gary lui dit : « Qu'est-ce que t'es bien roulée, chérie. Tu t'appelles comment, déjà ? » La fille lui souffle : « J'ai toujours adoré vos films, monsieur Cooper. Et dites-donc, vous en avez une drôlement grosse. »

Les ragots. Les racontars. La scandaleuse arnaque. Les dénigrements graveleux avérés. Les confirmations commencent à me parvenir, pour alimenter *Confidential.* L'ascension de Freddy Otash est irrésistible.

Jimmy finit le montage de son film et le dote d'une bande-son bandante. La première est l'événement le plus couru de L.A. à l'automne 53. Je sers de la pizza, de l'alcool et des pilules fournies par un pharmacien félon. Mon appart est plein de metteurs en scène, de marines, de starlettes stupides, de stars stupéfiantes et d'étalons talentueux. Visez un peu : Liz, Joi, Ward Wardell, Race Rockwell, Don Eversall dit le Bourricot, Ronnie Reagan, Harry Fremont, Arthur Crowley, Bondage Bob et Jean-Paul Sartre – qui évalue l'événement d'un point de vue existentiel. Une drag-queen d'un mètre quatre-vingts, Rock Hudson, l'ex-femme politique Helen Gahagan Douglas. Charlie "Yardbird" Parker, hébété par l'héroïne.

C'est l'épicentre égalitaire de l'Amérique de l'après-guerre. C'est la colossale convergence des super riches et des super beaux, des désacralisés et des déséquilibrés, des racoleurs et des répugnants. Cette réunion ringarde est caractéristique de la société fatiguée et fracturée qu'est devenue notre nation.

Je baisse les lumières. Race Rockwell manœuvre le projecteur. La bande-son démarre : Bartók, Beethoven, le be-bop de Bird. Le générique apparaît :

La Bien Roulée et le Bien Monté,

Avec Don "le Bourricot" Eversall et June Christy.

Photographie, montage, mise en scène et production : James Dean.

Les applaudissements sont apoplectiques. Voici le plan d'ouverture : une chambre de motel de Zarbiwood, filmée discrètement par un judas.

June Christy entre dans la chambre et pose son sac à main sur le lit. Elle a l'air inquiète. Elle allume une cigarette, jette un coup d'œil à sa montre, tape du pied, fait les cent pas. C'est du cinéma muet. La caméra est statique – l'objectif est rivé au judas.

June entend quelque chose. Elle sourit, elle sort du champ, elle revient avec Don le Bourricot. Don regarde le judas et fait un clin d'œil. Il est dans la combine. June s'assoit sur le lit. Don dégaine son engin et l'agite. Mon appart tremble et trépide. On soupire, on siffle, on glapit de ravissement.

Je cherche Jimmy des yeux. June dévore le Bourricot, elle l'avale jusqu'aux amygdales. Où est Jimmy ? *Putain !* Il se paluche à côté des plats de pizzas !

De 53 à 54. Mes cieux mauves et roses. Les courbes de ventes montent. Le tirage de *Confidential* atteint le million d'exemplaires par mois. En un temps remarquablement record, il arrive à deux millions.

Et tout ça, c'est grâce à MOI. Je suis plongé jusqu'au cou dans les secrets sordides que j'ai convoités avidement toute ma vie. J'ai tout L.A. sur écoute. Ma ville grouille de cafteurs de cancans que je rétribue personnellement. Les chambres d'hôtel sont des théâtres torrides connectés à mon casque. Je sais tout ce qui se passe d'effrontément honteux, de sexuellement souillé, de profondément répugnant, et de moralement mal. C'est mal, c'est véridique, et c'est à MOI.

Mes marines ne quittent pas leurs postes d'écoute. Ils captent Corine Calvet faisant des cabrioles avec un lascar au Crescendo. Ils enregistrent Paul Robeson murgé comme un goret dans une réunion de rouges. Ils se paient une fois de plus Johnnie Ray l'agité. Je vérifie tout et je fais suivre à *Confidential.* Gary Cooper et la mineure du lycée Belmont ? J'enterre l'affaire pour dix mille dollars.

De 53 à 54. Des fêtes sur le toit en terrasse de Liz Taylor à chaque tir de bombe A. Des cavalcades de couleurs sur fond d'aube blême. La camaraderie dans ce temps de tous les possibles. Le sentiment que cette suite de moments magnifiques ne s'arrêtera jamais.

Des courbes des ventes. Des couvertures de *Confidential.* Des alcoolos, des nymphos, des accros, des cocos – offerts à la vue de tous. Cette couverture que je regrette, cette bombe que j'ai balancée, ce moment *malfaisant.* Je revois cette page-là au Purgatoire alors que je repose ma plume.

Nous sommes le 16 janvier 1954. Je suis chez moi. J'organise une triplette sur mon Baisodrome. Je viens d'enterrer un article sur le mariage secret de Marilyn Monroe au Mexique. Elle ronronne de reconnaissance. Elle connaît une sœur saphique qui en pince parfois pour la pine.

Le téléphone sonne. Je décroche. Arthur Crowley. « Ça sent pas bon, Freddy.

– Je vous écoute.

– On vient de m'avertir. Johnnie Ray a consulté un avocat spécialisé dans les procès en diffamation. Il poursuit le magazine en justice. Je sais que vous avez vérifié la véracité de l'incident, mais il ne renonce pas pour autant. Je vous conseille fermement d'étouffer cette affaire dans l'œuf. »

Pugilat de pissotière : Johnnie le chaud-bouillant rend coup pour coup ! J'ai vérifié l'anecdote. *Confidential* l'a publiée. En exclusivité mondiale.

« Mes marines sont en manœuvre, Art. Il n'y a personne pour régler le problème.

– Réglez-le *vous-même*, Freddy. Arrangez ça avant que cette histoire ne parvienne aux oreilles de Robert Harrison. »

Je raccroche. Mes nerfs sont niqués. J'avale en vitesse trois gorgées d'Old Crow. Joi est intime avec Johnnie. Ils échangent régulièrement des confidences de filles. Moi, je l'aime bien, Johnnie. Jimmy a organisé spécialement pour lui une projection privée de son film *La Bien Roulée et le Bien Monté.*

J'avale trois cachets de pentobarbital et je tire le rideau pour la journée. Je me réveille à minuit. Johnnie va toujours au Googie's après son dernier set. Il se gare toujours à la même place.

J'y vais à pied. Je savoure la chaleur printanière et une petite brise vivifiante. Arrivé sur les lieux, je m'adosse à la Packard Caribbean de Johnnie Ray. Johnnie sort à une heure et quart en tortillant du tafanard.

Il me voit. Il pige pourquoi je suis là. Il lance : « Salut Freddy.

– Ne cherche pas à me baiser, petit. Je t'épargnerai à partir de maintenant, mais il faut que tu arrêtes ton cirque tout de suite.

– Tu es un parasite, Freddy. Tu profites de la faiblesse des autres. Je ne reculerai pas. Je ne vois aucun de tes sbires avec toi, alors tu vas devoir faire le boulot toi-même.

– Laisse tomber, Johnnie. Tu ne peux pas gagner sur ce coup-là.

– C'est toi, le faible, Freddy. Joi m'a dit que tu appelles ta mère dans ton sommeil. »

Je tremble.

« Dernier avertissement, Johnnie. Pas de procès. Fais ça pour moi, et le magazine ne s'approchera plus jamais de toi. »

Johnnie crache sur mes chaussures. « T'es un fifils à sa maman, Freddy. Joi m'a dit que tu as sauté un transsexuel, ce qui fait que tu es encore plus pédé que moi. »

Je vois rouge et noir-rouge. Je le frappe. Ma chevalière lui entaille la joue. Il se retrouve à genoux. Je l'oblige à se relever et je le balance contre sa voiture. J'entends des os craquer et des dents céder. Le bord du pare-chocs lui a cisaillé le front à la racine des cheveux. Je lui mets un coup de pied et lui arrache une poignée de cheveux, avec la peau. Il me fait :

« Ça va, ça va, ça va. »

Je réponds. « Désolé, gamin. »

Johnnie crache du sang. Il crache des dents et des bouts de gencive. Il dresse un majeur sous mon nez pour me signifier : *va te faire foutre.*

Le magasin est complètement désert, il est deux heures du matin. Jimmy et moi, on biberonne de l'Old Crow. On est plantés devant la glace sans tain et on guigne la dégaine des guignols. J'ai plein d'éclaboussures du sang de Johnnie Ray sur moi.

Jimmy m'annonce : « Je suis pressenti pour le premier rôle dans *À l'est d'Eden*. Elia Kazan hésite. C'est pas dit que ça marche.

– Je vais mettre la pression sur Kazan. Il est vulnérable. Il y a des cocos qu'il n'a pas caftés à la Commission des activités anti-américaines. »

Jimmy contemple les travées du magasin. J'ai mal aux mains. J'ai fendu ma chevalière. Mes manchettes sont trempées de sang.

Les hordes de paumés. Ils sont là, ils me maudissent. Ils me vouent aux flammes de l'enfer, mes camarades dans le chaos. Ils me soufflent *Tu es l'Un des Nôtres*.

« Jimmy, est-ce que tu sais pourquoi t'es bizarre ?

– Je ne sais pas, Freddy. Et toi, tu sais pourquoi tu l'es ?

– Je ne sais pas, mais parfois, ça me pèse. »

PERVDOG

Les confessions de Freddy Otash, 2e partie

CELLULE 2607

Pénitencier du Repentir
Quartier des Professionnels de la Prédation
Purgatoire des Pervers
25/8/2020

Me revoici, avec toute ma méchanceté. Le temps est venu pour de nouvelles confessions corrompues. Je suis *toujours* coincé comme un con dans le Hilton voisin de l'Enfer et je crève d'envie d'avoir un sursis divin. Je suis *toujours* coincé dans le corps décrépit et cassé qui était le mien quand j'ai clamsé en 92. Il s'agit *toujours* de l'enchaînement confessions/repentir/expiation. On en revient *toujours* à ça.

Voilà le topo :

Je vais, à regret, me repasser des trucs que j'ai faits pendant la fantasmagorique année 54. Je vais me laisser porter par Fred Otash à trente-deux ans. L'année 1954 était une année qui swinguait. Je vais *aaaaadorer* y retourner.

Vous allez succomber aux séditieuses assertions d'un scélérat de la syntaxe – parce que les pernicieux propos de la presse à scandale vont vous percuter en pleine poire.

Freddy le Fou reprend du service.

SUR LE TOIT DU BEAU BUNGALOW DE KENNEDY LE QUEUTARD AU BEVERLY HILLS HOTEL

14/2/54

C'est une nuit d'hiver venteuse. Pas le moindre nuage dans le ciel jusqu'au-dessus du nocif Nevada. Oncle Sambo va faire péter une bombe A super balèze dans un patelin désert... du désert. On est là pour s'initier, savourer, s'éclater et admirer le spectacle.

Nous bénéficions d'un poste d'observation privilégié. Je suis présent sur l'ordre de Bondage Bob Harrison. *Confidential* publie un article de fond merdicoïde sur les déchets radioactifs comme remède miracle sur la taille de la queue masculine. Bob a un frère qui est un chimiste cinglé. Il appelle son produit priapique "Mégatrique".

Nous sommes présents, autrement dit, moi et mes molosses du corps des marines : Race Rockwell et Ward Wardell. Jack a autour du cou ses jumelles dorées et sur le dos, son duffle-coat rapporté de Hyannis Port. Mon contingent de cambrioleurs arrive avec l'équipement et le savoir-faire nécessaires. Le plan, c'est de s'introduire dans le bungalow du sénateur Jack en profitant de l'effervescence de l'explosion.

Jetez un coup d'œil à la liste des invités. Il y a Jack K. et Ingrid Bergman. Bob Mitchum et la juteuse Jane Russell. Lex Barker avec son bronzage de Tarzan et Lana Turner l'alcoolisée. Jimmy Dean se trouve sur *ma* carte d'invité. Il est toujours en train de fourguer des photos de Marlon Brando avec une bite dans la bouche. Jimmy a le réalisateur Gadge Kazan à la remorque. Il est tout près de décrocher le premier rôle dans *À l'est d'Eden*. Gadge est un nabot maladroit. Ses films me donnent envie de dormir. Il a cafté des pékins du Comintern à la Commission des activités antiaméricaines et s'est ainsi attiré l'allégeance enfiévrée de *Confidential*. Il dénonce les rouges récidivistes à Bondage Bob, directement dans le creux de l'oreille.

Le sénateur Jack sert des verres de rhum avec des cubes de haschich flottant à la surface. Je préfère les joints agrémentés de benzédrine. Jack Baby aime mon petit cul de bandit libanais. J'ai envoyé une volée de call-girls grivoises à Acapulco l'an dernier. Elles ont fichu en l'air la lune de miel de Jack sous l'œil des paparazzis et du coup, Jackie me voue une reconnaissance éternelle. Jack, c'est un mec du genre *c'est la vie*, Daddy-O, noblesse oblige. Il a la gratitude servile.

Une radio à piles annonce le compte à rebours. Des serveurs sont postés tout près avec des rafraîchissements et des canapés pour après. Un disc-jockey avec une voix sinistre de fin du monde entonne : « Dix, neuf, huit, sept, six, cinq, quatre, trois deux, un – zéro. »

Lancez les hostilités, salopards !!!

Un prodigieux champignon se forme et se transforme en un nuage mauve et rose. Bon sang, c'est un spectacle à couper le souffle ! Mes couilles se crispent. Mes gars et moi, on descend du toit et on retrouve la terre ferme. Ground zero projette des geysers de paillettes roses dans le ciel. Le public plein de fric applaudit et rugit.

Discrètement, nous désertons la fiesta. Les spectateurs captifs ne remarquent pas notre disparition. Le bungalow de Jack est juste là, sous le toit. Je fais jouer le penne de la serrure avec un bout de celluloïd. Nous verrouillons la porte derrière nous et travaillons à la lueur de mini-lampes-torches. Grouillez-vous les gars. Je nous donne huit minutes max.

Notre cible numéro un, ce sont les carnets d'adresses. Ils sont rangés dans des porte-documents et des pardessus que Jack a délaissés pour son duffle-coat. Le but de la virée est d'alimenter mon journal à scandales. Je suis là pour ramasser des noms, des numéros, des adresses. Des nids d'amour racoleurs pour les bien-montés et les queutards. Des noms de nymphettes et des numéros de téléphone de baiseurs. Des noms malsains et des adresses de repaires d'homos. Des noms sans lien apparent qui pourraient justifier des intrusions pour investiguer.

Tout cela pour *Confidential*. La connaissance, c'est le pouvoir. Vous le savez, bande de crétins crédules. Mon mobile misanthrope ? Un désir démoniaque de connaître les secrets du monde et de thésauriser ces secrets pour mon excitation égoïste et leur potentiel usage à des fins d'extorsion.

Le temps passe. Nous fouillons le pavillon. Ward et Race cherchent un butin digne d'intérêt. *Ooooh* – des manteaux jetés sur des fauteuils, des sacs de luxe par dizaines. Mon boulot, c'est le coup monté pour égarer les flics. J'ai prévu : j'ai trois fiches d'empreintes subtilisées au commissariat de Beverly Hills, service des cambriolages.

Regardez donc : trois types arrêtés pour cambriolages de maisons occupées et viols. Des criminels avérés, déjà identifiés. Recherchés pour six délits à Beverly Hills. Sexe oral forcé/viol/trente-quatre mille dollars en fourrures et bijoux volés.

Et ce n'est pas tout. Il y a aussi un enlèvement relevant de la Little Lindbergh Law. La victime était cheerleader au lycée de Beverly. Elle a subi de multiples viols dans des chambres de motels avant d'être libérée. La police de Beverly Hills veut ces salopards cinglés, à tout prix. Hé hé – j'ai copié les trois séries d'empreintes digitales avec du scotch transparent. George Collier Akin, Durwood N.M.I, Brown, Richard Dulange dit le Serpent à sonnettes. Fred Otash est juge et partie et il va VOUS coincer.

Je sors mes fiches d'empreintes. Je pose les morceaux de scotch transparent spécial sur les trois séries. Je les décolle et je transfère des empreintes sur des dossiers de chaises, des lambris à hauteur de hanche, les endroits typiques sur les bois de lit sur lesquels on pose la main.

J'accuse[1] – Akin, Brown et Dulange – vous êtes venus ici. Vous avez cambriolé la suite du sénateur Jack Kennedy. Vous êtes CUITS.

Ward et Race entassent des fourrures et des carnets d'adresses dans la valise en peau d'autruche du sénateur. Nous sommes à six minutes. J'ai gardé le meilleur butin pour la fin.

Kennedy le Queutard est un drôle de drogué. Il a des ordonnances de la moitié des pharmaciens de L.A. Je me dirige vers la salle de bains où se trouve la pharmacie de folie de l'ami Jack. Ah ouais – du Dilaudid, de la Dexedrine, de la Dolophine. *Oooooh* – les nouveaux suppositoires de phénobarbital, chouette !

Jack fait la collection de boucles de poils pubiens féminins. Il les transporte dans des petits sachets sans parfum. J'ai trouvé sa cachette, dans un attaché-case planqué sous le lit. Toutes les pochettes sont étiquetées. La Bergman et Anna Magnani m'ont toujours fait triper. Je laisse l'attaché-case à sa place. Je me contente de sniffer en fantasmant furieusement, avant de sortir.

***

1. En français dans le texte.

Ward et Race me laissent les carnets d'adresses. Bombes et braquages – le butin s'élève à dix mille dollars. Don Wexler connaît un receleur. On va lui déposer sans différer les fourrures. On partage l'argent liquide en trois parts égales.

J'avale deux délectables Dexedrine piquées à Jack et j'y ajoute une dose de Dilaudid. Je file au Googie's pour recueillir les ragots que me refilent les noctambules qui traînent là-bas.

Les indics rappliquent et s'invitent à ma table. Voici Gerry Mulligan, le saxophoniste baryton. Il balance la passion du saxophoniste Art Pepper pour les plantureuses lycéennes. Pepper adore s'astiquer la colonne devant les costumes de pom-pom girls. Il hante les lycées Hollywood High et Hami High et laisse des traînées de bave sur les gradins des terrains de foot.

Comme ci, comme ça. Je pose un billet de vingt devant Gerry. Il se carapate pour aller se dégoter de l'héro.

Billy Eckstine passe pour me faire de la lèche. Le suave Mr. B est horrifié par les relations interraciales. Il a joué dans tous les clubs noirs de la 46e et Central. Il est fan de *Confidential* et fait l'éloge de son style linguistique unique. Il le qualifie de « le scat sans cervelle de Blancs qui cherchent à être branchés ». Billy a raison. Je lui promets d'insérer sa formule dans le prochain numéro. Il poursuit en me confiant ses dernières aventures. Eh, tu sais quoi, Freddy – toutes ces gonzesses *veulent* apparaître avec moi dans *Confidential.*

« Toutes ces gonzesses. » Ava Gardner, Bette Davis, l'ex-membre du Congrès Helen Gahagan Douglas. La joueuse de basket lesbienne Joan Perkins dite Perky – qui cache son penchant pour les hommes à ses sœurs saphiques de l'équipe de l'USC. Plus June Christie, Anita O'Day, quatre baraques en permission venues de Tehachapi, et la frêle femme blanche du vilain Chet Baker.

J'ai filé deux cents dollars à Billy. Il m'a montré une photo de Perkins, où elle est en train de tirer un *looooong* panier à trois points contre UCLA. Je laisse échapper un grognement vorace. La joueuse fait un mètre quatre-vingt-dix-huit et quatre-vingt-cinq kilos. Billy connaît mon baisodrome et ses facéties. Il affirme que Perky raffole des triplettes, et qu'il va nous arranger un plan à trois, avec Joi et elle.

Grognements voraces et lassitude agacée. Billy se barre. Des amoureux trahis se radinent. Ils me balancent que leur femme ou leur mari adultère est en réalité le tueur du Dahlia noir. Mais le Dahlia, c'est du réchauffé. Je les envoie bouler avec un billet de cinq chacun.

Il est deux heures du matin. Mon cocktail de came me cavale dans les veines. Ça chahute et ça culbute dans mon crâne. Cette explosion de la bombe A me brûle encore les paupières. Je vois trois grands types bien propres sur eux en costume gris à côté du bar. Ils *fientent* la flicaille à plein nez. Je pense à William H. Parker, qui me lâche pas la grappe. Je cligne des yeux, les flics s'effilochent, si ça se trouve, c'est une hallucination due au cocktail bombe A – came.

Je repense au magazine. Les ventes ont augmenté de seize pour cent en janvier 54. Une vague de honte me submerge. Je repense à la leçon que j'ai infligée à Johnnie Ray. Johnnie est proche de Joi. Ils partagent souvent cafés crèmes et confidences, entre filles. Johnnie a menacé de poursuivre *Confidential* en justice. Il a refusé d'abandonner. Je n'avais pas d'autre choix. Johnnie a tout déballé à Joi dans les moindres détails. Joi a été révulsée, avec raison. Elle a résisté à mes sérénades sirupeuses et a rejeté tous les plans de triplettes avec Liz Taylor. Peut-être que Joan Perkins libérera sa libido et déliera son palpitant.

Une autre Joan se jette à ma tête. Joan Hubbard Horvath. La veuve de Ralphie. J'ai deux mille dollars dans la poche et pas d'obligation. Il est trois heures du matin.

Je demande une enveloppe au serveur.

Et je me dirige vers la maison de la honte.

Lower Zarbiwood. Camerford Avenue, entre Vine Street et El Centro Avenue. Une petite baraque en bois informe, à peine mieux qu'une cabane.

Je me gare en face et je traverse. Je glisse l'enveloppe dans la boîte aux lettres et je me tire en vitesse. Une lumière s'allume. La bicoque des Horvath s'éclaire subito presto.

Je suis un connard vicelard. J'ai exprès fait trop de bruit. Hé, madame – j'ai tué votre mari. Ça fait cinq ans et onze jours maintenant. Je n'ai jamais vu votre visage.

En dehors de photos dans la presse. Des portraits pixellisés de vous, livide, dans vos vêtements de veuve. Le *Herald* avait titré : UN FLIC BLESSÉ SURVIT À UNE FUSILLADE. LE CRIMINEL MEURT EN TENTANT DE S'ÉCHAPPER.

Avec une *graaaande* photo de Freddy le Frondeur. Mais pas un mot sur un pistolet non référencé ni sur le fait que Ralphie n'était pas armé.

J'allume une cigarette. Je chantonne « Willow Weep for Me » dans ma tête. Les secondes défilent. Joan Hubbard Horvath sort sur le porche. Les lumières de la pièce principale l'éclairent magnifiquement en contre-jour.

Elle porte une robe en laine noire et des mocassins marron. Elle a les cheveux courts dégradés et des lunettes à monture métallique.

Elle regarde dans *ma* direction. Je la regarde. Je siffle avec talent. Je siffle « Willow Weep for Me » sans arrêt. Je fais du crescendo un cri du cœur et je laisse échapper ce long sanglot que je retiens depuis si longtemps.

Joan Horvath regarde dans sa boîte aux lettres. Mon chant devient *teeeeellement* doux…

LE BUREAU DE LA SÉCURITÉ DU MINABLE RANCH MARKET DE HOLLYWOOD

15/2/54

Jimmy Dean et moi, on est avachis devant la glace sans tain. On contemple les rebuts et ruines du genre humain, les drag-queens aux yeux vagues qui déambulent dans les travées. Des petits voyous jettent un œil vers notre poste de surveillance avant de voler.

Jimmy annonce : « Travée numéro six. Le gros type, là, vient de fourrer un plat tout préparé dans son froc. »

J'allume une cigarette. « Le gars à la caisse remarquera la bosse sur son cul et le coincera.

– T'es un peu ailleurs aujourd'hui, Freddy.

– Je manque de sommeil et j'ai aucune envie de me tarter des crétins. »

Jimmy rapproche une chaise. Je m'écroule sur mon canapé. Jimmy me lance un magazine.

« J'ai parlé à Billy Eckstine après que t'es parti du Googie's. Il m'a dit que t'es branché par une certaine athlète lesbienne. D'après ce que j'ai entendu, elle fréquente le Petit Chalet de Linda ; tu vas probablement apprécier la page vingt-six. »

Le *Trojanette Sporting News*. Papier glacé et contenu canon. Page vingt-six : un poster en pied dépliant de Joan Perkins dite Perky.

Ouah !!! Une vraie Walkyrie viking. Des cheveux blond *blitzkrieg* et des yeux bleu délavé. Elle est plus imposante que Barb Bonvillain – qui s'est violemment avérée être un homme qu'un docteur bidon a découpé et démasculinisé.

La puissante Perky. Époustouflante dans sa tenue pourpre et or de l'USC. Elle n'est pas maquillée. Elle a l'air super saine. Elle sourit parce qu'elle est plus grande que tout le monde – y compris, et surtout, les hommes. Et je sais et je comprends que ça veut dire aussi MOI, espèce de titanesque tentatrice.

Je rends son magazine à Jimmy, qui me lance : « Il y a quelque chose qui te tracasse.

– Joi a quitté la maison, hier soir, pendant que j'étais au Googie's. Elle m'a laissé un mot qui disait : "Je t'emmerde, va brûler en enfer. Tu es un vrai nazi, et le monde n'est pas dupe de tes magouilles." »

Jimmy s'esclaffe. « Elle est vive, Joi. Mais je t'ai trouvé une autre compagnie – du moins, pour un certain temps.

– Joan Perkins ?

– Faut pas pousser. Liberace m'a appelé. Il veut que tu t'occupes de son léopard pendant qu'il est parti en tournée. Tu es l'homme de la situation. Son putain de félin tuerait n'importe qui d'autre. »

Je me marre. « Je vais y réfléchir. Dis-moi d'autres trucs que je ne sais pas déjà, et fais en sorte que ça soit divertissant. »

Jimmy allume une cigarette et souffle des ronds de fumée concentriques. Gadge Kazan m'a dit que c'est ce talent qui lui a valu le rôle dans *À l'est d'Eden*.

« J'ai eu deux jours de tournage sur *Chevauchée avec le diable*, chez Universal. Lew Wasserman sait qu'on est potes, et il s'est mis à me baratiner sur le plateau. Il a dit que Rock Hudson est dingue des garçons de toutes les races, toutes les couleurs, toutes les religions, et Morty Bendish au *Mirror* se prépare à publier un article (sans les noms), et à refiler des détails et des photographies infrarouges prises dans une chambre de motel à des types de *Transom* et *Whisper.* Il veut que tu étouffes l'affaire et que tu trouves une épouse pour Rock, de manière à ce qu'il ait au moins l'apparence d'un homme marié et que ça mette un coup d'arrêt à toutes ces rumeurs persistantes et précises. »

J'éclate d'un rire lubrique et impudique. Je remballe mon cafard coriace, et mets de côté Joi Jolie et Johnnie l'Agité. J'avale deux des Dexedrine que j'ai piquées à Jack Kennedy ; les cachets ricochent et me requinquent.

« Appelle Lew et attire-toi ses faveurs pour tout ce qui concerne ta carrière. Dis-lui qu'on marche. Je mettrai la pression sur Bendish et les gars de *Transom* et *Whisper.* Nous négocierons le prix de la recherche d'une épouse quand j'aurai chouré les infrarouges, et on se partagera le chèque de Lew moitié-moitié. Va assister à quelques castings aux studios et dégote-moi quelques jolies nanas qui reconnaissent une bonne occasion quand elles en voient une, et qui savent fermer leur gueule. Pas de semi-pros, rien de trop voyant. Ne balance pas de révélation fracassante genre "Il est pédé" avant qu'on ait bien réduit notre liste de candidates. Appelle Rock tout de suite et conseille-lui d'être discret et discipliné dans ses parties de jambes en l'air, pour le moment. Et on va dire à Lew que c'est *lui-même* qui annoncera la nouvelle à Rock – en n'oubliant pas le point positif, à savoir que dès qu'il s'agit de femmes, rien ne dure éternellement. »

Requinqué, retapé, prêt à repartir. Et hop !!! – dès que tu grattes la surface, le bon Américain propre sur lui n'y voit plus rien, et la frontière entre BONNE OCCASE et AMOUR se brouille.

Jimmy file trouver pour Rock Hudson une épouse qu'il ne cherchera jamais à sauter. Je jette un coup d'œil aux journaux du matin et j'allume la radio. Comme je m'y attendais, le cambriolage de la suite de Jack Kennedy passe à la trappe. Comme je m'y attendais – un connard du commissariat de Beverly Hills m'appelle. Comme je m'y attendais, il a contacté toutes les personnes sur la liste des invités du sénateur Jack pour sa bringue de la bombe A. Comme je m'y attendais, il mentionne le contrariant cambriolage à mots ultra-couverts. Mais, à l'ex-flic Otash, il avoue la vérité vraie, en X-clusivité.

« On sait qui sont les coupables, Freddy. Ce sont ces salopards violeurs qui ont kidnappé la pom-pom girl. Ils ont laissé des empreintes en pagaille. Ces connards ont été achetés. »

Une demi-heure plus tard, j'ai un appel de Don Wexler. On a tiré onze mille six cents dollars des fourrures et bijoux qu'on a piqués dans la suite de Jack K.

Je passe en revue les cinq carnets d'adresses volés. *Confidential* se nourrit de secrets salaces. J'ai des carnets reliés cuir rose et rouge pour Ingrid Bergman, Lana Turner et une espèce de journaliste sentimentaliste appelée Connie Woodard. Elle est gratte-papier pour les journaux du groupe Hearst et chronique les vies festives du gotha gâté de L.A. Pour le vilain Bob Mitchum et le sénateur Jack en personne, j'ai des carnets noirs.

Je commence par éplucher celui de la Grande Bergman. Les noms et numéros de téléphone sont prodigieusement prévisibles. Le gros voyeur Alfred Hitchcock. Le soporifique Gregory Peck. Les réalisateurs ritals Roberto Rossellini, Vittorio De Sica, Michelangelo Antonioni. Bon, et j'en fais quoi ? Ingrid a eu une liaison avec Rossellini vers 1950. Elle a pondu son petit bâtard et ça a fait sensation. Et alors ? *Confidential* a déjà publié cette histoire, c'est du réchauffé. Les autres numéros sont ceux de mecs de studios, de filles à pédés, de lèche-culs de stars. Plus… Jack K., quelle surprise : Ingrid est une FEMME – et Jack, il saute sur tout ce qui bouge. Plus… toutes ces données sordides se trouvent déjà dans les dossiers de *Confidential*.

J'explore le carnet noir de Bob Mitchum. Il n'est question que de call-girls, toute la journée, toute la nuit. Le gars, il note les mensurations exceptionnelles à côté des numéros de téléphone. La moitié de ces nanas vendent leur chatte au Googie's. Rien de nouveau sous le soleil. Elles sont déjà toutes dans le dossier exhaustif des call-girls de *Confidential*. Faut que j'en touche un mot à Bondage Bob Harrison : et si on sortait bientôt un numéro *Spécial Call-Girls* ?

Passons au suivant : celui de la journaliste de Hearst, Connie Woodard. *Ooooh* – j'en ai les poils qui se hérissent, tout à coup.

Des call-girls, on passe aux cocos. En voilà une étrange transition. Regardez ces noms nocifs. Joe Losey et John Howard Lawson. Le commissaire culturel du Comintern V. J. Jerome. L'autre alcoolo de Dalton Trumbo. Et c'est pas tout. Il y a des grandes gueules blacklistées et déjà démolies, tous des grouillots de Moscou, plus tous les faux martyres qu'on connaît sous le nom des Dix d'Hollywood.

Nous avons tous les noms et les numéros de téléphone dans notre dossier « Cocos connus ». Et alors ? C'est la connexion confondante à la gonzesse Woodard qui est un scoop !!!

Tiens… voilà qui est intéressant. Il va falloir creuser cette info incongrue. Lui, il n'a rien d'un apparatchik apoplectique. C'est pas un rouge répertorié, c'est certain.

Steve Cochran.

Steve Zob. Mr Trente Centimètres. Voyou de films de série B et goujat de première. La star de films barbants et débiles projetés dans les drive-in comme *Highway 301*, *White Heat* et *The Damned Don't Cry*. Steve Zob est membré et membru, à l'écran et en dehors. Un bagarreur et un taré psychopathe. Les hommes ont peur de lui, les femmes ont envie de lui. Il est le mieux monté d'entre nous. Il maltraite et soumet les femmes – comme si elles aimaient ça, les pauvres. Il a salement tabassé deux pachucos qui l'avaient agressé dans la rue. Un jour il s'est fait klaxonner par une pédale devant le Grauman's Chinese. Il lui a arraché le nez avec les dents et le lui a recraché à la gueule.

Ouaaaaah !!!

Tout à coup, un éclair dans mon crâne. Appelons ça la Convergence Cochran. Il me reste deux carnets d'adresses. Celui de Lana Turner et celui de Jack K. Ces carnets risquent de ne rien révéler de transcendant. À l'exception d'un truc : ils vont corroborer la Convergence Cochran.

Je les ouvre et je feuillette des pages. Steve Zob est là, en bonne place dans l'ordre alphabétique.

Gagné. Dans les deux. Si on y ajoute la cocophile Connie Woodard… Mon intuition est que ça veut dire un truc, du LOURD.

Je rentre chez moi. Je rumine et j'épluche les carnets jusqu'à vingt-deux heures.

Du TRÈS LOURD.

Corroboré par mon analyse des relevés. J'ai joint mon contact chez PC Bell. Je lui ai donné quatre noms et je lui ai promis mille dollars s'il me filait les factures détaillées des communications. Résultats :

Jack Kennedy a appelé Steve Cochran dix-neuf fois ces deux derniers mois. Depuis son bureau au Sénat et depuis sa maison à Hyannis Port. Steve Zob a appelé Jack quatorze fois. Depuis son célèbre baisodrome dans West Zarbiwood.

Connie Woodard a appelé Steve Cochran vingt-quatre fois pendant les deux derniers mois. Elle appelait de son appart situé dans le quartier très chic de Hancock Park. Steve Zob a contacté Connie vingt et une fois.

Lana Turner a appelé Steve Cochran trente-quatre fois ces deux derniers mois. Depuis sa résidence de Holmby Hills. Steve Zob a appelé Lana vingt-six fois.

J'enregistre les infos et leurs implications, avant de les laisser palpiter et décanter. Je suis crispé par des conneries personnelles. Joi m'a laissé un mot, collé sur le miroir de la salle de bains. Elle me traite de « marchand de haine et de violence » et me prédit une vie courte et sans amour. J'ai consulté mon service de messagerie téléphonique. Liberace me supplie de venir jouer les baby-sitters auprès de Lance le Léopard. Je lui ai laissé un message à mon tour. « OK, vous pouvez compter sur moi. »

J'avale deux Dexedrine et je les fais passer avec quatre bonnes lampées d'Old Crow. J'enfile mon plus beau costard à fines rayures et me parfume de quelques giclées de Lucky Tiger. Je n'arrête pas de penser à la Convergence Cochran et à Joan Perkins. J'appelle Bernie Spindel juste avant de sortir.

« On a du boulot demain. Faut installer des micros chez Steve Cochran. »

Bernie répond : « *Oy* » et raccroche.

***

Le Petit Chalet de Linda : une tanière de tribades, un lieu de rendez-vous rustique. Une cahute obscure. Des poutres en bois laqué et de la musique en sourdine. Une ambiance propice au pelotage. Des boxes enveloppants noyés dans la fumée de cigarette. Des cavernes pour les camionneuses et des nids douillets pour les délicates.

J'entre. Je connais la chanson. Les Mœurs ferment les yeux et prennent cinq pour cent. Linda Lindholm a une dette envers moi. Elle aimait les Latinos lubriques. Elle se payait des jeunes immigrées clandestines, *mucho mas*. Linda terrassait *las chiquitas*. Elle passe de l'amour fou à l'ennui absolu en six secondes chrono. C'est là que Freddy entre en scène. J'ai coincé les filles pour détention d'herbe et je les ai renvoyées de l'autre côté de la frontière.

Linda m'aperçoit. Depuis le bar, elle me fait signe : *raboule le fric*. Je sors deux billets de dix. Elle pointe un index vers un box au fond.

J'y vais. Je sens déjà les effluves de Jungle Jaguar – j'en prends plein les narines. Elle sort du box et se lève pour me saluer. Ma déesse, je suis tout à toi.

Elle est grande. Elle éveille mes plus viles envies et à son contact je me réchauffe. Elle porte une robe chemisier à carreaux sans manches et des chaussures plates bicolores sans chaussettes. Elle émet des vibrations walkyriesques. Elle ressemble à Kirsten Flagstad en train de chanter *Tristan und Isolde*. Elle dit : « Bonsoir monsieur Otash » et tend la main.

Je la saisis et je m'incline. Elle a une voix jeune et rauque. Un contralto cool doublé des intonations d'une éducation raffinée – j'en prends plein les oreilles.

Nous nous asseyons. Face à face. Perky est éclairée par une lampe posée sur la table qui émet des lueurs mauves et roses de bombe A. Ses bras nus sont plus longs que mes jambes. D'une main, elle remet ses cheveux en place. Sous ses aisselles, j'aperçois une toison. Ses affolants appâts me rendent fou. Sous cet éclairage, on passe de Kirsten Flagstad à Anna Magnani. Tout à coup, on dirait un portrait néoréaliste italien.

« Billy m'a dit que vous vouliez me rencontrer. J'aime bien faire la connaissance de gens nouveaux et intéressants, alors j'ai dit oui.

– J'ai vu votre photo, voilà la raison pour laquelle je suis là, et je suis sûr que vous la devinez. Mais mes intentions se sont volatilisées à la seconde où je vous ai *vue.* »

Perky sourit. « Billy dit que vous êtes incontournable à L.A. Il considère que je m'attire des ennuis parce que j'aime bien les filles. Je m'entraîne pour les Jeux olympiques de 56 et je ne veux pas compromettre ça. »

On nous apporte des verres. Offerts par la maison, et servis par Linda en personne. Un Manhattan pour Perky, un Old Crow pour moi.

Nous trinquons. « Vous avez dix-neuf ans. Tout le monde est nouveau et intéressant, pour vous. Ça vous rend vulnérable. Les filles qui aiment les filles et les hommes de couleur comme Billy et les gars comme moi créent des ennuis, alors si vous pensez que vous les attirez, vous devriez réfléchir avant de laisser quelqu'un entrer dans votre vie. »

Perky sirote son cocktail. Je retiens mes mains et m'ordonne de ne pas la toucher.

« Si le couplet du grand frère sévère est un stratagème, il est nouveau pour moi. D'habitude, quand je rencontre quelqu'un, il ne s'empresse pas de me prodiguer des avertissements.

– J'aime bien l'idée que vous soyez téméraire, et que je vous sorte du pétrin. Voici le premier conseil que je vais vous donner. Billy m'a dit que vous vouliez être citée avec lui dans *Confidential.* Très mauvais plan. Ça va vous desservir auprès des dirigeants de l'USC et des responsables des Jeux. »

Joan hausse les épaules. « J'ai dix-neuf ans. Je ne tiens pas en place. Je n'ai pas plus de notoriété que n'importe quel athlète de sport en salle qui se trouve être une fille. Je suis grande, et plutôt maladroite, et un certain type d'hommes et de femmes s'intéressent à moi, veulent me rencontrer et voir jusqu'où ils peuvent aller avec moi, et je suis très curieuse de comprendre qui sont ces gens. »

Je croise mes mains sur la table. Perky croise ses mains sur les miennes. Elles les couvrent intégralement.

« Je voulais vous rencontrer, c'est chose faite. Je vous ai exposé mes intentions. Voici quelque chose que vous trouverez peut-être intéressant. Pendant les trois prochaines semaines, je vais m'occuper d'un léopard vivant. Vous pouvez venir me rendre visite ; je ne le laisserai pas vous mutiler ni vous tuer. »

Elle s'esclaffe. Elle rejette en arrière ses cheveux, qui sont raides, d'un blond sale, avec une raie au milieu. Elle a des grandes dents chevalines.

Je glisse mes doigts entre les siens. Chacun tire de son côté. Ses mains sont plus puissantes que les miennes.

« Est-ce que vous êtes dans le pétrin, là, tout de suite ?

– Non.

– Est-ce que vous êtes capable de détecter les mauvaises intentions et de vous en éloigner, vite ?

– Oui.

– Vous m'appellerez si vous avez des doutes sur quelqu'un ?

– Oui.

– Est-ce que vous avez assez d'argent pour vivre ?

– Oui, et je ne laisserai jamais personne, homme, femme ou bête, m'installer dans un logement en échange de faveurs. »

Je glousse. « C'est une règle que vous vous imposez, c'est ça ? Comme moi. Je suis prêt à faire tout, sauf commettre un meurtre. Je suis prêt à travailler pour n'importe qui, sauf les communistes. »

Perky éclate de rire et retire ses mains. Il fait chaud. On transpire. Elle s'essuie le front et les aisselles. Elle s'attache les cheveux avec un élastique et me lance un de ces *regaaaards*.

« Je suis contente que vous m'aimiez bien. Ça veut dire que vous êtes perspicace, et que vous appréciez l'originalité. »

Tout à coup, je suis submergé, dépassé. Perky m'effraie, me hérisse et exacerbe mon désir d'une manière inédite. Elle m'expose les restrictions de son code de conduite.

« J'aime bien peloter les hommes et faire des siestes avec eux. Pour le reste, je reporte à plus tard, une fois que j'aurai élucidé certains trucs. »

J'allume une cigarette. Joan en prend une dans mon paquet. Elle souffle quatre ronds de fumée concentriques en réponse aux trois miens. Je suis dans les vapes et dévoré de désir – et je découvre que je ne sais plus où j'habite. Je pose ma tête sur la table. Perky passe ses mains dans mes cheveux.

« Tout va bien, Oncle Freddy. Je sais que t'as tué un homme quand tu étais policier et Billy a dit que peut-être t'aurais pas dû. Je pardonne aux gens, du moment qu'ils ne viennent pas m'emmerder. »

Je lève la tête et j'attire ses mains vers mes lèvres et je les embrasse. Je hume son odeur et la mienne, mélangées.

« Qu'est-ce que Billy t'a dit d'autre sur moi ?

– Il a dit qu'on était tous les deux curieux et seuls, exactement de la même manière. »

Jungle Jaguar. Le parfum discret de la veuve. D'une Joan à l'autre, à une heure du matin. Une enveloppe contenant le prix de ma pénitence dans la poche et une image dans la tête.

Liz Taylor dans *Une place au soleil*. La dernière scène. Monty Clift parcourt le dernier kilomètre. La mise en scène s'affole et prend une subjectivité soyeuse. Un gros plan paroxystique. Liz remplit l'écran.

Elle entrouvre les lèvres. Transposition/transfiguration. J'embrasse la fusion de Joan Perkins et Joan Horvath avant le fondu de fermeture.

L'angle de Camerford et El Centro. Voilà la maison. Quelques lumières éclairent faiblement le salon.

Je me gare et je m'approche. Je reproduis le dernier sourire de Monty et je fais durer le dépôt dans la boîte aux lettres. Je retourne à ma voiture et j'attends. Je siffle « My Funny Valentine » sur le tempo d'une marche funèbre.

Joan Horvath sort. Elle porte le même ensemble d'intérieur que la dernière fois. Elle tient une cigarette et un grand verre à cocktail. Elle retrousse sa moche jupe en laine et s'assoit sur le porche.

Elle m'aperçoit au milieu du refrain. Je monte dans les aigus et fais résonner le thème secondaire. Je la regarde. Elle regarde *vers* moi. La lune apparaît à côté d'un banc de nuages. Je distingue des mèches grises dans son dégradé.

Ses lunettes à monture métallique lui donnent une vision en 3-D. Elle me transperce du regard comme une créature dans une galerie de monstres. Je ferme les yeux et je me projette le gros plan. Un rideau noir se ferme sur son baiser.

LA CAMIONNETTE DE BERNIE SPINDEL

Devant l'immeuble où se trouve l'appartement de Steve Cochran, West *Zarbi*wood 16/2/54

Bernie dit : « Je le sens pas, ce boulot. Ce cinglé psychopathe me fait peur. »

Steve Zob vit sur Havenhurst Drive entre Fountain Avenue et le Strip. Trois bâtiments de style latino tape-à-l'œil autour d'une petite cour sympa. Six apparts par bâtiment, où sont confortablement installés des call-girls et des petits sous-fifres du cinéma.

Il est 9 h 14. Steve est chez lui. Sa Merco tête de nègre est garée derrière.

J'allume une cigarette et j'avale une goulée d'Old Crow. Je ressens un stress atroce et une méchante migraine. J'arrête pas de voir des trucs. Des flics balèzes qui bondissent de leur planque. Des femmes que je veux *vraiiiiiment* fort qui ne sont pas là. Je m'étiole dans l'attente. Je veux du BOULOT. J'avale deux Dexedrine pour mettre de l'huile dans la machine.

Bernie continue. « Il a quatre pièces, plus une salle de bains. J'ai vérifié au Bureau du cadastre du comté. Les murs sont en stuc pas très dur, pas de finitions. Ils seront faciles à percer et à réenduire. J'y ai fait un tour hier soir et j'ai prélevé des échantillons de peinture. Elle est récente, alors elle devrait être facile à retrouver. »

On porte des combinaisons de dépanneurs de télévision. Avec des passes, on arrivera à entrer. Steve Zob est en train de tourner un polar à la con intitulé *Private Hell 36*. Bernie ne l'a pas quitté d'une semelle hier. Il dit que Steve commence sa journée à 9 h 30.

« On va installer le poste d'écoute sur Sweetzer Avenue. Burt Lancaster a sa chambre de torture dans le même bâtiment. Mes marines vont surveiller les deux lieux. On aura un type en place vingt-quatre heures sur vingt-quatre. »

Bernie fait *Oy*. « Burt est à voile et à vapeur. C'est Ward Wardell qui me l'a dit. Il trouve ses garçons par l'intermédiaire d'une tantouze qui s'appelle Dwight Gilette.

– À chacun ses goûts. Tu es une personnalité dans ta synagogue, et tu as huit petites amies *schvartze*. »

Bernie fait *Oy*. Je tends l'index vers la rue. La Merco couleur cerise très mûre roule en direction du sud.

On s'équipe. Perceuses, enduit de rebouchage, peinture, pinceaux – on a. Rouleaux de fil électrique, micros à condensateur, chatterton – on a. Serre-câbles, spatules, aspirateur industriel – on a. Caisse à outils pour le travail de précision – on a.

Nous préparons deux grandes caisses métalliques marquées « Acme TV Repair ». Nous sortons de la camionnette et traversons la cour d'un bon pas. Arrivé devant la porte de Steve, Bernie essaie ses clés dans la serrure. Le troisième est le bon.

Je passe rapidement l'appart en revue. Il est charmant et chaleureux, rigoureusement rangé. Salon, chambre, cuisine, salle de bains, salle d'eau, qui se distribuent à partir d'un même couloir. Un même motif de décoration démentiel :

La Deuxième Guerre mondiale. Des vraies tenues. Du butin de Berchtesgaden et des drapeaux japonais ramenés de Saipan. Des bannières ornées de la croix gammée. Des casques allemands qui servent de bols, pleins d'eau dans l'évier. Des cendriers avec le motif SS. Des plaids ornés du soleil levant. Des lugers exhibés dans des vitrines. Une photo de la chatte d'Eva Braun – la frappadingue *Frau* du *Führer*. Des bibelots choisis sur les fauteuils, les tables, les présentoirs accrochés aux murs. Regardez-moi *ça*, délirant, non ? Des têtes réduites de Japonais, avec des petits yeux brillants dans les orbites, toutes coiffées de casquettes ajustables à l'effigie des Brooklyn Dodgers.

Bernie bave, bouche bée. Je sors mon appareil Minox et je photographie tout. Ça pue le coup fourré. Je vais lui baiser la gueule avec mes photos, à ce taré.

Steve Cochran, le *Bürgermeister* à grosse bite du Reich de L.A. Des nids nazis chez Warner, à la Metro et à la Fox. On va relier ça vaguement à l'article sur la soucoupe volante nazie de l'an dernier. Bondage Bob Harrison faisait la fête avec le parasite paraguayen Alfredo Stroessner et le vilain Juan Perón. Ils cachaient des hordes d'hitléristes, vers 46. Les pisse-copie communistes ont traité *Confidential* de « fascistique », « nativistique », « hypocritique » et l'ont accusé d'être « l'expression de la volonté de vice dans la vox populi ». En démasquant Cochran, on va démonter ces mensonges de gauchistes !!!

Bernie tire sur ma manche et me fait sursauter comme une balle. « Freddy, on s'y met. Arrête de fixer tout ça bêtement. On a du boulot. »

Alors, on le fait, le boulot. On insère des fils entre des lames de lambris et sous des tapis. On perce des cloisons et on fixe des supports de micros. On recouvre soigneusement d'une couche d'enduit et d'une autre de peinture. On aspire toute la poussière de plâtre. On installe des micros dans les fissures, les anfractuosités, les vides sanitaires. Sur les deux téléphones, on démonte le combiné et on le remplace par un micro à condensateur. On examine les lampes sur pied et on place des micros sous les abat-jour. On met la chambre sur écoute, ainsi que le salon. Pas un son ne nous échappera.

Tic tac, tic tac. Plus de quatre heures de travail. Je suis ruisselant de sueur, défoncé à la Dexedrine et formidablement euphorique. On remballe notre matériel. Bernie soupire et lâche un *Oy. Une Bonne Occase, c'est de l'Amour.* Cette maxime maladroite m'émeut.

La station d'écoute de Sweetzer Avenue. Un deux-pièces dans un taudis à côté de Willoughby Avenue. On y enregistre les séances de torture de Burt Lancaster avec des starlettes aux gros seins. Plus les piaules de trois call-girls. Plus une fumerie d'opium au fond de la Hunan Hut – « le meilleur Shanghai Shipwreck de la ville ».

L'appart est truffé de micros, du sol au plafond. On a foutu des câbles et des prises absolument partout. On a quelqu'un à la station d'écoute vingt-quatre heures sur vingt-quatre. Bernie a installé un émetteur-récepteur dans le salon de Steve Cochran. Il est censé être parfaitement opérationnel à 18 heures. 18 heures arrivent, 18 heures sont passées. Je mets le casque et j'écoute le silence.

Jimmy Dean passe nous voir. Il apporte des photos des candidates au mariage de Rock Hudson – à poil – et de courtes biographies. Regardez ça : six petites nanas qui apportent le café sur les tournages et distribuent des pipes à des metteurs en scène bien choisis. Je dis à Jimmy qu'elles sont super canons. Jimmy enfile un casque lui aussi et écoute ce qui se passe au Hunan Hut. Il nous répète des allusions alléchantes. Les livreurs fourguent des cachets qu'ils planquent dans leur *pupu platters* et leur riz sauté au porc. Béla Lugosi et Peter Lorre fument régulièrement là-bas. Ils font la promo de leurs apparitions à l'écran dans l'émission de télévision présentée par Vampira. Vampira a viré sa cutie dans un foyer de jeunes filles. À l'heure qu'il est, d'ailleurs, elle dirige un réseau de lesbiennes au Googie's.

Toujours le silence. Je m'ennuie et j'appelle mon service de messagerie. *Oooooh* – Miss Joan Perkins a appelé. Elle veut savoir si elle peut aller chercher Lance le Léopard et l'installer chez moi. Je la rappelle et j'organise la chose. Je l'invite à la prudence. Elle me répond par un baiser sonore dans le téléphone et dit qu'on se retrouvera très bientôt.

Joi a appelé. Johnnie Ray a appelé. La fille du service de messagerie me raconte qu'ils ont fini par être méchants. « Dites à M. Otash que la sienne n'est pas plus grosse qu'une noix de cajou, et je suis bien placée pour le savoir. » « Dites à M. Otash qu'il est un sale soldat nazi – et bientôt, le monde entier sera au courant. »

N'importe quoi. Je retourne écouter le bruissement du silence.

Les minutes passent. Je fume comme une cheminée et je me gratte les couilles. La Hunan Hut nous livre notre dîner. Je bouffe des nouilles à la Chang et du chop suey de China Joe. Le téléphone de Steve Cochran sonne à 20 h 29.

Steve décroche. La reconnaissance vocale déclenche le micro. « Ici le Surplus de Lew. On solde des pistolets-mitrailleurs Schmeisser, des poignards nazis et des têtes réduites de Japs – grillées au lance-flammes à la bataille d'Iwo Jima. » Steve achète trois poignards et trois têtes. Le type lui confirme qu'il leur ajoutera des casquettes de base-ball des Dodgers.

Re-silence. Je gribouille sur un bout de papier. J'écris « Freddy & Perky » et je dessine un cœur autour. Les minutes s'égrènent. Le téléphone de Steve sonne à 22 h 52.

Je prends l'appel. Les parasites et autres perturbations brouillent l'écoute. Je distingue une voix féminine. Et celle de Steve. Au milieu des parasites, de la friture, du magma sonore, des crépitements : des souffles inaudibles, des émissions obscènes.

Je cogne la console. J'appuie sur le bouton du silencieux. Je tripote des mollettes.

La femme dit : « Ben… je ne sais pas… vous êtes… pouvez le faire signer ? »

Steve dit : « Vous décon… concept… temps est venu… porno de célébrités. Vous voulez parler de… »

La communication se paralyse en parasites, se détériore, diminue et se dissout. Merde.

***

C'est le délire au Googie's. L'Iris Theatre vient de projeter un extrait d'un nouveau film en 3-D. Les réguliers du Googie's ont gardé leurs lunettes 3-D et rigolent comme des gogols.

Quels branleurs. L'effervescence festive me tape sur le système. Des informateurs me repèrent et viennent fayoter. Je me retrouve avec un tas de tuyaux qui ne valent pas tripette.

La barbe. Orson Welles a tué le Dahlia noir. Regardez donc *La Dame de Shanghai.* Vous avez pigé la symbiologie ? *La barbe.* Bill Holden dans le service des patients déments au Queen of Angels. Il se tape les infirmières de nuit deux par deux. *La barbe.* J'ai des photos de la morgue. Le suicide de Carole Landis, en 48. Nu intégral. Toute la touffe. En kodachrome – si je mens, je vais en enfer !!

Non mais quelle barbe. Un complot se fomente pour faire capoter la World Series de l'année. Ce sont les Nations *Juiv*-nies qui tirent les ficelles. *Non mais quelle barbe.* Grace Kelly est nymphomane. Elle a fait virer sa cutie à Johnnie Ray dans un placard à balais au Crescendo. *Non mais quelle barbe.* Je sais que vous n'allez pas le croire – mais Pat Nixon a accouché du bâtard mulâtre de Count Basie !!!

Je crois tout et rien. Je repense à la station d'écoute. Femme inconnue : « … pouvez le faire signer ? » Steve Cochran : « Concept… temps est venu… Porno de célébrités. »

Des points d'interrogation tordus m'entortillent le cerveau et me percent la peau. Je n'arrête pas de me repasser la conversation calomnieuse.

Tout à coup.

Les clients du Googie's se figent. Je me fige. Quatre flics entrent et prennent position. Pas n'importe quels flics. Le Hat Squad du LAPD. Le sergent Max Herman. Le sergent Red Stromwall. Le sergent Harry Crowder. L'agent Eddie Benson.

La Brigade de répression des vols du LAPD. Chasseurs et tueurs de braqueurs. Tous un mètre quatre-vingt-quinze et cent kilos. Tous en costume gris clair et panama blanc. Les plus durs des durs de la police. Les pitbulls personnels du chef William H. Parker. Des molosses missionnés par leur maître pour malmener leurs semblables.

Je me lève. Aussitôt ils m'empoignent. Red Stromwall dit : « Salut Freddy. »

Max Herman dit : « Le chef veut te voir, Freddy. »

Harry Crowder dit : « J'aime bien ton costume, Freddy. Tu l'as volé où ? »

Eddie Benson dit : « T'es un connard depuis toujours, Freddy. »

Max Herman m'attrape par un passant de ceinture et m'immobilise. Red Stromwall me frappe avec une matraque lestée de plomb. Harry Crowder et Eddie Benson me prennent en sandwich. Entre eux, j'ai l'air d'un nabot, d'une demi-portion.

Nous sortons sur le parking. Une voiture banalisée de la police ronronne, à l'écart. Bill Parker est assis sur la banquette arrière. Je me penche. Il se penche. Je dis : « Quoi de neuf, Bill ? Ta femme fait toujours son numéro avec le mulet ? »

Harry Crowder m'assène un coup de poing dans les reins. Red Stromwall me flanque un coup de matraque. Max Herman dit : « Ne hurle pas, Freddy. Ça ferait fille. » Eddie Benson me pousse à l'arrière.

Je reprends mon souffle et je me masse les reins. Parker est en civil. Parker me parle avec sa voix de crécelle du Dakota du Sud.

« Joan Hubbard Horvath, la veuve de l'homme que tu as tué alors que tu étais en service, a été assassinée chez elle hier soir. Ses enfants étaient partis en voyage scolaire. On dirait un assassinat avec agression sexuelle. La maison a été mise à sac, et la femme a été étranglée et poignardée. On a trouvé quatorze enveloppes portant tes empreintes. Deux étaient pleines de billets de vingt et de cinquante dollars. »

Parker marque une pause. Il me regarde méchamment. Genre, je te donne le *malocchio.*

« La victime s'est débattue. Nous avons trouvé des fragments de barbe et de peau sous ses ongles, et je vois que tu n'as pas de marque sur le visage. Son agresseur est du groupe AB négatif. D'après ton dossier tu es O positif. Ce qui te disculpe pour ce qui est du meurtre, mais tu peux tout à fait être complice ou témoin. Je te conseille de me fournir une explication plausible pour la présence de tes empreintes sur ces enveloppes. »

Je regarde Parker méchamment moi aussi. Mon *malocchio* est plus défoncé et plus perfide que le sien.

« J'ai tué Ralph Mitchell Horvath pour obéir à la règle implicite du LAPD selon laquelle les tueurs de flics doivent mourir. Il n'était pas armé. Je lui ai mis dans la main un pistolet intraçable et je l'ai tué d'une balle dans le dos. Ensuite, le flic sur lequel il a tiré s'est remis, et depuis, j'ai des remords. Pour me racheter, je donne de l'argent à Joan Horvath depuis cinq ans. Je ne lui ai jamais parlé. Tu es un bon catholique, Bill. Il t'arrive d'éprouver de la culpabilité, alors tu sais ce que c'est. »

Parker allume une cigarette et me souffle la fumée au visage. En toussant, je lui renvoie la fumée dans la figure.

« Il y a autre chose, qui pour l'essentiel ne plaide pas en ta faveur. D'abord, tu as été vu en train de parler aux agents de la police de Beverly Hills et nous vous avons identifiés, toi et tes copains, comme les auteurs du cambriolage de la suite du sénateur Kennedy. Tu as merdé dans le transfert des empreintes digitales. Tu as disséminé des empreintes des trois enflures qui terrorisent Beverly Hills depuis un moment. C'était une grave erreur. George Collier Akin a quitté la bande il y a deux semaines. Nous avons des informations solides qui le corroborent. Il a prétendu avoir tué la fille qu'ils avaient kidnappée mais Brown et Dulange l'en ont empêché, et la fille a été relâchée. George Collier Akin est soupçonné de faire des repérages dans mon secteur pour préparer des agressions sexuelles, et j'ai dit à Max et aux gars de le trouver et de le tuer. Ils vont peut-être vouloir te parler au cours de leur enquête et je te conseille de coopérer. Cela éviterait peut-être que la police de Beverly Hills porte plainte contre toi. »

Parker marque une pause. Puis il fait : *Casse-toi, cloporte*. Je sors de la voiture. Les Hats me cernent, tout à coup vachement chaleureux.

Max Herman me serre la pince. « Sans rancune, Freddy. »

Red Stromwall me serre la pince. « Fais gaffe à toi, mec. »

Harry Crowder me serre la pince. « Tu nous manques, Freddy. Garde la tête haute. »

Eddie Benson me serre la pince. « Pas de conneries, connard. »

Je me dégage et je retourne au Googie's à fond de train. Je fonce vers la porte qui donne sur la rue, en écartant les serveurs de mon chemin. Je renverse des plateaux au passage. Les clients poussent des cris stridents et se ratatinent, terrorisés. J'attrape un double scotch sur la table de Gene « la Queen » et l'avale d'un trait, sans autorisation. Je culbute une serveuse ; milkshakes et club sandwiches s'envolent. Je sors en courant dans la rue et grimpe dans ma Packard de proxo garée devant.

Le Strip est à un bloc vers le nord. Je grille un feu rouge et je file vers l'ouest. On est pas loin du Ciro's. J'écrase l'accélérateur et je slalome dans la circulation nocturne. Je tourne à droite brusquement au point de frotter mon bas de caisse en entrant dans le parking. Je fusille des phares de Ferrari et de Facel Vega au passage et j'en ai rien à cirer. Deux jeunes gardiens essaient de m'arrêter. Je leur éclate la tête, je les fous par terre et je leur balance un coup dans les couilles. Les boules broyées, ils crient d'une voix de fausset en appelant leur mère à Miami et Milwaukee.

Je déboule dans le club. La piste est archi-bondée. Johnnie Ray occupe la scène. Il ondule de la croupe et massacre son morceau fétiche, « Cry ». Il secoue le micro et glapit comme une poissonnière plaquée de la veille. Il pleurniche, il soupire, il joue avec son accroche-cœur et balance son oreillette à la foule.

Joi et Liberace sont assis tout devant. Je fonce. Des clients me voient, se lèvent et lancent des *Ouah ! Arrêtez !* Je fais dégager des serveurs et une grosse pépée à la table de Bing Crosby. J'atteins le premier rang. Joi et Lee lèvent les yeux. Je lis sur les lèvres de Joi : « Sale enculé de merde. »

Je lui renverse son Tom Collins sur la robe et avec les glaçons, je rafraîchis ses frou-frous. Joi essaie de me mettre un coup de poing et tombe sur les fesses. Des clients hurlent. Johnnie grimpe dans les aigus et crie pour de vrai. Je vide le sac à main de Joi et je trouve son stock de sécobarbital. Je vide le flacon dans ma main. Je fais descendre cinq cachets avec le double martini de Lee. Lee *adoooore*. Il me pince la joue et se pâme. Je retourne, lévite et cavale pour sortir du club. Je m'assois dans ma caisse et je m'éloigne vers l'est sur Sunset.

Un nouveau système solaire me submerge. Les lampadaires deviennent mauves et roses. Des particules de bombe A crépitent et constellent mon pare-brise. Je mate les passants. Les visages des hommes se transformant en gargouilles, ceux des femmes en succubes. Steve Cochran chante « Das Horst Wessel Lied ». J'arrache les drapeaux nazis accrochés sur ses murs.

J'arrive à Vine Street. Je prends la direction du sud avant de couper par Camerford Avenue.

La maison des Horvath est sous les projecteurs. Des voisins sans gêne regardent bouche bée. Des lampes à arc éclairent violemment la maison et mitraillent le ciel. Je me gare derrière une rangée de bagnoles de police et de voitures banalisées. Des flics en civil et en uniforme arpentent le porche. Le jardin devant est jonché de jouets d'enfant et de meubles. La porte d'entrée est grande ouverte. Les gars des empreintes s'activent. Les photographes photographient. Les techniciens inspectent le plancher à la loupe.

Des connards de la Répression des vols examinent les fenêtres et se marrent. Je vois Harry Fremont en pleine action. Les barbituriques me barbouillent et me donnent la berlue. Je pars en vrille. Les lampes à arc m'éblouissent et me brûlent les yeux. Joan Horvath et Joan Perkins m'embrassent comme Liz dans ce fameux plan rapproché. Puis, trou noir. Soudain je vois Bill Parker et Red Stromwall se passer une flasque sur le porche. J'incline le dossier de mon siège pour ne pas prendre la lumière dans les yeux. Allongé dans l'ombre, je sombre, après voir supplié : « Dieu, je t'en prie – protège-moi. »

Je finis par me réveiller sous le soleil qui tape sur le pare-brise. Mes vitres sont remontées. Un flic est posté dans la rue et me dévisage. Je ne le reconnais pas. Il monte dans une voiture banalisée garée devant moi. J'attrape un bout de papier et je note le numéro.

Tout me revient. Je supplie le soleil de s'éclipser et je referme les yeux. Dans le noir, Rosie Clooney chante « Hey there, you with the stars in your eyes ».

LE BUREAU DE LA SÉCURITÉ AU MINABLE HOLLYWOOD RANCH MARKET

17/2/54

Je me retrouve dans le *Mirror*. CIRK AU NITEKLUB : L'ENQUÊTEUR FRED O. SÈME LA TERREUR. Dans le *Herald* : LE FLIC DE CONFIDENTIAL CRÉE LA PANIQUE AU CIRO'S. Ces titres flatteurs me font chaud au cœur. Ma fierté est immédiate. La mort de Joan Horvath me ramène au réel. Freddy, mais qu'as-tu donc fait ?

Bondage Bob appelle et me félicite. Les insinuations de la presse ont fait bondir les ventes de *Confidential* ce matin. Le Ciro's, c'est le territoire du shérif. Bob a appelé Gene Biscailuz avec une promesse de don de dix mille dollars pour sa campagne de réélection. Suffisant pour couvrir les frais provoqués par mon accès de colère de dix minutes et désamorcer d'éventuelles plaintes.

Joan Horvath a droit à un entrefilet insignifiant dans les pages locales du *Herald*. UNE VEUVE ASSASSINÉE À SON DOMICILE DE HOLLYWOOD. CAMBRIOLAGE ET MOBILE SEXUEL ENVISAGÉS.

Bob et moi, on parle affaires. Je lui balance les ragots sur la chasse à l'épouse pour Rock Hudson et je lui expose les dernières infos sur les candidates. Bob connaît l'une d'elles, Claire Klein. Elle a joué les complices d'extorsion pour *Whisper*, en 51. Son boulot à temps partiel chez Universal n'est qu'un stratagème pour rencontrer des hommes susceptibles d'être escroqués. Je donne mon point de vue. Il faut qu'on devance les magazines people sur ce coup-là. Révélons la vérité sur Rock le pédoque et ses rencards insincères avec des femmes sincères. Gonflons les allusions. Derrière l'ombre, la proie. Hollywood est prêt à te baiser quand personne d'autre ne le fera.

Bob est d'accord. Il ajoute : on va doubler Rock le soir de sa nuit de noces et divulguer son penchant pour les garçons. On éclate d'un rire irrépressible devant l'ironie. Je lui parle de nos découvertes sur Steve Cochran. Bob balaie d'un *peuh-peuh* mon histoire de collection d'objets nazis-japs et décrète que Steve est un mordu d'histoire, rien de plus. Lui-même a acheté un bikini imprimé avec la croix gammée porté autrefois par Leni Riefenstahl pour la modique somme de cinq mille dollars. Quand sa petite amie s'est montrée dedans à la grande fête en plein air donnée par la Fondation pour la polio, elle n'est pas passée inaperçue.

« Et tu sais, Freddy, j'ai entendu dire que Cochran était plutôt de gauche, ces derniers temps. »

Je termine la conversation sur la mention immonde de « porno de célébrités ». Bob me dit de m'occuper moi-même de la station d'écoute. « Et si ça marche comme prévu, on enverra un appât féminin pour piéger Steve – Claire Klein, par exemple. »

Bob raccroche sur un « Sayonara ». Je rétorque « auf Wiedersehen ». Je défèque, je me rase et m'oblige à m'approcher du miroir. Je me vois, et je vois où toute cette affaire est en train de me mener. Freddy, mais qu'as-tu donc fait. J'appelle Harry Fremont et conviens d'un rencard pour déjeuner.

Je rentre chez moi. À côté de ma porte d'entrée se trouve un arceau de basket. Perky est en train de tirer des paniers. Elle porte sa tenue de l'USC. Les gamins du quartier la regardent. Lance le Léopard est couché sur mon paillasson. Les gamins le caressent et lui donnent des chips.

Je m'approche de Joan. Je lui dis : « Si tu arrives à me convaincre que tu as vraiment dix-neuf ans, j'irai t'embrasser dans le cou. »

Elle rit. Elle lâche le ballon et rassemble toute sa chevelure d'un côté. Les gamins observent l'échange. *C'est dingue. Elle est plus grande que lui.*

« Je suis née le 18 janvier 1935, à Good Samaritan. Ce qui veut dire que tu peux y aller. »

Je caresse ses épaules nues et je l'embrasse dans le cou. Je me mets sur la pointe des pieds pour y arriver. Les gamins applaudissent. Lance le Léopard nous regarde et grogne.

Perky exécute trois tirs à trois points et pivote. Elle m'attrape par la ceinture et m'entraîne dans mon appartement. Lance rentre avec nous. Il passe par la salle de bains et boit de l'eau dans la cuvette des toilettes. Joan fait au revoir aux enfants avant de fermer la porte d'un coup de pied.

Je m'écroule sur le canapé. Ma basketteuse se détend et pose la tête sur mes genoux.

« Ma mère m'a montré le *Mirror*. Tu t'es bien amusé au Ciro's hier soir ?

– Tu vis avec ta mère et ton père ?

– Avec ma mère. Mon père a été tué à la bataille de Saipan, quand j'avais huit ans. Qu'est-ce que tu as fait, toi, pendant la guerre ?

– J'étais instructeur à Parris Island. J'ai entraîné des marines qui se sont fait tuer à Saipan mais je ne suis jamais parti.

– Pourquoi ?

– Parce que je savais que je me ferais tuer et je n'avais pas les couilles de prendre ce risque.

– Pourquoi ?

– Parce que je suis peureux et égoïste, et il faut toujours que j'obtienne ce que je veux, et je n'irai pas plus loin sur ce sujet. »

Joan replie mes doigts et embrasse les jointures. Elle enlève ses baskets et laisse ses jambes pendre par-dessus l'accoudoir du canapé. Lance s'installe sur mon fauteuil préféré et se met à se lécher les balloches.

« Tu es attentif, aussi. Tu as oublié de le dire. Et tu es réservé et réfléchi avec moi. Et aucune des filles de chez Linda ne te déteste, alors que tu as cassé la moitié des bouteilles d'alcool lors de cette fameuse descente en 48. Et tu es ennuyé d'avoir dit du mal de moi, alors que tu espionnes les gens avant de tout divulguer sur eux dans ton magazine, et tu tabasses ceux qui menacent de poursuivre en justice ton magazine de voyou. »

Je souris. « J'ai volé les bouteilles que je n'ai pas cassées et Billy Eckstine me les a rachetées à moitié prix.

– Billy t'aime bien. Je ne serais pas ici si ce n'était pas le cas.

– Billy est Billy, et il n'est pas le citoyen modèle que tu crois. Il a essayé de te mettre dans notre lit, à ma petite amie, enfin, ex maintenant, et moi. »

Perky libère mes doigts et pose mes mains sur ses seins. *Hey there, you with the stars…*

« Billy me surestime, sur plein de plans.

– Tu as dix-neuf ans, et tu regardes partout. Tu as de l'audace – et tu penses que les règles ne s'appliquent pas à toi. Et je n'irai pas plus loin sur ce sujet, sauf si je te vois commencer à commettre des erreurs.

– Tu es en train de dire que la seule chose que tu peux m'apprendre maintenant, c'est l'efficacité ?

– Je dis que pour certaines personnes, une bonne occase, c'est de l'amour, et tu en es peut-être une. »

Le duo bizarroïde à la station d'écoute. Léopard en laisse et basketteuse balèze. Race Rockwell et Ward Wardell se *pâââââment.*

Joan porte une jupe en tweed, des chaussures plates bicolores et une chemise en oxford rose. Lance a un collier à pointes que Bondage Bob lui a acheté pour Noël. J'apporte trois pizzas et un pack de Brew 102 fraîches.

Perky domine nettement les trois gaillards. Lance inspecte le poste et se laisse caresser. Race lui donne à manger de la pizza aux anchois. Ward exhibe notre nouveau panneau de liège. Un bandeau marqué "Opération Rock se Marie" en gras est collé en haut, et il est couvert de photos de nus et de commentaires coquins.

On dévore la pizza avant de se remettre au travail. Race écoute le Hunan Hut, je prends la ligne téléphonique de Cochran. Ward s'occupe de la ligne de la Call-Girl n° 1, Perky, de la Call-Girl n° 2. Je n'ai pas fait cette distribution au hasard. Ce poste est la ligne des lesbiennes. C'est Bernie Spindel et moi qui avons installé les micros au Flores, au sud, sur Sunset. Sur la sensationnelle scène saphique, ça chante toute la nuit et on y surprend parfois des camionneuses connues. Voyons comment Perky apprécie et agit.

On rapproche des chaises. On se branche. On met les écouteurs. Lance bouffe les croûtes de pizzas avant de s'endormir par terre.

Je m'assois tout près de Joan. On se fait du genou et nos mains s'affolent et se frôlent. Je me tape deux heures de rien. Un inconnu appelle Steve Zob à 8 h 19. Steve lui donne le nom de Cal. Ils parlent positivement de *Private Hell 36.* Steve cafte sur Howard Duff et sa femme Ida Lupino. Duff est un poivrot. La Lupino est une goulue. Elle l'a sucé derrière le food-truck sur le tournage. Dorothy Malone a maté. « Je suis en train de bosser sur un projet de porno de célébrités. Elle serait une candidate idéale. »

Bingo !!! – Indice n° 1 sur le film porno. 20 h 27.

L'appel se termine à 20 h 33. S'ensuit un silence soporifique et claustrophobique. Je regarde Perky bosser sur la ligne des lesbiennes. Elle a les écouteurs bien collés sur les oreilles et gribouille des notules sur son bloc-notes. Elle manifeste un plaisir visible.

Je m'ennuie comme un manchot. Je décroche du panneau de liège la photo de Claire Klein à poil et son dossier, et je me rassois. Joan me prend la photo et l'examine. Elle me fait un clin d'œil et lance un *Ooooh-là-là.* « Rock devrait épouser *celle-là* », dit-elle.

Je clind'oeille à mon tour. Claire est canon et elle a des références intéressantes. Née à New York le 11/8/1921. Lieutenant chez les WAVES pendant la Seconde Guerre mondiale. Traduite en cour martiale et renvoyée pour déshonneur à cause d'un lèche-cul. A émigré en Palestine en 47. A séduit et torturé des espions arabes pour l'Irgoun et le Lehi. *Merde* – les Arabes, c'est ceux qui me servent d'alibi !!!

Claire revient en Amérique. Elle s'installe à L.A. et obtient une qualification d'enseignante. Elle enseigne l'algèbre à la Le Conte Junior High. Elle a un boulot à temps partiel dans les studios de cinéma. Claire est une arriviste. Elle écrase tout sur son passage et elle avance. Bob Aldrich, Otto Preminger, Henry Hathaway, Willy Wyler. Elle va voir la chambre des tortures de Burt Lancaster. Burt veut la faire tourner sur sa cible géante fixée au mur et lancer des fléchettes en visant ses jambes. Elle refuse de jouer. Burt devient insistant. Claire lui montre la lame qu'elle porte attachée à sa cuisse gauche. Burt fait monter les enchères. Claire lâche des noms.

Mickey Cohen, Lou Rothkopf, Sammy Dorfman, Baldy Stein. Les cow-boy casher impliqués dans les trafics de L.A. Tous des sionistes grotesques. Tous alcooliques, tous aliénés. Burt bat en retraite – Claire est pourrie jusqu'à la moelle et elle a un réseau résolument puissant.

Le téléphone de Steve Zob sonne. Note – 22 h 21.

Steve décroche. Inconnu n° 2 se met à jacasser. Steve l'appelle Fritz. Ils commentent le marché de l'épée japonaise et des têtes réduites de Japs. Fritz parle d'une « industrie en plein expansion ». Les chiffres sont là. Le marché est à la hausse sur la coutellerie nazie, toutes les pièces sont estampées d'une croix gammée. Sans compter les casques nazis convertis en chauffe-plats et soupières.

Steve dit : « J'ai décidé que ma phase chleuh était terminée, Fritzie. Trouve-moi des pistolets Makarov et des objets de collection du NKVD. Je ne dirais pas non à des poignards provenant de la collection privée d'un quelconque Ivan de la Loubianka. »

La conversation se poursuit ainsi. Je repense à ce que m'a dit Bondage Bob : « Cochran est plutôt de gauche, ces derniers temps. »

Cochran raccroche – 22 h 42. Le silence me saoule et m'ensommeille. Je me réfugie dans un lieu de douceur et de sécurité. Je ronfle en rythme avec Lance le Léopard, allongé à mes pieds.

Les minutes s'égrènent. La douceur et la sécurité deviennent une chaleur mouillée. Je nage dans le Styx. Joan Horvath me rebaptise. Elle porte un bikini sur lequel sont imprimées des croix gammées. Perky m'arrache mon casque. Quelle innocence, quelle allégresse.

« Écoute ça, Oncle Freddy. On va pouvoir relier les points. Claire Klein tapine, à temps partiel. Elle a couché avec ce gars de la culture au Parti communiste, V. J. Jerome, qui est censé être en infiltration à Hollywood, et le troisième larron, c'est Babs Payton, qui part en sucette depuis qu'elle a plaqué Franchot Tone, d'après les magazines de midinettes que lit ma mère. Ils se sont envoyés en l'air pendant deux heures d'affilée, et ensuite, ils ont bu de la vodka et bouffé du borscht. »

LE GRILL D'OLLIE HAMMOND, OUVERT TOUTE LA NUIT

À L'ANGLE DE WILSHIRE BOULEVARD ET SERRANO AVENUE, 18/2/54

On boit pour le déjeuner. J'ai un appétit d'ogre. J'ai passé la matinée à tabasser des journalistes trop assidus. Morty Bendish du *Mirror*. Les gars de *Transom* et de *Whisper*. Je leur ai dit que Rock Hudson, c'était *mon* scoop, mon X-clusivité. Ils ont râlé, ont flippé et pleurniché. Ma matraque lestée de plomb s'est retrouvée tachée de sang. J'ai déchiré leurs contrats et piétiné leur droit à la liberté d'expression.

Harry met son insigne sous le nez de notre serveur. Il nous donne une bouteille du stock de la police à moitié prix. Old Crow et Dexedrine – ça dépote !

« Venons-en au fait. Tu veux qu'on te mette au parfum sur le refroidissement de Joan Horvath. T'es bien trop sentimental avec cette tarée depuis des années. Le ticket d'entrée, c'est cinq cents dollars, et cent dollars chaque fois que t'as besoin d'un service. »

Je prends ma pince à billets et je prélève dix billets de cent. Même fatigué, Freddy a toujours du fric. Harry empoche le cash et biche.

« Ça ressemble à un 459 qui a mal tourné. Le type est entré par une fenêtre et a laissé des empreintes de gants en caoutchouc sur le rebord. Il avait le sac à main de Joanie entre les mains quand elle s'est réveillée ; elle s'est battue avec lui. Elle l'a griffé, et on a prélevé du sang AB négatif et des poils de barbe foncés et rêches de sous ses ongles. Jusque-là, tout va bien. Mais il n'y avait pas assez de sang pour effectuer des comparaisons. Dans le cas précis, cela signifie que le groupe sanguin peut permettre d'éliminer des suspects, mais pas constituer de preuve. »

Je me gargarise à l'Old Crow. « Continue, et dis-moi pourquoi tu as traité Joan de tarée. »

Harry tapote de l'index sur sa tempe. « D'abord, elle s'est mariée avec Ralphie Horvath, a eu deux enfants et elle est restée avec lui. Deuxièmement, elle était surqualifiée pour un petit voleur sans envergure comme Ralphie. Elle avait fait des études, elle était genre spécialiste d'histoire russe, mais tout ce qu'elle faisait, c'était rester chez elle pour s'occuper de ses moutards pleins de morve. »

J'allume une cigarette. « La grande question, c'est : est-ce que c'est George Collier Akin qui a fait le coup ? »

Harry secoue la tête. « Je n'en suis pas sûr. Bill Parker en est convaincu, il a persuadé les gars du Hat Squad, et tu sais ce que ça veut dire. Parker a vu la photo prise à l'hôpital de la fille que Akin, Brown et Dulange avaient enlevée et maintenant, il voit rouge, le mercure du thermomètre qu'il a dans le cul est presque au point d'ébullition. Il veut la peau d'Akin, les Hats veulent sa peau, et c'est vrai qu'Akin s'est désolidarisé de Brown et Dulange parce qu'ils n'étaient pas d'accord pour liquider la fille. OK, on peut supposer qu'Akin – qui commet ce genre de délits depuis longtemps – s'est mis à bosser en solo, et très probablement à L.A. Jusque-là, admettons. Sauf que je connais ce salopard depuis 43, et l'affaire Horvath ne ressemble pas à ce qu'il fait d'habitude. »

J'écrase ma cigarette. « Comment ça ? »

Harry répond. « Il a une barbe noire et épaisse, là, ça colle. Je suis allé voir dans son dossier, et il est bien du groupe AB négatif, ça correspond, et en plus, c'est un groupe assez rare. Mais en 43, j'ai arrêté Akin pour huit cambriolages et chaque fois, il portait un masque de diable en caoutchouc rouge, qui lui couvre bien le cou pour le protéger des griffures et des entailles, et pour terroriser encore plus ses victimes – parce que c'est le fils de pute le plus sadique que je connaisse. En même temps, si les Hats veulent sa peau, pourquoi je ferais du foin ? »

Je m'envoie une rasade d'Old Crow, qui redirige mon flux de Dexedrine, *molto bene*.

« Il *voulait* tuer la pom-pom girl mais à ta connaissance, il n'a jamais tué de femme, avant ça. »

Harry joua avec son verre. « Jamais. Il était enfermé à Quentin de 43 à 51. Il est sorti en novembre, a violé sa conditionnelle, et il est devenu incontrôlable. Nous avons eu six cambriolages avec agression attribuables au Red Devil Bandit – toujours avec des lésions corporelles graves, pas loin du meurtre. Ensuite ce salopard se met à la colle avec Brown et Dulange, et à partir de là, ça devient l'affaire de la police de Beverly Hills.

– Il s'est séparé de Brown et Dulange il y a deux semaines, dis-je. Tu "supposes" qu'il bosse en solo mais tu "laisses penser" qu'il ne reproduit pas exactement son mode opératoire de Diable rouge, et tu n'as aucun fait de cambriolage à lui mettre sur le dos à coup sûr. »

Harry soupire. « En plein dans le mille. Qu'on ne dise jamais que le tristement célèbre Freddy O. manque d'intelligence. »

Je fume sans m'arrêter. « Quoi d'autre ? Décris-moi la scène de crime.

– La baraque a été mise à sac. Je crois qu'il cherchait quelque chose de particulier, en plus de l'argent liquide et des bricoles qu'il pouvait emporter avec lui. Il y avait plus de six mille dollars que tu avais donnés à Joanie planqués dans l'armoire à vêtements, et il ne s'est pas donné la peine de chercher le fric ni de le voler. Toute cette affaire sent la haine personnelle à plein nez. C'est typiquement un acte de vengeance. »

Je sors ma liasse de ma poche et je prélève cinq billets de cent supplémentaires. Harry s'empresse de les prendre.

« C'est un plaisir de faire affaire avec toi, Freddy. J'aurai un dossier complet sur Joanie d'ici demain. »

Je sens tout à coup monter une nostalgie nocive. « Harry », « Ralphie », « Joanie ». De 49 à 54. Un bleu, à l'époque. Devenu aujourd'hui le Pervdog of the Nite.

« Je me rappelle ce fameux jour, dans la salle de garde. Tu étais plus jeune, et moins gros. "Hé, gamin, t'as l'air de t'ennuyer. Va voir ce Ralphie et descends-le." »

Harry secoue la tête. « La ferme, Freddy. Tu ne peux pas semer la merde comme tu le fais quotidiennement et croire que ta croisade bidon va te rendre tellement propre que tu deviendras irréprochable. »

« Propre », eh ben merde alors. « Croisade bidon » – quelle méchanceté. Harry Fremont est un tordu, un vendu depuis le premier jour. Il sait que dalle sur le fait qu'une Bonne Occase, c'est de l'Amour.

Je rentre chez moi. Je trouve la porte grande ouverte. J'entends des hurlements, des miaulements, des grondements, des cris stridents et des rugissements. Je me précipite et je pige.

Les deux adversaires, toutes griffes dehors. Lance le Léopard contre Joi Lansing – mon extravagante ex et partenaire privilégiée de mes entreprises d'extorsion.

Joi était venue récupérer des sous-vêtements qu'elle avait laissés. Lance a flairé que c'était pas réglo. Il a collé Joi contre le mur et a tailladé sa toilette, ne laissant que des lambeaux. Sa robe est en loques, son soutien-gorge ne soutient rien. Il agrippe de ses griffes les étoffes effilochées et déchire, arrache, met en charpie. Lance est déchaîné contre Joi. Il a visiblement très envie d'un effeuillage féminin.

Je me marre. Joi braille : « Freddy ! » J'attrape Lance par son collier à pointes et je tire comme un malade. Lance cède et obéit à contrecœur. Il grogne brièvement avant de se retirer en boudant dans la salle de bains. Je l'entends s'offrir une bonne lampée d'eau de chiotte en apéro.

« Ça gaze, bébé ?

– T'es vraiment un sale type. »

Je m'avance vers elle. Elle s'avance vers moi. Elle m'envoie un crochet du gauche que je prends dans la joue. Elle me met une droite. J'encaisse et je la pousse pour qu'elle s'assoie sur le lit. Elle dit : « Un pour ce que tu as fait à Johnnie, et un pour ton cirque au Ciro's. Et dis à Lee d'arracher les griffes à son greffier. »

J'approche une chaise. Joi attrape son sac à main et sort son paquet de cigarettes. Je l'allume.

« Je suis content de te voir, ma grande.

– Tu ne comprends rien, connard. Je ne reviendrai jamais et je ne travaillerai plus jamais avec toi – jusqu'à la fin de ma vie. »

Je ris. « J'ai un plan. Il faut une femme à Rock Hudson. Lew Wasserman protège sa réputation et l'investissement d'Universal. Je pourrais te le faire épouser, contre dix pour cent de la pension alimentaire quand tu le quitteras. »

Joi essaie de me donner un coup de pied. Son escarpin s'envole et me rate. Ses bas sont filés, couverts d'échelles. Lance les a lacérés *graaaaave*.

« Pas question que je revienne.

– Je t'ai entendue, la première fois.

– Plus de chantage, plus de coups montés, plus de triplettes.

– Allez… Tu ne veux plus de Liz Taylor dans notre plumard ? »

Joi souffle sa fumée vers moi. Sa façade farouche s'effrite un peu. Elle m'a mis deux bons coups. J'essuie le sang sur mes lèvres.

« Le monde est au courant de tes combines, Freddy. Ton petit numéro du “Despote des potins qui tient Hollywood en otage” commence à fatiguer sérieusement les gens.

– Qui c'est, les gens ? Allez, chérie, dis-moi des noms qui signifient quelque chose pour moi. »

Joi agrafe son soutien-gorge. « Steve Cochran, par exemple. Il dit qu'il vous a vus, Bernie Spindel et toi, en train de fouiner vers chez lui. Il a inspecté son appartement et n'a rien découvert, mais il t'a catalogué comme le Cafard Public numéro un, et il dit qu'un de ces jours, tu vas te prendre une sacrée rouste. »

Steve Zob. Voilà qui est intéressant. Il cache quelque chose, je le sens.

Je mens carrément. « Il y a plein de call-girls qui habitent dans son immeuble. Bernie et moi étions en train d'installer des mouchards. “Fouiner” ? N'importe quoi. Il dit n'importe quoi, et le magazine ne s'intéresse absolument pas à lui. »

Joi jette son mégot dans ma direction. Il roussit ma veste Sy Devore.

« Tu es jaloux. Steve a tout ce qui te fait baver. Je te connais, Freddy. Tu veux absolument en savoir plus, et tu vas me payer pour le débrief. »

Ma gorge se serre, plus rien ne passe. Mes mains frétillent, se tortillent. Je sors mon portefeuille et je jette des billets sur le lit.

Joi les ramasse et les compte. *Confidential* a les moyens. Mille dollars pour cinq minutes de cafardage.

« Je suis tombée sur Steve chez Johnnie. Il m'a dit qu'il faisait un film porno à “message”, basé sur un morceau de hillbilly que chantent Bill Haley et ses Comets – je sais même pas qui c'est. Il essaie de recruter des acteurs et des actrices connus. Comme le film ne sera diffusé qu'en projection privée, la carrière de personne ne risque d'être touchée. La chanson s'appelle « Thirteen Women and Only One Man in Town ». La bombe atomique détruit le monde, il ne reste que treize femmes et un homme dans un petit patelin en plein désert, et l'homme a une queue énorme, et il a pour mission de repeupler le monde. Tu piges ? Steve est surexcité, et il est le réalisateur, le scénariste et, à l'évidence, le premier rôle. Il dit qu'il a un soutien financier, mais je ne le crois pas. Tu piges ? Il veut attirer treize femmes dans le désert pour qu'elles se fassent sauter et il y a des chances qu'il n'y ait pas de pellicule dans la caméra et que tout ça ne soit qu'un gros délire. »

« Porno de célébrités. » Le nom de Steve Cochran dans le répertoire de Jack Kennedy. Les relevés téléphoniques. Steve appelle Jack / Jack appelle Steve / Steve appelle Jack.

Je sens que c'est du *lourd*.

« Cinq mille, chérie. Je t'équipe d'un micro et je t'envoie là-bas le faire parler. »

Joi sourit. « Tu es bien malléable, Freddy. Tu as toujours été facile à manipuler. C'est la seule chose qui m'ait jamais attirée chez toi. »

Je roule jusqu'au Ranch Market. Une émission de radio grésille, là-haut dans mon bureau. Vous savez quoi ? Le sénateur soiffard Joe McCarthy étrille les cocos et balance des assignations à comparaître à tour de bras. Et quoi encore ? L'ami Joe et Bondage Bob ont des intérêts communs – transactions foncières douteuses et location de taudis sordides. Hé hé – Freddy le fou sait tout et tient fermement tous les atouts dans sa main.

J'éteins la radio et je vérifie mon courrier. Harry Fremont m'a livré, pronto. *Bingo !* – le dossier personnel de Joan Hubbard Horvath.

Joan, l'intello à la vie étrangement modeste. Entre les années 39 et 45, elle est inscrite à UCLA. Elle engrange des diplômes supérieurs dans les langues d'Europe de l'Est. Elle parle couramment italien, polonais et russe. Elle travaille comme interprète auprès du Sénat de l'État de Californie, en 1946-1947. Elle épouse Ralphie Horvath en 48. Elle pond la progéniture de ce dégénéré. Elle n'a aucune source de revenus connue, ni autrefois, ni aujourd'hui. *Mais* – et ça, c'est du lourd – Red Stromwall a trouvé un livret d'épargne de la Bank of America planqué sous les petites culottes de Joan. *Et* – le solde sur ce compte dépasse les quatorze mille dollars.

Ça, ça interpelle, ça interroge.

Je me souviens de cette voiture de flic garée près de la scène de crime. Je me souviens du numéro de plaque que j'avais noté à l'époque. J'appelle le Service des cambriolages et je chope Harry Fremont. Dans quel service travaille ce mec ? La plaque ne correspond pas au LAPD. Harry dit que d'après les derniers chiffres c'est une instance fédérale. Peut-être le FBI. Ou le Trésor.

J'avale deux cachets de Dexedrine et les fais descendre avec de l'Old Crow. *Aaaahh* – mon système sanguin s'enrichit et se densifie. J'appelle mon service de messagerie. *Aaaahh* – le monde entier veut parler à Freddy le Franc-tireur !!!

Joi a appelé. Son petit rendez-vous avec Steve Zob est prévu pour dix-neuf heures. Perky a appelé. Elle dit qu'elle passera chez moi plus tard ce soir. Bondage Bob a appelé. Quelles sont les nouvelles, l'ami – du nouveau sur Steve le bien-monté ? Jimmy a appelé ; c'est officiel, Claire Klein a signé pour le plan mariage de Rock. Minuit au Googie's – on se retrouve là-bas pour les présentations. J'appelle Bernie Spindel. Rendez-vous à 18 h 15 à Havenhurst. Joi va piéger Steve Zob.

Ouah – Freddy le frénétique est *trèèèèès* demandé !!!! Il est devenu INCONTOURNABLE.

Joi râle. Elle a coupé court à ma dernière proposition provocante. Nous lui posons le micro à l'arrière de la camionnette de Bernie. Freddy, c'est trop serré. Freddy, le fil fait un gros paquet dans mon soutien-gorge. Bernie, arrête de me peloter – enlève tes grosses pattes de mes nichons.

L'installation du micro prend un quart d'heure. On vire Joi et on va se garer du bon côté de la rue, en face de chez Steve Cochran. On entend des parasites et des talons qui tap-tap-tapent sur le trottoir. Dans notre casque, on chope le moindre bruissement, tous les sons. Bernie bricole l'émetteur-récepteur. L'ensemble s'harmonise dans nos oreilles. *Toc toc toc* – Joi est devant la porte de Steve Zob. *Criiii/clac* – bruit de serrure. Steve la fait entrer.

Parasites / voix qui babillent / sons superposés. Bernie manipule les molettes et recalibre les fréquences. Des verres qui s'entrechoquent. Steve sert à boire. Le cliquetis d'un briquet.

Joi soupire. C'est le signal pour nous dire « on est installés ». On est parés. Vas-y, compromets-toi, connard. Le porno, c'est un crime. *Confidential* ne va pas te rater. San Quentin se profile à l'horizon, mec.

Joi dit : « Qui a fait la déco ici ? Hermann Goering ?

– C'est le décor pour le film, répond Steve. Je travaille sérieusement l'immersion dans le contexte. Je réfléchis à une intrigue secondaire. Le type qui entreprend de repeupler le monde est un ancien sympathisant nazi et il renonce au nazisme pour embrasser une vision unifiée du monde. Le thème principal de ce film, c'est l'apostasie. Il n'est pas seulement question de s'amuser et de s'envoyer en l'air. »

Joi se marre. « Vous êtes très d'avant-garde.

– Je suis même au-delà, vous voulez dire.

– Ah ouais ? fait Joi. Eh bien, qui d'autre est de cet avis ? Je veux dire, à combien de gens connus vous avez fait signer le contrat, en dehors de vous-même pour le premier rôle ?

– Anita O'Day et Barbara Payton ont signé et paraphé. Lana Turner réfléchit sérieusement.

– Y a pas de quoi se vanter. Anita est une junkie, et Babs vend des passes pas chères au Drive-In de Stan. Et Lana… – elle se fiche de vous. »

Steve répond : « Attendez la suite. J'ai fait signer Gene Tierney. Ça vous en bouche un coin, non ? Elle a joué dans *Laura* et *Péché mortel*, et elle était fiancée à Kennedy, avant qu'il ne décide d'épouser l'autre coincée. »

Oh-oh – voilà que Jack K. fait son apparition. Son nom figure dans le répertoire de Steve Zob.

Joi dit : « Mon ex, Freddy, a envoyé des filles à Acapulco, pour pimenter un peu sa lune de miel. J'en connais un bout sur Jack, croyez-moi.

– Et moi, j'en connais un rayon sur Freddy O. Mes amis dans le monde politique m'ont fait part de rumeurs. Les studios sont en train de rassembler une caisse noire pour détruire *Confidential*. Freddy et son unité d'assaut cafardent depuis un moment tous ces pédés, ces gouines et ces gens politiquement éclairés. Retenez bien ce que je vous dis : l'étau se resserre sur Freddy. »

Bernie roule des yeux et fait *Oy*. Je me mets à suer à grosses gouttes. « Caisse noire ». « Gens politiquement éclairés ». Chez moi, ça se traduit par COCO.

Joi dit : « Donnez des noms, mon cher. Vos copains dans le monde politique. Qui est-ce qui va me protéger, dites-moi, pour que je sois sûre que ça me fasse pas de tort, si j'apparais dans votre film.

– Jack Kennedy, pour commencer. Joe McCarthy, même si c'est un facho, d'après *Confidential*. On a aussi le sénateur Bill Knowland et le sénateur Hubert Humphrey. Tous ces poids lourds sont des amis à moi, et ils n'hésiteront pas à étouffer toutes les rumeurs qui risqueraient de filtrer à propos du film. Vous avez ma parole qu'il ne sera projeté que pour des gens choisis du monde politique et du cinéma – des gens qui veulent voir – si vous me passez l'expression – des stars de cinéma en train de baiser, de sucer et de prêcher l'évangile anti-bombe A que moi seul suis capable d'écrire. Ceci est un projet d'envergure à tous points de vue, jeune dame – et vous pouvez y participer dès maintenant. »

Bernie fait *Il est malaaaaaade*. Bernie attrape son entrejambe et fait *Oy*. Des parasites viennent parasiter la transmission. Je manipule les molettes et le son est plus clair.

Joi dit : « … et j'adorerais pouvoir me passer du fric. Mais je vais vous dire, je trouve bandante l'idée de baiser à l'écran. Tant que le film ne circule pas partout, comme la photo de Marlon Brando la bouche pleine. »

Steve dit : « Marlon veut être dans le film. J'ai cette information de source sûre. »

Joi se marre. « N'importe quoi. Comme dit Bondage Bob Harrison, "je suis le maître de vos sources sûres". »

Steve ricane. « Mr V. J. Jerome est ma source sûre. Qu'est-ce que vous dites de ça ? Tous les acteurs du Group Theatre lui obéissent. Et pas la peine de me servir cette fameuse calomnie qu'il serait employé par le Comintern. V. J. sait reconnaître du divertissement de qualité. »

Joi ricane. « OK, puisqu'on en est à s'envoyer des noms. OK, donnez-moi le nom de quelqu'un qui pourra m'aider vraiment si ma carrière au cinéma et à la télévision tourne court.

– Harry Cohn. Qu'est-ce que vous dites de *ça* ? Il est à la tête de Columbia et il finance mon film. Il s'assurera personnellement que seul un cercle de gens très restreint et trié sur le volet voie ce film. Ce n'est pas un film porno comme on en passe au Elks Lodge. »

L'émetteur-récepteur grésille et crépite, crachote de la friture qui brouille la conversation. Bernie bricole les boutons et rebranche la console. Je chope des bribes.

Steve dit : « Allez, ce n'est pas comme si vous n'aviez jamais passé d'audition. »

Joi répond : « Eh bien… c'est pas comme si j'étais dans les ordres. »

Ça crépite, ça crachote, il y a plus que des parasites. Les fils se tordent, les voyants crament – la console émet de la fumée.

J'arrache mes écouteurs et je sors de la camionnette. Je traverse la cour au pas de course. Je contourne le bâtiment de Steve Zob et j'épie par les fenêtres du rez-de-chaussée. Je vois les accessoires nazis de Steve, et les chaussures et la jupe de Joi, en tas. Je vois des drapeaux japonais et des têtes réduites de Japs, et j'entends les râles rauques d'une voix de basse. Je suis du regard la direction marquée par des bas de nylon et un slip d'homme. Par la dernière fenêtre, cette scène digne de la nuit de Walpurgis…

Joi qui engloutit la queue de Steve Zob jusqu'aux amygdales.

Me voilà *Cornuto*. Toute honte bue et dépourvu de tous mes pouvoirs. J'arrive au rendez-vous de minuit au Googie's. Je suis écrasé par l'autoapitoiement. Perky a appelé ma messagerie. Elle a décommandé en prétextant un entraînement tôt le lendemain. Le Pervdog of the Nite n'est pas dupe. Joan préfère maintenant savourer de sauvages étreintes saphiques.

Je m'assois seul. Je sirote un cocktail pour endormir mon âme. Joi entre par la porte de derrière. Elle m'aperçoit et voit bien ma peine profonde. Je suis *l'étranger*[1] sorti de Camus – l'artisan de ma propre mort.

Joi fait *oooh-la-la*. Elle lève les yeux au ciel et tend les mains écartées de soixante bons centimètres. Elle me fait un doigt et repart par la même porte.

Je chiale comme un veau. Me voilà cocufié, plaqué, planté comme une merde. Au secours, à l'aide. Je me noie dans un océan de haine de moi.

Jimmy Dean et Claire Klein entrent par la porte de derrière. Klein porte un jean, des mocassins et un sweat-shirt avec Beethoven dessus. Elle est longiligne, dotée d'une forte poitrine et d'une chevelure brune. Sobre, nature. Elle a cette allure fière de la juive new-yorkaise à qui on ne la fait pas.

Je me lève. Je bombe le torse. Je balaie mon blues et renais à la perspective d'une nouvelle rencontre.

Ils viennent me rejoindre. Je filerai la note de frais à Bondage Bob. Je claque des doigts. Mon cafard est *finito*.

Un serveur apparaît à l'horizon. Je commande un pichet de leur limonade arrangée qui ne figure pas sur la carte. Avec du bourbon qui arrache. Des amphétamines anonymes. Et des mixtures de la petite boutique aux hormones de Hop Ling.

Jimmy joue les maîtres de cérémonie. « Claire, je te présente Freddy. Freddy, je te présente Claire. Je suis ici en tant qu'associé à part entière dans cette opération, et pour m'assurer que Rock ne souffre pas. »

Claire dit : « Je suis là pour l'épouser, pas pour le scalper. »

Le serveur revient. Je joue la fille de la maison et je sers les verres. Je dis : « Ne fumez pas. Ce liquide s'enflamme facilement. »

On s'installe. J'observe Claire. Ses dents mal alignées et ses yeux marron pleins de franchise m'amusent. Voici ma première impression partielle :

---

1. En français dans le texte.

Cette fille est un agent provocateur. Dans la vie, c'est elle qui mène la danse et le reste du monde doit suivre son tempo.

Elle dit : « Jimmy m'a briefée. Steve Cochran, et tout. »

Elle est fan des indiscrétions. J'ai saisi ça. J'esquive pour revenir au sujet.

« *Tout*, c'est l'affaire Rock, pour l'instant. Maintenant que je vous ai vue en vrai, miss Klein, j'ai des idées. »

Jimmy sirote sa limonade arrangée. « On est tout ouïe, boss. »

Je sirote de la limonade. Claire sirote de la limonade. Ses pupilles se dilatent, instantanément. Son front se couvre de sueur.

« Voilà le plan. Six rendez-vous, couverts par *Confidential*. C'est très soft pour *Confidential*, mais on va y ajouter un peu de soupçons anti-rouges, pour le justifier. Vous jouez votre propre rôle. Vous êtes la professeure d'algèbre bohème de Le Conte Junior High. Vous rencontrez Rock au Drive-In de Scrivner. Vous étiez en train de boire une bière à l'ananas et voilà que des pachucos viennent vous harceler. Ça permet d'insérer un message anti-pachucos dans le texte. Rock débarque et tabasse les agresseurs. Votre rencontre crée une étincelle. Il vient parler à vos élèves. Ça vous fait chaud au cœur. Vous avez six rendez-vous. Vos mondes initialement séparés se rencontrent et fusionnent. Rock vous emmène au Ciro's et au Mocambo. Vous l'emmenez dans des lieux culturels et vous vous éclatez de plus en plus ensemble. Il fait sa demande, vous l'acceptez, la presse respectable couvre le mariage. Vous emménagez ensemble à court terme et Jimmy joue les chiens de garde auprès de Rock pour le détourner des garçons. Il y a des aspects du règlement que je vous expliquerai quand je vous connaîtrai mieux, et que j'aurai moins peur que vous m'arrachiez les yeux. »

Jimmy rigole. Il scrute la salle et repère un minet mignon aux cheveux blonds décolorés. Il se carapate pour une première prise de contact. J'ai Claire Klein pour moi tout seul.

Elle dit : « Laissez-moi deviner les annexes du règlement. Et moi, je vous dirai ce qui est acceptable et ce qui ne l'est pas.

– Allez-y, commencez.

– Pas d'accord parallèles avec Rock, ses petits copains, ni d'autres hommes que je rencontre par son intermédiaire. Pas de liaisons extraconjugales visibles avec des hommes que je veux garder pour moi ou des hommes que j'apprécie. Je quitte mon poste à Le Conte ou je le transforme en une histoire bidon, par exemple, que j'aide des gamins de milieux défavorisés. Et je dénonce toutes les magouilles moralement condamnables que je vois dans ma nouvelle vie chic à Hollywood. »

Je bois une gorgée de limonade arrangée. Je fais un geste signifiant bravo/pat/bien-joué.

Claire allume une cigarette. Téméraire, la fille. Intelligente aussi. Elle comprend ce qu'est la combustion chimique. Sa limonade ne prend pas feu.

« Non négociable. Vos règlements annexes, ils craignent. Et avant que vous posiez la question, ouais, j'ai menacé Burt Lancaster avec un couteau. Et avant que le sujet vienne sur le tapis, j'étais au Ciro's l'autre soir et j'ai vu votre petite scène avec Joi Lansing, et si vous pensez qu'elle acceptera de jouer les appâts pour vous après le cirque chez Cochran, vous vous fourrez le doigt dans l'œil. Je suis meilleure qu'elle dans ce genre de plans, et je ne vous laisserai pas m'imposer des restrictions, même si cela signifie foutre en l'air ce plan mariage bidon avec Rock. »

J'encaisse. J'allume une cigarette. Freddy Freon. Ma limonade ne prend pas feu.

« OK. Faites ce que vous voulez. Et avant que vous posiez la question, ouais, j'envisagerai de faire appel à vous pour les prochains plans où j'ai besoin d'un appât pour le magazine. »

Claire crache des ronds de fumée. « Ça ne va pas dans un seul sens, chéri. J'ai pas mal de petits secrets en magasin, et je n'ai aucun état d'âme qui m'empêcherait de les divulguer, surtout parce qu'ils concernent les rouges et des ordures du même genre. J'ai déjà dénoncé des gens au Comité des activités antiaméricaines et je le referai – au moins, vous, vous me paierez comme il convient. »

Je lève mes deux paumes. Le geste signifie je capitule avec un C majuscule, je renonce.

Claire rit. Elle montre ses dents mal alignées. Ça me fait des choses. *Hey there, you with the stars in your eyes.*

« Freddy O. est un paillasson. C'est bien la dernière chose au monde à laquelle je m'attendais. »

Je dis : « Allons quelque part, dans un endroit tranquille. Allons nous cacher dans un trou et restons-y un moment. »

Claire répond : « Pas ce soir. J'ai des copies à corriger et je ne peux pas décevoir ces gamins défavorisés. »

DEVANT LA MAISON DE FEU MADAME HORVATH

19/2/1954

Les nuits de veille me conviennent. Elles me déroutent, me dépassent. Elles m'envoient là où je suis censé être.

Je ralentis et me gare sur Camerford Avenue. Le LAPD a retiré son planton devant la scène de crime. La baraque est plongée dans la pénombre. Les aiguilles sur la pendule se rapprochent de minuit. Je mets la radio et je me branche sur de la *Nachtmusik*.

"Machito" de Stan Kenton. "Uptown Blues" de Jimmie Lunceford. T'es à l'ouest, mon pauvre. Une musique de malade en fond sonore d'un cambriolage.

Je bricole les boutons. Je trouve du be-bop, joué par Bird et Dizzy le dérangé. Le be-bop me dope et me remet d'équerre.

J'ai apporté ma trousse d'enquêteur. Mes outils de cambrioleur. Je suis surexcité et au-delà de l'épuisement.

J'ai travaillé toute la journée sur l'Opération Mariage de Rock. Tu perds le nord, mon pauvre. Le contact rapproché avec Claire Klein t'a chauffé.

Jimmy s'est occupé de Rock et a joué les metteurs en scène. *Confidential* a fourni un photographe. J'ai appelé Harry Fremont et l'ai mis au parfum. Harry a fait sortir trois délinquants latinos de la cellule de dégrisement de Lincoln Heights. Ils ont endossé le rôle des pachucos qui agressent Claire. On a joué la scène émouvante au Drive-In de Scrivner. Claire sirote une bière à l'ananas dans sa Ford de 51. Rock traîne dans les parages. Des serveuses en patin à roulettes lui tournent autour. Il signe *pleeeeein* d'autographes.

Jimmy fournit aux pachucos de quoi les motiver. À peine sortis, ils reçoivent une formation à la méthode Stanislavski. En deux mots : vous crevez d'envie de baiser une Blanche.

Ils encerclent la voiture de Claire. Ils se tortillent et sortent leur salami devant elle. Claire pousse des cris. Rock accourt pour la sauver. Il tabasse les trois pachucos qui se retrouvent à terre. Le LAPD débarque et embarque les trois délinquants. Harry Fremont avait tuyauté les flics.

Tout a marché comme sur des roulettes. Notre photographe a filmé la scène, pris des photos sur le tournage, tout est bouclé en quatre prises. Rock fait la connaissance de Claire. C'est le coup de foudre. Jimmy conseille Rock qui est réticent. Mon frère, tu es *obligé*. Lew Wasserman exige que tu te maries.

J'appelle Harry et je lui promets cinq cents dollars. Harry me refile des tuyaux sur le meurtre Horvath.

Tuyau n° 1 : il a fait des recherches sur la plaque que j'ai relevée sur la scène de crime. Et devinez quoi – la voiture appartient aux Fédéraux, au FBI, elle a été prêtée au sournois sénateur Joe McCarthy pour sa chasse aux cocos à L.A. Tuyau n° 2 : les Hats ont arrêté un pote de George Collier Akin. Lui aussi a un casier de cambrioleur violent. Les Hats sont en train de le cuisiner – à la manière forte.

Bird me rend brave. Dizzy me dynamise. J'enfile des gants en caoutchouc. J'attrape ma trousse d'enquêteur et… en piste.

La nuit me dissimule. L'éclairage public est faible. Je me précipite sur le porche et me colle à la porte. Je sors un crochet #4 et j'actionne le ressort dans la serrure. La porte s'ouvre, *vite.*

Je dégaine ma lampe-stylo. Je m'enferme dans la maison. Je pose ma trousse sur une chaise. Harry m'a communiqué le dossier de l'enquête. Je dispose donc des empreintes de Joan et de ses enfants.

Dans le dossier, il y a les endroits où ont été effectués les relevés. Pas d'autres empreintes connues. Mon boulot, c'est de passer en revue les surfaces de contact potentielles qui ont été négligées. Comparer, confronter.

Chez Joan. Tout est là, à ta disposition. *Elle* est là, toute à toi. Vas-y, Pervdog – compare, confronte.

Je rôde. Je saupoudre des surfaces non répertoriées et je collecte de la poussière et des traces de sueur. J'examine les lieux en gardant la chambre à coucher de Joan pour la fin. Je vais dans celle des enfants. Mon cœur de pierre se fend. Je prélève une empreinte de petit enfant inconnue sur le montant d'un lit. J'inspecte les étagères et les tiroirs à la recherche de trésors cachés, sans rien trouver.

La cuisine pue la nourriture rance et les vieilles ordures. Je l'inspecte quand même à fond. Je cherche sur la table du coin-repas et je recueille une empreinte totale. Je vérifie dans le dossier et je compare les boucles, les arcs et les verticilles. *Eurêka* – elle est inconnue.

Je la transfère sur un bristol neuf. Cela fait déjà deux heures et dix minutes que je fouille la maison. J'entre dans la chambre à coucher de Joan et je me fige.

Une odeur de parfum rance m'agresse. Tweed ou Jungle Gardenia. Pervdog a un flair infaillible et il sait de quoi il parle. Je perçois l'odeur de Joan. Ça me fait plaisir et ça me détruit, en même temps. J'examine les murs à la lampe-stylo et j'aperçois quelque chose.

Un petit trou percé là. Dans le mur face à l'est. Juste au-dessus du sol. De l'enduit de rebouchage blanc qui a débordé. Un fil effiloché qui dépasse.

Je m'accroupis et je regarde de plus près. Je suis un pro de la mise sur écoute. Et je sais reconnaître ce genre d'installation quand j'en vois une. Le fil est vieux. Les micros cachés ont été enlevés. L'enduit de rebouchage est vieux et s'effrite. Le type qui a démonté l'installation a fait un boulot de camouflage merdique.

Un parfum rance. Tweed ou Jungle Gardenia, mélangé à son odeur…

Je fouille les tiroirs de la chambre. Les sous-vêtements de Joan sont soigneusement pliés. L'odeur de parfum rance devient son odeur, à elle.

Je pique un roupillon au Ranch Market. Bondage Bob m'appelle tôt et m'extrait d'un rêve. Joi levait les yeux au ciel et décrivait avec ses mains une longueur de soixante centimètres. Avant de me faire un doigt d'honneur et de sortir de ma vie.

Bondage Bob me fait retomber dans ma triste réalité. Il me demande de le rencarder sur l'affaire Steve Cochran. Je déballe tout sur l'opération montée avec Joi comme appât. Bondage Bob me balance aussitôt le gros titre qui lui vient :

La pulpeuse Lana Turner sur une mauvaise pente – Elle s'apprête à signer pour un porno !!!

Nous discutons des communications téléphoniques de Steve Zob. Il a appelé Jack Kennedy et la pigiste mondaine Connie Woodard. Nous parlons de mes vols de carnets d'adresses dans la suite de Jack. Connie est journaliste pour le groupe Hearst. *Mais*… elle a des relevés sur la bande de braillards blacklistés, les Dix de Hollywood. Plus V. J. Jerome et autres rebelles rouges. Bob considère que Connie la Commophile est au coeur de mon soupçon qu'il se passe quelque chose. La visite de Joi à Steve l'a confirmé.

Steve Zob n'a pas hésité à parler de ses « amis politiques ». Croisons les carnets d'adresses et les relevés téléphoniques. Connie Woodard a appelé Steve vingt-quatre fois, Steve a appelé Connie vingt et une fois. Jack Kennedy a appelé Steve dix-neuf fois. Steve a appelé Jack quatorze fois. Connie la Commophile n'apparaît pas dans le listing de Jack K. Bondage Bob décrète que tout ça est une « bouillie rose » – qui est en train de virer au rouge.

Je dis à Bob que je vais approcher Connie Woodard et je raccroche. J'ai oublié le temps que m'a coûté ma croisade sur le meurtre de Horvath. Je suis tout à coup écrasé par la vitesse du temps qui passe. J'avale par réflexe deux Dexedrine et je reprends du poil de la bête.

J'ai un tas de feuilles de papier piquées au Bureau du procureur de L.A. Des mandats, des citations et des assignations – tous signés, scellés et bourrés de jargon juridique. Je bricole un mandat pour demander une copie des diplômes universitaires de Joan Horvath. J'ajoute le tampon et le sceau du procureur Ernie Roll. J'y mets tout le jargon juridique qu'il faut. À mon avis, les services administratifs de UCLA me fourniront ce que je demande d'ici à une semaine.

Des vents violents et une pluie battante me poussent vers l'ouest. Le trajet par Wilshire Boulevard jusqu'à Westwood Village me prend une heure et demie. À l'abri dans ma Packard de proxo je passe entre les piétons trempés qui détalent.

Je me gare et j'entre en courant dans le bâtiment administratif. Je montre en vitesse mon insigne d'enquêteur spécial pour le procureur à une réceptionniste ébahie. C'est Ernie Roll qui me l'a filé. Je l'ai sorti d'un merdier après une soirée au Jonathan Club où il s'était fait piéger par deux filles affriolantes.

La réceptionniste me promet qu'on accédera rapidement à ma demande. Je scelle notre accord avec un clin d'œil. L.A. est pris dans une tempête d'hiver terrible. Le trajet pour rentrer à Zarbiwood va me prendre deux heures au moins. J'ai du temps devant moi. Je vais jusqu'à la bibliothèque du campus nord et je commande une microfiche.

Le *Herald*. L'éditorial de Constance Woodard. Cherchons des calomnies pro-cocos emballées dans des histoires mondaines à l'eau de rose. Des mentions et des articles complaisants sur Steve Zob et Jack K. Voyons ce qui sort.

La microfiche contient toutes les publications d'août 1951 à décembre 1953. L'éditorial de Constance s'appelle « La colonne de Constance ». Une petite image signale tous ses articles d'une page entière. Je me rappelle l'avoir rencontrée à la fête de la bombe A donnée par Jack K. C'est une rousse aux genoux cagneux du genre à idéaliser le célibat. La cible toute trouvée pour un recrutement chez les rouges.

Je glisse la microfiche dans une machine. Je lis les colonnes de Connie. Dès le début, les poils de mes bras se dressent. Le moindre quadrille à Hancock Park, le moindre bal des débutantes est prétexte à s'en prendre d'une manière ou d'une autre aux rouges. *Trooooop* bien. *Teeeeellement* exagéré. Je remonte dans le temps et arrive au 16 mai 1953. Jack K. se rend à une garden-party. En l'honneur de l'autre couille molle d'Adlai Stevenson. Connie pique Adlai proprement et dit de lui qu'il est « rose à plus d'un titre ». *Ooooh*, Connie – sur ce coup-là, tu ne te trompes pas. *Mais* – elle distingue le petit frère de Jack, Bobby K. Elle cite ses relations avec Joe McCarthy. Et notez : McCarthy s'est déjà couvert de honte. Il est désormais répugnant pour les anti-rouges habilement informés.

Trooooop bien. *Teeeeellement* exagéré.

Mais qu'est-ce qui se passe, là ? Connie a le nom de Jack dans son carnet. Il se trouve juste à côté de John Howard Lawson et V. J. Jerome. Elle appelle Jack. Elle appelle Steve Cochran. Steve est anti-bombe A. Rien que ça, c'est suspect. Steve tourne un « porno de célébrités ». Il « est plutôt de gauche, ces derniers temps ».

Je parcours les colonnes de Connie en remontant dans les années. Je parcours les pages en cherchant les noms de Steve et Jack. 1953, 1952, 1951. Voilà – le 18 août.

Steve captive les jeunes à une sauterie des Shriners. Ah, Connie, l'éternelle fouille-merde et mouche du coche chez les mièvres.

« La coqueluche des films de série B, Steve Cochran, a brisé des cœurs à la soirée des Shriners hier, et pas les cœurs de femmes déjà conquises, comme on pourrait s'y attendre. Non, chers lecteurs – il n'a pas usé de violence pour se frayer un passage dans les couloirs de l'hôpital des enfants, il n'a pas tapé de médecins ni giflé d'infirmières qui se seraient mis en travers de son chemin. Il a tout simplement inondé d'affection ceux qui étaient moins bien lotis que lui, et ce faisant, il a gagné le cœur de nombreuses personnes, y compris moi. N'est-il pas temps que le monde regarde ce jeune homme très talentueux et si humain comme l'artiste doué et sensible qu'il est en réalité ? »

Je suis baba, abasourdi et j'entre dans une colère noire. C'est l'apothéose du panégyrique. L'apogée de l'hypocrisie. Ces connexions, détournements, mensonges ne sont pas dignes de *moi*. Au départ, j'ai senti qu'il y avait *quelque chose*. Maintenant, je sais que *quelque chose ne va pas*.

Je sors de la bibliothèque sans toucher terre. *Quelque chose ne va pas*. Le tsunami m'entraîne vers l'est sur Sunset. C'est une mousson de malade. Une intuition me conduit d'instinct à tourner sur Havenhurst Avenue. Je bifurque vers le sud et je me gare devant la cour de l'immeuble de Steve Cochran.

Surveillance postée. À l'abri des regards grâce à une pluie battante. De l'Old Crow pour me réchauffer les boyaux.

Je baisse le dégivrage, juste pour que les vitres ne s'embuent pas. Je surveille tous les accès menant à l'abri de voiture et la porte de Steve Zob. Le temps vacille sans pour autant calmer mes craintes. Les heures passent. Steve Cochran et Joi Lansing sortent de la voiture et se dirigent vers l'appartement.

Son appartement à lui. Son appartement *à elle*, désormais. Ils portent les bagages de Joi. L'ensemble que *je* lui ai acheté. Sur lequel j'ai fait graver ses initiales.

Joli petit couple. Assorti. La Mamelue et le Membru. Joi chancelle sur des talons trop hauts. Un sparadrap collé sur la joue droite de Steve dessine sa mâchoire sans parvenir à entamer son charme.

Boo-hoo. *Nobody knows the trouble I've seen, nobody knows my sorrow*. Au secours, quelqu'un, qu'on vienne me sauver. Qui a dit que la taille ne comptait pas ? Je me noie dans le puits sans fond de la haine de moi.

Je démarre en trombe. Je descends jusqu'à Fountain Avenue puis je remonte Crescent Heights. Je me gare sur le parking derrière et j'entre au Googie's. Je la vois, direct. Elle porte son ensemble d'intello. Jean, mocassins, sweat-shirt affreux.

Je me reprends. J'avale deux pastilles à la menthe pour avoir instantanément l'haleine fraîche. Elle est seule. Assise dans un box au fond. Je feins la nonchalance des durs à cuire et je me dirige droit vers elle.

Elle fait tourner son cendrier comme une toupie. Elle sirote de l'absinthe on the rocks et grignote des frites.

« Joi s'est maquée avec Steve Cochran. Jimmy m'a appelée et m'a raconté. Il a dit qu'il a aidé Joi à finir ses bagages. »

Je réponds : « Les rumeurs vont vite. Je viens juste de le découvrir.

– J'espère que ce que je vais te dire va te consoler. Jimmy a ajouté qu'il y a une fille très grande endormie dans ton lit. Elle est à peu près aussi immense que le joueur de couleur du Kansas. Joi l'a maudite et elle a barbouillé son short de basket de pommade. »

Je rigole et bois une gorgée de l'absinthe de Claire. Le breuvage agresse mon foie surmené et me monte à la tête aussi sec. Claire verse des frites sur mon set de table.

« Bondage Bob te donne une enveloppe pour enrichir ta garde-robe. Il veut que tu sois tirée à quatre épingles pour ton rendez-vous au Mocambo la semaine prochaine. Tu vas te retrouver avec Rock et Jimmy. Jimmy va amener Liz Taylor. Il vient de signer pour un gros western qui sera tourné au Texas, bientôt. Rock et Liz partagent la vedette avec lui. Jimmy et Liz, c'est du strictement platonique. Ils vont s'assurer que Rock ne se carapate pas avec un petit choriste tout mignon. »

Claire allume une cigarette. « Je vais vendre à Liz des bons du Trésor israéliens. Elle est dévouée à la cause, maintenant. Elle est déjà à la colle avec l'autre magouilleur, Mike Todd. Elle ne reste jamais célibataire très longtemps. Mike est un *terrien* de la vieille école. Pour lui, Liz est un fruit interdit. »

Je rigole. « Liz est un fruit à cueillir de la nouvelle école. *Confidential* ferme les yeux sur les divorces, le magazine sera toujours gentil avec elle. »

Claire passe à la vitesse supérieure. « J'ai mis un coup de couteau au Latino qui m'avait sorti son chorizo sous le nez. Jimmy l'avait briefé sur la méthode Slanislavski, mais il l'a agité trop près de mon visage. »

Je passe à la vitesse supérieure. « Harry Fremont a eu accès à un dossier confidentiel des Fédéraux. Il a dit que tu étais mêlée à l'attentat à la bombe du King David Hotel, du temps du gouvernement britannique de Palestine.

– J'ai posé la bombe. Ensuite, j'ai joué la bonne sabra et j'ai évacué avec amour les Anglais morts.

– Les gars de la police ont emmené le Latino à Georgia Street. Tu as été gentille. C'était une blessure superficielle. Il n'a pas trop souffert. »

Claire fait tourner son cendrier. « Tu connais bien Georgia Street. Harry adore cafter. D'après lui, ton type ne s'en est pas si bien sorti que ça.

– Évitons de comparer nos tableaux de chasse. Je ne pourrais absolument pas rivaliser avec toi. »

Claire sourit. « Tu as de qui tenir. Les Libanais sont belliqueux. Tu es chrétien, alors ton peuple était certainement considéré comme représentant une élite. »

Je hausse les épaules. « Je suis tombé de mon chameau et j'ai atterri à L.A. Toute ma vie n'est qu'un prélude à notre rencontre. »

Claire ricane. « Je ne dirai jamais oui, et je ne dirai jamais non. À un moment donné, nous aurons envie, et nous saurons tous les deux reconnaître ce moment quand il viendra. »

J'en ai des frissons. J'engloutis l'absinthe de Claire. La liqueur me fouette les sangs et me renvoie dans le Berlin de Weimar. J'ai rejoint une bande de bohémiens à l'Hôtel Adlon. Nous sommes là pour boire la coupe jusqu'à la lie.

« Qu'est-ce que tu fais à L.A. ? Tu n'es pas venue ici pour enseigner en attendant autre chose, et tu es trop qualifiée pour des petits contrats de tournage et des coups montés. »

Claire répond : « Les gens ici adorent parler. Jimmy, Harry, Bob Harrison. J'ai cru comprendre que tu t'intéressais à Connie Woodward, et je m'intéresse à elle aussi.

– Surtout, ne t'arrête pas en si bon chemin.

– Je suis venue à L.A. pour tuer un homme. Je ne connais pas son nom, mais je crois que Connie Woodard sait comment il s'appelle. Je guette la bonne occasion pour servir mes desseins, comme toi. »

Je rentre chez moi. Je rentre surexcité et angoissé et avec une trouille à en chier dans mon froc.

L'appart est curieusement calme. Perky a laissé sa tenue de sport sur le sol du salon. Je trouve aussi un message posé à côté du téléphone.

« Harry Fremont a appelé. RV au Bureau des inspecteurs du LAPD demain, 10 heures. Hat Squad. Un suspect de cambriolage. RV impératif. »

Je me dirige vers la chambre. Une lampe de chevet est allumée. Perky est couchée dans mon lit. Elle est sous les draps et bien endormie. Lance le Léopard est en rond sur la couette. Joan est trop grande et ses pieds dépassent. Je les couvre. Lance gronde contre moi. Ne touche pas à ma femme, connard.

Je sais reconnaître quand je suis battu. Je retourne dans le salon et je m'endors sur le canapé, tout habillé.

BUREAU DES INSPECTEURS DU LAPD

Salle d'interrogatoire n° 3
21/2/54

Les Hats ont un gars sur la sellette. Un placard claustrophobique, une table, six chaises. Un gros annuaire posé bien en vue.

Il s'appelle Delbert Davis Haines, Américain de type caucasien, né le 12/6/18. C'est un pote de George Collier Akin. Ils se sont rencontrés et sont devenus copains à Quentin. Haines y a séjourné pour un cambriolage doublé de viol avec sodomie.

Harry Fremont a fait une rafle et l'a emmené au poste. Le gars a un alibi pour l'assassinat de Joan Horvath. Il tapait un bœuf avec sa clarinette à la Riptide Room. Dexter Gordon, Chet Baker et Art Pepper ont confirmé.

Harry dit qu'il a appelé Akin depuis des téléphones publics. Haines prétend qu'Akin repérait des victimes féminines potentielles pour un retour du Red Devil Bandit. Il a fait ses adieux à Beverly Hills. Il est de retour au centre de L.A.

Les Hats vont harponner. Ils sont assis à l'envers sur leurs chaises et ne quittent pas Haines des yeux. J'ai calé ma chaise contre un mur et j'observe. Haines est un junkie. Sa consommation d'héroïne se lit sur son visage et il lutte contre le manque. Il a les dents ravagées et la peau pleine de pustules. Il porte une chemise Sir Guy et un pantalon en toile fendu en bas. Il est moche et méchant, et comme acteur, il ne vaut pas grand-chose.

Max Herman dit : « Tu pourrais t'en aller, Delbert. Nous n'avons rien qui nous permette de te garder. »

Red Stromwall dit : « Ou on pourrait concocter un truc et te retenir indéfiniment. »

Harry Crowder ajoute : « Ou on pourrait devenir méchants. »

Eddie Benson dit : « Tu sais ce qu'on veut et qui on veut, et plus tôt tu nous les donnes, moins il y a de chances qu'on te cause des soucis. »

Haines lance : « Qui c'est, le gars avec la chaise calée en arrière ? Je crois que je l'ai déjà vu. »

Max Herman dit : « C'est Mr Otash. Ancien agent de la police de L.A., actuellement employé comme enquêteur privé. »

Haines dit : « C'est un métèque. Je suis très sensible aux distinctions de race. Je suis dans le comité éditorial du National States' Rights Party, et j'écris pour *Thunderbolt Magazine*. »

Red Stromwall dit : « Concentrons-nous sur le sujet du jour. George Collier Akin. Tu sais ce que nous voulons. »

Haines se cure le nez et mange la crotte. « Et moi, je veux que ta femme suce ma grosse bite. »

Red lui fout un coup d'annuaire. Bam ! – un bon crochet. Sa tête s'écrase sur la table. Son nez explose. Le sang jaillit.

Il essaie de s'essuyer le visage. Harry Crowder lui attrape les mains et les menotte aux montants de sa chaise. Les bracelets sont tellement serrés qu'ils lui entaillent les poignets jusqu'au sang.

Haines glousse et lèche le sang sur ses lèvres. Il tire la langue et l'agite sous le nez des Hats.

« Je suis le Lézard de l'Amour. Allez voir mon casier. Je suis le caïd du cunni depuis toujours. »

Harry Crowder dit : « On soupçonne Akin d'un homicide doublé d'un cambriolage il y a deux nuits. Lower Hollywood. Camerford Avenue, près de Vine Street. Le nom de la victime est Joan Horvath. Est-ce que ça te rappelle quelque chose ? »

Haines répond : « Ça me rappelle que ta femme m'en redemande, huit soirs par semaine. »

Harry lui remet un coup d'annuaire. Crochet de l'autre main. Haines valse. Son nez et sa bouche pissent le sang. Deux dents sautent jusqu'au mur en face.

Eddie Benson dit : « Joan Horvath. Camerford Avenue, du côté de Vine Street. Le cambriolage là-bas. Elle se réveille et se défend. Est-ce que ça ressemble au mode opératoire d'Akin ? Est-ce qu'il t'a parlé de ce plan ? »

Haines se lèche les lèvres et enroule sa langue. « Ta femme m'a dit que t'étais monté comme une amibe. C'est pour ça qu'elle vient chercher des gâteries chez moi. »

Eddie lui met un autre coup d'annuaire. Un revers bien envoyé, qui lui pète une arcade sourcilière. Le sang va éclabousser le mur opposé.

J'interviens. « Joan Horvath n'avait pas loin de quarante ans. Elle avait des cheveux gris, et elle était plutôt forte. Je parie qu'Akin les aime plus jeunes et plus fermes, et Harry Fremont m'a dit que le territoire de prédilection du Red Devil Bandit ne s'étend pas aussi loin vers le nord et l'ouest. »

Haines lèche le sang qui a coulé sur ses lèvres. « Hé, le métèque a parlé et il n'a pas la langue dans sa poche. »

Max Herman dit : « Dis-nous ce que tu entends par là. »

Haines répond. « Je veux dire que le métèque dit *la verdad*. Le Red Devil Bandit aime la jeune chatte qu'il peut terroriser. Il aime les piaules du côté de Washington et Jefferson, près de l'USC. Je peux vous donner plus de détails si vous me laissez m'en aller et que vous me payez un gueuleton avec boissons à la Pagode Chinoise de Kwan. »

Max Herman dit : « Marché conclu. »

Red Stromwall ajoute : « Ça va être la fête, on va même passer par Georgia Street. On connaît tous les toubibs là-bas. Ils vont te rafistoler. »

Harry Crowder dit : « Delbert est un homme blanc. »

Eddie Benson dit : « Ne nous emballons pas. »

Haines me regarde droit dans les yeux. « Severance Street, le premier pâté de maisons au sud de Jefferson. Le Bandit surveille une fille là-bas. Il va peut-être passer à l'action ce soir. La cible est une étudiante en dentaire. Elle a les cheveux noirs, coupe garçonne. »

Max défait les menottes de Haines et lui tend son mouchoir. Haines fait des mouvements avec ses poignets et attrape le dossier de la chaise. Il titube, a du mal à tenir debout.

J'interviens. « À votre avis, c'est pas lui, pour Joanie ? Vous ne croyez pas qu'il pourrait faire un truc comme ça ? »

Haines se fend la poire. « "Joanie" ? Tiens, on dirait qu'il y a quelque chose là. »

Les Hats se fendent la poire. Ils échangent des clins d'œil méchants. Max dit : « Nous, c'est pour Joanie qu'on l'embarque, et c'est tout ce qui compte. »

***

Harry et Eddie emmènent Haines à Georgia Street et le refilent au médecin du service médical de la prison. Je les accompagne. Georgia-Street revisité. Je refais le chemin que j'ai pris quand j'ai descendu Ralphie Horvath.

Eddie me met un coup de coude dans les côtes. « Ça doit te rappeler des souvenirs, hein, Freddy ? »

Haines n'a pas d'adresse fixe pour George Collier Akin. Les Hats préfèrent prendre les cambrioleurs-violeurs sur le fait. Max dégote un plan de Severance au sud de Jefferson. Red téléphone à tous les habitants du secteur. Il trouve la fille à la coupe garçonne. Elle s'appelle Louise Marie Vernell, dix-huit ans.

Red lui expose la situation, Louise pousse des cris de surprise. Elle loue une chambre dans une colocation étudiante. Max décrète l'évacuation. Red envoie trois voitures de patrouille. Au milieu des rires sots, les flics emmènent les locataires et leur propriétaire au Statler en ville. C'est la police de Los Angeles qui paye l'addition. Les filles s'extasient sur la qualité du service et prennent des photos avec les agents.

On attend. La nuit tombe sur le ciel d'hiver plombé. Max appelle Bill Parker. J'entends son côté de la conversation. Il dit « Oui, chef » quatorze fois, avant de raccrocher.

Je prépare mon .45 automatique. Les Hats prennent des Colts Python. Harry file chercher l'alcool. Il rapporte six petites bouteilles de vieux bourbon et *pleiiiiiin* de chips.

On part dans deux voitures. Je suis avec Max et Red. Max a chargé des fusils à pompe Ithaca et une boîte pleine d'armes non référencées. On démarre les premiers. Harry and Eddie nous suivent de près. Quand on arrive à South Severance, il fait nuit noire.

Louise a laissé les lumières allumées, en haut. Le message, c'est Je-suis-seule-à-la-maison, / venez-donc-me-violer. La voiture de tête va prendre position derrière le bâtiment. L'autre se met sur Severance.

Max et Red font le service. On partage les bouteilles et les chips. Il fait froid dans la voiture. Peu à peu le bourbon réchauffe l'ambiance. Max et Red me taquinent, me narguent.

T'es un bon gars, Freddy. Tu nous manques, Freddy. *Confidential*, c'est vraiment un torchon, Freddy. Combien de d'extorsions t'as à ton actif cette année, Freddy ? Le chef a ses quatre yeux rivés sur toi.

Leurs railleries me passent trois kilomètres au-dessus de la tête. Je suis ailleurs, avec Perky et Claire et l'homme-mystère qu'elle s'est jurée de tuer. Plus Steve Zob et Connie Woodard la Coco. Claire sur Connie : « Je m'intéresse à elle aussi. »

Le temps défile. *Tic, tac, tic, tac.* J'imagine des révélations retentissantes. Claire me fait encore plus peur que Georgie Akin et les Hats. *Tic, tac, tic, tac.* Ces Horvath, ils me hantent depuis longtemps et ils m'ont balancé *ici*.

Les sarcasmes s'arrêtent. Le temps passe, on approche de vingt-deux heures Max et Red somnolent, imbibés, par tranches de dix minutes. J'avale deux Dexedrine et je me prépare.

Je vois quelque chose. Quelque chose de mal, d'anormal. Le quelque chose se dirige à pied vers le nord, droit sur nous. Une forme rouge indistincte à l'endroit où devrait se trouver sa tête et en dessous, c'est noir. Elle se rapproche. Elle bifurque vers le portail de derrière de la maison.

Les autres se réveillent. Le Quelque chose est *très* proche. Sa main est posée sur la poignée du portail. Qui n'est pas fermé à clé. Notre voiture de patrouille est cachée, dans le noir. Nous pouvons le voir. Il ne peut pas nous voir.

Le Red Devil Bandit. Le masque en caoutchouc rouge. Les crocs et les cornes. Il viole et mutile. Il n'a pas mutilé et tué Joan Horvath. Nous sommes sur autre chose.

Max et Red dégainent leur arme de poing. Je dégaine la mienne. Le Bandit ouvre le portail et le referme derrière lui. Max compte en silence : un, deux, trois, quatre, cinq. On sort et on le suit.

Sans bruit. On marche sur la pointe des pieds. Le Red Devil Bandit entend que dalle. Il est planté devant la maison et observe la lumière au-dessus. Harry et Eddie sortent de l'ombre. Le Diable rouge les voit. Ils sont armés de fusils à pompe.

Il fait demi-tour. Il voit trois autres hommes et trois autres armes. Il me voit.

Max dit : « Tue-le, Freddy. »

Je m'avance. Je vise. Le Red Devil Bandit s'immobilise. Je lui tire en plein visage. Il explose, rouge sur rouge. Une explosion de caoutchouc rouge et de sang rouge. La détonation résonne *très fort*.

Harry et Eddie lui balancent une rafale et le font tomber en arrière. Il est mort maintenant. Plus de danger. Quand même. On s'approche tous les cinq et on vide nos chargeurs. On tire à bout portant et on en fait de la bouillie.

INTERMÈDE INFERNAL :

Ma folle vie foireuse
22/2/54-18/3/54

Ouais, je l'ai fait. Ouais, c'était mal. Ouais, ça m'a fait plaisir. Il a eu ce qu'il méritait. Je savais que je paierais pour ce que j'avais fait – à un moment ou à un autre.

Les feuilles de Hearst adorent. LES HATS DESCENDENT LE RED DEVIL BANDIT !!! AVEC L'AIDE D'UN ENQUÊTEUR BIEN CONNU DES CÉLÉBRITÉS !!! Visez les photos fascinantes. Je suis avec Max, Red, Harry et Eddie. Ils me font paraître tout petit. Nous avons le doigt pointé sur quelque chose de rouge et mort, par terre.

Encore des titres tonitruants. UN INDIC SE LÂCHE SUR LE RED DEVIL BANDIT !!! L'AFFAIRE SE CONCLUT PAR UNE OPÉRATION PLEINE D'AUDACE !!! D'autres photos fascinantes. Les photos d'identité judiciaire de Georgie Akin remontant à 1943. Une photo posée pour la postérité. Freddy le Frondeur avec Max Herman et Red Stromwall. On bombe le torse. Louise Marie Vernell tout sourire lève la tête vers nous.

La police de Beverly Hills a foiré la surveillance de Durward Brown et Richard Dulange. Les Hats les traquent et les tuent quatre jours plus tard. Les feuilles de Hearst adorent. D'autres unes rugissantes. MASSACRE DANS UN MOTEL !!! LES HATS ABATTENT DES KIDNAPPEURS-VIOLEURS !!! TOUS LES MEMBRES SONT MORTS !!!

Plein d'autres photos fascinantes. Les Hats avec le chef Parker. Les molosses menés par leur maître. Grandes tapes dans le dos et gros rires. De nombreuses mentions de mon nom. Max Herman dit : « On avait vraiment besoin de Freddy O. sur ce coup-là. Freddy nous a sauvé la mise. Il est incontournable. » Red Stromwall ajoute : « Que Dieu bénisse Freddy O. Une opération pleine d'audace, c'est pas possible sans lui. »

Ouais, je l'ai fait. Ouais, je savais que c'était pas bien. Ouais, j'ai adoré l'effervescence journalistique. Viens pas chercher des noises à Freddy O. Il est l'Homme à voir. Dommage que le monde le voie.

Le gang du Googie's me voit, joue les indics auprès de moi, me fournit des scandales de cul. J'engrange des tonnes de sales sous-entendus pour le magazine. Des homos, des lezbos, des alcoolos, des accros. Des *Untermenschen* impuissants et des barracudas à grosse bite. Les ébats hermaphrodites mettent le feu au Sunset Strip !!!

Freddy O. est le Chaman du Scandale. Il vous *voit*, forcément. Et *vous* le voyez, *lui*.

Je vois Joan "Perky" Perkins et Claire Klein. On parle de différents trucs, on tourne autour. Je les vois, elles me voient. Elles m'allument, me titillent et me taquinent. Perky veut de l'amour d'enfant, où tout le va-va-voom est *verboten*. On dort dans mon lit. Joan garde sa tenue de basket. Je reste en pyjama. On se bécote comme des gamins et dès que ça devient chaud, on coupe court. Lance le Léopard se glisse entre nous. À partir de là, c'est bonne nuit les petits.

Perky m'allume, me titille et me taquine. Elle sait des choses sur moi. Elle sait que j'ai tué le Red Devil Bandit de sang-froid. Elle sait que tout est lié aux Horvath qui me hantent – et je n'en ai pas encore fini avec eux. Claire Klein m'allume, me titille et me taquine. Elle refuse de coucher avec moi. La plupart du temps, on se voit au Googie's. On sourit et on boit. Nos mains s'effleurent souvent. Nous discutons de l'Opération Mariage de Rock. Je vais bientôt reprendre les responsabilités de Jimmy Dean. Il part tourner *À l'est d'Eden* avec Gadge Kazan et la grande fresque texane avec Liz et Rock. Claire veut tuer un homme. Je le *vois*. Ça la consume. Elle *voit* que j'aborde l'affaire Cochran et la connexion coco de Connie avec circonspection. Cette fille est du genre Je-veux-tout-voir-et-tout-savoir. Et sans aucun doute, une psychopathe. Elle me cache des choses. Je lui en cache aussi. Les lignes qui nous séparent bougent, se distendent, se retendent. Elle me fait peur. Je ne lui fais pas peur. Je ne suis pas l'Homme incontournable. Je suis celui qui l'aidera à accomplir sa destinée de meurtrière.

Perky apporte de l'innocence. Claire retourne mon voyeurisme impénitent contre moi. Je veux connaître ses secrets – mais j'ai peur du prix qu'elle va me faire payer. Elle sait que j'ai tué le Red Devil Bandit pour l'impressionner. Elle a l'intention de tuer un homme.

J'ai l'intention de tuer l'homme qui a vraiment tué Joan Horvath. Les Horvath qui me hantent. Tout se ramène à eux. Claire le *voit* et elle le sait parfaitement bien. Je lui dis que j'ai tué un homme pour qu'elle m'aime. Elle ne répond pas. Elle ne m'aimera pas tant que je n'aurai pas trouvé l'homme qu'*elle* veut tuer. D'ici là, je vais travailler d'arrache-pied.

Je bosse sur l'affaire Cochran. Bondage Bob veut une série pleine de sexe forcené. Je vis à la station d'écoute. Les micros marchent super bien. J'écoute Steve Zob sauter mon ex Joi Lansing. Ils me calomnient à qui mieux mieux. Ils me sous-estiment. Joi m'allume, me titille et me taquine. Elle sait que l'endroit est truffé de micros. Elle ne l'a pas dit à Steve. Elle sait que j'écoute. Elle veut que j'entende. Autrement dit, elle veut que je *voie*.

Le son, c'est comme l'image. Mon imagination remplit les vides laissés par les sens. Les informations affluent. Steve a recruté Lana Turner et son beau mec de mari, Lex Barker. Lex le Racoleur *adoooore* les trucs de mineures. Le casting du porno de célébrités progresse. Je suis dessus. Je suis sur la Connie Connexion tout aussi assidûment.

Je hante la bibliothèque de UCLA. Je harcèle les gars de l'administration : quand aurai-je le dossier de Joan Horvath ? Les gars répondent *Bientôt, bientôt*. Je lis et je relis les colonnes de Connie. Connie est une coco codifiée. Elle appartient au Comintern. Elle est un reptile rouge en embuscade. Elle est subtile dans la sédition. Ses mots sont à analyser au niveau du mini-micropoint. Elle est liée à Steve Cochran. Steve roule pour les rouges. Je suis en train de bâtir un exposé odieux et un portrait démesurément désobligeant. Je les transmettrai en douce à Joe McCarthy ou à un autre responsable plus puissant. Je trouverai pour Claire le nom de l'homme qu'elle veut tuer. Après, elle m'aimera – ou pas. Moi, je l'aimerai quelle que soit l'issue.

Au boulot. Opération Mariage de Rock. Rock et Claire s'apprécient et forment un joli couple. Lew Wasserman est content. Rock se paie des beaux gosses à domicile qu'il commande par téléphone à un service de gironds géré par le petit frère rebelle de Bondage Bob. Il arrive à s'envoyer en l'air régulièrement.

Je photographie les baisers de Rock et Claire sur le pas de la porte. Tout ça, c'est stérile. Rock est une star de cinéma et un type adorable. Il est sur le point d'épouser une terroriste cinglée, entre autres. Ça n'arrive qu'en Amérique. Qu'à L.A. Qu'à Zarbiwood.

Au boulot. Des alliés et des adversaires. De vieux amis qui ne font que passer.

Les Hats me lâchent pas. Ils font un saut au Googie's et me tourmentent tandis que je récolte mes ragots révoltants. Comment ça va, Freddy ? On te manque, Freddy ? Tu manques au chef, Freddy. Tu es dans toutes ses pensées.

Je les cherche alors qu'ils ne sont pas là. Je guette leurs voix à la station d'écoute. Ils participent au thème obsédant du *On te voit*. Je les vois partout. Je croque des cachets et je les vois. Je bois et je les vois. J'essaie l'abstinence absolue, et c'est là que je les vois le plus.

Au boulot. J'ai le retour du FBI sur l'empreinte prélevée à la maison Horvath. Mauvaise nouvelle : pas de correspondance. Je vis à la station d'écoute. Je porte des écouteurs en permanence et je prie pour que la prochaine conversation ponctuée de parasites me révèle du *lourd*, un truc qui ne va pas. J'attends que UCLA me contacte. Connie la Coco me déconcerte. Elle ne quitte jamais sa maison de Hancock Park. Il faut que j'aille rôder là-bas. Il faut que je piège toute la maison, que je la mette sur écoute.

Connie se cache, elle me gêne et met le feu à mon imagination. Je me gare en face de chez elle et je mets en marche ma radio. Joe McCarthy annonce sa présence à L.A. Bondage Bob m'a dit que les Fédéraux ont installé un poste d'écoute quelque part. Tout à coup, je vois mes câbles entremêlés avec les leurs, tendus comme des lacets d'étrangleurs.

Travailler dans la communion. La maison Horvath est un lieu saint qu'on a violé. Je jure de me venger. J'innocente le Red Devil Bandit de cet assassinat et me répète les raisons de sa mort. Joan m'a entendu. Je le sais. La vigilance, c'est de l'amour. Presque toutes les nuits, je reste vigilant. Je sais que Joan m'entend et me voit.

DEVANT CHEZ CONSTANCE WOODARD
HANCOCK PARK

19/3/54

La casa de Connie : une chouette maison contemporaine à l'angle de 1st Street et Beachwood Drive. Deux étages. Tout en aluminium et verre brillant, de haut en bas. L'idée du chic dans la tête d'un Danois dément.

Je me poste, en surveillance. L'orage rageur a fait naître une idée. Hé, madame – après la tempête, on a pas mal de lignes téléphoniques hors service. Vous me laissez entrer pour que je vérifie l'état de la vôtre ?

Je reste planqué dans ma Packard de proxo. Bernie ne va pas tarder. Il a les pseudo-outils de dépannage et le savoir-faire. En deux temps trois mouvements, ce sera fait. Un téléphone/un micro à condensateur/un enregistreur. Pas le temps de gérer des montages sophistiqués.

Les orages effroyables m'éreintent. Ils lavent mon cerveau brouillé et le nettoient de toutes ses saletés. Le mois dernier. Le poste d'écoute de Willoughby. Perky est chargée de Call-Girl n° 2. Elle entend Claire Klein et Barbara Payton s'envoyer en l'air avec V. J. Jerome. L'affreux apparatchik se trouve dans le répertoire de Connie. Ça, c'est le faisceau d'indices n° 1. Voici le faisceau d'indices n° 2 :

Le mois dernier, aussi. Claire et moi, on se fait un gueuleton de ragots et on se tourne autour au Googie's. Claire m'allume grave avec cette annonce :

« Je suis venue à L.A. pour tuer un homme. Je ne connais pas son nom mais je crois que Connie Woodard sait comment il s'appelle. »

D'où l'effervescence de mon cerveau. D'où ma détermination indéfectible. Travaille sur la Connie Connexion. *Tout de suite.*

Je bâille. Je me traîne. Je me suis couché tard hier soir. Mon proprio a déchiré mon bail et m'a fichu à la porte, temporairement. Lance le Léopard avait souillé ses parterres de roses et reniflé la foufoune de sa grincheuse de femme. J'ai loué un chouette bungalow au Beverly Hills Hotel. Perky m'a aidé à déménager. On a accroché des panneaux de liège et on y a épinglé des graphiques représentant les ventes de *Confidential*. Plus des notes sur les trois trucs qui me travaillent : l'Opération Mariage de Rock / l'Affaire Cochran / ma Croisade Horvath.

Lance *adoooore* sa nouvelle tanière. Le room-service nous apporte ses cheeseburgers et ses frites dans une gamelle pour chien. Lance dort avec Perky. Je dors sur le canapé.

Je bâille. Je fais disparaître ma déprime à coups de Dexedrine. Bernie arrive. Il a taxé un camion de réparation de PC Bell, pour plus de vraisemblance. Il se gare devant chez Connie Woodard et sonne à sa porte.

Elle ouvre. La voici. Elle est encore élancée, nerveuse et elle a les genoux cagneux, la vieille fille fourbe, Miss Lèche-cul des Soviets de 1924.

Bernie la baratine. Je baisse ma vitre et j'entends. *Oy, Madame.* Elle fait *Oh là là, vous êtes sûr ? Ooohhh* – elle a la même voix de camionneuse que Lauren Bacall.

Elle fait entrer Bernie. Il ferme la porte. Je chronomètre.

Vingt-deux minutes et demie. Bernie effleure sa casquette et repart. Connie reste à la porte. Ses cheveux brun-roux sont attachés en chignon. Elle fait au revoir de la main.

Jackpot.

Bernie a mis un mouchard sur le téléphone du salon et a glissé un émetteur-récepteur à courte portée sous le canapé. On loue un bureau en étage dans un bâtiment hébergeant une banque en retrait de 1st Street et Larchmont. On y installe notre attirail. De Casa Connie à la station d'écoute : deux petits pâtés de maisons. On devrait avoir une bonne réception.

Bernie met ses écouteurs et prend le premier tour de garde. J'appelle Harry Fremont depuis un téléphone public. Je râle et je lui explique mon problème.

Je m'intéresse à une femme, qui reste chez elle. Je l'ai mise sur écoute. Il faut que je fouille sa baraque. Trouve un plan. J'ai besoin de quatre heures. C'est une coco. Oncle Sambo a besoin de toi. N'hésite pas à bafouer ses droits civils et je te donne cinq cents dollars.

Harry répond : « *Jawhol*, patron. »

Babs Payton sert au Drive-In de Stan et y fait des passes. Pas facile, en étant à côté de Hollywood High School. Le sommet de sa carrière à Zarbiwood a été *Le Fauve en liberté*, en 1950. Elle a été Madame Franchot Tone pendant six secondes. Tom Neal a mis une trempe à Tone le Timide et a malmené Babs avec son amour tapageur. *Tattle* a déballé l'histoire en 51. Depuis, Babs a une carrière en demi-teinte. *Ouais* – elle est mûre pour accepter la *sexploitation* de Steve Cochran.

Je me gare au Drive-In. Une jolie serveuse sur roulettes aperçoit le Grand Freddy O. Babs et moi, on se connaît depuis longtemps. À l'époque où j'étais flic, on harcelait et faisait chanter des hommes d'affaires. Babs piégeait les couillons dans la Kibitz Room au Canter's Deli. Elle les attirait au Lariat Motel sur Lankershim Boulevard. Une fois qu'elle avait mis le nigaud dans le plumard, elle poussait force gémissements. Je fracassais la porte et jouais les maris en colère. Je piquais le fric au gars avant de le foutre dehors.

Babs arrive sur ses patins. Elle porte un pantalon moulant rouge et blanc et un petit pull trop serré. Elle dit : « Voilà les emmerdes. » Elle accroche un plateau à ma portière côté passager.

Je jette un billet de cent sur le plateau. Babs pige illico. Elle monte et s'assoit à côté de moi. Le billet disparaît, pouf !!!

« OK, je joue.

– Je me disais bien que ça te brancherait. »

Babs se vautre sur la banquette et monte les jambes. Les chaussures de ses patins montent presque jusqu'aux genoux et lui font des jambes super sexy. Elle prend une pose boudeuse et fait rouler les patins sur mon tableau de bord.

« Je suis en pause pendant les quinze prochaines minutes. Avant que tu commences, je tiens à te dire : plus d'extorsions. Pas question que je retourne à la Kibitz Room ou au Lariat Motel. »

Je me marre et j'allume une cigarette. Babs m'en pique une et l'allume avec mon briquet.

« *Freddy*, ce que je veux dire…

– Steve Cochran. Le porno qu'il est en train de faire, et ne me demande pas comment je suis au courant.

– Ha ha. Tu es jaloux, parce que Joi est dans le film, et qu'elle t'a quitté pour Steve. Je comprends bien, je serais jalouse aussi. Ha ha, et c'est dommage pour Joi, parce qu'en réalité, elle a échangé un naze pour un plus naze. »

Je balaie sa remarque grossière. « Mets-moi au parfum. Le film, qui Steve a réussi à attirer dans ce plan, la date de début, la totale. »

Babs hausse les épaules. « Le porno, c'est du porno, et je suis bien placée pour le savoir. OK, Steve boucle *Private Hell 36* cette semaine, alors on va commencer bientôt. Probablement d'ici deux semaines. Lana Turner, Lex Barker et Gene Tierney ont lâché l'affaire, ce qui ne te surprend pas, je le sais. Steve se retrouve avec moi, Joi et Anita O'Day, et il recrute dix filles qui bossent pour une des agences de call-girls pour laquelle certaines d'entre nous ont travaillé, on le sait. Ça fait le total des treize filles avec lesquelles Steve et sa grosse bite vont repeupler le monde, une fois que la bombe A aura tué toute la population sur terre. J'ai pas besoin de te dire que Steve est obsédé par la bombe A comme personne. »

Je l'encourage d'un geste : *T'arrête pas là*. Babs fait rouler ses roulettes sur mon tableau de bord en cuir rouge. Ça me contrarie. D'une petite tape sur les genoux, j'y mets le holà.

Babs jette sa cendre dehors. « La première aura lieu au printemps, dans la salle de projection d'Harry Cohn. Le porno, c'est du porno, et ça veut forcément dire des types coincés qui vont se laisser aller pendant qu'ils regardent. Et Harry étant Harry, et un tyran, un pervers, et surtout un lèche-cul, on parle de types puissants, genre le sénateur Bill Knowland, le sénateur Joe McCarthy – s'il ne se prend pas les pieds dans sa bite entre maintenant et cette soi-disant "première" – et le sénateur Jack Kennedy, dont je sais que tu as entendu parler, mais probablement pas au niveau intime qui est le mien.

– Pourquoi le nom de Jack se trouve dans le carnet d'adresses de Steve ? Pourquoi est-ce que Jack et Steve s'appellent, régulièrement ?

– Parce que Steve est le proxénète et le fournisseur de came de Jack à L.A. Parce que Steve est plutôt de gauche, et que Jack est un cœur d'artichaut, quand on creuse un peu. »

J'intègre les informations. Je dévide, je relie, je passe tout minutieusement au microscope. Rien ne me surprend. Babs bavarde banal, jusqu'ici.

« Claire Klein. Je sais que tu fais des parties à trois avec elle, et ne me demande pas comment je suis au courant. Si tu commences par me dire qu'elle te fait peur, ça ne me surprendrait pas – parce qu'elle me fait peur aussi. »

Babs agite frénétiquement les mains. Elle se protège d'un agresseur imaginaire. Elle finit par le signe de croix.

« Claire ne me fait pas peur. Elle me terrifie. Elle aime raser les poils pubiens des hommes avec son cran d'arrêt, et la moitié des mecs qu'on se tape adorent ça. Elle trimballe un Makarov avec silencieux dans son sac à main, et on s'est envoyées en l'air avec des gars du consulat russe, et ils parlent russe avec elle, alors je ne comprends pas ce qu'ils se disent… »

Je l'interromps. « Et V. J. Jerome, le soi-disant féru d'art coco… »

Babs m'interrompt. « Ouais, il y a lui, et Claire passe des accords en douce pour des plans échangistes avec ces Russes et leurs femmes, et tout le temps, elle les tanne, et elle cherche des informations sur un scientifique coco des années 30 et 40, qui a un nom de code super bizarre : “Rouge-Gorge”, et elle les harcèle pour apprendre des choses sur une journaliste mondaine qui s'appelle Constance Woodard. Au bout d'un moment, je perds le fil de tous les délires de Claire et je me mets à prier le bon Dieu pour ne plus jamais avoir à travailler avec elle. »

Je vais au Googie's. J'épie Claire à travers une fenêtre derrière. Je tremble. Je laisse des traces de mon nez partout sur la vitre.

Claire est assise dans son box au fond. Elle sirote de l'absinthe et grignote des frites. Elle porte un jean moulant. Remarquez la bosse du couteau sur sa jambe gauche.

J'entre. Le brouhaha baisse. Il n'y a plus que les battements de mon cœur et du sien. Je tremble et je me dirige vers elle d'un pas vacillant. Elle me voit. Direct elle pénètre mes pensées. *Elle sait que je sais.*

Je m'assois. Elle lit en moi. Freddy le Flippé. Freddy est effrayé.

« J'ai aperçu les micros quand Babs et moi, on a couché avec V. J. Jerome. Je pensais bien que ça te reviendrait aux oreilles. Babs en a même plaisanté. “La moitié de ces endroits sont truffés de micros, et tu n'imagines pas qui écoute. Très probablement, Freddy Otash.” »

J'avale son absinthe. Je serre le verre trop fort. Il se casse en mille morceaux qui m'entaillent la main.

Claire presse sa serviette au creux de ma paume et referme mes doigts pour la serrer. Elle déboutonne mes manchettes et remonte mes manches d'un seul geste.

Elle passe ses mains sur mes bras. Elle tire sur les poils. Elle enlève la serviette et tamponne ma main.

« Tu dois partir du principe que je veux que tu saches tout de ce que je fais et dis, et que c'est notre intérêt commun. “Une bonne occase, c'est de l'amour”, comme tu l'as dit. Je suis sûre que tu as parlé à Babs. Et je suis sûre qu'elle t'a dit deux ou trois choses. Tu sais pourquoi je suis ici à L.A. et je sais que tu n'es pas venu pour me dissuader ou m'empêcher de mettre mon projet à exécution. À partir de là, nous devrions chacun reconnaître chez l'autre la capacité d'apprendre et d'extrapoler. Nous aurons notre moment ensemble quand nous aurons accompli ce que nous devons, et il sera d'autant plus agréable. »

Je dis : « Rouge-Gorge » et « Connie Woodard ». Ma voix se brise. Claire sort son couteau et extrait les morceaux de verre de ma main.

Perky dit : « Tu as peur. On dirait que tu as vu le plus horrible fantôme de la terre. »

Je retrouve mon bungalow. Perky, c'est la sécurité. Lance, c'est la sécurité. J'ai *besoin* de ça. Mais j'ai *envie* d'être dans un endroit sombre et dépravé avec Claire Klein.

Je regarde ma main. Je cicatrise vite. Mes coupures sont recouvertes de petites croûtes en forme de croix. Des stigmates.

Claire était infirmière dans la Navy en 43. Elle sait se servir d'un couteau. Elle a désinfecté ma blessure avec de l'absinthe. Elle a posé ma main sur son sein et l'a tenue là. Une partie de moi s'est transférée à elle.

« Oncle Freddy, tu trembles. Et qu'est-ce qui est arrivé à ta main ? Ne me dis pas que tu as eu une espèce d'expérience mystique. »

Je m'approche des courbes affichées sur le mur. Les ventes quotidiennes de *Confidential* ont bondi d'une manière spectaculaire. J'examine mon trio de dossiers. Je dessine des flèches entre l'Opération Mariage de Rock et l'Affaire Cochran. Je relie le premier au second et j'écris “Claire Klein & Babs Payton” en dessous. Je relie d'une flèche “V. J. Jerome” et “Connie Woodard”. J'écris “gars du consulat russe” et “Rouge-Gorge” en dessous.

Perky vient me rejoindre. Elle parcourt le schéma et son regard s'arrête immédiatement sur « Rouge-Gorge ». Elle a la chair de poule. Partout sur les bras.

Je dis : « La station d'écoute de Sweetzer. Surveille la ligne n° 2, tout le temps que tu peux. Je te paie deux cents dollars par semaine. »

Elle contemple mes hiéroglyphes hystériques. « Du moment que tu me dis comment tout ça s'articule. »

BIBLIOTHÈQUE DU CAMPUS NORD À UCLA

20/3/1954

Le dossier. Un gros carton plein. Elle s'appelait Joan Marcelline Hubbard, en ce temps-là. Aujourd'hui, elle est Joan Horvath de Mon Cœur.

Les gars de l'administration ont tenu parole. Ils m'ont appelé ce matin. Ils ont souligné avec insistance que des règles et règlements s'appliquent. Examinez le contenu ici. Rendez le carton avant vingt et une heures. Ne caftez pas le contenu des documents. Ne piquez rien. Le code d'honneur s'applique.

Je m'assois à une table, seul. Je mets de l'ordre dans les dossiers et reconstitue la chronologie. Joan Marcelline Hubbard. Née le 6 novembre 1918. Elle est originaire de la brûlante vallée de San Joaquin, d'une famille d'ouvriers agricoles. Elle finit le lycée en 1935. Elle cueille des fruits avec une équipe de clandestins. Elle réussit à traverser la Grande dépression. Elle se présente à UCLA.

Elle est acceptée. Elle arrive à Westwood à l'automne 1939.

Elle se passionne pour les laboratoires de langues et la critique littéraire. Elle apprend le russe, le polonais, l'italien. Elle exhibe ses dons linguistiques et se fait remarquer. La Hubbard en fait des tonnes. Elle devient disc-jockey sur Bruin Radio. Elle inflige Shostakovich aux incultes de son campus. Elle les récompense avec Rachmaninov le ralenti et l'exquis Tchaïkovski. Elle construit sa réflexion sur la littérature russe. Elle écrit des publicités pour des restaurants russes. Elle est une habituée de la Kasa Kiev de Karlov. Karlov est corrompu jusqu'au cœur. Elle fait sa propre publicité au Pirogi Palace de Pete le Polonais. Pete la paye en cash et kiełbasa. Pendant toutes ses années d'études, elle mène cette vie peu recommandable. Elle est connue sur le campus pour ses pitreries. Une majorette qui se met en avant d'une manière tellement sexy que c'en est un péché.

Elle cartonne. Wouah ! – des mentions dans toutes les matières. Elle étudie les poètes romantiques russes. Elle critique avec cruauté le mouvement. Tout ça, c'est des amusettes marginales et mystiques. Elle relie le pianiste polonais Paderewski à des compositeurs nazis plutôt adeptes du flonflon. Ses professeurs savent qu'elle est une mouche du coche qui baguenaude – mais ils soulignent sa rigueur et sa solidité. 1939, 1940, 1941. Joan Marcelline Hubbard gagne en notoriété et avance.

Elle obtient son diplôme. Elle continue en deuxième cycle. Je suis la chronologie de sa vie d'étudiante. Intitulés des cours, dates, notes aux examens, diplômes, noms des professeurs. Les pages des dossiers défilent à toute allure.

J'arrive à la fin de l'année 1941 et au passage à 1942. Je tombe sur la première incohérence dans la chronologie. Printemps 1940 : Introduction aux mouvements ouvriers polonais, avec le professeur Witold Kirpaski. Je mets de côté cette liasse et reprends la fin de l'année 1941. Et là, et là, et *LÀ* :

Automne 1939. Les enjeux politiques du roman russe post-révolutionnaire, professeur invité : Constance Woodard.

La nuit me convient. Je prends ma pose de Pervdog. Mon côté camé prend le dessus et me porte. Je suis le Red Devil Bandit, à un chromosome près. C'est un truc de gosse, mais pas pour de faux. Je joue les voyeurs depuis mes quatorze ans, quand j'étais au cul-du-loup du Massachusetts. Et je continue AUJOURD'HUI.

Je me gare devant la baraque de Connie Woodard. J'avale trois cachets de Dexedrine et j'ajuste mes réserves d'adrénaline. De minuit, on arrive à une heure du matin. Toutes les lumières chez Connie sont éteintes. J'envisage d'entrer par effraction – mais je m'en abstiens.

Mon tableau de liège. Des vies reliées par des traits. Automne 1939. On peut relier Connie Woodard à Joan Hubbard. Connie est liée à Steve Cochran. Claire Klein, à Connie. Elle a le projet d'assassiner un homme. Elle pense que Connie sait peut-être des choses. Elle sait que je sais des choses. Elle sait que j'ai mis tout L.A. sur écoute. Je suis l'Homme incontournable. Claire me parle par des canaux occultes. Elle a jeté un sort aux stations d'écoute, qui émettent dans les deux sens. Elle me pilonne, me rend paranoïaque. Freddy, mais qu'as-tu donc fait ? Elle m'assène des coups de bible. *L'apocalypse* 3:8 : *Je connais toutes les choses que tu fais et j'ai ouvert devant toi une porte que personne ne peut fermer.* Elle a fait de moi l'Homme exposé.

Je mate la maison Woodard. Je repousse mes envies urgentes d'entrer par effraction. Je me sens observé. Je n'arrête pas de voir des choses qui sont peut-être là, ou peut-être pas. Des groupes de voitures de flics en surveillance rapprochée. Des femmes armées de couteaux. Claire m'a stigmatisé. Nos cœurs battent de concert. Elle m'a marqué, je ne peux échapper aux regards.

J'ai passé tout l'après-midi au téléphone. J'ai parlé à Harry Fremont. Il s'est crispé dès que je l'ai emmené sur le terrain du trouve-moi-un-moyen-d'entrer-chez-Connie. « Je ne vois pas d'emblée de ruse ou de diversion, Freddy. Donne-moi du temps pour y réfléchir. » J'ai parlé à Perky. Elle m'a fait un compte rendu de l'activité de la station d'écoute sur Sweetzer et de la Ligne n° 2. Elle a dit que Claire et un Russkov inconnu ont parlé longuement de McCarthy. Joe le Jacteur et ses Fédéraux inefficaces ratissent L.A. dans tous les sens. Il y a vingt ans, Joe avait déjà le projet de multiplier les assignations et expulser les cliques cocos. Joe a *saaaaalement* besoin de *booooonne* publicité. Les journaux grincent des dents quand ils parlent de lui. Les journalistes de radio le rabrouent. Les commentateurs de la télévision le punissent pour ses péchés. Mon frère, je suis de tout cœur avec toi. Nous sommes tous deux des hommes exposés.

Je me suis planqué dans la station d'écoute de Larchmont et j'ai écouté du silence apathique. J'y ai passé la soirée et la moitié de la nuit. Connie n'appelle personne, personne ne l'appelle. J'ai somnolé et rêvé de Perky et Claire, nues comme je ne les ai jamais vues. Je me suis réveillé et je suis allé à deux pâtés de maisons de là.

La nuit noire me convient. D'une heure, on passe à deux heures du matin. Je remarque les bouteilles de lait vides devant la porte de Connie. J'ai comme une idée qui pourrait bien marcher.

Les minutes s'égrennent. Je fume comme une cheminée et je mâche des chewing-gums. Le marchand de lait arrive à 4 h 13. Il attrape les bouteilles vides et dépose quatre bouteilles pleines. Je prends ma réserve de sécobarbital et je sors huit cachets. Connie met peut-être du lait dans son café du matin. Si c'est le cas, elle est cuite.

Je vais jusqu'à la porte. J'enlève les capsules sur les bouteilles et j'y glisse mon additif démoniaque. Quatre bouteilles, huit cachets, le joyeux milk-shake de Freddy. Je secoue les bouteilles pour bien mélanger. Je retourne dans ma voiture et j'attends.

L'aube fait pâlir la nuit. Les nuages bas s'accumulent et annoncent la pluie. Connie ouvre sa porte à 7 h 14. Voilà qui est rapide. Elle attrape les quatre bouteilles et rentre.

J'attends. L'attente m'abrutit et m'épuise. J'attends, malgré tout. De 7 h 14 à 8 h 14. Une heure, pas plus. Elle a pris du café ou pas. La cuisine serait le lieu le plus probable. Facile à espionner. Remarquez les fenêtres basses qui donnent sur l'allée.

Je vais voir. Je regarde par une fenêtre, une deuxième, une troisième. Voilà Connie. Allongée, inerte, sur le sol de la cuisine. Du café au lait renversé à côté. C'est une invitation à entrer.

Mon crochet #6 a raison de la serrure. La porte de derrière s'ouvre grand. J'entre dans la cuisine. Connie ronfle. Elle devrait rester au pays des songes pendant dix à douze heures. J'ai le temps d'effectuer une fouille approfondie.

La cuisine. Chrome et bois blanchi. Rien de suspect, rien de surprenant. Le salon. Partout de la merde moderne et de l'art abstrait abscons. Une blitzkrieg de cuir noir. Des cloisons en verre réfléchissant. Un tapis kandinskyesque, couleur bleu cobalt et couvert de formes farfelues. Rien de suspect ni surprenant. Juste le goût bizarre de Connie.

Je visite la salle de bains du rez-de-chaussée. Rien ne me paraît bizarre. Je monte à l'étage. D'emblée, rien ne m'interpelle. Une salle de bains, une chambre, un bureau. Je finis toujours par la chambre à coucher des femmes. Je commence par la salle de bains.

Non, nein, nyet. Des murs bleu cobalt et des petits tapis usés jusqu'à la corde. Pas d'armoire à pharmacie dans la maison – pas de dope, pas de capotes, pas de diaphragme couvert d'amidon de maïs.

Le bureau. Là, ça devint *vraiiiiment* intéressant.

Notez les murs *rouges.* Ils sont couverts d'affiches. Trahison en trois tableaux. Libérez les Scottsboro Boys !!!! Le communisme est l'américanisme du XXe siècle !!!!! La litho de Ben Shahn avec sa fameuse phrase : « *You have not converted a man because you have silenced him.* »

Je m'attrape l'entrejambe. Hé, Connie – et si tu convertissais *ceci*, la Reptile rouge !!!!

Il y a un bureau, une chaise pivotante, une machine à écrire. Il y a trois tiroirs pleins de fournitures de bureau sans intérêt. L'éditorial de Connie pour ce jour est inséré dans la machine à écrire. La Marlborough School for Girls, le bal de l'hiver 54, l'élite de Hancock Park y assiste.

Je fouille le premier tiroir. J'y trouve un journal relié en cuir rouge marqué « 1954 ». Hier, on était le 20 mars. Je vais directement à cette date-là et je lis *ceci* :

« Je crains ce qui risque d'être le dernier combat du sénateur McCarthy avant que soit mise en œuvre une censure par le Sénat attendue depuis longtemps. Je crains ce qui arrivera quand des anti-communistes moins insistants reprendront le flambeau de la cause dont il était le champion et qu'il dénigre désormais bien trop ouvertement, et je redoute que ces subtils fascistes acquièrent une aura de respectabilité. Je crains que mon appartenance au parti soit révélée, ainsi que celle des autres membres de ma cellule – ce qui paraît probable, puisque le sénateur Joe s'est installé ici à Los Angeles, assez secrètement, et qu'il semble déterminé à causer du tort à ceux que j'aime dans cette ville que j'aime et que je considère comme mienne. Nous avons tous juré allégeance à l'Union soviétique. Comment serait-il possible de ne pas le faire, quand on est sain d'esprit ? Mais je crains que nous n'ayons jamais l'occasion de défendre publiquement notre cause, car nous accomplissons nos tâches les plus pertinentes dans la clandestinité. McCarthy est notre aiguillon le plus efficace et le visage le plus constant de la vitupération fasciste depuis les premiers jours en Corée. Que va-t-il se passer quand il s'en ira ? Nous réclamons la persécution intense pour prouver la solvabilité de notre guerre contre le capital. Nous ne devons jamais être tolérés. La tolérance milite contre la révolution. Nous devons être combattus violemment, pour que notre réaction en nature soit considérée comme la seule vraie, la seule raisonnable par les masses opprimées que nous cherchons à libérer par la lutte. »

Ouh là !!!! En voilà une dialectique délirante et alambiquée !!! Connie est une staliniste dormante – alors qu'Oncle Joseph est mort depuis un an !!!!

Je recule de quelques pages. Il y en a encore, et encore, et encore – encore plein dans la même veine. J'arrive au 17 février. Soudain, une sensation sidérante ; je suis assommé.

« JMH est morte. Elle est morte, la seule *elle* que j'aie jamais connue. C'était dans le journal, et mentionné brièvement à la radio. La police soupçonne un cambriolage qui aurait mal tourné. »

Je remonte au jour de l'an. Ce n'est qu'agit-prop et agitation. Je ne trouve plus de référence à Joan, plus d'initiales incriminantes, plus de noms.

Je file dans la salle de bains. Encore des murs rouges. Ornés de portraits goyesques de femmes. *Ooooh* – elles sont intégralement nues, à l'exception des attributs typiques des révolutionnaires. Des bottes noires et des toques bordées de fourrure et ornées du marteau et de la faucille. Elles manient des fouets avec lesquels elles frappent des hommes étiquetés « Oppresseur fasciste ».

Je pige. Goya devenu artiste de bande dessinée. Tout cela est de la satire sauvage. L'antithèse, le contrepoint de la vie *teeeeeellement* insipide de Connie Woodard la journaliste mondaine. Le communisme comme pornographie de contrebande. Un détournement sidérant des représentations puériles qui nous donnent la trique. À TOUS. Les œuvres de jeunesse devant lesquelles on se branle et qui ont asservi la moitié de la planète.

J'ouvre la porte d'un placard. Ses fringues de vieille fille sentent le Chanel N° 5. Sur l'étagère du haut, des caracos coquets et des combinaisons en satin. Je passe la main en dessous. Des enveloppes parfumées tombent. Je sais que ce sont des lettres d'amour lesbien.

Je laisse les billets doux. Un petit meuble de rangement appuyé contre le mur attire mon regard. Trois tiroirs. Tous déverrouillés. Je les fracture et je fouille.

Des journaux intimes reliés en cuir rouge. Le message coco de Connie, remontant à 1938. Les procès de Moscou. Connie justifie les purges de Staline. Elle cautionne les morts, les morts en masse. Il y a des photos glissées entre les pages. Connie fréquente des jeunes femmes et roule des mécaniques avec elles. Que la perdition s'empare de mon âme – Et voilà.

Connie et Joan Hubbard. UCLA en toile de fond. La photo est datée du 12 août 1941. Voici Joan. Elle a vingt-deux ans. C'est une photo Kodachrome aux couleurs passées. À quarante ans, Connie a les cheveux brun-roux et les genoux cagneux. Joan porte un béret rouge.

Je parcours le journal d'août 41. Arrivé au 12 août, je trouve *ceci* :

« J'ai passé du temps avec Joan H. aujourd'hui. Je crois qu'elle est prête à rejoindre le parti. Je lui ai dit que ma cellule était petite et que tout le monde est loyal envers ses camarades. Elle y serait en sécurité. »

Ce n'est pas suffisant. Je veux en savoir davantage sur tout ça. Je trouve des journaux intimes qui vont jusqu'à 1946. La prose de Connie prend une forme plus abrégée, devient plus cryptique. Les noms sont remplacés par des initiales. « Tout ça », c'est forcément les minutes des réunions de la cellule coco.

Je trouve une première occurrence de « JH » en mai 42. Je suis « JH » toutes les semaines, jusqu'au jour de la capitulation du Japon. « JH », « JH », « JH ». Ma Joan est une subversive certifiée. Je sais qui est « CW ». Qui est « SA » ? Qui est « RJC » ? Qui est « EPD » ? Je l'ignore et je m'en fiche. Je veux seulement le nom de Joan et le parfum de Connie sur les pages.

JH, JH, JH. Je la suis pendant les années de guerre. Elle quitte UCLA. Je suis chez les marines et je me soustrais au combat. Elle traduit pour le Sénat de l'État de Californie. J'entre au LAPD. JH, JH, JH. Nous arrivons en 46. Je vais tuer le mari de Joan dans trois ans…

Le Googie's. Mon infaillible lieu de repli, de retraite. Ici, le Despote des Potins règne en maître. *Confidential* est roi. Bondage Bob Harrison me permet d'accéder à tout l'amour dont j'ai besoin.

Des indics débarquent et manquent renverser ma table. Orson Welles a refroidi le Dahlia noir. La rumeur a considérablement enflé. Je dis aux indics d'aller se faire foutre et je leur jette avec quelques pièces. Joe McCarthy est en ville. Sans déconner, Sherlock. Ouais – il crèche au Château Marmont avec Danny Kaye. OK – tiens, voilà dix balles, me fais pas chier, j'ai le cœur gros, et je suis tout seul avec de gros emmerdements.

Bou-hou, bou-hou. Je suis en plein exil existentiel. J'ai des tonnes d'occasions mais l'amour me tourne le dos.

J'engloutis des pancakes et je réfléchis à mon dilemme débile. Je dis à mon serveur mexicain de m'apporter un téléphone. J'appelle Harry Fremont au Bureau des inspecteurs. Harry pleurniche. Il n'a pas inventé de ruse ni de diversion pour me permettre d'entrer dans Casa Connie. Je lui dis que j'y suis arrivé. Et que j'ai bien l'intention de recommencer. D'ici là, je vais te payer pour faire la chose suivante :

Il y a des Fédéraux en ville. Ils sont peut-être en train de virer véreux. Ils sont mêlés à des magouilles immondes avec Joe McCarthy. Ils doivent avoir un bureau sur place quelque part. Trouve-les et suborne-les avec des pots-de-vin que te fournira Bondage Bob. Il me faut trois heures avec leurs dossiers.

Harry fait : « Et ça a quelque chose à voir avec Joanie ? »

Je réponds : « Ouais – c'est une certitude. »

Harry accepte avec réticence. Je raccroche. Claire Klein et Rock Hudson me rejoignent à ma table. Ils se tiennent la main. Je tends le bras et leur montre mes stigmates. Claire rigole. Rock fait *Hein ?*

Ils forment un beau couple. Ils sont rayonnants. Ils sont des acteurs au dernier degré. Des strasbergiens déformé par le système Stanislavski. La coqueluche homo épouse la psychopathe givrée. Ce faux mariage les emballe, c'est évident.

Rock dit : « T'as pas l'air dans ton assiette, Freddy. Tu devrais avaler un anti-acide et aller te pieuter. »

Claire dit : « Freddy a des soucis. »

Je rigole. « Vous avez déjà choisi une date ? »

Rock allume une cigarette. « Jimmy y travaille. Il est avec Liz et moi sur le tournage de *Géant*, tu sais. Il pense que la meilleure chose à faire, c'est deux cérémonies. Claire est juive, et je suis presbytérien. Jimmy veut mettre l'accent sur le côté mariage mixte. Tu vois, un truc à la synagogue, et un truc au temple. »

Claire allume une cigarette. « Pas besoin que Rock se convertisse. Je connais un rabbin qui fait de belles cérémonies et pour pas cher. On s'est rencontrés dans le Sinaï, en 1948. »

Rock dit : « Claire a un sacré passé. »

Je complète : « Que je ne connais pas. »

Des chasseurs d'autographes rôdent autour de la table. Avec un geste d'impuissance, Rock fait un clin d'œil à Claire. *Je suis très demandé, chérie.*

Claire me fait un clin d'œil. Rock signe des autographes. Claire me glisse un petit mot sous la table. Je jette un coup d'œil au bout de papier.

Claire l'indic. L'insidieuse initiée. Elle a du nouveau sur le porno de célébrités.

La date de début de tournage a été avancée. Ils commencent ce soir. Voilà l'adresse. Un motel abandonné à Cathedral City.

Le Jolly Jinx Motel. Un dépotoir en plein désert. En retrait d'une route pleine d'ornières entre Indio et Palm Springs. En sandwich entre des dunes et que dalle. Un endroit qui a fait l'objet d'une saisie hypothécaire, vers 1931.

Ce soir, c'est un décor de film. Treize femmes et un seul homme sur terre. Steve Cochran, « *l'Auteur*[1] », tient le mégaphone. Le Jinx

1. En français dans le texte.

est un trou à rats en forme de fer à cheval. Il y a douze bungalows délabrés, sans porte. Notez les voitures garées. Notez les lampes à arc à l'extérieur des bungalows 8, 9 et 10. Notez la caméra sur le chariot et le micro au bout de la perche. Il y a un cameraman et un preneur de son. Je les ai vus au Googie's. Ces camés au dernier degré sont aussi des marchands de tuyaux sur les courses de chevaux.

Le pitch : tout est *finito*. La bombe A a détruit le monde. C'est le devoir délicieux de Steve Zob de repeupler la terre. Il a un talent épatant pour répandre sa graine avec générosité. Joi Lansing, Anita O'Day et Babs Payton. Plus dix call-girls parties pour devenir des stars à *Zarbi*wood et des condamnées pour pornographie.

Je me planque à plat ventre sur une haute dune. J'ai apporté des jumelles et le récepteur de Bernie Spindel. Il fonctionne sur batterie et envoie le son dans un casque. Le tournage se déroule à une quarantaine de mètres. Grâce aux portes ouvertes et aux fenêtres cassées, j'ai une bonne vue de tout. Avec les lampes à arc et le clair de lune livide j'ai toute la lumière dont j'ai besoin.

Le poste de commandement de Cochran est dans la cour. Steve se trouve au milieu des treize ravissantes veinardes. Elles portent des bikinis au crochet ras la chatte. Elles parcourent les feuilles de leur script et apprennent leur rôle. Elles bougent les lèvres et échangent des bons mots.

« Comment vivre dans une telle désolation ? » et « Je ne veux pas que nos enfants grandissent avec du strontium 90 dans les os ». Joi intervient : « D'abord, il faudrait que nous ayons des enfants. Vous pensez que Steve Zob est à la hauteur ? Le motel est le Jardin d'Éden. Steve Zob est notre Adam et nous sommes ses Ève. » Babs ajoute : « J'ai entendu dire qu'il était monté comme un barracuda. » Anita s'en mêle : « Les gens rendent les communistes et l'Union soviétique responsables de tout le mal dans le monde. Mais moi je dis : "Que celui qui n'a jamais péché jette la première pierre." » Et écoutez ça : « C'est ce bon vieux Oncle Sambo qui a lâché des bombes A sur les Japs. »

Oooohh – le script de Steve Zob est conforme à la répugnante rhétorique rouge. Je reconnais la rhétorique de la rouge Coonie Woodard !!!

Steve va d'une actrice à l'autre. Il descend leur haut de maillot et descend encore plus le bas. Les lampes à arc éclairent bien les frifris. Steve aligne les comédiennes. Elles sont treize. La nuit est froide.

Elles ont toutes la chair de poule. Steve malmène au micro sa brochette de vedettes.

« *Achtung, meine Kinder.* C'est le camarade Steve qui vous parle, et votre tâche de Patrouille de Pondeuses est d'écouter. Nous allons tourner la scène numéro un. Le bungalow n° 9 a été décoré avec des objets nazis que j'ai récupérés. Babs joue Hilda, la louve des SS. Mon boulot, c'est de la fertiliser et de la ré-endoctriner. Allez, camarades, et que ça saute. Babs et la technique, au bungalow n° 9. Les autres, vous allez vous mettre au chaud dans votre voiture. »

Douze filles fichent le camp. Steve et Babs alias Hilda se dirigent vers le bungalow n° 9. Le cameraman et le preneur de son les suivent. La mise en place prend six secondes. J'ai le son en direct et une vue sur une fenêtre explosée. On tourne, Big Steve.

Lumière, caméra, action. La caméra chope les bannières ornées de croix gammées et le dessus-de-lit avec le soleil levant. Steve en Adam et Babs en Hilda se mettent en garde.

Steve/Adam : « Écoute, espèce de salope fasciste, tu vas devoir expier tes péchés et suivre un programme de rééducation, comme l'a fait le camarade Staline lors des procès de Moscou dans les années 30. »

Babs/Hilda : « Ne me raconte pas d'histoires, *muchacho.* Les procès de Moscou étaient une mise en scène – et je le sais parce que je suis abonnée au magazine *Klansman.* Je les connais, les tocards comme toi. Si tu crois que tu vas repeupler la terre avec moi, tu ferais mieux de remballer ton sermon et de me montrer dans quoi je m'embarque. »

Steve/Adam dégaine. Ouah, quel gourdin !!!

Babs/Hilda dit : « Je suis impressionnée, mais celle du Führer était plus grosse. Eva Braun m'a raconté qu'il en avait une bien longue. Mais je suppose que trente centimètres, c'est mieux que rien, surtout si l'avenir de la planète est en jeu. »

Steve/Adam : « Je suis radioactif, chérie !!!! Tu sais ce que je veux !!! »

Babs fait woo-woo et quitte son bikini. Steve Zob se dessape. Ils passent sur les préliminaires. Ils bondissent sur le dessus-de-lit jap et initient l'insertion. Steve tient deux minutes. Ça se termine aussi vite que ça. Steve jouit et pousse des cris extatiques dans la langue soviétique. *Quoi ?* Babs/Hilda glousse et allume une cigarette.

Toute la nuit, les mêmes scènes assommantes. Jusqu'au moment déterminant où ça change.

Babs/Hilda le fait avec Steve. Idem pour Anita en Nuke Nellie. Joi joue Ève la vilaine. Elle le fait avec Steve – et ça n'éveille aucune jalousie chez moi. Le groupe des call-girls se met à poil et c'est l'empilade sur Steve Zob. Mais le bras de vitesse a des ratés. Steve n'arrive pas à bander. Le wonder boy est fourbu. Son animal va mal. *Auf Wiedersehen, adios, sayonara. Proschai*, la pine.

Je mate pendant des heures. Mon voyeurisme de vautour approche de son point de motivation le plus bas. Je m'ennuie à mourir. Oh là là, quelle barbe.

Le cameraman et le preneur de son rangent leur matos. Steve traîne dans la cour et marmonne à l'oreille de sa muse. Je dirige mes jumelles vers le bungalow n° 7. Je vois Anita O'Day et Babs Payton se préparant une dose d'héro.

Elles la chauffent. Elles remplissent une seringue. Elles se font un garrot. Elles s'injectent la dope. Elles atteignent la défonce au moment où Steve entre dans la pièce.

Il gifle Babs du dos de la main. Elle tombe par terre. Anita recule jusqu'au lit. Steve la toise. Anita brandit l'aiguille. Steve l'attrape et la lui plante dans la cuisse.

Anita crie et sanglote. Je l'entends du haut de ma dune. Steve sort comme une furie du bungalow. Il est rouge comme une tomate radioactive. Ce rouge est celui du strontium 90. Il a une demi-vie de dix mille ans. Je deviens rouge de rage moi aussi.

Perky est endormie. Lance le léopard se cramponne à elle et me grogne dessus. Ils ont commandé du room-service. Lance a laissé des empreintes de pattes sur la nappe blanche.

Je me change. J'enfile des gants noirs, un pantalon noir et un col roulé noir. En route, je me suis arrêté dans un magasin de farces et attrapes ouvert toute la nuit. J'ai acheté un masque de diable rouge en caoutchouc.

Je l'essaye. Je me plante devant le miroir de la salle de bains. Je suis George Collier Akin, né à nouveau. Je gambade, je fais le beau.

Havenhurst n'est pas loin de Sunset. Je prends ma voiture et je pars pépère. Je bifurque vers le sud et je me gare. Il est trois heures du matin. Les lumières sont encore allumées dans sa tanière.

Je mets le masque. Le Red Devil Bandit est ressuscité. Je fonce jusqu'à sa porte et je sonne.

Il ouvre. Il pousse un cri strident et recule. La taille, ça fait pas tout. Je sors ma matraque en cuir lestée de plomb et je lui mets un puissant revers dans la figure.

Qui lui fracasse la mâchoire et lui pète quelques dents. Le coup retour lui ouvre un nouveau golfe à la racine des cheveux. Il tombe par terre comme Babs Payton quelques heures avant.

Je m'empare d'un casque russe-cendrier et je lui retourne les mégots sur la tête. Je prends mon élan et lui mets un méchant coup de pied. J'entends des craquements dans sa cage thoracique. Des côtes cassées déchirent sa chemise.

Il hurle. Ses yeux se retournent. Je tire sur ses paupières pour les ouvrir et j'amène mon visage de diable rouge juste au-dessus du sien. Il crache et expectore des mégots de Camel et de Kool King. J'essuie les cendres venues se coller sur mon visage de diable rouge.

BUREAU DÉLOCALISÉ DU FBI, SOI-DISANT

Immeuble de bureaux à l'angle de Wilshire Boulevard et Mariposa Avenue 22/3/1954

Harry dit : « Ça va coûter cher. J'ai des pattes à graisser. Bondage Bob va devoir bosser dur sur ce coup-là. »

Un bureau. Une toute petite pièce. Totalement nue. Rudimentaire et à bas prix. Sept mètres sur sept. Trois tables et trois chaises. Un meuble de rangement, pas de téléphone, pas de téléscripteur.

« Ces gars sont en mission secrète. McCarthy est à genoux. Il ne peut pas appeler ce bon vieux Hoover et lui dire : "Hé, Johnny, j'ai besoin d'hommes pour traquer les rouges." »

Harry hausse les épaules. « Ils ont des véhicules qui appartiennent au parc des Fédéraux. Au moins trois, si j'en crois ce qu'on voit ici. Tu te souviens de la plaque que j'avais cherché à identifier pour toi ? La voiture m'a renvoyé sur ces gars-là. »

Je dis : « Vois si tu peux y associer un nom, OK ? La voiture a peut-être été attribuée spécifiquement à quelqu'un.

– Ben voyons. Bondage Bob et toi, vous dites "Vas-y, saute" et moi je dis : "À quelle hauteur ?" »

Je réfléchis. Tout à coup, le mot *Hollywood* me revient. Je suis en train de fouiller Casa Connie. Les balivernes de son journal intime me tracassent. Elle redoute le dernier souffle de l'autre parvenu de Joe McCarthy et a peur pour sa cellule. Joe a décidé de s'intéresser de près à Hollywood. Il pense qu'il va choper quelques gros poissons au passage. C'est son chant du cygne, sa quête du coco hollywoodien. Mon intuition est qu'il ne sait pas exactement où ça se passe, ni ce qu'il sait déjà.

Harry s'indigne. « Freddy, grouille-toi. On a trois *heures*, pas trois semaines. »

Je tire le premier tiroir. C'est Micro Mania. Des supports, des micros, des émetteurs-récepteurs et des câbles. Plus plein de matos de diffusion *loooooongue* portée. Je tire le deuxième tiroir. C'est Baston Mania. Des coups-de-poing américains, des matraques en caoutchouc, des queues de castor lestées de plomb.

J'ouvre le dernier. Le tiroir à mouchards. Sur un dossier, une étiquette qui dit : « Sécurité 1-A : Informateurs-noms de code. »

Quatre dossiers fins. Pas épais, le gruau. À l'intérieur, de fines feuilles carbone.

Dossier n° 1. Nom de code « Big Duke ». Et ces notes : « Pas de rémunération. Le sujet a dit que sa motivation est "l'amour de son pays". A de nombreux contacts dans l'industrie du divertissement. »

Ça alors. C'est forcément John Wayne. Il dénonce les cocos depuis l'âge de glace. Le dossier ne mentionne pas que c'est un travesti. Il est exclusivement hétéro – mais *quand même*. Mes marines l'ont piégé en le photographiant dans la Big Girls Boutique à Balboa. Il a dû payer une belle somme pour éviter que l'info soit rendue publique.

Dossier n° 2. Nom de code : « Mama Zee ». Et les annotations suivantes : « Illustre auteur (nègre) devenu un fanatique anti-communiste. A de nombreux contacts dans la communauté nègre de Los Angeles. »

Ça alors. C'est forcément Zora Neale Hurston. Elle dénonce les cocos à Bondage Bob. Elle apparaît souvent dans la rubrique "Darktown Strutters' Ball" de *Confidential.*

Dossier n° 3. Nom de code : « Mr Webfoot ». Et ces annotations : « Le sujet présente une émission enfantine locale de L.A. Endetté auprès de bookmakers. A toujours besoin de fric & connaît des gens appartenant au parti communiste. »

Ça alors. Je suis sûr qu'il s'agit de Jimmy Weldon. C'est un ventriloque vénal. Webster Webfoot, son personnage, est un Donald Duck en moins bien. Jimmy est un habitué du Googie's. Il fourgue des tas de photos du cadavre de Carole Landis prises à la morgue.

Dossier n° 4. Nom de code : « Rouge-gorge ». Pas d'annotations. Un relevé de dépôts bancaires.

Les dépôts vont de mars 47 et s'arrêtent le mois dernier. 150 dollars par semaine. De 47 à 54. Presque sept années entières. Compte n° 8309. L'agence bancaire : la Bank of America à l'angle de Melrose Avenue et Cahuenga Boulevard.

ÇA ALORS. Melrose et Cahuenga. C'est à quatre rues de la maison de la mort Horvath. Red Stromwall a découvert un livret de la Bank of America dans le tiroir des sous-vêtements de Joan. Le solde : quatorze mille dollars. Le versement hebdomadaire s'est arrêté le mois dernier. Joan Horvath *esta muerto.*

Ça alors. Qu'est-ce que vous en dites ? Comment vous trouvez ça ? Ma Joan. Une infiltrée au parti communiste. Une indic du FBI.

Je suis un Pervdog. Les Pervdogs sont des animaux de nuit. Quand la lune se couche, notre vraie nature disparaît et revient la nuit suivante. Nous nous nourrissons des senteurs des dissimulations. Nous épions, rôdons, entrons, par effraction, pour CHERCHER.

Le jour baisse et la nuit tombe. Je me gare en face de la maison de Connie Woodard. Je suis à moitié défoncé à la limonade arrangée. Le Pervdog s'anime.

Je me suis planqué à la station d'écoute de Larchmont tout l'après-midi. J'ai appelé l'agence de la Bank of America sur Melrose et Cahuenga. En me faisant passer pour un Fédé. J'ai exigé de connaître le nom du détenteur du compte n° 8309. L'employée intimidée a cédé : Joan Hubbard Horvath.

Ça colle. Ça ne colle pas. J'ai réagi, par réflexe. J'ai cherché l'odeur de Connie Woodard.

J'ai mis les écouteurs. J'ai entendu des conversations. Connie a appelé sa blanchisserie et un marchand de Chevrolet. J'ai entendu des bips suspects. J'ai les poils qui se hérissent.

L'émetteur-récepteur à *looooongue* portée. Qui se trouve dans le petit bureau pathétique. C'est du matos qui coûte un bras. On dirait bien une installation d'écoute centralisée. Joe McCarthy. Pas aussi ostensiblement pathétique qu'on pourrait le penser. Connie la Coco – peut-être bien sur écoute ?

Des nuages chargés de pluie éclipsent la lune à laquelle je veux hurler. Le ciel se déchire et lâche un déluge. Je mets en marche mon chauffage pour réchauffer ma carcasse. Connie Woodard sort de sa maison.

Elle porte un tailleur à carreaux habillé. Son chemisier en crêpe noir brodé est orné d'une écharpe agrafée à l'épaule. La jupe plissée à carreaux descend jusqu'à ses genoux cagneux. De hautes chaussettes blanches et des richelieux noirs pour compléter la tenue.

Elle monte dans sa Chevy et prend la direction du sud. Ça colle. Ça ne colle pas. Tout à coup, je me sens appelé. *Ce que tu cherches te cherche aussi.* Une espèce de maître spirituel hindou a dit quelque chose dans ce genre. Je viens de comprendre.

Je traverse la rue et je crochète la serrure de la porte de derrière. Connie a laissé les lumières de la cuisine allumées. Elle a laissé des indices très visibles.

Les bris de verre de la bouteille de lait et des coulées dans l'évier.

La bouteille de lait de magnésie sur le comptoir. Le lait de magnésie neutralise les barbituriques ingérés.

Connie est offensée, outragée. Elle a été violée. Elle a laissé ces indices pour m'interpeller. Alors, misérable lâche – est-ce que tu vas pousser des cris d'épouvante et t'enfuir en courant ?

Je me dégonfle comme une mauviette. Je suis au bord du pétage de plombs, prêt à fuir. Ses sommations me séduisent. Je monte à l'étage au pas de course.

Connie a laissé les lumières allumées. Je me dirige droit sur sa penderie et son odeur. J'ouvre les tiroirs de rangement. Elle a sorti son journal intime de 1949 et a même marqué la page pour moi. 10/9/49. Connie a barré les initiales JH et a écrit en gros : « Traître ».

Je m'assois dans un fauteuil en cuir rouge. Les murs rouges m'oppressent. Je sors ma pétoire et je la fourre sous le coussin de l'assise. Je regarde en direction du lit. Elle a laissé les lettres d'amour lesbien pour que je les lise.

Ce que tu cherches…

Je les parcours. Je cherche le nom de Joan et/ou les initiales JH. Elles ne sont pas là. Il n'y a pas de texte torride. Tout est *baiser* et *esquive* et *souffle* et *parfum*. Je ne parviens pas à déterminer de genre ni d'espèce – homme/femme/créature de la nuit.

Je ferme les yeux. Je convoque quelques secondes de réconfort et de paix, et je m'endors. *Baiser, esquive*, *souffle* et *parfum* ; parfum sur de la laine et du crêpe noir. *Ce que tu cherches…*

Je bouge, je m'étire, je la vois. Elle est à côté du lit. Elle tient un pistolet automatique Makarov. Le tailleur à carreaux attire mon regard et mon attention. Elle a cinquante-deux ans. Elle et moi, c'est mai et septembre. Elle s'est habillée ainsi pour me rencontrer. C'est un premier rendez-vous arrangé, et ce sera peut-être le seul.

Je dis : « Rouge-gorge. Vous savez certainement qu'il s'agit d'elle. »

Elle dit : « Il y a deux points importants. Elle a trahi le parti et vous avez tué son mari. J'ai vu votre photo dans le journal. Je me suis dit, ce jeune homme ambitieux ira probablement loin, et c'est bien ce que vous avez fait. Le “Despote des potins”, ça vous va bien, mais le “Voyeur” et le “Marchand de calomnies” seraient peut-être plus adéquats. »

Je m'affale. Elle reste debout. Son lit se trouve entre nous. Je ne me sens pas assez habillé, mes plans ont été déjoués et elle m'interpelle avec un mépris glacial. Ses paroles frisent le reproche grossier, et malgré tout, j'ai envie de la toucher.

« Vous êtes en tenue de combat. Je vous ai vue à la fête de la bombe de Jack Kennedy, et vous n'avez pas manifesté ce genre de don. J'ai découvert des choses sur vous, et vous me connaissez de réputation. Voilà la base d'une possible discussion. Je suis un voyeur, et vous voulez que je vous voie. Vous avez laissé votre journal intime et vos lettres pour que je les lise. Vous suppliez un étranger qui s'en est pris à votre maison et votre personne pour accéder à une compréhension intime de vous, et je veux savoir pourquoi. »

Elle tripote son Makarov. Elle a des mains agiles. Elle sort la balle qui se trouve dans la chambre et extrait le chargeur. Elle le jette sur le fauteuil en cuir rouge. Mon arme est cachée sous le coussin.

« "La compréhension intime", ça va dans les deux sens, vous savez. Peut-être que je devrais vous dire ce que je sais de vous, pour que nous puissions transformer cette rencontre en opportunité.

– Dites-moi.

– J'étais amoureuse de Joan Horvath. Vous n'étiez pas le seul à avoir envie de vous garer devant chez elle pour vous morfondre. J'ai compté l'argent que vous avez laissé dans sa boîte aux lettres plus d'une fois, et je suis convaincue que vous avez l'intention de tuer la personne qui l'a assassinée, puisque l'homme que vous avez déjà tué n'était probablement pas le coupable. Vous avez mon consentement pour ce projet, et ma promesse que je ne le divulguerai pas, comme tout autre acte dont l'un ou l'autre pourrait avoir connaissance. »

Je dis : « J'ai lu vos journaux intimes. Camarade, toute votre vie est une tromperie. Votre parole est à peu près aussi fiable que la mienne, c'est dire. »

Elle pose un genou sur le lit. Le costume écossais. Les plis, la laine, l'odeur. Une longue jambe dénudée.

« Il n'est question que de Joan, voyez-vous. C'est votre bonne volonté d'agir et ma bonne volonté de suborner votre intention. Je ne trahirais jamais quelqu'un qui a le cran de faire ce que vous projetez de faire, malgré mes mauvais états de service dans le domaine de la vérité pour elle-même. »

Je me lève. Connie ne bouge pas. Je plonge la main sous le coussin de l'assise et j'attrape mon arme. J'ai les mains agiles. Je sors la balle de la chambre, j'extrais le chargeur, et je le jette sur le lit.

Connie dit : « Dites son nom. »
Je dis : « Joan. »
Elle dit : « Bien. »
Je dis : « J'ai l'intention de vous revoir. »
Elle dit : « Oui, bien sûr. »
Je me dirige vers la porte et la frôle. Je touche son dos et passe la main dans ses cheveux. L'espace d'un incroyable instant, elle s'appuie contre moi.

INTERMÈDE INFERNAL :

Ma folle vie foireuse
23/3-4/4/54

Ça a commencé comme ça. Nous sommes reliés par Joan et connectés par la culpabilité. Nous nous saturons de sexe. Je décide d'estomper les détails par souci de la bienséance. « Freddie & Connie ». De charmantes initiales gravées sur un tronc. J'ai trente-deux ans, elle en a cinquante-deux. Vous savez ce que je suis. Connie Woodard défie les normes de la mièvrerie. Coco, lesbienne, prompte à virer sa cuti. Fais ton choix, chérie. Totalement, en partie, pas du tout.

Je suis d'une malhonnêteté étourdissante. Connie est une pure rouge. Elle est une absolue adepte déloyale et elle a planté ses serres acérées en moi. Je suis battu et baisé de cinq mille manières. Que la perdition s'empare de mon âme. Et elle refuse de me laisser tout voir d'elle.

J'ai besoin de noms pour la connaître et pour savoir qui a tué Joan. Des associés connus, des rouges rances, les meneurs de groupuscules dissidents. Des compagnons de voyage, des roses timorés, des gauchistes dégonflards. Donne-moi les noms. / Non, pas question. Connie invoque le cinquième amendement de mes deux. Donne-moi le nom de tes compagnons de cellule cocos. J'ai déjà mémorisé leurs initiales. Qui est SA ? Qui est RJC ? Qui est EPD ? J'ai parcouru tes journaux intimes – et je suis à cran. Je t'ai dit que j'avais tué le Red Devil Bandit de sang-froid. Tu dois me renvoyer l'ascenseur.

Non, Freddy. Je suis ta refuznik récidiviste. Par ailleurs, il y a un nom que tu me caches.

Oui, c'est vrai. J'ai refusé de citer Claire Klein. J'ai maintenu l'ambiguïté. J'ai dit à Connie qu'une femme dangereuse lui tournait autour. Elle veut tuer un homme – mais elle refuse de me dire pourquoi. Elle refuse de me donner le nom de cet homme. Elle est mon autre refuznik récalcitrante. Je ne donne pas son nom. Elle est une des deux autres femmes que j'aime.

« Freddy & Claire ». « Freddy & Perky ». D'autres noms charmants gravés sur un tronc. Des communions non consommées. Ce n'est pas grave. Je suis horriblement occupé. Il faut que je retrouve un homme et que je le tue, moi-même.

Connie refuse de donner des noms. Je jure de tuer l'assassin de Joan. Connie refuse de donner des noms. Je jure d'induire en erreur McCarthy au point qu'il ne révélera pas les activités de Connie. Elle refuse malgré tout de donner des noms. Pourquoi Jack Kennedy apparaît-il dans ton répertoire ? Oh, *pffff* – Jack est un vieil ami. Pourquoi y a-t-il le nom de Steve Cochran dans ton répertoire ? Là, Connie vacille et pâlit : il était mon dernier amant torturé et tortionnaire – avant toi.

Cela fait treize jours que je suis avec Constance Linscott Woodard. C'est tendre et tourmenté. Je suis horriblement occupé. Entre des bons plans et des moins bons.

Bon plan : Harry Fremont a couvert mon agression sur Big Steve. Il a soudoyé les hommes du shérif qui enquêtent sur l'affaire. Ils reportent la responsabilité sur un cambrioleur qui en voulait aux objets nazis de Steve Zob. Moins bon : la première de *Treize femmes et un seul homme sur terre* a eu lieu une semaine après.

Dans la salle de projection de Harry Cohn. Popcorn et alcool à gogo. Je suis là. Steve Zob est là. Il est couvert de pansements et momifié comme le grand-père du Pharaon. Jack K. est là, Bill Knowland aussi. Ils se lâchent : sifflements salaces et rires gras. Joe McCarthy est là, en personne.

Le film me met totalement hors de moi. J'ai rien contre la bombe A. On aurait dû lâcher une bombe sur Moscou après avoir canonné les Japs. Joi Lansing est mon ex, et j'ai un truc avec Babs Payton. C'est l'aspect *sex*ploitation qui m'ulcère.

Bondage Bob me chope à la sortie de la salle de projection. Il m'annonce qu'il va enterrer l'affaire Cochran. Steve Zob est lié avec des politiques puissants. Il fournit des filles à Jack K. Il nourrit l'addiction aux cachets de Jack. Freddy, laisse filer, pour une fois.

J'obtempère. Ça me reste carrément en travers du gosier. Je compense, je me conforme. Je creuse de plus belle sur les affaires qui-a-tué-Joan et protège-Connie-de-Joe McCarthy.

Je tuyaute Harry Fremont sur du *lourd*. Les Fédéraux pourris ont *forcément* un poste d'écoute longue portée. Trouve-le pour moi, l'ami. Bon plan : Harry réussit. Moins bon : je trouve des micros et des dispositifs d'écoute dans le salon et la chambre à coucher de Connie. Bon plan : ils étaient mal montés, mal combinés et mal opérés. Je doute qu'ils émettent au-delà de la maison voisine.

Bon plan : Perky se charge de mon poste d'écoute sur Sweetzer. Moins bon : elle surprend une conversation sur la ligne de la call-girl n° 2. Claire Klein baise avec V. J. Jerome. Elle l'interroge sur « Rouge-gorge » – mais le vénal V. J. prétend savoir que dalle. Claire lui met la pression sur Connie Woodard. V. J. dit : « Pas la peine d'en parler – c'est juste une amatrice. » Perky me rapporte que son ton de voix était vraiment dégradant. V. J., tu parles avec une langue fourchue.

Treize jours. Je veux des noms. Claire veut des noms. V. J. refuse de donner des noms. Connie refuse de donner des noms, surtout.

Je jure de retrouver l'assassin de Joan. Connie refuse de donner des noms. Je jure de la sauver de Joe McCarthy. Connie refuse de donner des noms. Nous faisons l'amour. Nous parlons sur l'oreiller de la femme insaisissable qui nous rapproche. Connie refuse de donner des noms. Elle refuse de dire si elle et Joan l'ont fait et si elles étaient ou non des amantes passionnées.

Je lis les journaux intimes de Connie. J'adore ses histoires de cul. Toujours *baisers* et *esquive*, *souffle* et *parfum*. Je lis les années de collusion coco. Un déluge de délire. Profondément pathétique. Connie et ses semblables de la cellule gobent les sornettes soviétiques et les répètent comme des vérités avec fierté. Ils dialectisent les purges puantes, la conquête sans cœur, les meurtres en masse. Connie dit qu'elle me soviétise. Je lève les yeux au ciel. Ça la fait rire. À ce moment-là, elle colle sa main sur sa bouche. Si ça se trouve, des kloportes du Komité central du Kremlin nous écoutent.

Connie refuse de donner des noms. Elle refuse de révéler la véritable identité de Rouge-gorge. Elle refuse de donner des noms. Je suis de son côté autant qu'elle me permet de l'être – et plus encore. Elle refuse de donner des noms en souvenir de Joan. Elle mémorialise Joan et me dit à quel point elle l'aimait. Elle m'aime avec son corps et refuse de dire les mots de la dévotion. J'explore les plus vils secrets du monde. Je les dénonce et les démolis dans *Confidential*. C'est ce qui donne du sens à ma vie. J'épie par des fenêtres depuis 1936. Connie a rejoint le parti cette même année. Elle a rejoint le parti pour se rebeller contre son monde trop rangé tout en gardant un mode de vie *terriblement* bourgeois. Nous avons mordu dans la même pièce et nous recrachons le poison à la face du monde. Le même sang coule dans nos veines. Nous le savons tous les deux. Elle refuse toujours de donner des noms.

LE POSTE D'ÉCOUTE SUR SWEETZER

5/4/54

Le pénible poste de nuit. Deux lignes à surveiller. Pizza, bière et hot dogs de chez Pink. Perky se charge de la ligne n° 1. Je prends la ligne n° 2. On se tient par la main et on échange des infos brûlantes.

Gamal Abdel Nasser est en ville. Il vient quémander des fonds pour renverser l'Égypte. Lui aussi, c'est un marchand de chameaux. Il se tape des camionneuses, trois à la fois. Go, Gamal, go !!!

Biff Stanwyck a trouvé refuge dans un bordel brûlant sur Highland Avenue. Elle les aime jeunes et surtout saines. Il y a un repaire d'esclaves sexuelles homos près de Hollywood High. La doyenne du lieu est une vieille avorteuse des studios. Elle « rééduque » les nymphettes, leur fournit de la dope et leur inculque les pratiques lubriques de Lesbos. On y trouve actuellement l'ex-enfant star Natalie Wood. Jimmy Dean m'a dit qu'elle est chaude comme la braise, avec tous les partenaires. Biff était prem's.

Art Pepper est à nouveau à fond. Il est devenu obsédé de la photo. Devenu le Roi du Cliché Saphique. Il fotographie comme un fou dans un baisodrome sur Fountain Avenue. Go, Art, go !!!

Je m'ennuie comme un rat. Mon casque me démange. Lance est rentré chez son maître Liberace. Perky et moi, on pleure son départ. Les infos qu'on a glanées sur les lignes des lesbiennes sont maigres mais savoureuses. Harry Fremont a appelé, il y a deux heures. Go, Harry, go !!! Une fois de plus, Harry a du nouveau.

La voiture des Fédéraux. La plaque que j'avais relevée, sur la scène de crime de la maison Horvath. Elle est louée à un Fédé du nom de Charles Fullerton. Il fait partie de la bande de Joe McCarthy. Depuis toujours, c'est un casseur de rouges rebelle. Eh Freddy, écoute ça : j'ai localisé le poste d'écoute longue portée. Il est installé dans une cabane merdique à Silver Lake. Ils effectuent des surveillances à gogo. J'ai parlé à mon contact chez PC Bell. Écoute ça : les notes de téléphone s'élèvent à trois mille dollars par mois.

Wouaaaaaa !!! – en voilà une révélation retentissante !!!

Je bâille. Je me gratte les couilles. Je reluque Perky dans sa tenue de basketteuse. Je deviens frénétiquement fébrile. J'ai envie d'aller faire un tour du côté de la planque des Fédéraux avant d'aller réveiller Connie pour lui faire l'amour.

Je bâille. Je me gratte les couilles. Je reluque Perky dans sa tenue de basketteuse. Elle fait *wouaaa-wouaaa-wouaaa* et griffonne sur son bloc-notes. Elle arrache ses écouteurs et d'un geste me fait *Toi aussi*.

J'arrache mes écouteurs. Perky rayonne et me balance ça :

« Claire et Babs viennent de baiser avec V. J. Jerome. J'ai eu quarante minutes de gémissements et de grognements, et ensuite, Claire s'est mise à harceler V. J. sur Rouge-gorge à nouveau. V. J. en avait vraiment marre mais il a fini par lâcher que Rouge-gorge est un scientifique cinglé, un larbin du parti appelé "Sammy". Mais c'est pas allé plus loin, parce qu'ils ont repris leur partie de jambes en l'air. »

On se prélasse dans la chambre rouge. Connie porte un jupon et sa jupe écossaise. Je n'ai que mes sous-vêtements. On écoute la radio. Un pianiste ruskof interprète Rachmaninov.

Je suis *teeeeeellement* tendu et contracté. Je suis passé faire une reconnaissance du côté de la planque des Fédéraux. J'ai eu une grande idée débile. Froidement calculée et destinée à faire dire des noms à Connie.

Connie est allongée langoureusement. Nous nous étirons, prenons des poses, en travers du lit. J'embrasse les genoux cagneux de Connie. Elle passe ses mains dans mes cheveux.

« Ne recommence pas à me harceler, mon cher. Je suis une tombe, et je ne te laisserai pas gâcher ce joli moment. »

J'écarte ses jambes et je relève sa jupe et mes baisers remontent un peu le long de ses cuisses. Connie fait ce petit bruit qu'elle fait chaque fois.

« Je vais te donner des noms que tu reconnaîtras peut-être. Tu n'es pas obligée de réagir, mais je serais content si tu le faisais. »

Connie rit. « C'est notre petit jeu à nous, c'est ça ? Freddy interroge Connie. Connie lui renvoie dans la figure le cinquième amendement. Freddy et Connie. Est-ce que tu t'es rendu compte que nos deux noms frisent la vulgarité ? »

Je souris. Connie dit : « J'accepte, si tu me promets que tu n'insisteras pas trop. Je tiens à garder ma bonne humeur. »

Je redescends sa jupe et je la remets bien en place. Je lève les yeux vers elle et je la fixe. Je saurai si elle me cache des choses ou si elle me ment. Je saurai si elle connaît les noms et préfère jouer les refuzniks.

« Rouge-gorge. C'est soi-disant un scientifique cinglé et un larbin du parti appelé Sammy. Il y a aussi un type du FBI appelé Charles Fullerton. Il se trouvait à la maison de Joan avec tous les autres flics, et je l'ai vu là-bas. Il faut que je te dise qu'il fait partie de la clique de Joe McCarthy – qui, en toute honnêteté, en a après toi, si j'en crois tous les micros et les enregistreurs que j'ai trouvés ici. »

Bingo/Eurêka, j'ai tiré le jackpot avec les trois cerises. La refuznik réagit. Ses yeux se remplissent de larmes. Elle enfouit son visage dans les mains.

Je te connais, Constance. Tu vas t'essuyer les yeux sur une taie d'oreiller. Tu vas allumer une cigarette et souffler la fumée vers le plafond. Et tu diras « Pas de commentaire » ou « Je ne te dirai rien ».

Je gagne sur le premier point. Je perds sur le deuxième. Connie dit : « Tu ne lâcheras jamais le morceau, hein ? Tu ne cesseras pas d'insister, et pour finir, soit je te perdrai soit je n'aurai jamais un moment de paix. »

Je rampe pour que mon visage soit à hauteur du sien. Nos yeux sont très proches.

« Sammy. Charles Fullerton. Les "SA", "RJC" et "EPD" de ta cellule. Je veux les noms complets et les confirmations. Pour Joan. Tu sais que c'est vrai, et comme tu es une matérialiste dialectique qui cherche toujours le profit, je t'offrirai un truc fabuleux si tu fais ça pour moi. »

Connie m'embrasse. J'essuie quelques larmes avec mes pouces. Elle m'embrasse à nouveau. Je remonte son caraco et j'embrasse son dos nu.

« Un truc fabuleux, tu dis ?

– Oui. Si tu me dis ce que j'ai besoin de savoir, je pulvériserai le projet de McCarthy. Tu ne mettras jamais les pieds dans le box des accusés. Cela épargnera à d'autres gens pas mal d'ennuis, qu'ils soient de véritables traîtres ou des idiots au cœur tendre comme toi. »

Connie dit : « Ce n'est pas gentil de trahir tes amis, tu sais. Des gens avec qui tu as vécu l'Histoire. »

Je dis : « Joan. »

Connie dit : « Nous revenons toujours à elle. Elle est notre deus ex machina. »

Je répète : « Joan. » Connie éteint sa cigarette et se tourne vers moi.

« Oui, nous avons brièvement été amantes, et je n'irai pas au-delà pour satisfaire ta curiosité. Charles Fullerton a fait de Joan une informatrice du FBI, et pendant des années, il était son officier traitant. Il a également présenté Joan à Ralph Horvath. Sammy est un physicien appelé Samuel Ahlendorf – eh oui, il était Rouge-gorge dans notre cellule. "RJC" était un Nègre appelé Robert Jones Crawshaw. Il était journaliste au *Daily Worker* et maintenant, il écrit des bouquins merdiques sur des proxénètes noirs. Je sais qu'il est ami avec ton copain Billy Eckstine, en passant. "EDP" est Eleanor Price Donnell. Elle a été une des professeurs de Joan à UCLA. »

Elle cafte. J'en suis ébranlé de mille manières. Je m'écarte d'elle. Je contemple les murs rouges et la ribambelle de femmes sur les faux Goya. Connie reste collée contre moi.

« "La citadelle de mon intégrité a été irrévocablement perdue." C'est une citation de T. E. Lawrence, au cas où tu te poserais la question. »

Je ne me la pose pas. « On n'apprend pas à un vieux singe à faire la grimace. Arrête ton numéro. Tu as fait ce qu'il fallait. »

Connie pousse un soupir factice. « J'ai vingt ans, un mois et neuf jours de plus que toi. Je suis née en 1902, et tu es amoureux de deux autres femmes. Pourquoi est-ce que je viens de faire ça ? Je suis donc si désespérée à l'idée de te perdre ? »

Je pousse un soupir factice. « Tu es tout simplement égocentrique. Est-ce que tous les communistes sont aussi individualistes que toi ? »

Connie se marre. « Franchement, oui.

– Joan aussi ?

– Oui, et Joan encore plus que la plupart d'entre nous. »

Je dis : « Ça circulait, chez elle, non ? Les hommes, les femmes – elle avait un sacré appétit. »

Connie dit : « Elle était infidèle, oui. »

Je dis : « J'en suis désolé.

– Ne le sois pas, mon cher. Tu l'es toi aussi. »

Je descends sa jupe. Je hume son odeur et embrasse ses seins.

« J'ai rempli ma part du contrat. Comment est-ce que tu vas détourner le méchant sénateur de sa proie et me sauver ?

– Je vais faire quelque chose de courageux et stupide, et ça me coûtera très, très cher. »

LA BIBLIOTHÈQUE PUBLIQUE DE DOWNTOWN L.A.

6/4/54

Recherche. Silence dans la salle de lecture. Connaître son ennemi. Ils t'ont peut-être repéré, quand t'es entré. Tu es le Despote des potins qui a pris Hollywood en otage. Tu es Freddy le Franc-tireur.

Je me sens *suuuuuper* bien. Connie m'a préparé un copieux petit déjeuner. Pour digérer, j'ai avalé ensuite trois cachets de Dexedrine et quatre lampées d'Old Crow. Je suis arrivé tôt à la bibliothèque. Je ramasse une masse de *suuuuuper* ragots. Je ratisse dans des sources solides.

Le *L.A. Herald* et le *L.A. Sentinel* – le journal en couleurs de L.A. *Who's Who in America*, édition 1953. *Who's Who in American Academia*, édition 1953. Plus le magazine *Downbeat*, le *Daily Worker* et un appel au Bureau des archives du LAPD.

Écoutez ça :

Le camarade Sammy Ahlendorf. Âgé de soixante-trois ans. Pour vous, "Rouge-gorge". Il est physicien. Il a deux doctorats, un dans son pays d'origine, la Russie, et l'autre de l'université de Chicago, ici. Il est aussi kommissaire kulturel. Il faisait la bringue avec des bohémiens portés sur la boisson dans le Berlin barjot de Weimar et le malveillant Moscou. Il connaissait Eisenstein, Nijinski, Stanislavski, Meyerhold, Okhlopkov. Du cinéma dégueulasse, de la danse démoniaque, des productions scéniques partisanes pour les millions de gens mutilés asservis par la Bête rouge. Il émigre aux États-Unis en 1936. Il est débarqué du Manhattan Project en 44. À l'époque, il était pro-bombe A. Aujourd'hui, il est anti-bombe A. Ce mec me débecte. Je suis défoncé et j'ai soif de sang coco. Je suis prêt à flanquer à Sammy des coups d'annuaire aussi violents que ceux du Hat Squad.

Le camarade Robert Jones Crawshaw, alias « KKKamarade X ». Quarante et un ans. Agitateur du mouvement ouvrier et scribe sordide pour le *Daily Worker.* Soi-disant « Réconciliateur racial ». Écoutez ça : il a essayé d'intégrer le Klan de L.A. en 1940. Ami proche de mon pote Billy Eckstine. L'auguste auteur de *Black Pimp, Black Bossman, Black Savior, Black Dictator, Black Kingpin, Black Bwana*, et le très KKKontroversé *Black Führer.* Le camarade Robert renonce au communisme en 51. Il retourne sa veste, à droite toute. Il est copain avec le nativiste casse-noisette Gerald L. K. Smith. Il a un sacré casier. Trois interpellations pour avoir reçu de la marchandise volée. Et le comble, en 48. Ralph Mitchell Horvath paye sa caution pour le sortir de prison après une plainte pour cambriolage.

La camarade Eleanor Price Donnell. Trente-huit ans. Titulaire d'une chaire d'histoire à UCLA. Une grande gueule fidèle lèche-botte des rouges. Elle est l'auteur de *Moscow Miasma* – une apologie apoplectique des procès lourds de péché de l'Oncle Joe Staline. Vous pensez avoir catalogué correctement la gueularde ? Eh bien, mes salauds, voici la vraie vérité la concernant :

C'est une ancienne call-girl. Elle procurait de la chatte aux friqués du parti en 1944-1945. Elle était membre d'une écurie de pauvres professionnelles stalinistes. Elle se fait coincer le jour de la victoire des Alliés. Un groupe de gros bonnets de la construction célèbre la défaite d'Hitler. C'est caviar et call-girls pour tout le monde. Miss Donnell et ses sœurs d'infortune font des passes pour des dockers demandeurs. La brigade des mœurs du LAPD intervient. Elle fait une descente dans une demeure de millionnaire convertie en maison de passe. Miss Donnell et dix-huit autres filles avouent leur penchant communiste et se font arrêter. Donnell écrit un texte sur son séjour salace. Il est intitulé *Party Girl.* Elle le fait publier sous le pseudonyme de « Miss X » par l'éditeur de Robert Jones Crawshaw.

La cellule coco de ma Connie. Ajoutez feue Joan Hubbard Horvath : coco, renégate, amoureuse immorale. Voyez ce titre de tabloïd totalement inédit :

Sur le point de me jeter dans la gueule goulue de la folie.

***

Ils vivent tous à L.A. Je repère les adresses : nord, sud, nord-ouest. Le camarade Sam vit dans la Valley. Le camarade Robert habite à Watts. Billy Eckstine convient d'une rencontre au Club Zombie. La camarade Ellie vit sur Wilshire boulevard. C'est *très très* près de UCLA.

Sammy et Party Girl vont recevoir une petite visite. Toc, toc – les emmerdes arrivent. Je vais les brusquer au point de les faire pleurer. Je les pousserai à me révéler des ragots sur la camarade Joan Hubbard. Je les ramènerai aux années de la guerre. Je leur jetterai Claire Klein à la figure. Cette dangereuse dame cherche à tuer un homme. Elle pense que Connie Woodard le connaît peut-être. Et *vous* ?

Je me trimballe jusqu'à Van Nuys. Les Valley Vista Villas – des petits cubes entre Hastings Avenue and Harlequin Heights. Je me gare et je grimpe jusqu'à l'appart. *Toc, toc* – les emmerdes….

Sammy ouvre. *Ooooh* – il est maigre comme un coucou et consumé par une toux cancéreuse. Je dégaine mon insigne de la police d'État. Tous les membres du Comité sur les activités antiaméricaines en ont un. *À plat ventre, espèce de sale mouchard rouge*.

« Oui. J'ai déjà vu cet insigne. Ce n'est pas comme si vos semblables ne m'avaient pas déjà persécuté dans le passé. »

Je dis : « Le motif est nouveau. C'est en rapport avec le meurtre d'une femme appelée Joan Horvath. Vous l'avez connue sous le nom de Joan Hubbard. »

Sammy me fait entrer. Il approche de son fauteuil une bombonne d'oxygène sur roulettes. Il respire fort. Il tousse et dit : « Alors ? »

Je me perche sur un tabouret. « Je ne suis pas ici pour vous épingler pour votre appartenance au parti, mon vieux. Sachez-le d'emblée. »

Sammy dit : « C'est délicat de votre part de l'annoncer – mais vous retardez. J'ai quitté le parti communiste en 44, avant de me faire virer du Manhattan Project. J'étais le premier à quitter la cellule à laquelle j'appartenais, même si tous les autres, sauf notre marraine, ont fini par voir la lumière. »

Je suis abasourdi par cette affirmation. Les journaux intimes de Connie m'auraient trompé ? J'ai vu les initiales de Sammy sur des minutes de réunions de la cellule pendant l'après-guerre.

« J'ai des documents, monsieur. Ces documents établissent sans ambiguïté que vous assistiez à des sauteries de la cellule jusqu'à la fin des années 40. »

Sammy soupire et cherche de l'air. « Alors ce sont des faux. Surtout si c'est notre marraine qui vous les a donnés. Je suis un apostat, monsieur le détective. J'ai renoncé au parti et mon cas a été minutieusement examiné par un grand nombre de comités, tant dans cet État qu'au niveau fédéral. Et si Mr McCarthy devait me citer à comparaître pour le dernier en date de ses pogroms, je le jurerais d'emblée. Vous ressemblez à McCarthy, d'ailleurs. Vous avez les mêmes cheveux noirs, le même front saillant. »

J't'emmerde, le vieux – tu vas voir comment je vais le faire saillir, ton front !!!

« Joan Horvath, monsieur. Elle s'appelait Hubbard quand vous la connaissiez.

– Oui, j'ai eu une liaison avec cette jeune femme très vive et intelligente, et je crois que vous êtes assez malin pour déduire que je ne suis pas en état de me rendre en voiture à Hollywood, entrer par effraction dans une maison et commettre un meurtre. »

Esta la verdad, Daddy-O – je te reçois cinq sur cinq.

« Qu'est-ce que vous pensiez de Joan ?

– Je pensais qu'elle était l'être humain le plus égocentrique que j'aie jamais connu, et qu'elle était drôlement bien roulée. Je pensais aussi qu'elle n'était absolument pas communiste, en ce temps-là, alors que nous autres étions convaincus que le parti était la lumière du monde. »

Je soupire. « C'est tout sur Joan ? »

Sammy s'essouffle. « Oui, c'est tout. Interrogez-moi sur la physique nucléaire. Je peux parler de physique toute la journée, mais ça risque de vous passer très au-dessus de la tête. »

Je ricane. « OK. Pourquoi vous avez été viré du Manhattan Project ? Ça devait pourtant être un plan super pour un gars dans votre domaine. »

Sammy halète. Ses poumons font un bruit de crécelle. On dirait qu'il ne survivra pas au-delà de la semaine prochaine.

« Je m'étais fait des amis dans le milieu du cinéma, ici à L.A. Des gens jeunes – une personne en particulier. J'étais anti-bombe en ce temps-là, même si j'avais aidé à construire les bombes que l'Amérique fasciste a balancées sur le Japon. Tout le monde croit que j'ai été viré pour incompétence scientifique. C'est loin d'être le cas. J'ai été une victime politique, purement et simplement. Je suis peut-être un physicien, mais je suis un idéaliste et un mécène des arts, surtout. »

Sammy l'idéaliste. Sammy l'ardent artiste. Je rebondis là-dessus. « Je sais que vous traîniez avec tous ces artistes connus en Russie. Eisenstein, Stanislavski, Meyerhold – c'était de sacrés surdoués. »

Sammy se marre et glaviote des vapeurs viciées. *Eh vieux, tu me contamines.*

« Je les connaissais, oui. Leurs visions m'ont influencé de manières que vous ne connaîtrez jamais. »

Sammy me donne la nausée. L'entretien m'exaspère. Je lance une nouvelle balle. Allez, finissons-en.

« Il y a une femme dangereuse qui rôde autour de votre cellule. Je sais qu'elle est au courant de la présence de votre "marraine", dont je suppose qu'il s'agit de Constance Woodard. Son nom est Claire Klein, et il ne faut pas la prendre à la légère. »

Oooooh – est-ce que Sammy vient juste de frémir, frissonner, tressaillir, se recroqueviller et grimacer ?

« Le nom de Claire Klein ne me dit rien. »

Pas grave, Sammy – j'ai capté ta réaction.

« Constance Woodard. Votre "marraine". Pourquoi fabriquerait-elle de fausses minutes de réunions, après que tous les membres de la cellule ont quitté le parti ? »

Sammy sourit. « Parce qu'elle était la seule d'entre nous qui y croyait vraiment, et sa croyance transcendait les plus violents effets de réalité. Et elle était la femme la plus seule que j'aie jamais vue ; ses inventions ont dû la convaincre qu'elle avait encore des camarades et des amis. »

Le Club Zombie. Une double dose de nègreville. Un tripot dangereux. Du be-bop discordant et le cocktail Baron Samedi – « Une gorgée et vous êtes zombifié ».

Je connais le Zombie. Autrefois, dans les années 40, je venais coincer des amateurs de jazz, des amatrices de bois d'ébène et des junkies. Le grand barman me reconnaît. Freddy le Frondeur est de retour. Avec lui, on va forcément avoir du putain de *baaaaaad juju*. Je vais lui faire tout de suite un Baron Samedi. Il faut le zombifier le plus vite possible.

Il me prépare mon cocktail, qui luit comme un jus radioactif. Je lui glisse un billet de cent de Bondage Bob. Il fait un signe – t'es mon pote. J'engloutis le cocktail, qui fait détoner la Dexedrine déjà présente dans mon sang. Je me ZOMBIFIE direct.

Robert Jones Crawshaw entre. Alias camarade Bob et KKKamarade X. Il passe devant l'estrade et se glisse dans un box à côté du bar. Je le reconnais d'après de vieilles photos d'identité judiciaire. Il a l'air super mal en point. Je remarque son chapeau en feutre violet.

Je le rejoins. Il claque des doigts. Deux cocktails Baron Samedi apparaissent. Il avale le sien cul sec. Je sirote le mien.

Il rote, éructe, visiblement, il s'assoit sur toutes les convenances. Il me sort le grand jeu, du genre Nous Y Sommes.

« Le parti, c'est que des conneries à la con. Demandez à Richard Wright ou Zora Neale Hurston. L'argent et la renommée, voilà les règles du jeu. J'ai réuni toutes les preuves dans *Black Bossman*, *Black Dictator* et *Black Führer*. Billy m'a dit que vous enquêtez sur le meurtre de la camarade Joanie, et laissez-moi vous prévenir, je l'aimais bien, mais je l'ai jamais sautée – pas question. Ralphie et moi, on était proches – et je sais que vous l'avez descendu, et c'était un coup monté, et maintenant, vous vous sentez coupable. Je n'ai pas tué Joanie, parce que les flics savent que c'était un Blanc, parce que Joanie lui a bien griffé le visage. Je sais aussi que vous êtes au courant que Ralphie a payé ma caution pour me faire sortir sur une accusation de cambriolage, en 1948. C'est bon, on est au clair ? Vous pensez que Bob Harrison m'achèterait des piges pour *Confidential* ? J'ai un certain succès dans les cercles intellectuels. *Black Führer* vient d'être réimprimé pour la douzième fois. Alfred Kazin et tous ces putains d'intellos apprécient ce que je fais. »

Je suis zombifié. Béatifié et transmogrifié. L'alcool. Le be-bop. La came. La triste conclusion du camarade Sammy sur ma Connie. Les réflexions délirantes du KKKamarade X.

« Des associés ? De Joan, de Ralphie, des deux ? Vous avez des noms ? »

Le KKKamarade X se marre. « Un connard de Fédé appelé “Charlie”. Il tuyautait Ralphie sur des cambriolages. Il connaissait Joanie aussi, et il était peut-être son officier traitant quand elle a eu retourné sa veste. En plus, je crois que c'est Charlie qui a présenté Joanie à Ralphie. C'est le seul nom qui me vienne à l'esprit, comme ça, spontanément. »

Charlie. L'agent Charles Fullerton. Forcément.

« Il y a une femme qui s'appelle Claire Klein. Elle a un très gros grief contre un homme appartenant à votre cellule, ou dans le cercle plus large du parti. Est-ce que son nom vous dit quelque chose ? »

Le KKKamarade X dit : « *Nein*, mec. Mais il n'y avait que deux hommes dans la cellule – le vieux Sammy Ahlendorf et moi. En même temps, il y avait ces milliers de gens que la marraine connaissait, parce qu'elle ramenait constamment des égarés. En même temps aussi, les hommes ne se bousculaient pas à la porte, genre “Hé, vous vous souvenez de moi ?” »

Je me lève. Je suis zombifié, communifié, traîtifié.

« Rentrez chez vous et dormez, ça ira mieux après. Et n’oubliez pas de dire un mot pour moi à Bob H. »

Le KKKamarade X a raison. Je suis son conseil et je fais une petite sieste dans ma Packard de proxo. Je me réveille, dézombifié. Je suis encore communifié et traîtifié. Ma première pensée est :

Pauvre Connie esseulée.

J’ai trouvé des micros et des fils chez elle. La station d’écoute de Fédéraux pourris à la solde de McCarthy est au nord-est, à Silver Lake. La maison de Connie se trouve bien à la portée des rayons longue portée. Le camarade Sam vit à Van Nuys. Sa maison est hors de portée. Le KKKamarade X est à Watts, hors de portée aussi. La caramade Ellie vit à Westwood. La baraque de Party Girl est hors de portée.

Et :

Die Kameraden ont rejeté le parti et renoncé au communisme. Seule ma Connie continue à porter le flambeau.

Ergo :

Les Fédéraux ont ciblé ma Connie, *solamente*. Plus d’autres cocos dans des cellules inconnues.

Je fonce vers l’ouest jusqu’à Wilshire. Party Girl crèche dans un super logement dans un immeuble super chic. Un voiturier gare ma voiture de proxo. Je lui donne un gros pourboire. Il dit que Miss Donnell est là et m’accompagne jusqu’à l’ascenseur qui monte au dernier étage.

Une fusée en verre me propulse le long des vingt-quatre étages. Les vibrations me donnent le vertige. La porte s’ouvre dans le hall de chez Party Girl. Party Girl est là pour m’accueillir.

Elle est grande. Elle est blonde et mince comme une orpheline. Elle ressemble à Lizabeth Scott dans *Pitfall*. Dick Powell abandonne sa femme pour elle. Maintenant, je sais pourquoi.

Je lui montre mon insigne de flic. Party Girl dit : « J’ai déjà témoigné et je croyais avoir taillé des pipes à tous les gars de la Commission des activités antiaméricaines de l’État, du temps où j’étais dans le paysage. »

Elle me fait marrer. Elle a le cheveu sur la langue et la voix féline et rauque de Liz Scott. Elle porte une tenue de tennis pour rester à la maison et elle parle de pipe à des hommes qu'elle ne connaît pas. L'incarnation même de noblesse oblige.

« Dix minutes, Miss Donnell. C'est tout ce dont j'ai besoin.

– Sur quel sujet voulez-vous que je moucharde ? Je croyais avoir tout dit.

– J'enquête sur le meurtre de Joan Horvath. Nous travaillons sur la cellule du parti communiste à laquelle elle appartenait. J'ai déjà parlé à Samuel Ahlendorf et Bob Crawshaw. À l'évidence, vous vous trouvez sur ma liste. »

Party Girl me fait signe : *après vous*. J'entre dans son fabuleux décor de demi-mondaine. D'immenses baies vitrées donnent sur Wilshire. Matez les épais tapis et les canapés confortables – tout en velours violet.

Elle me conduit jusqu'au bar. Elle nous prépare deux Tom Collins, légers en citron. On s'assoit sur des tabourets en cuir noir, nos genoux se touchent.

« Je ne connaissais pas Joanie si bien que ça. Je refusais de coucher avec elle et j'ai lâché le parti avant elle. J'ai essayé de la recruter pour mon écurie mais elle ne voulait rien entendre. On s'est mutuellement dénoncées à vous, les gars de la Commission, mais j'ai oublié qui a commencé. La marraine la connaissait mieux que n'importe lequel d'entre nous, c'est certain. »

Le cheveu sur la langue et la voix rauque à la Liz Scott. Le regard de lionne. Elle te fait marcher. Le KKKamarade X l'a appelée et avertie. Fred O. est en route. Il n'est pas membre de la Commission. Fais-le parler, bébé. Il y a du pognon à la clé. Il est crédule. Entortille-le autour de ton petit doigt.

Elle veut calomnier Connie, tout lui mettre sur le dos. Voilà son intention. Réagis voir à cette annonce, espèce de salope :

« Laissez-moi vous avertir à propos d'une femme que je considère comme très dangereuse – j'ai fait de même avec Mr Ahlendorf et Mr Crawshaw. Elle a clairement affirmé qu'elle a l'intention de tuer un homme appartenant à votre cellule, ou évoluant dans l'orbite de membres du parti que vous pourriez connaître. Elle s'appelle Claire Klein. Elle est très tenace et elle a une manière de vous harceler que je qualifierais d'inoubliable. »

Party Girl allume une cigarette. « Eh bien, il y a une femme et une circonstance qui me reviennent, mais le nom de Claire Klein ne me rappelle rien du tout. C'était pendant la guerre. En 43, je dirais.

– Je vous en prie, continuez.

– Eh bien, lors d'une espèce de commémoration des Scottsboro Boys, il était prévu que ce soit réservé aux membres du parti – cent pour cent, je croyais. Voilà qu'arrive une Wave, en grande tenue. Elle me jauge et semble décider que je suis une fille qui aime bien papoter, puis elle m'entreprend. »

La guerre, les Waves, lieutenant (junior) Claire Klein. *Que la perdition s'empare de mon âme…*

« Le truc drôle, c'était que tout était en rapport avec les communistes en Russie, pendant la période des procès. Elle était obsédée par Vsevolod Meyerhold, son importance dans les cercles du théâtre radical, et la manière dont Staline avait liquidé son théâtre, l'avait obligé à suivre des séances d'autocritique, l'avait dénoncé pour avoir abandonné le réalisme soviétique et l'avait torturé et tué. C'était en 39-40, je crois. Et le pire, c'était que le NKVD avait crevé les yeux à sa femme et l'avait poignardée quelques mois auparavant. »

Meyerhold. Sammy Ahlendorf connaît ce type.

« C'est tout ? Cette Wave vous a interrogée puis elle est partie ?

– Tout à fait.

– Samuel Ahlendorf m'a parlé de Meyerhold, plus tôt aujourd'hui.

– Sammy est vieux, et il est russe. Il parle du théâtre radical-socialiste depuis que je le connais. Je vous défie de regarder du début à la fin une pièce de Meyerhold. Pour le dire grossièrement, rien à voir avec *Blanches colombes et vilains messieurs.* »

J'ai la gorge serrée. « Parlons de la marraine. Je suppose qu'il s'agit de Constance Woodard ? »

Party Girl éteint sa cigarette. « C'est exact. Connie était notre rabatteuse et l'experte sur Joanie Hubbard. Elle a aussi été son amante pendant une période, pendant la guerre et après. Elle a eu la médaille d'or de la Jalousie pendant je ne sais combien d'années ; vous n'avez *jamais* vu une jalousie pareille, et vous n'avez jamais vu personne se rebeller sous ce genre de pression autant que Joanie. »

Je dis : « Allez-y, continuez. Il y a quelque chose que vous brûlez de me dire. »

Party Girl se marre. « Je n'ai jamais aimé Connie, mais je comprenais son angoisse existentielle. Parce que Joanie était une Vénus attrape-mouches, et elle avait des hommes, des femmes et qui sait quoi d'autre qui faisaient la queue pour partager son lit. Connie a menacé d'une arme à feu *deux* prétendants de Joanie, et un homme – un avocat de gauche du comté de Marin – a tout simplement disparu de la surface de la terre. »

Maintenant, je suis communifié, reconstructivisé, social-dialecticisé.

« Pigé, Mr le flic qui n'est pas flic ? La marraine a tué cet homme, et c'est *ça* qui causé le démantèlement de notre cellule communiste débile. »

« Cet homme ». L'obsession de Claire pour Meyerhold. Des hommes morts et Joanie, morte. Je suis enfermé dans un cachot avec des hommes morts et castré par des femmes communistes. Me voici dans la chambre de la marraine. Je suis somnolent, sur le lit. Les murs rouges se referment sur moi.

J'ai feuilleté un livre à la bibliothèque. Je suis passé à la bibliothèque de West L.A. après avoir quitté Party Girl. J'ai fait une recherche sur microfilms. Le *San Francisco Chronicle*, 48-49. En me concentrant sur les meurtres commis dans la région.

Le livre. C'est un gros guide rasoir sur le théâtre radical russe. Il y a une tartine sur Vsevolod Meyerhold et sa femme, l'actrice Zinaida Raikh. Party Girl n'a pas menti. Les gros bras de Staline ont torturé et tué Meyerhold. Ils ont arraché les yeux à Zinaida et l'ont poignardée. Ils formaient un beau couple. C'est visible sur la photo. Il est beau comme un héros, quand il agite le drapeau rouge. Elle est belle avec sa chapka. Ils ont été complètement broyés par le système.

Meyerhold était un séducteur et un grand trousseur de jupons à l'époque de Staline. Il a fait la conquête de nombreuses femmes en Russie et à l'étranger, en leur laissant des bébés vagissants. Ces faits me motivent. *Et si quelqu'un avait balancé Meyerhold au NKVD ?*

Meurtre à Moscou. Meurtre dans le comté de Marin. On est en septembre 49. « L'avocat de gauche » Will Hartshorn disparaît. Will est un sacré séducteur. D'innombrables femmes cocos sont interrogées, en vain. Le vilain Will disparaît. Pas de corps du délit – l'affaire est close.

La marraine est en bas. Elle prépare notre dîner. Elle m'appellera quand ce sera prêt.

Je suis sorti de la bibliothèque et je suis monté discrètement à Silver Lake. C'est là que se trouve le poste d'écoute des sales Fédéraux. Une cahute sur Ewing Street, à la hauteur de Duane Street. Harry m'a dit qu'ils se relaient à trois et coupent tout à minuit. Je suis passé au Higgins' Hardware et j'ai acheté ce dont j'avais besoin. Charles Fullerton vit dans le Miracle Mile. C'est dans l'annuaire.

La marraine monte. J'entends le bruit de ses talons. Elle s'arrête sur le pas de la porte. Elle me sourit et me dévisage. *Qu'est-ce qui ne va pas, chéri ?*

Je dis : « J'ai parlé à des personnes qui te connaissaient assez bien. Tu vois qui je veux dire, puisque tu m'as donné leurs noms.

– Ah oui ? »

– Ils te méprisent au plus haut point, parce que tu as gardé le cap après leur départ et à leurs yeux, ça fait de toi un pigeon et une naïve. Tu as écrit des centaines de pages de minutes de réunions de la cellule et tu as inventé des histoires. Tu les aimais. Ils ne t'aimaient pas. Tu portais le flambeau. Tu as créé un monde dans cette pièce. Ce simple fait m'a convaincu de te protéger. »

Connie dit : « J'ai "gardé le cap". C'est assez masculin comme concept, mais je ne peux l'accepter de ta part, s'il signifie que tu me trouves pathétique. »

Je ris. « Comment je le pourrais ? Tu as tué un homme sans le moindre scrupule, comme l'aurait fait Freddy Otash. "Pathétique" ne convient pas du tout.

– Il brutalisait Joan. Il la frappait et l'humiliait et je ne le supportais pas. Je l'ai abattu et j'ai jeté son corps dans une fosse pleine de chaux à Point Reyes. La police m'a interrogée une fois et a accordé foi à mes dénégations. Ils ne m'ont jamais ennuyée après ça, et mes ex-camarades n'ont jamais divulgué d'informations sur moi.

– Comment tu t'es sentie, après l'avoir tué ?

– Je me suis sentie horrifiée et soulagée. »

Que la perdition s'empare de mon âme – car je SAIS tout d'elle.

Charlie Fullerton, FBI. Harry Fremont l'identifie comme un célibataire saoulard et une tante dans le placard. Il se pinte au Raincheck Room, au Riptide de Rick et au Roscoe's Reef. Il crèche au-dessus d'un garage du côté de la 6e Rue et Dunsmuir Avenue. Harry m'a conseillé une effraction nocturne pour le surprendre à son retour. Chope-le à la porte et vas-y sans hésiter.

Le conseil est bon. La serrure cède facilement. L'appart est étriqué et exigu, faut pas être claustrophobe. Petite cuisine, petite salle de bains, petit salon. *Pfiou* – c'est Suffocation City. Ça pue la fumée de cigarette rance et des boissons alcoolisées renversées.

Je n'allume pas les lumières. Je rôde, l'oreille aux aguets, près de la porte. 0 h 19. Des pas chancelants. La clé de Charlie dans la serrure.

La porte s'ouvre. Je mets un pain à Charlie, à l'instant où il entre. Je cisaille ses jambes sous lui. Il gémit et miaule. Je cogne sa tête par terre et je lui fourre un bâillon dans la bouche. Je le traîne jusqu'à la cuisine et j'allume la lumière. Hé hé – des plaques chauffantes.

Je menotte Charlie. J'allume les plaques. Les résistances chauffent, très fort. Je tire Charlie pour le mettre debout et je le rapproche du comptoir. De ses yeux écarquillés, Charlie me supplie – me brûle pas, chef.

J'enfonce les doigts de sa main droite entre les résistances. Je le brûle, je le crame. Mon bâillon étouffe ses cris. Je sens l'odeur de frite de la peau brûlée.

Charlie braille, se débat et se libère. Je lui mets un coup de pied dans les couilles et un coup de couteau. Un réfrigérateur se trouve juste là. J'ouvre la porte. Je tire Charlie pour le mettre debout et colle sa main cramée dans le compartiment congélateur. *Ouais !!! – Chips de peau frappées !!!*

Charlie essaye de hurler. Le bâillon rend son cri inaudible et incompréhensible. La glace cautérise sa main brûlée et crée un nuage de vapeur. Je sors sa main et je le pousse dans un fauteuil. Penché sur lui, je lui expose ma demande.

« Joan Hubbard et Ralphie Horvath. Connie Woodard et sa cellule du parti communiste. La dernière croisade de Joe McCarthy et la manière dont Connie s'inscrit là-dedans. Qui tu surveilles depuis ce poste longue portée à Silver Lake ? Hoche la tête une fois si tu veux vivre, et deux fois si tu veux mourir. »

Charlie hoche la tête une fois. Je lui enlève son bâillon. Son cri étouffé sort suraigu, d'une voix de tapette soprano. Je dégaine ma flasque et lui donne une gorgée de bourbon, du cacheté. Il gargouille et l'engloutit et vire au rouge picole.

J'attends. Charlie fait *Donne*. Je lui en remets une rasade. Je tapote le cadran de ma montre. Charlie fait *Encore*. Je lui verse la rasade n° 3 dans la gorge. C'est la bonne. Son rougeoiement incandescent s'atténue et il retrouve son teint rubicond.

Je dis : « Crache ».

Charlie tousse et s'éclaircit la voix. Des glaires vont se coller dans son mouchoir. De refuznik il devient chien servile en une seconde.

« Joannie n'a jamais été coco ni même une sympathisante. C'était un agent du FBI depuis le début. On a financé son émission de radio et on lui donnait un salaire qui lui permettait de vivre. Elle a toujours été notre indic et nous l'avons inscrite au cours de Connie Woodard à UCLA, parce que Connie était lesbienne et avait un faible pour les nanas jeunes et idéalistes, et parce que Connie était la cheftaine de la gauche de L.A. À partir de 1939, Joanie a joué les appâts. Elle n'était rien d'autre qu'une fille aux mœurs légères avec des diplômes universitaires remarquables, et elle a été un agent fédéral jusqu'à sa mort. C'est moi qui ai arrangé la rencontre de Joanie avec Ralphie Horvath et ils ont monté une affaire de 459s. Et alors, bordel ? Les cambriolages, c'est pas de la trahison, pour ce que j'en sais. »

Je tète ma flasque. Je lui passe le bourbon. Charlie tète la flasque. L'alcool lui monte à la tête et il a sûrement assez mal. Tout à coup, il devient blanc comme un sorcier peinturluré.

« Alors, la cellule. J'en ai une bonne pour vous. Sammy A., ce crétin de Crawshaw, et Ellie Donnell. Ils étaient malins. Ils se sont carapatés avant que leurs noms sortent, et la marraine s'est retrouvée toute seule. Et *elle,* c'était du n'importe quoi, mais elle *connaissait* tout le monde, et *tout le monde* se confiait à elle. Elle est la cheville ouvrière de ce nouveau truc lancé par Joe M. et nous avons posé des micros chez elle, mais l'installation a commencé à déconner. Joanie devait être entendue comme témoin. Elle devait exposer les actes *criminels* commis par Ahlendorf, Crawshaw et Donnell, en contrepoint de leurs rétractations, pour dire au monde entier que communistes un jour, communistes toujours. *Mais voilà*, Joanie se fait éliminer. Donc, voilà un cambrioleur en liberté. Et le LAPD se focalise sur lui comme le potentiel assassin, et lui explose la gueule. Vous y étiez, vous devriez le savoir. »

Je me repasse ce qu'il vient de me balancer. Il y a un truc qui sonne faux.

« Je peux imaginer Crawshaw et Donnell en criminels – facilement. Mais chez Ahlendorf, ça ne me paraît pas flagrant.

– Ouais, mais Sammy est pourri. On le savait, au départ. Il a émigré en 36, mais il n'arrêtait pas de retourner en Russie, avec de faux passeports que le parti lui fournissait. Il était mêlé à des magouilles là-bas, mais on n'a jamais réussi à savoir lesquelles.

– Ce poste d'écoute à longue portée que vous avez installé. Vous n'avez pas monté tout ça seulement pour coincer la marraine, j'y crois pas. »

Charlie répond : « C'est exact. Nous avons neuf autres cellules sur écoute. Les membres sont tous de Hollywood, parmi lesquels des très grands noms, et la plupart d'entre eux sont liés à la marraine. Joe M. veut la coincer et la faire parler. Elle n'a jamais cafté, mais nous, on la tient pour meurtre au premier degré, dans Marin County. Un avocat a disparu et nous savons pourquoi. Vous savez comment nous savons ? Parce que Joanie nous l'a dit. Ce gars se la tapait, et la marraine est devenue jalouse et elle l'a refroidi. On peut lui obtenir l'immunité totale si elle parle. Si elle refuse, elle risque fort la peine capitale. »

Je soupire. « Constance Linscott Woodard ne parlera jamais. »

Charlie dit : « Freddy, vous rougissez. »

La station d'écoute est canon, rutilante et pleine de matos dernier cri. Joe McCarthy taxe les trucs les plus récents et les plus chouettes.

Des émetteurs-récepteurs à large bande et longue portée. Des supports de micro résistants, pour l'usage en extérieur. Des micros prêts à camoufler. Des enregistreurs longue durée. Des déclencheurs vocaux automatiques. Des casques avec élimination des parasites.

Plus des bureaux. Plus douze meubles de rangement. Aucun sous clé. Tous pleins de transcriptions d'écoutes. Neuf cellules cocos promises à l'enfer.

Je fourre des cartouches de fusil de chasse calibre 12 dans les tiroirs et je couvre le dessus des meubles avec de la poudre. Je dépose des sacs en papier pleins d'engrais et de nitrate d'ammonium sous les bureaux. Je vide sur les sols huit litres d'essence. Je laisse la porte ouverte et je balance sept cartouches de .45 à l'intérieur.

Le poste explose dans une gerbe de violet et de rose. Ça me rappelle Hiroshima et le feu d'artifice à la soirée de la bombe de Jack K. Un magnifique nuage en champignon s'élève, radieux.

LE PARKING DU GOOGIE'S

7/4/54

Le Googie's. J'épie depuis ma Packard de proxo. Je suis surtout à l'affût de Claire Klein.

J'avale des cachets de Dexedrine et je fume comme une cheminée. Le *Herald* du matin ne va pas tarder. Fullerton ne risque pas de me dénoncer. Il est de mèche avec un politicien pourri qui va bientôt imploser. Je le tiens, pour tous ses cambriolages avec Joanie et Ralphie. L'explosion du poste d'écoute va faire la une de tous les journaux. Les Fédéraux vont tout nier en bloc. Les mots *McCarthy, opérations secrètes, initiative personnelle* ne parviendront pas jusqu'aux journaux.

Je regarde par la fenêtre de derrière. Quatre ombres passent rapidement à côté de mon pare-brise. Le sergent Max Herman. Le sergent Red Stromwall. Le sergent Harry Crowder. L'agent Eddie Benson.

Les Hats. En costume gris perle et panama blanc. Voilà les emmerdes.

Je leur fais coucou. Ils restent de marbre. Max et Red me sortent sans ménagement de la voiture. Harry et Eddie me passent les menottes. Ils me jettent sur la banquette arrière de leur voiture banalisée et m'encadrent bien serré.

Max conduit. Red sifflote la "*Marche funèbre d'une marionnette*". Nous descendons en ville en mode code 3, alerte rouge. Nous arrivons à City Hall et prenons le monte-charge jusqu'au Bureau des inspecteurs. Ils me balancent dans la salle d'interrogatoire n° 3 et me menottent à une chaise. Remarquez le gros annuaire posé sur la table.

Max dit : « T'es baisé, Freddy. La police te colle au train depuis février. »

Red : « On est au courant de toutes les personnes que tu as vues et de tout ce que tu as fait. »

Harry : « Le moment de vérité approche, Freddy. »

Eddie : « Ton petit cul de métèque va souffrir. »

Je propose : « Peut-être qu'on pourrait coller ce que vous me reprochez à des voyous du coin. Le *Herald* est toujours prêt à aller par là pour vous. »

Max me met un coup d'annuaire. Il me balance une tarte sur le sommet de la tête, le genre qui ne laisse pas de trace. Il me fend carrément le crâne.

« On sait toutes les choses sordides que tes potes et toi avez trafiquées pour *Confidential*. On vous a vus, Bernie Spindel et toi, poser des micros chez Steve Cochran, et on t'a vu faire ton petit numéro du diable rouge, la nuit du tournage du film. On sait tout sur tes parties de jambes en l'air avec la marraine, qui paraît être d'un âge un peu avancé pour un jeune étalon comme toi. On t'a filé le train quand tu es allé interroger Samuel Ahlendorf, ce crétin de Crawshaw et Ellie Donnell. On a enregistré la bande-son de ton agression sur l'agent Fullerton, et on t'a vu faire exploser le poste d'écoute fédéral. »

Red me met un coup d'annuaire. Là, c'est un coup extrêmement douloureux, le genre qui ne laisse pas de trace.

« T'es mort, Freddy. On sait tout, tout ce que t'as fait, depuis le début. »

Harry me met un coup d'annuaire. « T'es plus notre pote, Freddy. T'es rien qu'un connard qui n'a plus aucune utilité. »

Eddie me met un coup d'annuaire. « On va te coincer pour Trahison, Sédition et *pleiiiiin* de violations du Smith Act. Tu vas être exécuté, comme les époux Rosenberg. »

Max me met un coup d'annuaire. Il choisit la tape affectueuse, genre ça fait pas si mal que ça. « On apprécierait que tu nous racontes tes entretiens avec Ahlendorf, Crawshaw et Donnell. Ça serait un bon début pour qu'on envisage de t'accorder une faveur. »

Red me met un coup d'annuaire. Un uppercut plein de tendresse.

« On va te laisser y réfléchir. On va te mettre dans une jolie petite cellule, loin de la racaille. Je sais que le chef a hâte de te parler. »

Harry me met un coup d'annuaire. « La folle équipée de Freddy O. vient de se terminer. »

Eddie me met un coup d'annuaire. « R.I.P. Freddy. »

***

Ils me jettent dans une cellule. Une couchette dure. Ma tête tuméfiée se pose sur un oreiller dur comme du bois. Assommé, je plonge dans le coma.

Je descends Ralph Mitchell Horvath. Joi avec la queue de Steve Zob dans la bouche. Je tabasse Johnnie Ray. Je mate à l'intérieur de dix mille maisons. Je glisse des enveloppes d'argent pour racheter ma faute dans la boîte aux lettres de Joanie Horvath.

J'ai dû pleurer. Mon oreiller est intégralement trempé. Mon cervelet ressasse des rengaines sinistres. Ça grince dans mon crâne.

William H. Parker ouvre la porte et s'assoit sur ma couchette. Il porte son bel uniforme à quatre étoiles.

« Tu es à la merci du département de la police de Los Angeles. À partir de maintenant, tu n'appartiens plus à *Confidential*. On va te laisser t'en tirer malgré tout ce que tu as fait. Tu n'auras pas à rendre des comptes pour ton agression sur l'agent Fullerton, et pour avoir fait exploser la station d'écoute. Ni pour tes initiatives personnelles autour du meurtre de Joan Horvath. On va fermer les yeux sur toutes tes actions illégales pendant que tu étais employé par *Confidential*. Nous te laisserons venger Joan Horvath, de la manière que tu jugeras adéquate. En échange de la clémence dont nous faisons preuve dans tous les cas cités, tu entreras dans mon équipe. »

Parker marque une pause. Son regard enfiévré de religion me brûle l'âme. Apocalypse 3 :17-18. *Et parce que tu ne sais pas que tu es malheureux, misérable, pauvre, aveugle et nu, je te conseille d'acheter de moi de l'or éprouvé par le feu.*

Je dis : « Oui. »

Parker dit : « Tu vas signer des aveux détaillés concernant ton travail pour *Confidential*. Tu deviendras mon informateur personnel et mon agent provocateur, et tu m'assisteras dans mes efforts pour détruire le magazine. Nous allons le mener à la faillite, révéler au monde sa malhonnêteté et sa malveillance, et lui porter le coup de grâce devant une cour fédérale. À partir d'aujourd'hui, tu es mon indic, mon mouchard, ma balance, mon informateur. C'est oui ou non immédiatement. Ta réponse déterminera la suite de ta vie. »

Je dis : « Oui. »

***

Des tâches difficiles. Des devoirs impérieux. Les engagements que je dois tenir en priorité. Vis-à-vis des FEMMES.

Joan, Claire, Connie. Dans des relations de cause à effet. De cause calamiteuse. Il faut extraire la vérité.

Je fais un saut à Beverly Hills et je rentre dans mon bungalow. Je me plante devant mon panneau accroché au mur et je dessine des lignes à l'encre noire. Je relie Joan à Connie, direct.

Connie connaissait tous les communistes en captivité. Le meurtrier de Joan doit s'y trouver. Le parti communiste dans les années 30 et 40 à L.A. Des connards du Comintern qui passent. Des faux groupes dissidents sont fondés et des organisations prises en otage. Combien d'hommes blancs aux cheveux noirs et à la barbe épaisse se sont infiltrés pour se faire du fric ?

Passons à Claire. Essayons de reconstituer une chronologie. Traçons des lignes. Répondons à cette question cruciale : qui est l'homme que Claire veut tuer ?

Une idée farfelue se forme. Complètement circonstancielle et fondée sur des on-dit au troisième degré. La cible de Claire est Sammy Ahlendorf. D'après mes écoutes :

Ligne n° 2. Perky se trouve à ce poste. Babs Payton déblatère sur ses parties à trois avec Claire. Claire s'envoie en l'air avec des diplomates russes. Elle parle russe. Ahlendorf est russe mais il est arrivé ici en 1936. Claire réussit à soutirer le nom de code « Rouge-gorge. » V. J. Jerome dit que c'est un ancien rouge appelé « Sammy ». Samuel Ahlendorf appartient à la cellule de Connie Woodard. Claire se promène avec un pistolet Makarov. Claire déteste les rouges et les a mouchardés à la Commission sur les activités antiaméricaines. Babs lâche ceci : Rouge-gorge était un coco cinglé pendant les années 30 et 40. En 50, il est dépassé. Son expulsion du Manhattan Project l'atteste.

Ensuite, il y a ceci :

Sammy en pince pour l'art révolutionnaire russe. Il me l'a avoué lui-même. Ellie Donnell m'a raconté l'histoire de la mutilation et du meurtre de Meyerhold. Meyerhold était un formaliste agité. Il a renoncé au réalisme socialiste et ça a mis en pétard le Politburo. Meyerhold se fait tuer en 39-40. Sa femme Zinaida Raikh est torturée et poignardée. Une Wave se rapproche de Party Girl dans une grande fête du parti à L.A. C'est *forcément* Claire. Elle interroge Party Girl sur l'affaire Meyerhold. À partir de là, Claire émet des suppositions plausibles. Elle a Sammy en ligne de mire. C'est une certitude.

Harry Fremont est très lié avec un flic des douanes américaines. Je l'ai appelé et je lui ai demandé de vérifier les passeports de Claire et Sammy A. De lister les voyages en Russie. Post-36 pour Sammy. Il utilisait peut-être des faux passeports fournis par le parti. Cherche des variantes sur le nom de code. Pour Claire : trouve les certificats de naissance avec son nom de famille et les dates de naissance. Vérifie les voyages enregistrés sur le passeport de Claire en 39 et 40. Elle était majeure à l'époque. Est-ce qu'elle a pris contact avec Rouge-gorge en Russie ? Meyerhold était un insatiable séducteur. Est-ce qu'il a répandu ses petites graines en 1920 et 1921 à New York ? Est-ce qu'il a engendré la spectaculaire Claire ? Je promets à Harry mille dollars et je lui dis de faire fissa. Il me répond que tout ça est bien tiré par les cheveux. Ouais, mais on ne sait jamais.

Je relie des points. Claire, Joan, Connie – complices d'extorsions, rouges enragées, succubes aux genoux cagneux. Je les passe toutes par le filtre de l'Apocalypse et je découvre qu'elles y ont toutes leur place.

Le téléphone sonne. Je décroche. Harry dit : « Je n'aurai plus jamais de doute quand tu me dis un truc.

– Vas-y, parle.

– Claire et Robin Redfield – c'est le nom sur le passeport d'Ahlendorf – se sont croisés à Moscou fin 1939 et en 1940, mais ils ont voyagé séparément.

– Je t'interdis de t'arrêter là.

– Qui parle de s'arrêter ? La douane à New York a cherché la date de naissance de Klein. Le gars était malin, parce qu'il a croisé "Claire Klein" avec les noms des parents biologiques et il est tombé sur Meyerhold et Zinaida Raikh. Les Meyerhold ont accordé la garde de l'enfant à Mendel Klein et sa femme, Clara, qui étaient tous les deux des grands noms du parti et du théâtre radical. Ils ont donné au bébé leur nom, et tout colle parfaitement, comme tu l'avais prévu. »

Apocalypse 2 :9-10. *Je connais ta tribulation et ta pauvreté… et les calomnies de ceux qui se disent contre toi.*

***

Je dois à Sammy un avertissement. J'ai senti qu'il s'était mal comporté, là-bas, en Russie. C'est lui qui a dénoncé Meyerhold et sa dame au Politburo et au NKVD. Il a parlé de reconstructionnisme, récidivisme, formalisme. Il léchait le cul aux cocos comme seuls les cocos peuvent le faire. Son mobile était certainement la jalousie. Il ne voulait pas être un grand nom de la bombe. Il voulait être le grand manitou du théâtre radical. Il voulait magnétiser les masses, à la manière de Meyerhold à sa meilleure période.

Le soir tombe. Je contourne Coldwater Canyon par le nord et arrive à la Valley. Les Valley Vista Villas se profilent. Je fais un tour d'observation et je reviens derrière les bâtiments. Je note une série de balcons au premier étage avec des coursives qui communiquent.

Prenons le camarade Sammy par surprise. Crochetons la serrure de la porte-fenêtre coulissante pour entrer dans sa turne. Hé, Sammy – l'heure des comptes a sonné. Cours tant qu'il en est encore temps. Claire Klein est adepte du théâtre radical au-delà de ce que tu peux imaginer.

Je me gare et je me trimballe jusqu'à la coursive. L'appartement de Sammy est trois portes plus loin. J'entends les secousses de Shostakovitch retentissant à l'intérieur. Le message subliminal est J'emmerde la Bête rouge. Les portes sont en verre épais et verrouillées de l'intérieur. Je crois entendre un cri strident.

Trop tard. Sammy court vers le balcon – et vers moi. Il est nu. Ses poils pubiens ont été rasés. Ses yeux sont crevés. Sa poitrine et ses jambes sont couvertes de coups de couteau. Claire court derrière lui. Elle porte un masque kabuki en bois. Les masques kabuki sont une marque de fabrique de Meyerhold. Celui de Claire reproduit le visage de Zinaida Raikh.

Le camarade Sam ne peut pas me voir. Zinaida-Claire ne me voit pas. Le camarade Sam trébuche et tombe. Claire passe sa lame entre ses jambes et l'éviscère.

Circulation de l'heure de pointe. Ça ralentit mon retour. Je m'arrête à un téléphone public pour tuer le temps. J'appelle Bill Parker et je lui donne les dernières infos. Il dit : « Merci Freddy. » Il ajoute : « Mieux vaut mort que rouge » et raccroche.

Je raccroche et me rends à une allure d'escargot à l'angle de la 6e Rue et Dunsmuir. Charlie Fullerton vit au-dessus de son garage. Son garage m'attire.

Les vieux agents de police et les vieux fédéraux. Ils stockent leurs dossiers les plus épais et les gardent dans des cartons marqués. Ils entassent lesdits cartons dans leur garage – le plus souvent.

Charlie est très probablement au Raincheck Room ou au Riptide de Rick. Il est 19 h 45. J'ai des crochets et une lampe-stylo. J'ai le numéro personnel de Whiskey Bill Parker si je me retrouve dans la merde.

Tout se passe comme prévu. Je crochète la serrure et je fouille les cartons. Les dossiers portent des noms de code et des listes de mouchards. Je trouve les cartons « Rouge-gorge » et je compte les indics numérotés. Qui t'a assassinée, bébé ? Il n'y a que des nombres, pas de noms.

Fullerton a gribouillé quelques commentaires. Le mouchard n° 114 paraît spécial. Ce type est rouge jusqu'à la moelle. Sammy Ahlendorf lui sert de mentor. Il a argumenté la nécessité d'éliminer les indics fédéraux. Il le faisait constamment. Joan l'a dénoncé en mai 1949. Il n'a jamais rejoint la cellule. Fullerton l'appelle un compagnon de voyage. Il était un membre du parti refoulé. Il a disparu de la circulation à l'automne 1949.

J'écris « n° 114 » et les commentaires de Fullerton sur mon bloc-notes. Je recopie les numéros et les commentaires pour une douzaine d'autres indics. J'envisage de soumettre la marraine à une injection de Pentothal. Je crois aux confessions obtenues par la contrainte. Comment ne pourrais-je pas ? Bill Parker vient de faire de moi son indic.

Je retourne au Googie's. Le Despote des potins fait demi-tour et va se planquer. Il s'éclipse, après son échec.

Rock Hudson est assis dans mon box. Il a l'air pétri d'angoisse et perdu. Il a l'air tout déconfit, genre pauvre de moi.

Je m'assois. Rock dit : « Demandez-moi pourquoi j'ai la gueule d'une grosse merde réchauffée. Je suis une star de cinéma. Je ne peux pas me payer le luxe de journées comme celle-ci.

– Dites-moi – mais j'ai comme l'impression que je peux deviner. »

Rock dit : « Claire m'a volé. Elle a forcé le coffre dans mon salon et m'a pris vingt mille dollars en liquide et quarante mille en krugerrands en or. Elle doit déjà être à l'autre bout du pays, et je sais que je ne la reverrai jamais. J'ai appelé Lew Wasserman, et il est sacrément en colère.

– Vous vous en êtes bien tiré, mon frère. Un jour je vous expliquerai pourquoi. »

Rock me glisse un bout de papier. « Elle a laissé ça dans le coffre. C'est pour vous. Vous avez droit à une lettre d'adieu, mais pas moi. »

Je lis le mot. Admirable de brièveté.

Freddy que j'aime,
Partie remise, okay ? Je ne t'oublierai pas.
C.K.

LA CHAMBRE ROUGE DE LA MARRAINE

8/4/54

Je dis : « C'est pour Joan. »

– Tu sais exactement quoi dire pour obtenir de moi exactement ce que tu veux. Un sérum de vérité, *sans rire*. »

Connie est dans le fauteuil rouge. Je suis sur le repose-pieds rouge. Elle me tend son bras gauche. Je badigeonne d'alcool et cherche la veine. Je pique et je lui injecte le jus.

Elle soupire et elle commence à se détendre. Je dis : « Compte à l'envers à partir de cent et ferme les yeux si tu as envie. »

Elle bouge les lèvres. J'entends à peine : 100, 99, 98, et elle est dans les choux. Je prends une brève inspiration et consulte mes notes.

Mouchard n° 84. Nom de code : Lazy Maizie. Une mondaine de San Marino. Elle fait de gros dons au Strikebusters' International, qui est connu pour être une couverture pour des activités communistes. Mouchard n° 204. Nom de code : John Henry. Homme, nègre. Tackle droit pour les Detroit Lions. Le commentaire de Charlie Fullerton : « Toutes les Blanches amatrices de bois d'ébène sont dingues de lui. »

Je dis : « Comment tu te sens, Connie ?

– Relax. Mais… si je n'ai pas envie de…

– Donner des noms ? Pas grave. Je me satisferai de réponses simples, sincères. »

Connie, *très* relax : « Mon chéri, je suis sûr que c'est tout ce que tu obtiendras de… »

Je dis : « Lazy Maizie. »

Connie, *très très* relax : « Elle fumait du hashish. Elle… a posé… sa main sur la jambe de Joan… et Joan l'a giflée. »

Trèèèèèès bien. Joanocentrique et Joanophobique. Je lui balance John Henry.

Connie, encore plus détendue : « C'était... un pousseur d'acier dans un negro spiritual. On... On chantait cette chanson dans tous les rassemblements pour les Scottsboro Boys... mais on savait qu'au moins la moitié d'entre eux étaient coupables. »

Pas tout à fait bien. Connie énonce là une opinion candide typiquement coco. Je la laisse souffler un instant.

Le mouchard n° 114 n'a pas de nom de code. Il va falloir que je mentionne Sammy Ahlendorf pour réveiller ses souvenirs. Les journaux se sont conformés aux instructions de Bill Parker, sur la mort de Sammy. Suicide, l'affaire est bouclée. Connie croit ces conneries.

Je dis : « Joan a livré des informations sur un homme. Ce cas devait lui tenir vraiment à cœur. Il a dit qu'il voulait tuer tous les indics du FBI, mais je ne connais pas son nom. Il n'a jamais fait partie de votre cellule, même s'il était sous la coupe de Sammy Ahlendorf, et je crois qu'il est raisonnable de dire qu'il avait la même mentalité anti-bombe A que Sammy, autrement dit, il était très contrarié quand on a balancé des bombes A sur les Japs, bien que ce soient des fascistes, et bien qu'ils aient lâché toutes leurs bombes sur Pearl Harbor. »

Connie soupire. Ses mains tressaillent. Ses paupières palpitent. Elle fouille en profondeur, là.

« Je me rappelle... Il a dit : "Il faut qu'on révèle l'existence de la bombe avant qu'elle éradique la race humaine, et je vais bâtir ma carrière là-dessus." »

C'est alors qu'elle se réveille. Elle ne me donne pas de nom. Inutile. Un jour, elle m'a dit : *il était mon dernier amant torturé et tortionnaire – avant toi.*

Les informations d'archives de Fullerton collent. Elles fournissent tout un tas d'informations circonstancielles. Les révélations de Joan paraissent vraies. Cela ne signifie pas pour autant que Steve Cochran l'a tuée.

Connie est *très* réveillée. Elle cligne des yeux, le visage inexpressif. Elle ne se rappelle pas ce qu'elle a dit.

« Est-ce que tu as appris quelque chose d'intéressant ? Je n'aimerais pas l'idée d'avoir déçu Joan.

– Tu t'es super bien débrouillée », je réponds.

***

Fête de la bombe A. L'U.S. Army a annoncé le lancement pour 21 heures. C'est un tête-à-tête cette fois. C'est le toit de mon bungalow.

Perky, moi, des daiquiris glacés et des chips de maïs. Ma radio pour le compte à rebours. Deux confortables chaises longues.

On se tient par la main. Perky est bien allongée pour que notre différence de taille soit moins flagrante. La radio murmure des réflexions sur mach 10 et au-delà. Les fusées supersoniques, c'est du passé maintenant.

Je dis : « Tu n'es pas coco et pas une tueuse psychopathe, dis-moi ? Mon amitié ne te rend pas dingue ? »

Perky dit : « Oncle Freddy est torturé par sa conscience, tout à coup. Il couche avec cette vieille folle à Hancock Park, alors qu'il pourrait se trouver ici avec moi. »

Je ris et je bois une gorgée de mon daiquiri. La nuit est fraîche. Perky porte son blouson siglé de l'USC. Je porte un sweat-shirt Beethoven que Claire a laissé au Googie's pour moi.

« Elle va rompre bientôt. C'était un genre d'arrangement circonstanciel. Toi et moi, c'est éternel. »

Perky rit. « Homme plus vieux, femme plus jeune. En voilà une situation nouvelle. Au moins aussi nouveau que "un chien mord un homme". »

Je ris. On balance nos mains. Le reporter à la radio est remplacé par une publicité. Bucky Beaver qui fait l'article du dentifrice Ipana.

« J'ai vu ce mot que tu as épinglé sur le panneau. Vraiment, quelle nonchalance. "Partie remise, okay ?" Et ne me dis pas que C. K., c'est pas la redoutable Claire Klein. »

Je dis : « Elle est éphémère. Oublie toutes les mauvaises choses que je t'ai dites sur elle. Ne cherche pas à repérer sa voix quand tu écoutes. Elle a pris le large, au moment où il fallait. »

Perky me serre la main. « Tu n'es pas sincère mais je vais laisser passer parce que nous sommes sur le point d'assister à un moment historique. »

À la radio, l'homme lance le compte à rebours. « Dix, neuf, huit, sept, six, cinq, quatre, trois, deux, un – mise à feu. »

Je rate le nuage-champignon et le ciel mauve et rose. Perky m'enlace de ses bras puissants et m'embrasse.

LE CIMETIÈRE MALINOW-SILVERMAN

9/4/54

Tu redeviendras poussière, mon cher. T'as qu'à demander au rabbin de location. Sammy Ahlendorf mord la poussière.

Le LAPD a effectué une rapide autopsie du cadavre et l'a rendu. Le service devant la tombe est bilingue, et bref. Le rabbin ulule en hébreu et chante les louanges de Sammy en anglais. Il était un constructeur de bombes, un *macher*, un *mensch.*

Je reste à côté de la tombe. La marraine est près de moi. Les fossoyeurs descendent le cercueil dans la tombe. Le rabbin allume une cigarette et met fin aux festivités. Voilà qui est expéditif. Qui est cet Ahlendorf ?

Connie et moi sommes venus à deux voitures. Elle a insisté. Nous marchons vers la rue et notre séparation. Connie soulève sa voilette et lâche ma main.

« Tu as créé un véritable tourbillon dans ma vie. Pendant un moment, nous avons été unis dans une cause commune – et ce moment, je ne l'oublierai jamais. Mais les murailles entre nous sont trop hautes pour qu'on puisse les percer, mon chéri. Il vaut mieux que nous mettions un terme à cette affaire maintenant. »

Je dis. « Reste forte, la Rouge. C'était super de te connaître. Tu es un produit de l'Histoire. Quelqu'un doit continuer à porter le flambeau et je suis content que ce soit toi. »

Connie effleure ma joue. « Oh, Freddy – je savais que tu comprendrais. »

Je lui fais un clin d'œil. « Partie remise, OK ? »

Connie me rend mon clin d'œil. Ses faux cils restent collés. Elle sort un mouchoir et les libère.

« Toujours, chéri. Pour toi, pour le monde. »

Je m'éloigne. Elle s'éloigne. Je me sens épouvantablement mal et soulagé.

Le Ranch Market. Mon poste d'observation. Inefficace, familier et *confortable*.

C'est l'endroit où je complote, organise, taxe et trame. La planque du racketteur. Le refuge du faiseur de divorces. Le chercheur de scoops scandaleux. Le cœur de pierre et l'âme malade de *Confidential* prospèrent ici. Désormais, je suis un informateur pour la police. C'est ici que je vais comploter, organiser, taxer et tramer pour causer la ruine de *Confidential*.

C'est terrible. Je suis soulagé. C'est une chance.

J'avale trois Dexedrine et je fais descendre avec de l'Old Crow. Je cale mes pieds sur mon bureau et je me gratte les couilles. Bernie Spindel entre. Il apporte des écouteurs et une bande magnétique.

Je dis : « *Qué pasa, amigo* ? C'est une belle journée pour être vivant, *n'est-ce pas ?* »

Bernie répond *Oy*. Il met la bande magnétique dans mon magnétophone et me colle les écouteurs sur les oreilles. Il dit : « Ça a été enregistré au Miramar Hotel. Je détruirai la bande une fois que tu l'auras entendue. »

J'ajuste le casque et je me détends. Bernie actionne les boutons. J'entends des grincements de sommier et des couinements de copulation. Je cherche la correspondance entre les gémissements et mes mégamillions de femmes. *Ouais* – c'est Joi Lansing au plumard. *Oh merde* – et Steve Cochran avec elle.

Steve Cochran. Joan Hubbard l'a dénoncé. C'est lui, le coco n° 114.

Steve et Joi allument une cigarette. J'entends le bruit des allumettes et quand ils soufflent la fumée. À nouveau, ça glousse et ça halète. *Enfin* – il y en a pour deux minutes.

Joi dit : « Tes plaies cicatrisent, chéri. Ce chirurgien connaît son métier.

– Ça me contrarie de le dire, mais ton ex aussi. Je n'ai pas gobé un mot de ce que m'a raconté le shérif. Un obsédé de la Deuxième Guerre caché derrière un masque de diable rouge ? Je ne marche pas. C'était forcément Freddy.

– Laisse pisser, chéri. Il est rien qu'un larbin, un coursier. Comment tu l'appelles, déjà ? Le "laquais du capitalisme".

– Les types comme Freddy sont les putes de l'oligarchie américaine. Ils ont produit ce gigantesque cauchemar atomique qu'on est obligés de supporter. Freddy est le nec plus ultra de la posture fasciste. Il est l'Étranger de Camus. Le type qui mourra sans avoir rien compris à la vie. »

Joi rigole. Joi glousse. Steve la chatouille – je connais ces vagissements.

Steve reprend : « Il faut rendre à César ce qui est à César. C'est Freddy qui m'a lancé sur mon grand projet. Il a descendu le mari de Joanie Horvath et, du coup, m'a soufflé l'idée que peut-être que Joanie elle-même devrait disparaître. Déjà, elle était un indic du FBI, ce qui, chez moi, justifie la mort. C'est pour ça que j'ai mis des micros chez elle. En plus, elle m'avait déjà dénoncé une fois, et avec Joe McCarthy en ville, je me suis dit qu'elle allait remettre ça.

– Tu l'as bien remise à sa place...

– Tu veux dire, je l'ai remisée pour de bon ! »

Ils rient. Steve est basané, très brun. Je me rappelle le pansement qu'il portait il y a deux mois. C'est Joan qui l'avait griffé. Exactement à cet endroit-là. J'ai lu le compte rendu de l'autopsie.

Joi : « Ne m'en dis pas trop, chéri. »

Steve : « Tu as raison. Motus et bouche cousue. »

Joi : « Et fais attention. Freddy se laisse facilement embobiner par les femmes, et il est un peu obsédé par les mortes. Il risque de chercher à te coincer. »

Steve se marre. Il a les moyens de son mépris. Il met ma compassion au pilori. Il décrète mon destin de condamné.

« Freddy ne pourra rien contre moi. Charlie Fullerton m'a dit qu'il avait foutu le feu à la station d'écoute des Fédéraux. J'ai récupéré des empreintes de Freddy dans son bureau au Ranch Market, et je les ai transférées sur une bouteille d'accélérant sur la scène de crime. Si Freddy bouge, je peux lui coller une accusation de haute trahison. La bouteille se trouve maintenant sous scellés chez les Fédéraux. »

Joi rit. Steve conclut : « De Ralphie à Joanie, à maintenant. Le grand cercle karmique. Quand la révolution arrivera, ton ex sera le premier à partir. »

J'appuie sur le bouton stop. Bernie fait *Oy* et s'en va.

J'ai été imprudent et inefficace. Je me retrouve écartelé, en morceaux. La fantasmagorique année 54 m'a massacré le moral et m'a baisé la gueule.

Partie remise, okay ?

Je sors ce soir. Rock Hudson reçoit du monde. Jimmy et Liz y sont. Johnnie Ray m'aperçoit – et se carapate par la porte de derrière. Claire a laissé quelques sous-vêtements en partant. Jimmy me le dit et me les montre. Je prends quelques sniffs d'adieu.

Jimmy me parle de la nouvelle candidate-épouse de Rock. Une certaine Phyllis Gates. Elle travaille pour l'agent de Rock et elle est vivement recommandée. Jimmy dit que Phyllis est réglo. Elle veut attendre la nuit de noces. Phyllis n'a pas la moindre idée de ce qui se passe. Elle en pince pour Rock et ne sait pas que Rock en pince pour les garçons.

À moitié bourré, je file à Beverly Hills, dans mon bungalow. J'entre et je regarde Perky dormir. Je couvre ses jambes trop longues qui dépassent du lit.

Partie remise, OK ?

Les Pervdogs sont des chiens renifleurs. On repasse souvent par les endroits qui ont récemment éveillé du désir. Je prends la direction de l'est vers Hancock Park et je me gare devant chez la marraine. Je coupe mes phares et j'épie à travers ses fenêtres dans la nuit.

Je sifflote « Willow Weep for Me » et « My Funny Valentine ». Je vois Connie traverser la chambre rouge et éteindre les lumières. Je vais ensuite à l'angle de Camerford et Vine. Une famille s'est installée dans la maison des Horvath. Leurs enfants s'amusent sur le porche.

Ensuite, je me dirige vers le sud-ouest sans véritable raison. Je m'arrête au grill d'Ollie Hammond et je m'imbibe au bar. Je mate une grande rousse et je la regarde sortir de ma vie.

Une bonne occase, c'est de l'amour. *Hey there – you with the stars in your eyes.*

BANDIT

Les confessions de Freddy Otash, 3e partie

CELLULE 2607

Pénitencier du Repentir
Quartier des Professionnels de la Prédation
Purgatoire des Pervers
4/9/2020

Me voici revenu. Cette dernière confession couvre la période allant du printemps 55 au printemps 60. Freddy l'Affranchi est devenu un mouchard pleurnichard. Je suis le chien-chien du chef Bill Parker et son pion pourri dans sa croisade pour détruire *Confidential*. Ça a une odeur de fin de siècle foireuse. Le magazine loufoque est condamné, c'est sûr. Et je serai l'architecte assidu de sa chute.

Je ne mène plus la même vie de patachon. *Bou-hou*, je braille et je pleure à gros bouillons. Joi Lansing est partie. Connie Woodard est partie. Claire Klein est partie. Perky Perkins a viré sa cuti et s'est maquée avec une barmaid du Petit Chalet de Linda. Jimmy Dean prend ses distances. Il est devenu une star. Il est en tête d'affiche de *Géant* et *À l'est d'Eden*. Il tourne un navet pour ados qui s'intitule *La Fureur de vivre*, sur des sites disséminés à L.A.. Je ne suis plus son bien-aimé mentor. Le metteur en scène Nicholas Ray a pris ma place. Nick Ray est un pédé double-face et un coco cancérigène. C'est moi, le vrai faux papa de Jimmy.

Bou-hou, bou-hou, je souffre d'un déferlement pitoyable d'auto-apitoiement. Mais j'ai cet avantage hallucinant qui va me relancer dans l'arène.

Je connais des gens. Je suis le fournisseur de cachets et de cocaïne du sénateur Jack Kennedy. Je fournis des avortements clandestins aux petites nanas employées à la Metro et la Columbia. J'ai tout L.A. sur écoute, avec micros, enregistreurs et postes d'écoute. Je suis la ressource sordide de cette ville et j'ai une volonté sauvage de survivre.

Une bonne occasion, c'est de l'amour. La convergence, c'est une bonne occasion. J'évolue dans un mélange de faiseurs, d'escrocs, et de corrompus, au milieu des sycophantes souillés par le sexe si typiques de L.A. Il va falloir que quelque chose fasse irruption dans ma vie. Que quelque chose débarque. Et j'ai l'intuition que ce quelque chose est une ELLE.

STATION-ESSENCE SHELL

Angle de Beverly Boulevard et Hayworth Avenue, L. A.
11/5/55

Le parking. Le cauchemar des épouses en pétard et des maris en chaleur. Les divorces commencent ici. Des avocats voyous appellent le téléphone public à côté des bidons de lubrifiants. Des privés pourris se précipitent et fracassent les portes des piaules. Les flashes crépitent, au milieu des *hiiiii* et des *hooooo,* et tout le Kamasutra se retrouve sur celluloïd.

Le parking. C'est ma base de lancement, aujourd'hui. *Confidential* va coincer Art Pepper. Art l'Artiste est un saxo alto dans le top du classement du magazine *Downbeat.* C'est un junkie qui est aussi accro aux petites lycéennes mignonnes. Il s'est déjà envoyé Miss Belmont High et Miss Lincoln High. D'ici une heure il a rendez-vous avec Miss Franklin High au Leechee Nut Lodge à Chinatown. J'y serai pour provoquer un fuckus interruptus.

Je sers deux maîtres ici. *Confidential* va intituler son article « Le souverain du saxo Art Pepper : came et mineures au programme ce soir !!! » La Brigade des mœurs du LAPD nous a tuyautés sur le rencard et a précisé les termes de la loi. *Nous* y serons pour le faire débander avec une accusation de viol au premier degré.

Bill Parker déteste les drogués et les amateurs de mineures. Bill Parker cherche à écraser *Confidential.* Il veut faire l'inventaire des méthodes coercitives de *Confidential* et traîner le magazine devant la justice. Il met en œuvre une stratégie de *loooooongue* portée.

Je me prélasse dans ma Packard de proxo. Ward Wardell et Race Rockwell rêvassent dans leur camionnette de surveillance. Don Eversall dit le Bourricot se charge de l'extérieur. Miss Franklin High a son propre véhicule. Elle fait des branlettes, cinq dollars l'unité, et elle roule dans une Merco de 48 complètement délabrée.

Don le Bourricot appellera le téléphone public. Il dira *C'est parti* et filera la fille jusqu'au Leechee Nut Lodge. Le réceptionniste est acquis au LAPD. Il a dit à Don que Pepper-la-Pine se trouve dans la chambre n° 9. Deux gros bras des Mœurs s'imbibent de maï-taïs au Lily Pad Loundge. Leur projet est de pincer Pepper tandis que mon équipe filme la scène.

Je suis un indic. Je suis un mouchard. Je suis une triple buse d'agent double. Je suis le chien-chien du LAPD.

J'examine le parking. Six chauffeurs se reposent dans leur bagnole. Ils conduisent des bolides mirobolants et claquent leur fric en alcool, accessoires de customisation et gonzesses. Ils *vivent* sur le parking. Ils dorment dans leur caisse. Ils enfilent des entraîneuses qu'ils trouvent à la Kibitz Room au Canter's Delicatessen et les emballent sur la banquette arrière, jusqu'à six à la fois.

Ward Wardell va jusqu'au téléphone. Race Rockwell a fait de la lèche à un chauffeur déplumé couvert de pustules purulentes. Le type est fasciné par les flics. Il dit que le Hat Squad est à la poursuite de deux coupables de braquages/viols. Ils débarquent dans les restaurants à l'heure de la fermeture. Ils vident la caisse et prennent les portefeuilles. Ils subtilisent les sacs à main, obligent les femmes à se déshabiller et à les sucer. Les Hats sont prêts à en découdre.

Je décide d'ignorer. Les Hats et moi, on s'est pas mal embrouillés. Je les emmerde – j'ai d'autres chats à fouetter.

Bondage Bob m'a contacté ce matin. Il s'est plaint d'une station de radio du Sud et d'une émission tard le soir appelée *La Soul Hour de Nasty Nat*. Ce n'est que du patois promotionnel, des bons sentiments, et du jazz. Une femme a appelé trois soirs de suite. Elle paraissait séduisante et indubitablement blanche. Elle s'est annoncée comme « Miss Anonyme ». Elle a papoté avec Nasty Nat en imitant le style linguistique plein d'allitérations de *Confidential*. Bob n'a pas de souci à ce propos-là. *Mais* – elle a franchi une sacrée ligne : elle a copieusement critiqué le magazine. Elle a notamment dézingué l'article remontant à août 1952 sur Caryl Chessman, le « Bandit à la lumière rouge ».

L'article regrettait la triple condamnation de Chessman pour : enlèvement/attaque à main armée/sexe oral forcé. Écoutez ça : le ton était celui d'une apostasie apoplectique. Il s'écartait de la position habituelle du magazine qui le plus souvent réclamait la peine capitale. Chessman a été condamné au printemps 1948. La loi Lindbergh a été invoquée. L'impitoyable juge Charles Fricke a exigé, avec raison,

LA MORT. Chessman a protesté de son innocence. Il a dénoncé la peine capitale. Des activistes excités ont défendu sa cause à cor et à cri. Il a réussi à repousser son voyage jusqu'à la chambre d'exécution pendant sept années entières, de 48 à 55. Il a fait appel. Il a écrit de longues tirades hurlantes et les a vendues à des éditeurs cocos. Maintenant cette connasse se moque de *mon* magazine, et étrille sa seule et unique regrettable erreur de jugement moral.

Bondage Bob me dit d'écouter l'émission de Nasty Nat ce soir. Il précise que la connasse appelle à une heure du matin et monopolise l'antenne jusqu'à trois heures. J'ai répondu que je m'en occupais et que je prendrais des tonnes de notes.

Le téléphone public sonne. Ward décroche et sourit. Il dit : « *Arriba*, boss. »

Je fonce sur Beverly Boulevard, direction le centre-ville. Ma Packard de proxo est performante. Mon V-12 avec turbocompresseur me turbopropulse vers l'est. Ma caisse comporte des pots latéraux, des pneus de course et un pommeau de levier de vitesse en forme de tête de mort nazie. Elle est équipée d'une radio et calée sur la fréquence de la camionnette de surveillance et la Chevrolet de 53 de Don le Bourricot. Notre fréquence ? 69, *forcément.*

Je prends la tête du convoi. La camionnette me suit. Don le Bourricot prend en filature Miss Franklin High qui part vers le sud sur Arroyo Seco Parkway. Elle s'appelle Chrissy Molette. C'est une fouteuse de merde bourrée d'hormones qui cherche à se taper les meilleurs musiciens aux classements des magazines *Downbeat* et *Metronome*. Elle joue de la flûte de peau et planque des seringues dans son chignon choucrouté. Sa prof principale au lycée s'envoie en l'air régulièrement avec Don le Bourricot. C'est *elle* qui a mouchardé Chrissy et ses désirs délirants pour les hommes.

Convergence. Tout dépend de qui tu connais et qui tu suces. D'où l'extorsion qui se profile…

Ma radio crisse, crachote et crachouille. Don dit : « 69-Baker à 69-Alpha. À toi, Freddy.

– Alpha à Baker. Je t'écoute, Don. »

Don gargouille et baragouine. Ça crépite, ça palpite, et ça parasite – enfin, sa voix s'impose et me parvient.

« Chrissy a quelqu'un au cul depuis la rampe d'accès de York Avenue. C'est une Ford décapotable de 49, capote marron carrosserie bleue. J'ai relevé le numéro et j'ai passé un coup de fil au service des immatriculations. C'est la bagnole de son frère, Robbie. Robbie a un casier. Arrêté une fois pour proxénétisme, et une autre pour un 459. »

Je dis : « Merde, c'est la tuile. » Je me creuse les méninges à la recherche d'une contre-mesure commode.

« Les gars des Mœurs au lodge ont une radio. Ils sont sur la fréquence 69, D-comme-Dog. Appelle-les et dis-leur de choper Robbie, de lui glisser de la drogue dans les poches et de le coincer. Il est parti pour foutre notre plan en l'air et on a besoin de Chrissy et Pepper au plumard *et en action* pour que le plan aboutisse, autant pour le magazine que pour Bill Parker. »

Don se gondole.

« Ouais, il nous faut en plus : gros plans sur la motte, l'insertion, le saxo et le matos à défonce bien en vue. »

Soudain, il y a de la friture sur la fréquence et la communication se coupe. Je sais que Don va assurer la suite et appeler 69 – Charlie. Il va préparer le rendez-vous. Nous allons converger au Lodge. Chrissy frappe à la porte n° 9. Pepper ouvre. Avec un peu de bol il sera à poil. On retouchera la photo pour lui en coller une de soixante centimètres qui lui descendra jusqu'aux genoux. Nos lecteurs libidineux comprendront le topo. Ward et Race filmeront l'action d'ensemble. Moi j'aurai droit au cliché du mec qui défonce la porte. Les flics des Mœurs seront juste derrière moi.

Ooooooh – pour Bill Parker, c'est une affaire de viol au premier degré. *Oooooh* – ça renforce mon statut de mouchard n° 1 du LAPD and ça me rapporte des bons points de la part du puritain pervers auprès de qui j'ai mis mon âme en gage !!!!

Je passe à côté de Belmont High. Beverly Boulevard croise 1st Street. Je fonce à fond vers l'est. Je coupe par Broadway en direction du nord et vers l'est sur Alpine Street. Voilà le Leechee Nut Lodge, et…

Une ribambelle de voitures, le long du trottoir. La Mercedes de Chrissy. La Ford pourrie de Robbie. La Chevrolet de Don. Le lodge est en fer à cheval, n'a pas d'étage. Chrissy est en train de traverser la cour au milieu. Elle se dirige d'un pas prudent vers la porte n° 9. Robbie rôde à côté de la porte du Lily Pad Lounge. Il surveille la cour du coin de l'œil. On voit bien qu'il a une idée derrière la tête. Voilà Don le Bourricot et les flics des Mœurs. Ils sont allongés sur des transats devant le bureau de la réception. Ils se passent une petite bouteille d'Old Crow.

Je me gare derrière la Chevy de Don. La camionnette de surveillance se gare derrière moi. J'attrape mon fidèle appareil foto. Ward et Race déballent tout leur bordel pour filmer. Je vois déjà la scène salace en Vicémascope qui se poursuit dans un *looooong* ralenti.

Je fais un signe à Don et aux flics des Mœurs et je leur montre Robbie. Ils déboulent et lui tombent sur le paletot. Il fait *Qui ça, moi ?*, Don fait *Ouais, toi, connard.* Robbie résiste et fait le refuznik. Il se met en position de combat, poings serrés et sautille sur les pointes de pied. Le flic n° 1 lui coince le cou et lui tape la tête contre le mur. Le flic n° 2 lui flanque un coup de pied dans les couilles et lui menotte les mains dans le dos.

Robbie beugle comme un bébé et chiale comme une fille. Don l'attrape par ses cheveux gras et le traîne à l'intérieur du Lily Pad Lounge. Je regarde du côté de la chambre n° 9. Je vois Chrissy passer la porte et fondre en piqué sur l'entrejambe d'Art Pepper. Bon sang – ça donnerait une superbe prise de vue en plongée !!!

La porte se referme brusquement. Je fais signe à Ward et Race et je tapote ma montre. La grosse aiguille avance vers fuckus interruptus. Tic-tac, tic-tac – on atteint deux minutes. Don le Bourricot braille « *Banzai* ».

On court vers la porte n° 9. Ward et Race commencent à filmer. Don met en route la prise de son. Les flics des Mœurs accourent à leur tour et se postent derrière nous. On enfile nos gants lestés de plomb et on s'excite, prêts à cogner.

Ward compte. « Dix, neuf, huit, sept, six, cinq, quatre, trois, deux, un – zéro. »

Du plat du pied, j'explose le chambranle de la porte, qui s'arrache de ses gonds. La porte s'envole et s'écrase à l'intérieur. Elle pulvérise une table de chevet et pète le saxo de Pepper.

Mince – c'est *suckus* interruptus.

Chrissy a de l'Art plein la bouche. Art s'envoie un shoot d'héro au lieu de profiter. J'ai ma photo. Mes gars déroulent la pellicule. Chrissy fait *hiiii.* Art Pepper dit « Oh merde ». Les flics des Mœurs se précipitent sur le plumard.

***

Les Hats malmènent Robbie Molette. Et moi, j'observe. Dans le Bureau des inspecteurs à l'Hôtel de ville, avec ses salles d'interrogatoire, ses glaces sans tain et ses haut-parleurs extérieurs.

Je perv-épie ce qui se passe. Dans la salle n° 3, ça claque, ça craque, ça éclate. Je monte le volume du haut-parleur et je chope toutes les nuances nauséabondes.

Robbie est assis sur une chaise vissée dans le sol. Remarquez la table boulonnée aussi et le gros annuaire. Les Hats harcèlent. Max Herman agite le document avec le chef d'accusation sous le nez de Robbie. Red Stromwall fouille son portefeuille. Harry Crowder se rapproche de Robbie qui en fait une suée. Eddie Benson tapote des doigts sur la table, le visage *trèèèèès* méchant.

Max dit : « Proxénétisme. Jugé avec indulgence lors de la comparution, en mars 52. Tu es le proxo le plus minable que j'aie jamais vu, Robbie. Les *vrais* proxénètes prennent grand soin de leur apparence. »

Es la verdad. Robbie est habillé en pachuco pathétique. Il porte une chemise Sir Guy usée jusqu'à la corde et un pantalon fendu en bas. Des bottines pointues de pédé pour parachever cet ensemble séduisant. Robbie respire la mauvaise hygiène corporelle. La table est saupoudrée de pellicules. Robbie se cure le nez et bouffe les crottes.

Red lance : « Arrêté pour cambriolage. Trois fois. Poursuites abandonnées dès l'audience préliminaire, en janvier 53. »

Robbie répond : « Je fais plus dans le maquerellage ni le cambriolage. En fait, je ne sais pas ce que je fous ici. Vous et les autres connards du magazine m'ont mis une trempe, alors que tout ce que je faisais, c'est traîner pas loin d'une chambre où ma frangine mineure était sur le point de se faire dépuceler par un junkie dégénéré légendaire. »

Harry se marre. « Ta sœur aura atteint l'âge du consentement d'ici trois semaines et un jour. Le procureur ne portera jamais une accusation de viol contre Pepper. »

Eddie se bidonne. « Il le poursuivra pour possession de drogue et n'ira pas plus loin. Et ta sœur a perdu sa virginité sous l'administration Coolidge, je te signale. »

Robbie se marre. « Ouais – comme ta mère. »

Eddie lui flanque un coup d'annuaire. Bam – un coup à assommer un bœuf. Ça ripe sur son cuir chevelu et des gouttes de sang apparaissent. Ses dentiers tombent par terre.

Robbie les ramasse et les remet en place. Bill Parker s'approche de moi. Il vacille vaguement. Je reconnais les signes. *El Jefe* est un peu pété.

Je dis : « *Hola*, chef. »

Parker me passe sa flasque. J'avale une lampée d'Old Overholt et discrètement, j'y ajoute deux Dexedrine.

« Le gamin est vraiment pas net. J'ai une théorie : je crois qu'il voulait prendre Pepper au plumard avec sa sœur, et le faire chanter. »

Parker rigole. « Qu'on ne dise jamais que Freddy Otash n'est pas le champion de l'extorsion. »

Je lui rends la flasque. Parker s'envoie une rasade. Je retourne à l'observation du chahut dans la salle d'interrogatoire.

Max dit : « Il y a quelques points qu'on aimerait discuter avec toi, Robbie. »

Robbie hausse les épaules et dit : « OK. »

Red enchaîne. « Le premier. Dans ton casier, y a une note du principal adjoint de Hollywood High qui dit que tu as été vu l'année dernière au match de foot Hollywood-Fairfax en train d'essayer de recruter des lycéennes pour ton écurie de prostituées mineures en te faisant passer pour un "découvreur de talents". »

Robbie bégaie et bredouille. Il pâlit et balbutie des bulles de bave qui bloubloutent.

« Ça, c'est n'importe quoi. J'me suis rangé. Je bosse comme aide-serveur au Beverly Hills Hotel. Allez demander au chef. Il vous dira que je suis respecté à la fois par mes collègues et par tous les clients. »

Max dit : « Deuxième point. Il y a une heure, on a envoyé deux gars en civil du commissariat de Highland Park à la maison où tu habites avec ta mère, ton père et ta sœur. Ils ont fouillé ta chambre et ils ont trouvé quarante-deux photos de Chrissy à poil, toutes marquées "1 $" au dos. Robbie, tu t'éviterais pas mal d'ennuis, dans cette pièce et ailleurs, si tu reconnaissais que tu revends ces photos et que Chrissy et toi, vous aviez prévu de faire chanter Art Pepper, avec cette relation pas tout à fait sincère avec Chrissy. »

Robbie bafouille et crachouille. Ses dentiers se font la malle. Il les pousse pour les faire rentrer dans sa bouche.

« Ça, c'est un putain de sale mensonge. Les flics ont mis ces photos eux-mêmes et… »

Harry lui balance un coup d'annuaire. *BAAAM* – de quoi lui écraser le crâne. La tête de Robbie rebondit sur la table. Les cendriers font un bond, les mégots volent.

Parker dit : « L'extorsion, tu l'avais vue venir.

– C'est le Hat Squad. Les seuls, les uniques. »

Robbie frémit et frissonne. Il tremble, se trémousse et miaule en appelant sa mère. Max sort sa flasque de sa poche et la lui passe.

Robbie gobe le goulot et siphonne son contenu. Sa pomme d'Adam fait l'ascenseur.

Il la vide complètement. Max lui balance un paquet de cigarettes et une boîte d'allumettes. Robbie en allume une et se redresse, plein d'une nouvelle assurance.

« Je veux bien reconnaître que je suis un racketteur renommé, et ce serait bien pour vous de faire de moi votre informateur dédié. Tout le monde sait que je fournis de la chair fraîche aux clients de l'hôtel, dans l'idée qu'ils utilisent ces jeunes chattes pour ce que vous pourriez appeler des "séances de casting sur canapé", qui étaient pas illégales la dernière fois que mon avocat juif hors de prix s'est renseigné. Aussi, "Robbie le Rapide" – c'est le nom sous lequel je suis connu sur le marché – est notoirement le fournisseur de marie-jeanne aux mecs qui travaillent sur les sites de tournage, partout dans le coin. Je vais être franc. Je récupère les infos sur les lieux de tournage auprès des clients à qui je vends. »

Max dit : « Tu es un vrai cerveau, apparemment. »

Red ajoute : « Je n'en ai jamais douté. »

Harry s'y met : « Les gens te voient direct comme un petit connard, complètement dépassé par les événements. Ils ne soupçonnent pas la vraie personnalité dynamique qui se cache derrière la surface. »

Eddie continue : « Continue, le crack. On est tout ouïe. »

Robbie souffle des ronds de fumée. « Là, tout de suite, je m'apprête à apporter de la marie-jeanne à l'équipe de *La Fureur de vivre*, le truc débile plein de délinquants juvéniles qu'ils sont en train de filmer dans tout L.A. C'est ce taré de Nick Ray qui le met en scène. Il est dingue des racailles qu'il a embauchées pour traîner sur le plateau et avoir l'air de durs dans les plans de foules. Je fais du gros business là-bas. Nick-qui-nique fait bosser plein de camés et… »

Parker coupe la transmission audio. Robbie le Rapide continue à bouger les lèvres et à gesticuler sans le son. Nick-qui-nique. Quel salopard. Il exerce une énorme emprise sur Jimmy. Je devrais aller y voir de plus…

« Je suis en train de réfléchir à un plan, Freddy.

– J'écoute, chef.

– Je veux que tu conçoives un compte rendu très désobligeant sur le tournage de *La Fureur de vivre*. Sers-toi de ton copain James Dean et de ta bande habituelle d'hommes de main, et persuade Bob Harrison que ça mérite une grande page dans le magazine. Tu vois où je veux en venir ? L'article est écrit. Tu ne le corriges pas comme il faut. Du coup, ton torchon est d'autant plus susceptible de se faire accuser de diffamation et calomnies, et entre-temps, tu m'auras transmis les vrais délits qui s'accumulent par l'intermédiaire des Hats. »

Je louche vers le miroir sans tain. Robbie le Rapide bouge les lèvres à toute vitesse. Les Hats se gondolent et rigolent. Max Herman se tourne vers le miroir. Il lève les yeux au ciel et fait le geste de se branler.

Parker me passe la flasque. Je dilue ma dose de Dexedrine dans une gorgée. *Ouais !* – la décharge est dédoublée par la rasade de rye.

Je dis : « Votre plan a du potentiel. Relâchez l'autre imbécile, je vais voir ce que je peux faire. »

Max organise la rencontre. Dix-huit heures, au grill d'Ollie Hammond. Il y sera, Freddy. Sinon, il se prendra une branlée.

J'arrive en avance. J'occupe les téléphones à pièces pendant deux bonnes heures. J'appelle d'abord Bondage Bob Harrison.

Bondage Bob se lamente sur le fiasco Art Pepper. Toute cette affaire d'extorsion pour *une arrestation pour possession* ? Bob est fâché : l'engouement pour les toxicos tordus est passé. C'est *muerto*, tu piges ? Je réponds : *Au contraire*[1], mon pote. Il s'est subrepticement transformé en emballement pour les délinquants juvéniles immatures. Cf. : le tournage du navet pour ados *La Fureur de vivre*.

Je lui expose le plan en détail. Jimmy Dean est mon « entrée » sur le plateau. Nick Ray est un coco de cœur contagieux. Il y aura forcément des frasques croustillantes avec tous les chauds-bouillants sur le tournage. Écoute, mon vieux : je me charge de fouiller les poubelles, et toi de publier ce qui pue. Dix mille mots dans le numéro de novembre 55, de la bombe.

Bob a marché, *direct*. On enchaîne sans transition sur le faux mariage entre Rock Hudson et Phyllis Gates. Universal est à l'origine de ce projet. Rock est un caballero gay qui cavale, et Lew Wasserman veut qu'on fasse taire toutes les rumeurs. Il m'a embauché pour que je trouve une femme à Rock. Ma première candidate a pris la poudre d'escampette après avoir mis l'appartement de Rock à sac et lui avoir piqué de l'argent et des krugerrands. Phyllis Gates a l'air d'être une deuxième option solide et sereine. Elle est la secrétaire de l'agent de Rock. Elle *semble* percevoir un vague effluve du secret concernant

1. En français dans le texte.

le modus operandi homo-motivé de Rock – mais il est fort probable qu'elle n'en pipe pas mot. *Confidential* prévoit de publier un texte hyper hypocrite. Comment vous trouvez *ça* ? « Le Triangle tripant de Rock – *Deux femmes !!!! »* Qu'est-ce que tu en dis ? Baisades et poilades, bobards bidon et public peiné.

Bob dit : Faut que tu *trouves* l'autre femme d'abord. Je dis : ouais – et je retrouve Phyllis et Jimmy Dean au Googie's ce soir pour en parler. Bob décline, comme d'hab : *L'chaim, gamin.*

J'appelle chez Jimmy et je ne trouve personne. J'appelle son service de messagerie et je laisse un message : à neuf heures ce soir au Googie's. J'appelle Phyllis et je l'informe du rendez-vous. Elle trouve le scénario de la triade totalement tordant. Elle dit qu'il faudrait que ça se termine en apothéose en crêpage de chignon au Mocambo.

Je raccroche et je mate les clients du bar. *Merde* – voilà Robbie Molette. Il a entrepris énergiquement une blonde distinguée qui essaye de s'esquiver.

Merde…

Je le rejoins vite fait et je l'attrape. Robbie le Rongeur se tortille en braillant. Je l'entraîne sans ménagement jusqu'à un box au fond et je l'oblige à s'asseoir. Je lui dis : « Tiens-toi bien. » Robbie boude et bougonne. La nana au bar m'envoie un baiser.

Un serveur débarque. Je commande deux Old Crows doubles, rapidos. Robbie sourit en coin. Le serveur nous apporte nos verres et se carapate.

Robbie dit : « Je vous connais. Mon père est machiniste à la Metro. Il vous appelle "Freddy Frayeur". Selon lui, vous êtes le roi de l'extorsion. »

J'allume une cigarette. « Qu'est-ce que t'essayes de me dire ?

– Qu'on est pareils, tous les deux. Que vous devriez réfléchir à me prendre sous votre aile. Vous pourriez m'apprendre les ficelles du métier et je deviendrais un nouveau *vous.* Vous pourriez partir à la retraite et vous éloigner dans le soleil couchant, en sachant que vous avez un jeune étalon plein de vie pour reprendre le flambeau. »

Je tressaille. « Changeons de sujet.

– Si on parlait boxe ? Ray Robinson contre Bobo Olson. Moi je pense que Ray, c'est de l'histoire ancienne. Bobo est un jeune étalon plein de vie, et je parie qu'il n'y aura pas plus de quatre rounds.

– Et si on parlait de *La Fureur de vivre* ? Balance-moi tout ce que tu sais. Si je suis content de ce que j'entends, je te laisserai tranquille pendant un moment. Dans le cas contraire, je te renverrai chez les

Hats. Tu pourras jouer le jeune étalon plein de vie chez les queens à Mira Loma. »

Robbie grimace. « Qu'est-ce que je pourrais dire ? Nick Ray est à voile et à vapeur. Il les aime jeunes et bien montés, créatifs et coquins. D'après la rumeur, il se garde pour un usage personnel un partenaire de chaque sexe à chacun de ses films. Dans *La Fureur*, il a Jimmy Dean pour la rondelle, et Natalie Wood pour la moule. Natalie a seize ans, au cas où vous vous poseriez la question. Elle est aussi totalement nympho, avec des tendances lesbiennes, pour ce que ça vaut. »

Robbie le Rongeur, Robbie le Reptile. Il balance tout. Jusqu'ici il est cruellement crédible.

« Continue. »

Robbie descend son verre d'une traite. « Donc, je livre la marie-jeanne et je papote avec les acteurs. J'observe ce qui se passe, et d'après moi, l'acteur Nick Adams est le patron de Nick Ray sur le plateau. C'est lui, le bouffon du roi et l'instigateur, le proxo en chef, celui qui a le dernier mot et comble les espoirs et les rêves pervers de Nick Ray. »

Je finis mon verre. « Quels espoirs et quels rêves ? »

Robbie hausse les épaules. « Il veut obtenir que tous ces bébés-acteurs voyous, homos, camés « volent sans parachute », « travaillent sans filet » et toutes ces autres conneries qu'on raconte dans le cinéma, alors que ce qu'il veut en réalité, c'est s'approvisionner sans limite en chair fraîche, et manipuler des gens sous le prétexte de son soi-disant art complètement bidon. »

J'applaudis. Je fais *Olé !!!* J'émets un long sifflement et je lance un *Woo-woo !!!*

« Tu n'es pas idiot, Robbie. C'est le seul viva que t'entendras jamais sortir de ma bouche, alors profites-en le temps que ça dure. »

Robbie me fait un grand sourire béat. « Nick Ray a toute une bande de racailles sous sa coupe. Il dit qu'il teste leur « motivation » en leur faisant jouer des scènes. Il les envoie faire des « Courses de dégonflés », comme dans le film. Nick Adams organise ces plans, et Jimmy Dean suit le mouvement. Je ne sais pas ce qui se passe, en vrai, mais Jimmy les appelle les "Rafles de culottes". »

Je fume clope sur clope. « Où est-ce que tu déposes la drogue ?

– Sur le plateau, sur le site du tournage ou dans le bungalow de Nick Ray au Château Marmont. »

Je compte cinq billets de cent dollars et je les pousse vers lui. Robbie le Reptile roule des yeux et fait *Oooh-la-la*.

« Je suis dans l'annuaire. Appelle-moi chez moi ou laisse-moi un message au Googie's la prochaine fois que tu vas livrer. »

Robbie ramasse l'argent. « Un petit dernier pour la route ? Deux shots pour ne pas perdre le rythme ? »

Je soupire. « D'accord.

– Hé, il fait déjà le blasé, comme s'il était contrarié.

– Robbie…

– OK, OK. Numéro un, direct de la bouche de Nick Ray. Jimmy fréquente les bars sado-maso et demande à des types d'écraser leurs cigarettes sur lui. C'est pour cela qu'il est connu sous le nom de "l'Homme cendar". Numéro deux, plus prévisible. Jimmy drague en ce moment un tout jeune acteur, Sal Mineo. Pas mal, non ? Surtout de la part d'un type que vous avez rencontré il y a quelques heures à peine. »

Je remonte dans le temps. Jimmy au Googie's. Des petits sparadraps sur ses avant-bras et son cou. Une odeur de solvant qui me chatouille les narines.

Robbie se met debout. Je l'attrape par la ceinture et je l'oblige brutalement à se rasseoir. Il pousse un cri et agite les bras. Je saisis la bougie sur la table et je l'approche de son visage. La flamme roussit sa banane de pachuco qui prend l'apparence d'un plat de nouilles frites.

« Jimmy et moi, on se connaît depuis longtemps. Je dois avouer que j'ai un petit faible pour lui. Fais attention à ce que tu dis. »

AU GOOGIE'S

West Zarbiwood
11/5/55

La foule de vingt heures. Comme d'hab. Les clients bousculent les tables, s'empiffrent et picolent. Vers 21 h 30, l'ambiance s'échauffe dans les night-clubs. Dans les cinémas qui font nocturne. Sur le Strip, sur le Boulevard. Au Ciro's, au Mocambo, au Crescendo. Au Grauman's Chinese Theater, à l'Egyptian. Au Googie's, c'est pareil.

Je m'installe à ma table. Les indics détectent le Despote des potins. Entre salamalecs et courbettes, ils fourguent des infos foireuses.

C'est Orson Welles qui a tué le Dahlia noir. La vieille blague. Tiens, prends ces cinq dollars et casse-toi.

En voilà un ragot rance. Orson Welles a tué le Dahlia noir. Ouais – je sais, on solde le pain de la veille à moitié prix. Ouais, mais écoutez *ça* : Rita Hayworth tenait les jambes du Dahlia pendant qu'Orson la coupait en deux.

OK, prends ces *dix* dollars – *maintenant*, barre-toi.

Van Johnson recommence. Le vieux spermovore est toujours partant pour une resucée. Il a siphonné le python de Tab Hunter au fond de la salle de l'Admiral Theatre.

Non, je ne peux pas le prouver. *Ouais*, j'ai besoin de fric. Y a une projo privée à l'Iris et je suis à sec.

Voilà vingt dollars. Oncle Freddy a un cœur d'artichaut. Le popcorn est pour moi.

Un type vend sous le manteau des photos du cadavre de Carole Landis. *Quelle barbe*. Un autre type vend sous *son* manteau des photos de Marlon Brando avec une bite dans la bouche. *Merde alors* – je croyais avoir pris le contrôle de *ce* marché-là, en 53. Une call-girl me donne un tuyau sur les cambrioleurs-violeurs des steak-houses. Ils sont planqués dans une piaule à l'angle de la 54ᵉ Rue et Vermont

Avenue. Ils consomment de la morphine produite par les nazis et des speedballs à la meth. Je lui glisse quarante dollars. Elle me glisse son numéro de téléphone. Je lui dis d'aller refiler son tuyau au Hat Squad. Elle me dit qu'elle a baisé avec Red Stromwall à une soirée du Elks Club, en 46.

Juan le cuistot me passe un message. Jimmy annule la rencontre avec Phyllis Gates. Nick Ray convoque la troupe et impose une lecture du script. Nick Ray organise régulièrement des « missions motivation », comme celle de ce soir. Désolé, chéri – transmets mes amitiés à Phyl.

Nick Ray, ce castré. Des « missions motivation ». Le monologue de maboul de Robbie Molette. Mon pote Jimmy. « L'Homme cendar ». Je me sens atrocement assommé.

Il est 20 h 55. La nuit s'annonce longue. Je dois plancher sur un paquet d'anciens dossiers compliqués à étudier pour le chef Bill Parker. La Soul Hour de Nasty Nat envahit les ondes à une heure du matin. Miss Anonyme va peut-être appeler. Elle va fustiger et condamner *Confidential*. Elle va déverser sa rage justifiée contre Caryl Chessman, le Bandit à la lumière rouge. L'affaire m'intrigue instantanément. Chessman est coupable, j'en mettrais ma main à couper. Je veux qu'il aille brûler en enfer.

Ma dose de Dexedrine fond, s'effiloche, finit de faire effet. J'en avale deux de plus et j'attends le *aaaahhh*. Phyllis entre. Je me lève et je m'incline. Elle s'approche et me fait une jolie petite révérence. Elle porte un pantalon en sergé et un cardigan en cachemire. Elle respire la rectitude et la retenue.

Une serveuse apporte les cartes. Phyllis s'assoit en face de moi. Elle fait : *Où est Jimmy ?*

Je dis : « Il ne peut pas venir. Une histoire de répétition. »

La serveuse revient rapidement. Phyllis commande un martini dry. Je tends deux doigts. La serveuse décampe. Phyllis dit : « Crotte. »

Je ris. « *Crotte ?*

– Eh bien, oui.

– Je dois décoder ?

– Eh bien… Jimmy et Rock étaient ensemble sur le tournage de *Géant*. J'espérais qu'il pourrait me donner…

– Des informations sur les préférences de Rock, et le casse-tête qui va être le vôtre ? Peut-être que vous espériez qu'il serait là pour qu'on ne soit pas en tête à tête à discuter des détails du plan. »

Les martinis se matérialisent. Phyllis avale direct la moitié du sien. Elle dit : « Crotte. Dans quoi je me suis fourrée ? »

J'allume une cigarette. « Vous l'aimez, non ?

– Forcément. Il correspond au rêve de toutes les filles de la campagne du Minnesota. Mais celle-ci vit à Hollywood depuis un moment, et j'ai entendu des rumeurs et je sais interpréter les indices.

– Vous êtes si découragée que ça ? »

Phyllis se marre. « Pas tant que ça. Quelque part, je sais que c'est plus qu'une petite imposture. »

Je descends mon martini. Il décuple les effets des cachets de Dexedrine. J'émerge, requinqué, revitalisé.

« Je suis de votre côté, et du côté de Rock. "L'amour triomphe de tout", et toutes ces conneries rose bonbon. Le magazine est de votre côté, et du côté de Rock, mais le magazine, c'est *Confidential*, avec tous les trucs de cul que ça implique. Nous devons faire taire une série de rumeurs, et créer une série contradictoire pour éclipser les premières. Bob Harrison est engagé dans l'éternel scénario triangulaire. Autrement dit, il faut qu'on lui trouve une fille qui jouera les appâts, et L.A. est la capitale mondiale des appâts. Et au passage, j'aime bien votre idée d'un crêpage de chignon au Mocambo. »

Phyllis retire l'olive de son verre et l'avale. Je pose mon olive sur son set. Elle l'engloutit, en vitesse.

« Rock est absolument adorable. Qui suis-je pour exiger la perfection chez un homme ?

– Vous avez le droit d'exiger plus que ce que vous risquez de devoir accepter. »

Phyllis fait : « Aïe. »

Je dis : « Je suis désolé. C'était dur, de dire ça. »

Phyllis fait *Pffff.* « Ce n'est pas comme si j'étais *totalement* découragée.

– Quelle est la bonne nouvelle ?

– Rock a fait un test de Rorschach, quand il était dans la marine. Il a vu des papillons et des serpents, qui symbolisent une nature féminine, et le pénis. Il a fait un deuxième test, après la guerre – et cette fois, le score de virilité était bien plus élevé. »

Je lâche un grand soupir théâtral. « Allez, putain, me brisez pas le cœur. »

Phyllis me pique mon martini et l'avale d'un trait. Ses pupilles frétillent. Sa rectitude reprend le dessus.

« C'est une vraie imposture, c'est ça ?

– C'est ça.

– Mais il n'y a pas de garantie que ça le restera, c'est ça ?

– C'est ça.

– Alors, je devrais être prête à toute issue, quelle qu'elle soit, c'est ça ?

– C'est ça.

– Vous n'avez pas dit quelque chose sur notre tête-à-tête ? »

Je me penche en avant. Phyllis aussi. Nos yeux se trouvent et nos épaules se touchent. Elle porte du N° 5 de Chanel. Je porte du Lucky Tiger. Nos parfums crépitent et fusionnent, *molto bene.*

« Vous voudrez en sortir, tôt ou tard. Vous ne voudrez pas qu'il soit malmené dans la presse, mais vous voudrez votre part du gâteau. Je gérerai la prise au piège et tous les détails chiants pour dix pour cent sur le partage initial des biens et revenus, et dix pour cent de votre prestation compensatoire, à perpétuité. »

Phyllis colle ses lèvres sur les miennes, me tient la tête d'une main ferme et enroule sa jambe autour de la mienne sous la table. Le baiser dure *looooongtemps.* Nous nous lovons dans sa chaleur. Nos parfums fusionnent encore plus. Des clients aux tables voisines sifflent et applaudissent.

23 heures. Au Googie's, c'est l'accalmie de la fin de soirée. Les clients venus dîner sont de plus en plus rares. Phyllis est partie. Je rumine et je réfléchis à ma prochaine intervention sur *La Fureur de vivre.*

Je suis aidé par mon dosage en Dexedrine. Des shots de vodka dénouent de nouveaux neurones. Je monopolise le téléphone à pièces. J'appelle Harry Fremont et mon contact au Bureau des archives du shérif. Trouvez-moi des rapports d'arrestation pour mœurs sur Jimmy Dean, Sal Mineo, Nick Ray. Allez voir s'il y a quelque chose sur la mineure Natalie Wood. Allez interroger le journal local de la ville d'origine de Nick Adams.

Le barman partage des infos. Nick Ray passe des commandes tous les soirs. Juan le cuistot livre la bouffe au bungalow super chic de Nick au Marmont. Les commandes arrivent tard. Ce soir, que dalle. Je dis à Juan de griller une série de burgers et de les faire livrer *maintenant.*

Le Marmont est à quatre pâtés de maisons vers l'ouest sur Sunset Boulevard. Je m'embarque dans ma Packard de proxo et j'y vais tranquille. Je vois trois beaux bolides garés juste à côté du Strip. De sacrées créations chromées et colorées.

Un Ford coupé de 1940. Une Mercedes de 46. Un Chevy minivan surbaissé, recouvert de flammes peintes. Les trois véhicules arborent des fanions pour l'Automobile Club des Acolytes de Nick, Ltd.

Les fanions frétillent au bout d'antennes souples et flottent dans le vent.

Nick Ray dans une toge moulante avec une coupe de cheveux à la César. Il tient un mégaphone et porte un collier à piques. C'est Mr Facho Fantastico orchestrant la sauterie. Comme des preuves *réelles* – il y a les Acolytes de Nick, plantés, prêts, à côté de leurs bagnoles.

Trois gugusses bien gaulés. Ses hommes de main homos baraqués. Blousons en cuir noir, bananes gominées et pantalons retroussés en bas. Robbie le Rongeur m'a parlé de ces connards. Ce sont les figurants des scènes de foule de Nick le Nabab. Ils participent à des « Courses des dégonflés » et des « Rafles de culottes ». Nick a une emprise certaine sur eux.

J'approche et je me gare sur le chemin d'accès. La guimbarde pourrie de Juan le cuistot est garée juste devant. Je vais à pied jusqu'à la rangée de bungalows. J'épie par les grandes fenêtres. J'aperçois des *soixante-neuf* saphiques et Marilyn Monroe qui fait une pipe à Joe DiMaggio. Je vois une dominatrice noiraude fouetter le producteur Sam Spiegel. Je vois Nick Ray le *Führer* fétide qui fulmine, fume, foudroie, fusille ses amis acteurs.

Il est le Père Führer, le Despote Daddy, le Duce débile qui a exhumé Mussolini le maboul. Il braille des bouillies de banalités. Tout le panel des inepties populistes y passe. Avec une touche stalinise. Il y glisse Lénine et marginalement Marx. L'art de l'acteur, c'est se permettre de se placer au-dessus des lois et de l'ordre établi. Saccager des synagogues, condamner les portes des églises, et refaire brûler Jeanne d'Arc sur le bûcher, c'est de l'ART. C'est la libération sexuelle morbide façon Marquis de Sade maladroit. Il prêche du sexe/du sexe/du sexe et aime-moi/aime-moi/aime-moi – et je vais vous faire l'offrande de la précieuse MOTIVATION – ce qui va ouvrir toutes les portes de votre destin.

Sa milice de gamins mate la scène. Ils sont avachis sur des poufs. Ils mordent dans les burgers que je leur ai achetés. Ils écoutent ébahis le bla-bla de Nick. Il y a Jimmy Dean et Natalie Wood. Il y a Sal Mineo le nabot. Le petit blond, c'est Nick Adams. J'ai déjà vu ce copain de Dennis Hopper à la télé. Tous forment la *Jugend* hitlérienne de Nick le nihiliste, dix ans après la victoire des Alliés.

Je me détache de la fenêtre et je repars vers ma Packard. Mémo à l'attention du chef Bill Parker : je l'ai, ton dossier à charge, et il va peser son poids.

Il se trame quelque chose. Forcément, ça va exploser, déborder *bientôt*. Je me fais tout petit et je surveille les propriétaires des belles bagnoles. Ils ouvrent les capots et règlent la tension des courroies. Ils ajoutent du liquide de démarrage dans leurs carburateurs et font rugir les moteurs. Quel boucan. L'air autour du Château Marmont est vicié, intoxiqué. C'est là qu'arrive le moment *Achtung !!!!!*

Les gars se figent. Garde à vous, les *Kameraden*. Voilà Nick Ray dans une chouette combinaison kaki. Il est Rommel, réincarné. Il porte une croix de fer épinglée sur une poche poitrine. Et une casquette de l'Afrika Korps. Il trimballe une caméra sur son épaule. Jimmy Dean et Nick Adams sont juste derrière lui. Ils sont ses loufiats lèche-bottes.

Les autres, serviles, lui servent des salamalecs. Nick Ray court jusqu'au van Chevy. *Raus mit uns !!!! Mach schnell !!!!* Tous les acolytes et les loufiats dans le Chevy, tout de suite !!!!

Ils obéissent tous en faisant la moue, mais au trot. Le van effectue un demi-tour et prend la direction de l'ouest sur Sunset. J'effectue un demi-tour moi aussi et je le prends en filature.

Nous descendons le Strip et traversons Beverly Hills en trombe. Ma Packard de proxo reste à trois voitures derrière. Beverly Hills, Holmby Hills, East Bel-Air. Puis on monte à Westwood et au campus d'UCLA.

La camionnette prend vers le sud sur Hilgard Avenue. Elle ralentit, finit par rouler très lentement. Je ralentis, parfaitement synchro. Nous sommes sur Sorority Row maintenant. Regardez les grandes baraques Tudor et en toc espagnol. Notez les symboles grecs en relief à côté des portes.

Il est minuit. Tout est silencieux et sombre en l'absence de lune. Le conducteur baisse sa vitre et désigne quelque chose de l'autre côté de la rue. Quelqu'un dit : « Plan d'ensemble. » Une vitre arrière descend. Nick Ray sort sa caméra et tourne. Je ralentis et je me gare le long du trottoir. Le véhicule du Führer fait demi-tour et s'arrête devant un faux château abritant une association d'étudiantes.

Les Afrika Korps sortent de leur voiture. Les acolytes, Nick Ray, Jimmy et Nick Adams. Un des gars tient le câble de la caméra de

Ray et un projo. Ray dresse un pouce. Ils avancent à six de front. Ils piétinent le gazon devant. Ils arrivent au porche. Nick Adams sort des outils de sa poche et crochète la serrure. C'est *siiiiii* sinistre – les six sadiques se glissent dans la place.

Je n'entends rien. Je ne vois rien. Pas de lumière qui s'allume. Je sors et je vais jusqu'à la porte au petit trot. Elle est entrebâillée. J'entends des menaces murmurées et des *chut*, *chut* à l'étage.

Un projecteur s'allume brusquement. Un faisceau balaie des murs et des portes fermées à l'étage. J'entends une porte s'ouvrir. Une fille qui dit : « Qu'est-ce qui se passe ? ». Une autre : « Qui est là ? »

Des portes dans lesquelles on balance un coup de pied/des cris aigus/dans la lumière, des portes et des lits par paires.

Puis des étudiantes en chemise de nuit et pyjama. Elles repoussent leurs couvertures et sortent de leur lit en catastrophe. Elles se jettent dans le faisceau de lumière et vers les Afrika Korps qui ont les bras tendus, prêts à les ATTRAPER.

Nick Ray crie : « La course des dégonflés !!!!! »

Jimmy crie : « Raflez les culottes !!! »

Les traits de lumière bougent dans tous les sens. Je vois de brèves séquences de mains qui attrapent des hauts de pyjamas et des chemises de nuit. Je vois des culottes qu'on descend jusqu'aux genoux. J'entends des cris qui se superposent.

Je monte l'escalier quatre à quatre. Des filles à moitié nues esquivent les mains agressives et les faisceaux des projecteurs et fuient devant les démons de l'Afrika Korps. Je fonce dans le tas. Je fais tomber la caméra du sulfureux Führer et je pulvérise le projecteur. Une dernière image avant l'extinction des feux. Jimmy Dean avec une culotte rose sur la tête.

J'aperçois un interrupteur d'alarme à incendie installé sur un mur. Je l'actionne et je plonge tout le bâtiment dans le noir. Une sirène stridente se met à hurler. Les filles y ajoutent leurs cris. Elles partent en courant et se précipitent dans l'escalier de service. L'Afrika Korps court vers l'escalier principal. Ils ne peuvent pas me voir. Je ne peux pas les voir. Je sors ma matraque et je frappe du cuir noir et du gros tissu kaki. Tant pis pour la motivation, ils glapissent comme des femmelettes. Si ça se trouve, j'ai cogné sur mon copain Jimmy. Eh bien, tant pis.

MA SUPER PIAULE DE CÉLIBATAIRE

West Zarbiwood
12/5/55

Je mets la radio. KKXZ – du jazz hot alterne avec des ballades soporifiques qui filent le bourdon. Une petite station sans prétention ni puissance. Au-dessus du Salon de Sultan Sam et du Boudoir de Breena.

Je suis fracassé, terrassé, et abandonné seul sur l'Île du Désespoir Infini. La virée à Westwood m'a troué le cul. Je me suis tiré en trombe à l'instant où les flics et les camions de pompiers arrivaient. L'Afrika Korps s'est barré vers le sud. Leur fuite cafouilleuse masquait mal leurs intentions indignes. Un moment vient molester ma mémoire : Jimmy Dean, avec une culotte rose tirée du front jusqu'au cou.

La Soul Hour de Nasty Nat commence. Nat lit des brèves des nouvelles locales ; il nous remettra sa musique insipide ensuite. Il attaque par sa « pépite du jour ».

UCLA. Sorority Row. Rafle de culottes chez Chi Beta Gamma. La flicaille débarque. Il y a une brochette de filles, enroulées dans des peignoirs, qui braillent leur indignation. Quatre d'entre elles incriminent les garçons de Sigma Alpha Epsilon ou les gars de l'équipe de foot de l'USC. Une fille les qualifie de « plus méchants que ça. Ces gars-là étaient plus âgés. L'un d'eux avait une caméra. Ils nous ont arraché nos vêtements ; en fait ils voulaient tourner un film de filles à poil, comme ça, direct ».

Nasty Nat ne se gêne pas pour les chambrer. « UCLA, c'est pas le ghetto, les filles. Et je suis sûr que ces jeunes flics reviendront pour vous demander des reconstitutions – à poil. »

Ouh-la.

Nasty Nat continue : « Ce soir, c'est chronique criminelle. Ceux que certains appelleraient l'infâme Hat Squad du LAPD ont échangé des coups de feu avec les deux cambrioleurs-violeurs du restaurant. Ça s'est passé dans la salle de jeu de Tommy Tucker sur Washington Boulevard, au carrefour de La Brea Avenue. Au milieu de la mêlée, un homme a réussi à s'enfuir. *Muerto* sur la scène : Richie Van Duesen dit le Hollandais/Américain blanc/âgé de trente-huit ans. Toujours en fuite : George Mazmanian dit Fat Boy/Américain blanc quarante-deux ans. Fat Boy est soi-disant armé et dangereux, alors attention. »

Nasty Nat imite le style de *Confidential*. Ça m'éééééne rve. Il passe de ses chroniques criminelles au blues sinistre du Synagogue Sid Trio. Écoutez ça : Sid au saxo basse, Bobby Horvitz au bugle, Aaron Adelman à la batterie. Le morceau : « Marche funéraire prématurée pour Gamal Abdel Nasser et le roi Farouk ». Nat renonce à l'intro. Il clôt avec : « Ces deux-là se connaissent depuis un bail. » Un deux trois – *shalom*, les gars.

Synagogue Sid fait bêler son saxo. Bobby Horvitz frime avec son bugle. Aaron Adelman roule des tambours. Je baisse le volume. Je deviens impérieusement impatient. Où est passée Miss Anonyme ? Où est passée sa critique cruelle de l'article sur Caryl Chessman dans *Confidential* ??? Où est passée sa diatribe contre le monstre ???

Je suis irrité/agité/tendu et dopé à la Dexedrine au point d'avoir la tête à l'envers. Je sors mon bloc-notes et je reprends les numéros de *Confidential* de 1952 à 55. Je suis un indic, un mouchard, un informateur, une balance, un collabo, un chien galeux qui mord la main qui le nourrit. Allez, je me mets au travail pour le chef William H. Parker.

Bill Parker et moi. On est comme ça, maintenant, les deux doigts de la main. Allez, on va détruire *Confidential*.

Les anciens numéros. Des dossiers juridiques agrafés. Des notes d'avocats et des rapports d'enquêtes. Cherche les failles. Les dépositions incomplètes à faire disparaître à tout jamais. Le magazine fait appel à des juristes absolument géniaux. Et il a Freddy O. pour les enquêtes et les vérifications musclées. Tous les dénigrements, toutes les diffamations sont vrais. On peut prouver tout ce qu'on avance. Ouais, mais s'il y a quelqu'un qui peut tout faire foirer, c'est votre serviteur.

Je parcours les anciens numéros. Je lis les annexes juridiques et mes propres notes. Je m'absorbe dans des souvenirs savoureux.

Décembre 52 : « Une danseuse de music-hall vend des parts de sa personne !!! »

Insipide, globalement. Une parodie de marché boursier. Validée par un jeune clerc. Pas de calomnie criante ni de brèche exploitable.

Décembre 1952 : « Dévoilé : l'Amour aux Nations unies !!! »

Des ragots. La Marche multinationale des croisements entre races. Des grouillots sans envergure accusent. Quelle barbe. Pas de notes. Ces idiots de diplomates n'engagent jamais de poursuites.

Novembre 53 : « Désignés pour mourir : Walter Winchell, l'évêque Fulton Sheen !!! »

Bêtises anticommunistes. Les avocats citent des sources anonymes. Qu'est-ce qu'on s'emmerde.

Mars 1954 : « Pourquoi Orson Welles a mordu la lèvre d'Eartha Kitt. »

Croisement de races – le fonds de commerce de *Confidential*. Orson était en train de niquer l'agaçante Eartha. Un pigiste de Vegas nous a refilé le tuyau. Eartha a dit que des gros bras ont défoncé sa porte. Elle avait raison. C'est moi qui avais payé les gros bras. Eartha a demandé une compensation financière. Je lui ai filé dix mille dollars. Orson a dit : « T'es un vrai pourri, Freddy. » Je lui ai mis une tarte.

Cet article, il pue, il pourrait bien intéresser Parker. Il révèle les méthodes fortes du magazine et MON rôle. Je le glisse dans mon dossier de sales secrets pour Parker.

Novembre 1954 : « L'histoire d'amour de Christine Jorgensen avec un beau-fils Vanderbilt. »

Frasques sexuelles. L'ex-homme Christine a tendu un piège à Vanderbilt et m'a proposé de prendre des photos. Elle voulait de la publicité – pour faire redémarrer sa carrière dans le cinéma. J'ai extorqué vingt mille dollars à Vanderbilt. Christine et moi, on a partagé le butin. *Confidential* a publié un texte écrit avec les pieds qui a fait un flop. Christine était dégoûtée. Elle aurait voulu dans l'article des descriptions détaillées de baise brûlante. Cet article pouvait torpiller le magazine. Et Fred Otash aussi. C'est de la bonne matière à mettre dans la pile pour Parker.

Janvier 1955. « Eartha Kitt et son bébé de Noël, Arthur Loew Jr. »

À nouveau un cas de croisement de races. La chanteuse de couleur/le vieux Blanc plein aux as. À nouveau l'agaçante Eartha. Eartha menace de porter plainte. Je joue les messagers. *Confidential* crache du cash.

Synagogue Sid continue à gémir. Quelle barbe. Où est passée Miss Anonyme ? Il est presque deux heures du matin.

Mars 1955 : « L'épouse que Clark Gable a oubliée. » Quelle barbe. « La fille dans la baignoire de Gregory Peck. » Bon sang, quelle barbe.

Les bêlements lugubres de Synagogue Sid baissent. J'entends le cliquetis amplifié par le micro des pièces qui tombent dans un téléphone public. Je monte le volume. Nasty Nat annonce : « Miss Anonyme est de retour – alors je sais que nous allons parler du magazine *Confidential* et de l'infâme affaire Caryl Chessman. »

Miss Anonyme dit : « Hé, salut Nat. Ça gaze ? »

J'adore sa voix. Contralto cool et *mucho* Midwest, l'accent.

« Sur KKXZ, ça gaze et ça jazze toujours, baby.

– Rappelle-moi, Nat. Où est-ce qu'on s'était arrêtés la dernière fois ?

– Eh bien, on a longuement passé en revue *Confidential*, et on a tous les deux constaté la manière étonnamment tolérante dont le magazine a couvert l'affaire Chessman, étant donné que c'est un torchon qui lâche ses chiens sur les rouges et les questions de race depuis les origines. »

Nasty Nat dit la vérité. Août 1952. L'article nunuche sur Chessman. Le magazine avait la naïveté du nouveau-né, à l'époque. Je n'y suis entré qu'à l'automne 1953.

Miss Anonyme se marre. « *Confidential* a un certain style, baby. Vous vous mettez aux allitérations, on dirait. »

Nasty Nat laisse échapper un long sifflement. « Et vous avez de sacrées *cojones*, comme diraient nos cousins mexicains, pour oser appeler un Noir "baby". »

Miss Anonyme se remarre. Des bruits typiques résonnent à nouveau dans le poste. Une allumette qu'on gratte, une expiration sonore. Elle fume une cigarette.

« Je suis une actrice, Nat. Vous pouvez toujours compter sur moi pour faire de la provoc.

– Les disc-jockeys en sont aussi adeptes. Nos sponsors l'encouragent. Allez, mes sponsors, le Salon de Sultan Sam et le Boudoir de Breena, ils ne me payent pas pour s'ennuyer.

– Pas mal, comme allitérations, baby. »

Nasty Nat dit : « Vous n'avez pas la langue dans la poche, la demoiselle délurée. Maintenant, allons-y, avant que vous ne me causiez des ennuis avec le KKK, la Ligue pour la vertu catholique, et le chef Parker en personne, exposez donc les dernières infos sur l'affaire Chessman pour tous les habitants de Radioland. »

Miss Anonyme nourrit à nouveau le téléphone. Les pièces dégringolent en rafale dans la fente.

« On est au début de l'année 1948. Chessman vient de sortir de Folsom. Il pique des voitures et commet des vols à main armée. Il se sert d'une belle Ford de 46 pour ses viols et il a collé une fausse lumière rouge pour se faire passer pour un flic. Il rôde dans les allées des amoureux à Pasadena et au-dessus de Hollywood. Il dévalise des jeunes couples en train de se peloter. En deux occasions prouvées, il extrait les jeunes femmes de leur voiture et les met dans sa voiture à lui. Ce qui légalement s'appelle un enlèvement. Une fois qu'elles sont dans son véhicule, il les agresse sexuellement, ce qui constitue un deuxième groupe spécifique de délits graves. Ses deux victimes avérées l'ont identifié sans la moindre ambiguïté. Il a été condamné par la justice à la peine capitale. On a beaucoup commenté le fait que Chessman n'a tué personne. *C'est la guerre*[1], chéri. La loi Lindbergh s'applique. Maintenant, ce monstre malfaisant est devenu en prison un avocat de premier ordre et il a repoussé une flopée de tentatives pour l'envoyer dans la salle d'exécution, où sincèrement il a sa place. Il a écrit un livre, qu'il a publié l'an dernier, intitulé *Cellule 2455, couloir de la mort.* Dans ce livre, il affirme bêtement qu'il est innocent des crimes imputés au Bandit à la lumière rouge et exige que tout le système de la justice américaine soit repensé. »

Nasty Nat fait *pfiou !* « Je vous rebaptise, et ce sera ni “baby”, ni “chérie”. Vous n'êtes pas Miss Anonyme, en réalité, vous êtes plutôt “la Diablesse vengeresse”, ce qui me conduit à vous demander pourquoi vous êtes tellement remontée à propos de cette affaire, alors que presque tous ceux que *je* connais pensent que le jugement de Chessman a été passé en force et que les gens préoccupés par la justice que *je* connais font tout leur possible pour s'assurer qu'il n'aille *pas* dans la salle d'exécution. »

Vas-y, Nasty Nat. Tu as mis en plein dans le mille. Bébé, chérie, Miss Anonyme – pourquoi vous vous pointez à mon émission ?

« J'ai comme une idée, ma petite dame. *Vous* avez un compte personnel à régler dans ce chahut autour de Chessman. Ce qui signifie qu'il y a quelque chose que vous ne nous avez pas dit. »

Miss Anonyme allume une cigarette. J'entends l'allumette s'enflammer et son souffle dans le poste.

1. En français dans le texte.

« Il y a eu une troisième victime. Elle s'est présentée et elle a identifié Chessman, mais le procureur a choisi de ne pas la faire témoigner au procès. L'agression sexuelle que Chessman a commise contre elle a été particulièrement vile et vicieuse. En deux mots, elle est devenue folle et depuis sept ans, elle est à Camarillo. Cette jeune femme était une de mes amies. Nous étions étudiantes ensemble dans une prestigieuse école de comédie à New York, en 1947. Voilà toute l'histoire, Nat. Je suis entre deux contrats à New York en ce moment, alors je me suis dit que j'allais faire un peu de bruit dans la ville de mon amie et, peut-être, pousser jusqu'à Camarillo. »

Es la verdad. J'étais au commissariat de Hollywood cette nuit-là, quand Miss Troisième Victime est entrée et s'est effondrée sur le sol au milieu de la salle de garde.

GRIFFITH PARK

Au-dessus du tournage de *La Fureur de vivre*
13/5/55

Aïe !!!

Surveillance en extérieur. Ce que je déteste le plus. Je salis mes sapes et je me retrouve avec des ronces qui me rentrent dans le cul. Je me suis posté au bout d'un sentier de randonnée. Le soleil de midi menace de me cramer. Mes jumelles de justicier sont rivées sur le parking de l'Observatoire.

C'est l'heure du déjeuner. L'accès au parking est réservé aux comédiens et à l'équipe de tournage. Il est bourré de belles bagnoles et des petits voyous sont vautrés sur les sièges. Robbie Molette va d'une voiture à l'autre en sautillant. Il distribue des cachets et des joints. Je mate les transactions. C'est une réédition de la Rafle des culottes d'hier soir.

Il y a Nick Ray, Nick Adams, mon connard de pote Jimmy Dean. Tous portent des vêtements de ville. Pas de kostume Afrika Korps ni de *Sieg Heil* aujourd'hui. Il y a les trois homos costauds. Ils sont encore habillés en noir sinistre. J'ai mémorisé le numéro du van Chevy hier soir. Il m'a conduit à un certain Chester Alan Voldrich, Américain de type caucasien, âgé de vingt-six ans. Écoutez ça : il dirigeait le Rat Pack de Hollywood, le Club des rats, vers 1949. Ils volaient des vieux pédés et droguaient les filles de Marymount High au Mickey Finn pour les sauter ensuite.

Voilà de *booooons* ragots désobligeants. Bill Parker va les trouver orgasmiques. Et en ce qui concerne Nick Adams, de son vrai nom Adamshock, né le 10/7/31 à Nanticote, Pennsylvanie :

Pas d'arrestations, huit interpellations pour soupçons : vol qualifié, arnaque, acte de malveillance, viol, voyeurisme, clichés quasi pornographiques. *Plus* : des interpellations dans des bars gays pour Jimmy

Dean et Nick Ray. Confirmé par Jimmy : le truc de « l'Homme cendar » balancé par Robbie Molette. Confirmé par Nick Ray : interpellé au Saints and Sinners Drag Ball. Ouah – Nick était super canon dans sa toge empire. *Plus* : Natalie Wood et Sal Mineo, qui se sont fait coincer lors de la « Nouba des mineurs » au Petit Chalet de Linda.

On dirait une colonie de vacances dépravée et dépravante. Du coup, ça me motive à servir Bill Parker *et* mon magazine de *malade*. Du coup, ça me motive pour sauver Jimmy D. de lui-même.

Je jumellise le gigantesque parking. Robbie distribue ses cachets. Jimmy et Nick Adams jouent aux cartes sur une couverture représentant le drapeau nazi. Jimmy a appelé mon service de messagerie et a laissé le message suivant : « On se voit ce soir au Googie's. » Ce qui veut dire qu'il ne m'a pas vu à la Rafle des culottes.

Je jumellise encore. Chester Voldrich et ses petits copains costauds reniflent un chiffon plein de colle. Natalie Wood se prélasse en bikini. Elle s'allonge sur le toit d'une Eldorado de 52. Nick Ray passe par là et, en douce, l'embrasse sur les cuisses.

J'entre dans le commissariat de Hollywood. Le planton à l'accueil gémit. *Oh merde – voilà Freddy O.*

Je vais jusqu'à la salle de garde. Une contractuelle en train de classer ses PVs soupire. *Oh merde – voilà Freddy O.* Le lieutenant m'aperçoit. Il lève les yeux au ciel et referme brusquement la porte de son bureau. *Oh merde – voilà Freddy O.*

Je cherche Colin Forbes et Al Goossen. Ils dirigeaient l'affaire Chessman, en 48. Les voici. Ils sont dans la police de Hollywood depuis toujours – ils occupent toujours les mêmes bureaux. Ce sont des bourreaux de travail usés jusqu'à la corde. Ils bossent. Autrement, la salle de garde est déserte.

Ils me voient. Ils échangent un regard. *Oh merde – voilà Freddy...*

J'approche une chaise. Forbes dit : « Salut Freddy. » Goossen dit : « Freddy s'encanaille, tout à coup. Cela signifie qu'il veut quelque chose. »

Je dis : « Chessman. Le magazine veut revenir sur l'article qu'il a publié il y a trois ans. Il y a des rumeurs qui circulent sur une troisième victime. J'étais là quand elle est arrivée ici, si vous vous souvenez. »

Forbes allume une cigarette. « C'est exact. Tu as appelé l'hôpital Queen of Angels quand elle a perdu connaissance. »

Goossen allume une cigarette. « Chessman l'a mordue quarante-trois fois. T'aurais perdu connaissance aussi, à sa place. Elle est allée direct de l'hôpital à Camarillo, et aux dernières nouvelles, elle est encore en état de choc. Ne la mets pas dans le magazine, Freddy. Fais preuve de classe, pour une fois dans ta vie. »

Je laisse passer. « Tu te souviens de son nom ? »

Forbes secoue la tête. *Nein*. Goossen secoue la tête. *Niet*. Ils me donnent que dalle. Ma réputation sulfureuse leur tape sur le système.

« C'est quoi, son histoire, à cette fille ? Vous pouvez m'en parler, sans donner de noms ? »

Goossen s'installe confortablement. « C'était une fille de L.A., elle était rentrée voir sa famille. Elle étudiait à l'Actors Studio à New York, une école canon, apparemment. Donc, elle est à la maison, chez ses parents. Elle est lesbienne, et ses parents sont pas du tout au courant. Le soir en question, elle ramasse une fille au Rendez-vous de Rhonda et elles se garent sur la bretelle à l'angle de Mullholland et Beverly Glen. Chessman fait son numéro du gyrophare rouge, il voit les filles en train de se peloter et pète les plombs. Il sort l'étudiante de la voiture, emmène la victime jusqu'à sa bagnole, lui fait ce qu'il lui fait, et elle arrive jusqu'ici, par ses propres moyens. Elle n'a jamais témoigné devant la cour, et elle n'a jamais eu besoin de le faire. Le juge Fricke a entendu l'histoire, et c'est ce qui l'a convaincu que Chessman devrait être exécuté. Et ça arrivera, tôt ou tard, malgré tous ses recours en appel, et malgré les manifestations de Marlon Brando et tous les autres clowns de Hollywood. »

Forbes dit : « Tes "rumeurs qui circulent", t'as qu'à te les fourrer dans le cul, Freddy. T'as probablement tes propres arrière-pensées de pervers impliquées dans cette affaire, alors tu les prends et tu te tires avec, dans les cinq prochaines secondes. »

***

Arrière-pensées de pervers. *Oh merde – voilà Freddy O.* Mes anciens collègues flics débordent d'amour pour moi. Freddy O. est le Chaman du chantage. Il est le Pervdog of the Nite. Qu'est-ce que ça te rapporte, Freddy ? Il y a forcément un retour sur investissement, avec toi.

Pas la peine de tourner autour du pot. *Cherchez la femme*[1]. Miss Anonyme. Elle s'est glissée sous ma peau, elle m'a marqué au fer rouge.

1. En français dans le texte.

Je m'arrête au Ranch Market. Je jette un œil à mes messages téléphoniques. Jack K. a appelé. « Je suis à l'hôtel. Passe à six heures. J'ai invité des gens à boire un verre. »

J'y serai, Jack. Va chercher, Pervdog, va chercher. En route, je m'arrêterai chez ton pharmacien préféré. Je sais ce que tu aimes. Pas la peine de tourner autour du pot. J'aime ça, en fait.

Miss Anonyme. Elle a fait ses études avec Miss Troisième Victime. Elles étaient amies à New York. Une « prestigieuse école de comédie ». Fin 1947.

Al Goossen. L'Actors Studio. « Une école canon. »

Donc...

Quo vadis, Freddy ? C'est quoi, la prochaine destination ?

Je sais. Allons voir Mr Liste Noire. Il a toujours de la bonne came.

Jack Lawson. John Howard Lawson. Une version anglicisée de Levy ou un nom de ce genre. Un staliniste obstiné. Il tyrannise les trotskistes et maudit la Commission sur les activités antiaméricaines. Les gens détestent Jack L. Comme toujours, on mélange politique et personnalité. Jack est un dipsomane endurci. Et un idiot, un *schlemil*, un intrigant, et un semeur de merde. Le LAPD et le procureur Ernie Roll ont des dettes envers lui. Retournons en 1940. Jack est le Kommissaire Kulturel du parti et un homme de main au cœur de pierre.

Entrée en scène de Budd Schulberg, un écrivain d'envergure et un *mensch* merveilleux. Il est en train d'écrire *Qu'est-ce qui fait courir Sammy ?*. Le parti exige une palanquée de corrections. Budd est un homme du parti paralysé par plein de doutes. Comme sur les purges de Staline qui ont fait des millions de morts. Jack réfléchit à une rencontre et choisit le lieu : la casa d'un camarade du côté de Hollywood Boulevard et Fairfax Avenue. Budd est convoqué illico. Jack Lawson est présent. Tout comme V. J. Jérome la vipère. V. J. est Ko-Kommissaire Kulturel avec Jack. V. J. et Jack à eux deux sont la force de frappe du parti.

V. J. et Jack. Ils tancent Budd pendant deux jours, sans arrêt. Tu vas réécrire ton bouquin bourgeois. Il faut qu'il soit prolétarien et fier de l'être. Tu es un révisionniste, un refuznik, un délinquant déviationniste. Tu es un pion passif de l'élite fasciste.

Le fin mot de l'histoire, le voici : la casa du camarade est pleine de micros, du sol au plafond. Le camarade appelle les flics. Le pacte germano-soviétique a fait son office. Le camarade n'est plus coco, c'est fini.

Jack tance Budd. Il multiplie les avertissements menaçants. Jack déblatère sur des centaines de sujets. Jack tape sur les coalitions militantes de gauche et les critique vertement. Jack se déchaîne contre les idéologues idiots du monde entier. Le LAPD envoie les enregistrements au Comité des activités antiaméricaines. Il en résulte quatorze mises en accusation en vertu du Smith Act.

Le micro est toujours en place. Jack sous-loue la casa depuis 48. Des ex-cocos rendent visite à Jack. Ils l'embrouillent avec des alcools frelatés et le font parler. Jack se lâche. Il est le correspondant parfait de tous les flics anti-rouges et de tous les fouille-merde. Depuis 1948. Ça fait sept ans. Le micro est toujours en place. Jack n'est absolument pas au courant.

J'y vais en voiture et je me gare devant la Casa Coco. J'apporte à Jack un flacon de Jim Beam. Jack est assis sur le perron. Je le vois. Il me voit. J'ai à nouveau droit à *Oh merde – Freddy Otash.*

Je sors de ma bagnole et je m'approche. Jack fait le salut fasciste et fredonne « Das Horst-Wessel-Lied. » Je me marre et je lui lance sa bouteille de whisky. Il enlève le bouchon et en prend une grande lampée.

« Freddy O., le *Gauleiter* des forces d'occupation du chef William H. Parker.

– Tu sais pour qui je travaille, Jack. Je tiens à ma liberté d'expression, comme toi. »

Jack empoigne son entrejambe. « La liberté d'expression, c'est une arnaque. C'est un écran de fumée qui sert à flouter l'agenda fasciste. *Confidential* énerve les *schvarzers* et les tarlouzes. Dans ce sens-là, c'est un organe aux intentions révolutionnaires. »

Je me marre. « Je le dirai à Bob Harrison.

– Dis à Bob que j'ai vu sa première femme dans un pince-fesses des Scottsboro Boys, en trente quelque chose. Elle tenait la main à un *noiraud* et à la petite amie philippine de Pete Seeger. Ils chantaient "Swing Low, Sweet Chariot" – complètement faux, d'ailleurs. »

Je glisse un billet de cinquante dans la poche de chemise de Jack. Jack s'envoie une nouvelle rasade de Jim Beam. Il fredonne « Lili Marleen » et le passage de la mort des amants de *Tristan und Isolde.*

« Freddy O. veut quelque chose. Il ne vient jamais sans avoir une idée derrière la tête. »

Je dis : « L'Actors Studio. Fin des années 40. Je sais que tu étais membre du Group Theatre, alors je me suis dit que tu pourrais peut-être m'aider.

– L'Actors Studio. *Oy*. Pas un organe révolutionnaire, susceptible d'être repris par le camarade John Howard Lawson et les centaines de jeunes majorettes de la garde rouge impatientes de sucer sa grosse queue dialectique. »

Je dis : « Allez, Jack. Je pensais que tu pourrais me donner des noms. »

Jack fait le *mucho* outragé. « *Moi* ? Donner des *noms* ? Tu penses que l'ultime *apparatchik* va donner des noms et trahir le Comité central ? »

Je dis : « Jack, t'es vraiment chiant. »

Jack entre d'un pas vacillant dans la Casa Coco. Il laisse la porte ouverte. Je le vois se précipiter sur la bibliothèque et jeter des livres par terre.

J'allume une cigarette. Jack ressort comme un diable de sa boîte. Il me passe un volume qui ressemble à un album de promotion. Relié en bougran et incrusté de dorures. Sur la couverture, je lis : The Actors Studio/1946-1947.

« Merci, Jack. »

Jack fredonne « L'Internationale ». « Je suis au courant, pour le micro, Freddy. Ma femme de ménage l'a trouvé quand j'ai emménagé. »

Je suis ébahi, abasourdi. Je pique sa bouteille à Jack et je m'envoie une bonne rasade. Le monde frémit et reprend ses marques sous mes yeux.

« Tu aurais pu l'arracher. Tu aurais épargné pas mal d'ennuis à certains de tes camarades.

– Peut-être que je le voulais pas. Peut-être qu'ils méritaient ce qu'ils ont eu. Peut-être que je me suis dit que j'allais m'amuser un peu avec l'Histoire et prendre quelques risques. »

J'embarque sur Trans-Jack Airways. De Lawson à Kennedy. De Casa Camarade à Beverly Hills. Je passe en trombe par la pharmacie Beverly Wilshire et récupère la commande pour Jack K. Ce soir, Jack le spationaute va se mettre en orbite.

J'arrive au Beverly Hills Hotel. La fiesta est formidable. Je traverse le hall et j'arrive à point nommé. Les femmes sont six fois plus nombreuses que les hommes. Que des starlettes pleines de seins et des politiciens pourris. Le procureur Ernie Roll et le procureur général Pat Brown. Tous deux complotant pour casser *Confidential.* Le gouverneur Goodie Knight. Le membre du Congrès Adam Clayton Powell, un homme de couleur. Remarquez son badge de campagne sur lequel on peut lire « Embrassez-moi, je suis irlandais ».

Je m'enfonce dans la foule. Je débouche sous un auvent à côté d'une piscine et je me pose sur une chaise longue. Une petite brise sèche provoque des *aaahhs.* Je me plonge dans l'album de l'Actors Studio.

Je me promène dans les pages pleines de photos. Des jeunes non identifiés construisent des décors. Lee Strasberg, le directeur artistique, joue les Moïse et énonce la loi. Je reconnais des noms d'acteurs que j'ai vus à la télévision. J'arrive à une partie intitulée « Promotion 1946-1947 ». Des jeunes gens sont massés sur des gradins, souriants, tellement optimistes que ça me fend le cœur. La page vingt-deux me saute à la figure. Je *crois* voir…

Des noms et des inconnus mélangés. Kim Hunter, Ralph Meeker. Deux hommes sans nom. Je reconnais Reed Hadley de *Racket Squad.* Il y a Julie Harris et l'immense Barbara Bel Geddes. Il y a la femme frêle et blessée que j'ai vue au commissariat de Hollywood pendant la série d'exactions du Bandit à la lumière rouge.

Elle est pleine d'espoir, là. D'espoir sincère. Elle porte une robe couverte de taches de peinture et des chaussures bicolores. Elle se trouve à côté d'une femme fine aux cheveux blonds que je n'ai jamais vue.

Une liste de noms permet d'identifier les personnes. Miss Troisième Victime est Shirley Tutler. La femme blonde est Lois Nettleton.

Jack K. s'approche. Je lui lance le sachet de la pharmacie. À l'intérieur les flacons pleins de cachets émettent un bruit de hochet.

« Est-ce que je peux vous demander combien ça a coûté ? »

Je réponds : « Que dalle. Le pharmacien est un médecin défroqué. Il a de nombreuses dettes envers moi. »

Jack rallume son cigare. « Je serai un sénateur américain défroqué, si je n'arrive pas à lever des fonds importants ce soir.

– Il n'y a pas beaucoup d'argent dans la salle. Les filles n'en ont pas et les politiques ne donnent jamais le leur. »

Jack glousse. « Racontez-moi une bonne histoire, Freddy. Mes sœurs adorent les potins sur les jeunes et beaux acteurs et leur vie secrète. Et ne me parlez pas de Rock Hudson, c'est du réchauffé. »

Je dis : « James Dean est connu comme “l'Homme cendar”.

– Dégoûtant.

– Barbara Payton part en vrille. Elle est serveuse au Drive-In de Stan, de l'autre côté de Hollywood High. »

Jack dit : « Rien de nouveau. Vous m'avez présenté Babs quand vous étiez flic et moi, membre du Congrès. »

Je dis : « Katharine Hepburn est en réalité un homme. Ça va sortir dans *Whisper* le mois prochain. Elle a suivi un traitement hormonal en Union soviétique.

– Je vivrai avec. Tant qu'elle ne devient ni coco ni républicaine. »

Mon temps avec lui est écoulé. Le regard de Jack se détourne et commence à errer. C'est Jack-deux-minutes avec ses laquais, Jack-dix-minutes au plumard.

« Je suis content de vous avoir vu, Freddy.

– C'est toujours un plaisir, Jack. »

Le soleil m'apaise. La brise devient chaude et m'invite à me prélasser. Je somnole. Dans le bungalow derrière moi, les sons sont assourdis, étouffés. Je vois la photo de Shirley Tutler et j'entends la voix de Miss Anonyme. Les sons amortis m'apaisent. Rêverie. Je suis captivé, recueilli. Je suis redevenu un gamin à l'église.

Des roulettes qui grincent. Des bruits de vaisselle. Quelqu'un dit : « Je ne savais pas que vous connaissiez Jack. »

J'ouvre les yeux. Oh merde – c'est Robbie Molette le Rongeur. Un filet retient ses cheveux roussis. C'est Robbie l'aide-serveur aujourd'hui. Il pousse un chariot de room-service.

« Tout le monde connaît Jack. Il incarne notre nouvelle société égalitaire. C'est pour ça qu'il parle à des gens comme vous et moi. »

Robbie se gratte les couilles. « Il n'empêche que je devrais profiter de l'occasion, maintenant que je vous croise, pour vous raconter les derniers cancans du tournage. »

Je dis : « Je t'écoute.

– Vous faites bien, vu l'intérêt de ce que je suis sur le point de vous dire.

– Robbie, pas la peine d'en faire des…

– OK, voici la dernière et la plus fracassante, pas si fracassante que ça, à mon avis. Un, Nick Ray parle de "montée en puissance". Il veut que "les gamins" aillent "au fond de leur motivation" et qu'ils "montent en puissance dans leurs frasques". Deux, il parle d'entrées par effraction dans des maisons habitées, de cambriolages de magasins d'alcools, et il tourne un genre de "film radical alternatif", qui viendra “compléter et élargir le sens” de son navet *La Fureur de vivre*, qui à mon avis est destiné au circuit des drive-in à Cul-du-loup, dans l’Arkansas. »

Je médite sur ces médisances. Robbie tripote son filet à cheveux.

« Vous m’avez cramé, connard. Vous vous en êtes pris à mon charme parce que vous êtes jaloux. »

Abandonné, arnaqué, planté là, plaqué. Lâché pour une espèce de *Führer* fou. Dépité comme une jolie demoiselle sans cavalier pour la faire danser.

Jimmy m’a posé un lapin. J’attends au Googie’s. Pas de Jimmy. J’appelle mon service de messagerie. Pas de messages. J’appelle chez Jimmy. Pas de réponse. Je passe devant chez Jimmy. Pas de lumière allumée, pas de Jimmy. Je vais jusqu’au Château Marmont et je vais voir du côté des bungalows. J’épie par la fenêtre de Nick Ray. Je vois Nick le Nazi en train de sauter Natalie Wood pendant que Sal Mineo fait des photos.

Je retourne en vitesse à ma voiture et je file dans la direction du sud. Tout à coup, je suis tendu comme un arc. Une nouvelle idée me taraude. Il s’agit de Miss Anonyme. Je m’arrête à un téléphone public et j’appelle le chef du labo de la criminelle, Ray Pinker.

Je lui décris mon plan. Je lui promets cinq billets de cent. Ray dit : « D’accord, je te suis. » Je retourne en vitesse à ma Packard de proxo et je la dirige vers le sud. Je m’enfonce dans Nègreville. De Vermont Avenue à Slauson, vers l’est puis tout droit.

Je passe devant la Mosquée de Mumar, le Paradis du massage de Mama Mattie et le Mad Monkey Klub. Je passe devant Happytime Liquor, Happy Hal’s Liquor, Hillhaven Liquor et des vendeurs de boissons alcoolisées éclairés par des néons qui disent LIQUOR et rien d’autre. J’aperçois les panneaux annonçant la Salon de Sultan Sam et le Boudoir de Breena. Voici ma destination délirante : la station de radio KKXZ.

Un ivrogne s’approche en titubant. Je gare ma bagnole le long du trottoir à côté de la porte du Boudoir. L’ivrogne émet un sifflement en admirant la superbe peinture. Je lui lance un billet de dix dollars et je lui dis de surveiller mon carrosse.

Par un escalier derrière le Boudoir de Breena, je monte jusqu’à Radioland. Les locaux sont du bricolage de bohémien délibérément bas de gamme.

Un hall d'accueil affreux. Des pochettes d'albums agrafées sur les murs nus. Tous de Bird. Charlie Parker a passé le saxo à gauche au mois de mars. Il reste son sourire béat – Je suis *muerto, muchachos*. Une débauche d'endeuillés a gribouillé sur les murs blancs. Partout, adios, Big Daddy et Gloire au roi du be-bop.

« Écrivez donc quelque chose, monsieur Otash. Il ne vous en voudra pas. »

Je me retourne comme un seul homme. Nasty Nat est là. Je reconnais sa voix. Il est grand, la quarantaine bien portée. Il est habillé comme un rebelle pacifique. J'adore la tenue : le fez, le treillis, et les bottes de pédé.

Je sors mon stylo et je gribouille sur le mur. Nasty Nat dit : « Vous êtes en colère, hein ? Je veux dire, le magazine est en colère.

– Je ne suis pas en colère. Je suis intrigué, plutôt. Je me demandais si vous pouviez enregistrer un message pour moi, et vous assurer que Miss Anonyme l'entende la prochaine fois qu'elle appelle.

– Et si vous mettiez un message pour Bird ? "Désolé de t'avoir arrêté pour possession devant le Club Alabam en mars 49." »

Je dis : « Si ça se trouve, c'est exactement ce que je viens d'écrire. »

Nasty Nat pointe un index vers la cabine d'enregistrement. Je lui emboîte le pas et j'entre. Nous nous asseyons. On est serrés comme des sardines. Tout près, genou contre genou.

Le Synagogue Sid Trio enfile les trilles. Nasty Nat coupe le son et tourne son micro vers moi. Je vais chercher ma voix de baryton-basse bien timbrée.

« Miss Anonyme, je m'appelle Freddy Otash. Je travaille pour *Confidential*, et je suis un ancien de la police de L.A. Je me trouvais au commissariat de Hollywood la nuit où votre amie Shirley est venue. Je suis d'accord avec votre évaluation de la culpabilité de Caryl Chessman et j'aimerais parler avec vous d'un autre aspect de l'affaire Chessman qui pourrait aider à remettre les choses en perspective. »

Voilà. C'est parfait. Juste ce qu'il faut d'autorité calme et concise. Nasty Nat sourit et appuie sur l'interrupteur pour couper l'enregistrement.

« Je suis presque sûr qu'elle va appeler ce soir et je m'assurerai qu'elle entende votre message. Et avant que vous posiez la question, je ne connais pas son vrai nom, et je ne sais rien de plus que vous. »

Je balaie du regard la cabine basique. On y sent la passion et la fierté des petits moyens.

« Vous êtes financés par des dons, c'est ça ? C'est pas simple de payer le loyer et vous courez toujours après l'argent. »

Nasty Nat répond : « C'est exact. »

Je dis : « *Confidential* a un faible pour le bon jazz, et apparemment, on va être en affaires, vous et moi, et peu importe ce que vous avez entendu dire de moi, ou du magazine. J'ai besoin d'un service que vous seul pouvez me rendre, et si vous acceptez, le magazine versera cinq cents dollars par mois à KKXZ, jusqu'à la fin des temps. »

Nasty Nat allume une cigarette. « Elle appelle d'un téléphone à pièces. Je l'entends glisser l'argent dans la fente. Est-ce que ce service est en rapport avec ça ? »

Je souris. « C'est exact. J'ai besoin d'une trace. J'ai besoin que dans les deux minutes qui suivent son appel vous contactiez un flic qui est un de mes copains. Ça ne marchera peut-être pas la première fois, mais un jour ou l'autre, ça fonctionnera.

– Elle risque de quitter la ville. Toute cette affaire pourrait ne rien donner.

– Vous aurez quand même votre fric.

– D'accord. Alors… c'est bon pour moi. »

Je lui fais un clin d'œil. « Je rentre chez moi, pour me poster à côté de ma radio.

– Dites-moi, avant que vous partiez…

– Bien sûr.

– Qu'est-ce que vous avez écrit sur le mur ?

– J'ai écrit : “Merci pour la musique. Amitiés. Fred Otash.” »

Nasty Nat dit : « Vous êtes caustique, mais vous ne serez jamais branché. »

Synagogue Sid sort sa sérénade. Je baisse le volume de ma radio et je m'allonge sur mon canapé. Nasty Nat fait passer des publicités pour le Salon de Sultan Sam, les Kool King et le Cannonball Adderley Quintet. Soudain j'entends qu'on glisse des pièces dans une fente. Elles tombent. Je connais ce son, maintenant. Je sais qu'il est amplifié par le micro.

Le silence me stresse. Je sais pourquoi. Nasty Nat a mis en attente Miss Anonyme pour appeler Ray Pinker.

Tentative de traçage n° 1. Enregistré à 1 h 16 du matin.

J'entends des grésillements, des crépitements, des grincements et des tonalités dissonantes. Je sais pourquoi. Nasty Nat passe mon message. Je retiens mon souffle. Ça y est, son sens de la repartie revient.

« J'hésite, Nat. Est-ce que ce Mr Otash cherche un rencard, ou est-ce qu'il veut la justice pour mon amie Shirley ?

– Ça pourrait être les deux. L'un n'exclut pas l'autre. »

J'entends des tap-tap-tap. La tension est palpable. Miss Anonyme se sent à l'étroit dans sa cabine téléphonique. Elle pianote sur la paroi. C'est une mise en scène. Elle essaye de gagner du temps pour élaborer sa réponse. Ce qui signifie qu'elle est accrochée, que le sujet lui importe.

« Mr Otash a une certaine réputation, Nat. Elle le précède, dirons-nous. J'ai lu un article dans le *L.A. Mirror* – je crois que c'était l'année dernière. Il décrivait ses méthodes de surveillance illégales et prétendait qu'il faisait usage de la force physique pour étouffer les actions en justice envisagées contre *Confidential*.

– Eh bien, vous connaissez ce vieux proverbe : si vous voulez faire une omelette, il faut bien casser quelques œufs. »

Miss Anonyme rigole. « Le magazine *Confidential* n'a pas grand-chose à voir avec une omelette, n'est-ce pas ?

– Enfin, vous m'avez compris, ma chère. »

Le silence s'installe. Soyeux, maussade, désabusé – qui sait ? Ardent ou artificiel – qui sait ? Elle est amplement ambiguë. Tout est froidement calculé. Elle me *balade*, elle *joue* avec moi, il y a quelque chose qu'elle *veut*.

« Un directeur de casting que je connais m'a rapporté qu'il avait tabassé Johnnie Ray. Franchement, Nat – *Johnnie Ray* ? Je l'ai rencontré, après son concert au Copa à New York. C'est un des jeunes gens les plus gentils, les moins agressifs que j'aie jamais vus. Je ne peux pas imaginer qu'il ait fait quoi que ce soit qui justifie un tel comportement. »

Baby, je sais tellement ce que tu ressens.

Nasty Nat dit : « Ouais, j'adore Johnnie Ray. Je passe ses disques à l'émission, de temps en temps.

– Les apparences sont trompeuses, Nat. J'ai vu Mr Otash à l'émission de Paul Coates, la dernière fois que je suis venue à L.A. Je me rappelle m'être dit : bon sang, cet homme-là a un charme fou, ce qui m'a d'autant plus attristée quand j'ai entendu l'histoire de Johnnie Ray. »

Miss Anonyme. Je t'ai dans la peau.

BUREAU DE LA SÉCURITÉ

Au glauquissime Hollywood Ranch Market
14/5/55

Boulot de merde du matin. Appels téléphoniques et rapports d'enquête. Deux sur *La Fureur de vivre*. Des mémos mensongers à Bondage Bob Harrison et Bill Parker.

J'appelle Nasty Nat à KKXZ. Je suis plombé par le pathos. Il *vit* à la station de radio. Il a une mauvaise nouvelle : le traçage d'hier soir n'a rien donné. Il dit qu'il réessayera ce soir. Je fais mes adieux à l'as du jazz.

Miss Anonyme. Je suis accro, amoureux.

J'écris mon rapport à Bondage Bob. Je balance sur l'Afrika Korps de Nick Ray et je raconte l'affreuse Rafle des culottes en dévoilant tous les détails. Je passe sous silence la présence de Jimmy Dean. Je dois ça à Jimmy. Mon mémo pour Bill Parker décrit en détail tout le reste. Je rapporte le ragot de Robbie Molette sur les escapades de Nick le *Führer* qui doivent « monter en puissance ». Écoutez ça, chef : il est en train de prévoir des effractions dans des maisons habitées et des cambriolages de magasins d'alcools. Il est le cerveau cinglé des crimes de « motivation ». Les acteurs paumés se plient à ses caprices. Nick le Nazi applique la méthode stanislavskiesque.

J'appelle le service de messagerie de *Confidential*. Une voiture descend de Sunset Boulevard et Vine Street et récupère les dossiers. Allez hop, connard – livre-les tout de suite.

Mon téléphone sonne. Je décroche. Bondage Bob attaque bille en tête.

« Lew Wasserman vient de me contacter. Rock est au bureau du shérif de West Hollywood. Il a été arrêté sous son nom casher de Roy Fitzgerald, et apparemment, il était ivre, ou peut-être camé au Mickey Finn, si ça se trouve, il était en train de tailler une pipe à un type dans une voiture garée, et ce qui est sûr, c'est qu'il a agressé un adjoint, alors maintenant, il est en détention provisoire. Tout ça pour dire que j'ai besoin que toi et tes gars, vous le sortiez de là et que vous fassiez un peu de ménage avant que la presse ait vent de la chose. »

Je dis : « *Jawohl*, patron. Je m'y colle tout de suite. »

Bob revient à la charge. « Il faut qu'on préserve notre exclusivité sur le front du mariage de Rock avec une femme. Lew est à cent pour cent derrière nous. Il veut intituler l'article "La route rocailleuse de Rock vers la félicité maritale", et il est super-partant pour le plan triangle amoureux que Phyllis et toi avez concocté. Ce qui signifie que tu es obligé de nous trouver une fille pour jouer le rôle de l'autre femme. Tu piges, *bubi* ? Je veux un visage nouveau, autrement dit, pas quelqu'un qu'on a déjà utilisé dans le passé. Si Rock n'arrive pas à se sortir discrètement de ce bordel chez le shérif, on pourra balancer la fille en l'accusant d'être la "succube sexy qui a soumis le rigoureusement religieux Rockster à l'irrésistible tentation" ou une autre connerie de ce genre. »

Je réponds : « D'ici moins d'une heure j'aurai sorti Rock de là. »

Bob dit : « Au fait, laisse tomber le parler boche. J'ai un vingt-quatrième de sang juif et je suis sensible sur le sujet. »

Ward Wardell et Race Rockwell viennent me rejoindre. On approche en catimini. Dans un silence sournois, on se gare à côté de la porte de sortie de la prison. Bondage Bob est passé et il a payé la caution. Rock est prêt à mettre les voiles.

Race reste dans ma voiture et fait tourner le moteur au ralenti. J'ai appelé avant de venir et j'ai promis aux gardiens cent dollars chacun. Ward et moi on entre dans la prison. On prend un couloir et on s'avance jusqu'aux cellules. Voilà Rock. Il est en train de signer des autographes pour une cohue de codétenus crasseux. *Pfiou !!!* – en voilà des *Menschen* malodorants – des alcoolos, des camés, des lopettes lubrifiées surprises en pleine action.

Race entreprend Rock. Je crée de la diversion. Rock envoie des baisers de la main à ses petits camarades et court avec nous. Il transpire, il est complètement défoncé. Ses pieds pédalent sur le sol.

On arrive à la porte. Je nous fais sortir. On tombe nez à nez avec une ribambelle de reporters agressifs.

Banzai !!! Attaque surprise !!! C'est Pearl Harbor perpétré par les débiles du quatrième pouvoir !!!

Les lampes crépitent. Les questions fusent. J'entends *Rock, Rock, Rock* et *EST-CE QUE CES RUMEURS SONT...*

Un cordon se resserre autour de nous. Je dégaine ma matraque. Ward sort la sienne. On frappe les caméras. On pulvérise les ampoules qui éclatent en mille morceaux. On cogne sur des têtes, on entaille des crânes et on pousse Rock devant nous. On se glisse dans ma voiture à trois sur la banquette. Race Rockwell écrase la pédale d'accélérateur. On file vers San Vincente Boulevard et on fonce vers le nord, vers le Strip.

Regardez ça. *L'évadé du Stalag 69.* Rock dans le premier rôle. Il rigole, je rigole. Ward et Race rigolent. Il y a du sang dans mon âme et des dents plantées dans ma matraque.

Race prend la direction de l'ouest sur Sunset et nous balade vers Crescent Heights. Rock et moi, on descend au Googie's. À cette heure de la matinée, le café est un peu endormi. On s'installe à ma table. Allez, accouche. *L'évadé du Stalag 69.* Comment t'as fait pour te retrouver là ?

Je file à Rock ma flasque et deux Dexedrine. Je m'administre le même traitement. Rock dit : « Ne me dis pas que tu veux que je déballe toute l'histoire sordide... »

Je dis : « Si. »

Rock allume une cigarette. « Voici ce dont je me souviens. Je rendais visite à ce jeune acteur, Nick Adams. *Pourquoi ?* Parce que j'avais l'impression qu'il y avait une ouverture. Il a une petite maison, au nord du Marmont. OK, je suis là-bas. Il ne se passe pas grand-chose, sauf que je vais aux chiottes, et je remarque la chambre d'amis pleine de matériel hi-fi, de téléviseurs, de caméras de cinéma, et toutes sortes de postes de radio et de matériel électrique. C'est comme si Nick gérait une annexe de Sears. Ensuite, Nick me prépare un verre, et il y avait forcément quelque chose dedans, parce que je perds les pédales. Et... bref... il y avait peut-être un autre gars là-bas, mais je ne suis pas certain... et... bref... la seule chose dont je me souviens après ça, c'est que je me réveille en cellule. »

Nick Adams. "Motivation", "montée en puissance". Le ragot de Robbie Molette. Une annexe de Sears, comme dit Rock. Ça sent le butin de cambriolage.

« Je te ramène chez toi. On va bientôt se lancer dans le plan fausse épouse, tu vas avoir deux jolies femmes qui vont se battre pour toi. Tu devrais aller te reposer. »

Rock fait *Pourquoi moi, Seigneur ?*

Je me gare devant le Drive-In de Stan. Babs Payton en connaît un rayon sur les filles qui jouent les appâts. Elle connaît bien Nick Ray. Elle suivait des cours à l'Actors Studio West qu'elle payait en nature. Elle retient tous les potins pervers qui passent à sa portée. Elle est prête à moucharder n'importe quoi pour du fric et de la cocaïne.

J'ai déposé Rock et je suis passé au Ranch Market. J'avais deux avis de messages. Bondage Bob et Bill Parker. Je les ai rappelés. J'ai eu droit à des félicitations chaleureuses pour mon dossier sur *La Fureur de vivre*. Bob m'a dit que *L'évadé du Stalag 69* lui a coûté six mille dollars. Pour couvrir les caméras fracassées et les os fracturés à la sortie de la prison. Ça l'a fait marrer, c'est tout.

Les infos sur le film et l'épineux triangle de Rock rapportent des clopinettes. Parker ne s'est pas répandu en éloges. Il paraît qu'Ernie Roll s'est extasié sur les révélations au sujet de *La Fureur*. Rendez-vous au bureau d'Ernie, demain à seize heures.

Babs arrive sur ses patins à roulettes. Elle s'arrête dans un dérapage gracieux qu'elle est la seule à maîtriser et me donne une bière à l'ananas. Le malt se transmute. Babs arrange *mes* bières. Du bourbon de qualité et quelques Dexedrine bonifient la boisson.

Je recule nos sièges. On se met à l'aise. Babs plie les genoux et promène ses roulettes sur le tableau de bord.

« Il me faut cent dollars, Freddy. Peu importe le nombre de sujets qu'on aborde.

– OK. Commençons par l'Actors Studio. Je cherche quelque chose de très particulier. Est-ce qu'ils ont une bibliothèque d'enregistrements radio et télé sur place ? Je cherche à identifier une actrice spécifique grâce à sa voix. »

Babs allume une cigarette. « Ouais, ils en ont une. Les abonnés mettent une espèce de casque sur leurs oreilles et regardent la télé et les films sur des genres d'écrans. »

Je sirote ma bière. Détonation de la charge explosive. *Ooooohh*, Daddy…

« Deuxième sujet. J'ai besoin d'une fille pour jouer les appâts. C'est pour un plan de longue haleine, je cherche un profil jeune-fille-qui-débarque, genre vous-êtes-qui ? »

Babs souffle des ronds de fumée. « On reviendra plus tard sur ce sujet-là. Il faut que je me creuse un peu les méninges.

– OK. Voilà le sujet n° 3. Nick Ray. Je sais que tu as été figurante dans *les Amants de la nuit*, alors ça doit te rappeler quelque chose. »

Babs pousse un cri de joie. « Ça, c'est le jackpot avec les trois cerises et au moins *deux* chapitres de mon livre, *Les sales types de Hollywood que je connais.* Pour commencer, c'est un gros pervers dans la catégorie je-suis-un-père-pour-vous. Il les aime jeunes, et il aime envoyer ses acteurs en "missions de motivation", qu'il filme. Je suppose que l'idée, c'est qu'il prend son pied sur le coup et qu'il a de quoi les faire chanter éventuellement plus tard. Tu crois pas ? »

Je réponds : « Dis-moi quelque chose que je ne sais pas. Ce navet de délinquants juvéniles m'intéresse. »

Babs jette sa cigarette. « Dans chacun de ses films, Nick a son homme de main qui joue le chef d'équipe. Dans celui-ci, c'est le petit salopard, Nick Adams. Il a aussi son "amoureux" et son "amoureuse" dans chacun de ses films, et cette fois, il s'agit de ton pote Jimmy Dean et de Natalie Wood. Il est tout le temps en train d'essayer de pousser ces gamins à se fourrer dans des trucs pas possibles, en leur sortant toutes sortes de justifications et d'enrobages. Il y a un acteur sur le tournage qui s'appelle Dennis Hopper. Il vient souvent ici, et il a assez de jugeote pour éviter Nick soigneusement. Dennis m'a dit que Nick a branché Jimmy sur le projet d'incarner Caryl Chessman à l'écran, et Jimmy en bave d'envie, d'avoir le rôle. »

Clic, clic, clic. *Ça*, c'est un jackpot à trois cerises. Ouais, en voilà une actualité brûlante, une nouvelle nouvelle, Chessman est un sujet qui fait couler beaucoup d'encre, mais *quand même*…

« Freddy, tu m'écoutes, là ?

– Continue. Qu'est-ce que tu as d'autre sur Chessman ?

– Rien. Sauf qu'on se demande quel sens ça a, de voir un jeune étalon plein de vie comme Jimmy Dean jouer Caryl…

– Holà, Babs. Attends une seconde. Où est-ce que tu as chopé cette expression "jeune étalon plein de vie" ? Je l'ai déjà entendue quelque part. »

Babs se marre. « Je l'ai reprise à un soi-disant cerveau criminel appelé Robbie Molette. C'est un client régulier du drive-in, et il fait constamment référence à lui-même comme un "jeune étalon plein de vie". Je me faisais *shtupper* par son père quand j'avais des petits boulots à la Metro. Il est aussi aide-serveur au Beverly Hills Hotel, et… »

Je la coupe. « Babs, c'est quoi, ce coup d'œil ?

– Rien. Sauf que tu cherches une fille, et Robbie était ici hier soir, et je te jure, il a sa propre écurie, et je te jure, il m'a montré un catalogue plein de nouvelles têtes. »

DEVANT L'APPART SOMMAIRE QUE LOUE NICK ADAMS

West Zarbiwood
15/5/55

En planque. *Eine kleine Nachtwerk.* À marche forcée jusqu'à une heure du matin et Miss Anonyme. Je vais mettre le volume de ma radio tout bas. Je vais entendre les pièces qui tombent dans la fente. Nasty Nat va retenter de localiser l'appel. Je vais entendre *Sa* voix à elle.

Nick Adams le dingue. Sa baraque à deux balles. Je suis garé en face, deux maisons plus bas. C'est une nuit glauque chargée de brume de lune. Je suis habilement dissimulé. Les ombres des arbres cachent complètement mon carrosse.

Coucou, toi. Je vois la piaule de Nick. Nick voit que dalle. Des lumières aux fenêtres. De grands rais de lumière qui se dirigent vers moi. J'ai la vision aiguisée du voyeur. Personne d'autre n'a ce don.

Lecture du script sordide. Nick Ray pontifie. Nick A. et Jimmy Dean déclament leur dialogue.

Je jette un sort à la maison. Mentalement, je leur mets à tous une trempe et j'élimine leur motivation. Cassez-vous, crétins incapables. J'ai un truc à faire à l'intérieur.

J'ai apporté ma trousse à outils. Elle contient le matériel nécessaire pour relever des empreintes et l'appareil photo de Ray Pinker. J'ai soutiré au service des permis de conduire des photostats des trois demandes de permis. J'ai les empreintes de pouce droit pour Jimmy Dean, Nick Ray, Nick Adams. Grâce à l'appareil de Pinker, je peux repérer des empreintes latentes et agrandir les crêtes, les boucles, les arcs. Pour moi, la question, c'est confirmation et/ou élimination. S'ils ont touché le butin du cambriolage décrit par Rock, je le saurai.

J'allume la radio. Synagogue Sid sort sa sérénade. Le saxo basse de Sid d'abord en solo. Le bugle beugle de concert. Les percussions pimentent avec un contrepoint cool. Tout à coup, les pièces trébuchantes tressaillent.

Adios, Sid. Nasty Nat te pousse pour laisser la place à Miss Anonyme. Je laisse le volume de la radio *trèèèèès* bas. Je cherche à entendre le ton plutôt que le texte. Parle-moi, chérie. Dis quelque chose. N'importe quoi. *Donne-moi ta voix.*

Miss Anonyme improvise et soigne sa relation avec Nasty Nat. Je guette le ton plutôt que le texte. Je rêvasse pendant qu'elle parle.

Caryl Chessman va se trouver à L.A. très bientôt. Il a une convocation en appel. Nick Ray veut que Jimmy Dean joue le Bandit à la lumière rouge. Cette information surgit en sous-texte et me déconcerte. Sans pour autant me distraire de Sa Voix. Ses voyelles font penser au Midwest urbain. Une voix assurée d'une femme expérimentée.

Une porte claque. Je mate la baraque. Note : 1 h 23 du matin. Les mecs émergent de la maison. Ils s'entassent dans la décapotable de location de Nick Adams et prennent la direction du nord.

Je fonce. Il est tard, le temps est compté, j'ai besoin d'une heure à l'intérieur. Je cours jusqu'à la porte et je m'attaque à la serrure.

Des crochets et une lampe-stylo. Du travail de précision. Je glisse un crochet de 4 dans le trou de la serrure et je tripote le ressort principal. Deux barillets tournent. Je sors le 4 et je glisse un 2 à la place. La porte se décolle du montant. Je la pousse d'un coup d'épaule et je me faufile à l'intérieur.

Je verrouille derrière moi. Je balaie la pièce principale avec ma lampe-stylo et je note les détails. Des affiches de corrida, des bongos, un téléviseur allumé sur la mire. Une photo de Natalie Wood à poil punaisée sur un mur.

Clair-obscur. Natalie est rétroéclairée par des flammes vacillantes d'où émergent des figures féroces. C'est l'Afrika Korps, les homos costauds, l'Automobile Club des Acolytes de Nick. Le visage du *Führer* domine les autres. Nick Ray a des cornes de diable et brandit une fourche avec des dents de trente centimètres.

Je prends le couloir. Avec le faisceau de ma lampe j'explore une chambre où trône un matelas sans drap et une salle de bains en grand désordre. J'arrive à la chambre d'amis. Ma lampe balaie le butin.

Du matériel hi-fi de super qualité. Des meubles télé encombrants. Des tas de téléviseurs encastrables et d'appareils photo. Tout est empilé au petit bonheur la chance ou posé par terre.

Je n'allume pas la lumière. Je prépare mes petites affaires. Je m'approche de la montagne de matos et je me mets au boulot.

Un objet de contrebande après l'autre. Je note les numéros de série sur mon bloc-notes. Tout provient de cambriolages. Je sais qu'il s'agit de recel. Peut-être qu'on pourra remonter aux délits eux-mêmes.

Ensuite, les empreintes. C'est la partie délicate. Saupoudrer les surfaces exposées. Barbouiller de poudre de contraste. Mettre l'appareil photo en position pour repérer des empreintes latentes récupérables. Agrandir les images et chercher des configurations de pouces. Compter les crêtes, les boucles, les arcs. Les comparer aux photostats fournis par le service des permis de conduire.

Je m'y mets. Concentré à fond. Sans allumer la lumière. Je balaie à la lampe-stylo et je dépose de la poudre violette sur toutes les surfaces apparentes. Les taches huileuses font apparaître des traces, des bavures, des empreintes partielles et complètes. Je traite un objet après l'autre. Chaînes hi-fi, meubles, appareils photo, postes de télévision. Pas la moindre trace de gant. C'est *boooooon*, ça.

Je chope deux jolies empreintes de doigts. Elles se trouvent sur un petit meuble en pin. Ça signifie peau de balle. J'ai besoin de pouces droits, exclusivement.

Je commence à fatiguer. J'aborde deux téléviseurs soi-disant portables.

Ils ont l'air difficiles à porter et sont dépourvus de poignées. Ils sont encombrants et peu maniables. Du genre qu'on manipule n'importe comment.

Je saupoudre le n° 1. Les surfaces planes, les creux, les fentes. Je relève un pouce droit. Je brandis mon appareil. Je zoome tout près.

La lentille grossit. L'appareil reconstruit les images et les fait apparaître, blanc sur noir. Je compte les points de comparaison. J'ai mémorisé les points de photostats. Je les ai marqués au fer rouge dans mon cerveau. Je connais toutes les crêtes, toutes les boucles, tous les arcs.

Je compte. Un, deux, trois, quatre, cinq, six, sept, huit, neuf, dix.

Nick Adams, c'est toi. T'es baisé. Cambriolages.

Je passe au n° 2. C'est pas simple, de tenir l'appareil et de procéder au relevé.

Je mets la poudre. Je relève une deuxième empreinte de pouce.

Je la positionne dans le viseur de l'appareil. Je grossis. Je compte les points communs. À six, je suis attristé, écœuré. À neuf, je suis anéanti. À dix, tout désigne James Dean, la preuve est irréfutable.

Des filles. Babs Payton qui *shtuppe* le papa de Robbie Molette, vers 1947. Robbie le Rongeur. Il a une affaire de call-girls maintenant. Sans déconner, Sherlock. Robbie a un catalogue. Babs parle de nouveaux visages. C'est n'importe quoi. Révélateur de l'ampleur pléthorique des givrés en tout genre qui peuplent ma vie.

Je file au Beverly Hills Hotel. Robbie fait le service de midi à vingt et une heures. Je me gare sur le parking réservé au personnel et je traîne du côté des vestiaires. Robbie arrive à 11 h 40. Sa Ford de 49 émet ses fumées méphitiques dans tout Beverly Hills et au-delà. Il fait de tous les habitants de L.A. des pneumopathes.

J'approche de la voiture en toussant. Robbie entrouvre la portière. Je monte. Robbie lance la conversation.

« Salut Freddy. Ça gaze ? »

J'allume une cigarette. Robbie dit : « Hé, mec, fais gaffe. Y a plein d'asthme dans ma famille.

– Parlons de ta famille, justement. Ton père, par exemple, qui est machiniste à la Metro. Je vois bien le népotisme possible, là. Babs Payton et ton père ont été plus ou moins liés. Et Babs est impressionnée par ta nouvelle écurie. Des "nouveaux visages", elle a dit. »

Robbie fouille sous son siège. Il sort un cahier à la couverture épaisse et rose, sur laquelle on lit l'inscription affligeante : « L'écurie du jeune étalon ».

Je feuillette l'album. Des « nouveaux visages » – ouais. Népotisme – deux fois ouais. Ce sont des canons sous contrat avec la Metro. Du genre innocente ingénue. La promotion 1955 des Cœurs brisés.

Papa a bien élevé son Robbie. Il lui a transmis son patrimoine de proxo. Je connais la méthode de la Metro. Les chefs des castings veulent un type bien précis. Bryn Mawr, Vassar, Mount Holyoke. En rayon, du woof-woof de luxe format Ivy League.

« Ton père veut que tu restreignes ton lieu d'exercice. L'hôtel, et pas plus loin. Tu lèches les bottes aux clients et tu vois ce que ça donne. Ton père graisse la patte aux réceptionnistes et obtient les chambres. Tu joues un peu les entremetteurs et t'empoches ta part. »

Robbie se bidonne. Ses dentiers se décollent. Il a vingt-deux ans et il a des dentiers. Il a *vraiment* besoin d'un papa.

Je feuillette à nouveau le catalogue de filles. Une photo me frappe. Elle est grande et elle a une belle ligne féline. Cheveux châtains. Un don du ciel en tweed chiné. L'incarnation vivante de Bryn Mawr.

Robbie dit : « Ça, c'est Janey Blaine. Elle est allée à Smith. Elle a une sauterie avec Jack ce soir.

– *Jack ?* Tu veux dire le sénateur John F. Kennedy ?

– Eh bien, *moi*, je l'appelle Jack, et c'est moi qui lui ai arrangé le coup avec Janey. Il la retrouve à une soirée de levée de fonds pour le parti démocrate ce soir, ici-même. Ce sera mon scénario breveté “une soirée enchantée”. Janey est une fonctionnaire venue d'ailleurs, vous voyez le genre ? Elle aperçoit Jack, leurs regards se croisent au milieu de la foule, elle rentre avec lui à son bungalow, et elle y passe la nuit. Il y aura des grands noms du cinéma à la soirée, ils apercevront Janey et iront voir son pedigree à la Metro. Après le plan de ce soir, elle aura un vrai boulot, vous voyez ? »

Je fume clope sur clope. « Je vois. Au fait, je passerai à la soirée. Et si j'aime la manière dont Janey se comporte, j'aurai un plan à long terme à lui proposer, un plan auquel elle ne pourra pas résister. »

Robbie se met à snif-sniffer. Ses yeux se remplissent de larmes. Il tremble. Ses dentiers clapotent.

« Elle m'a résisté, à moi, ça, c'est sûr. »

Je retiens une riposte. T'auras toujours ta frangine, gamin. Chrissy est un sacré numéro. Tu peux compter sur sa fidélité jusqu'à la fin de tes jours.

Ernie Roll sirote du scotch. « Votre rapport sur *La Fureur de vivre* est sensationnel. Tu ne trouves pas, Bill ? »

Parker sirote du scotch. Le saint des saints du procureur comporte des trophées de pêche montés, accrochés sur les murs lambrissés. Un marlin monstrueux et des pieuvres pétrifiées.

Ernie est avachi derrière son bureau. Parker et moi sommes installés dans des fauteuils en cuir soyeux. Le vert mal de mer du cuir est assorti aux murs.

« Tout à fait. Nous allons pouvoir en tirer des inculpations, et nous ferons faussement vérifier l'article du magazine par Freddy, ce qui nous permettra de faire d'une pierre deux coups quand on mettra *Confidential* dans la merde.

– Trouvez-nous des sales rumeurs sur ce James Dean, Freddy. Il est devenu une vraie star de cinéma.

– Freddy est pote avec ce garçon, Ernie. Nous devons supposer qu'il est la source d'un grand nombre de ces informations. »

Je sirote du scotch. « Le chef Parker a raison sur ce point, Ernie. Cela dit, je devrais ajouter que j'ai fouillé l'appart de Nick Adams et que j'ai trouvé ses empreintes sur des téléviseurs volés. Harry Fremont a récupéré les numéros de série des appareils. Si les cambriolages ont été déclarés, il va coincer ce connard pour une ribambelle de 459 s. »

Nouvelle fausse piste. Nouveau répit pour Jimmy D.

Parker dit : « Freddy Otash. Le seul, l'unique. »

Ernie dit : « Parlez-nous de certaines enquêtes sur lesquelles vous avez été négligent ou coupable de délit, Freddy. Et rappelez-vous, je vous propose en toute bonne foi qu'il n'y ait pas la moindre mention de vous quand toute cette affaire sera devant la justice, donc vous serez totalement hors de cause et ne risquerez aucune mise en accusation. »

Je fais craquer mes doigts. « Les deux incidents Eartha Kitt n'étaient pas très propres. J'ai vraiment fait chier Orson Welles. On a acheté Eartha les deux fois, toujours en liquide et en douce. Les articles étaient des tissus de mensonges. Les relations inter-races étaient un sujet chaud, alors on s'est déchaînés là-dessus. »

Ernie fait *houba-houba*. Parker dit : « Freddy m'en a parlé. Attendez, c'est pas tout. »

Je finis mon scotch. « Christine Jorgensen et moi, on a délesté le jeune Vanderbilt de vingt mille dollars. L'article qu'on a publié a été expurgé avant sa sortie. J'avais défoncé la porte et pris des photos. Elles feront sensation dans une salle d'audience, ou comme sets de table pour votre prochain dîner au Elks Club. »

Ernie se tape les cuisses. « Comme vos photos extraordinaires de Marlon Brando avec une bite dans la bouche. »

Parker lève les yeux au ciel. « Légendaires, ces clichés. »

Ernie dit : « Votre prise de bec mémorable avec Johnnie Ray. Voilà une bonne anecdote à présenter devant un tribunal. »

Je tressaille. « En fait de prise de bec, ce n'était pas grand-chose. Et je n'en suis pas particulièrement fier. »

Parker dresse un index. Ernie raye *cet item* de la liste.

« J'insiste sur le fait qu'on privilégie l'échange de bons procédés, Freddy. Ce qui signifie que vous avez potentiellement une belle ligne de crédit à la banque. »

Je dis : « Caryl Chessman a une audience en appel devant la Cour supérieure. Il sera bientôt là. Je voudrais avoir l'autorisation d'aller le voir en prison. »

Parker dit : « Quel salopard, celui-là. »

Ernie se signe. « Ces pauvres filles. La pauvre victime enfermée à Camarillo. »

Parker se signe. « Réponds à la demande, Ernie. »

Je me signe. « Je promets que je me tiendrai bien, et je promets que tout ce que sortira *Confidential* contribuera à réparer l'erreur de cet article nul qu'on a publié en 52. »

Parker me lance un regard incisif. « J'ai une condition à énoncer avant qu'on accède à cette demande. La prochaine fois que tu assistes à des délits aggravés commis par les Acolytes de Nick, ou l'Afrika Korps, ou je ne sais pas comment tu les appelles, tu devras intervenir avec toute la force requise. »

Identifie la voix. Trouve une correspondance. Entre la voix sur KKXZ et l'album de la promotion 1946-1947. Elle n'est pas l'illustre Kim Hunter ni Barbara Bel Geddes. Elle n'est pas Shirley Tutler/aka Miss Troisième Victime. Elle est probablement Miss Actrice Inconnue n° 1 ou n° 2. Peut-être qu'il s'agit de Lois Nettleton. Peut-être que sa photo n'apparaît pas sur cette page.

Babs m'a donné un sacré coup de main. Elle a appelé et relayé ma demande. Avec doigté elle a auditionné les étudiants de l'Actors Studio West and en a profité pour brouter le gazon de Mercedes McCambridge. Elle a expliqué l'énigme que je cherche à résoudre. Une secrétaire maligne a pigé instantanément. Elle a pris son album de la promotion. Trouvé les visages. Préparé une machine avec un écran sur lequel on peut faire défiler des extraits d'émissions de télé et de films.

Miss Actrice inconnue n° 1 est Marjorie McConville. Miss Actrice inconnue n° 2 est Lana Linscott. Shirley est Shirley. Lois est Lois. La machine émet le son par des ouvertures sur les côtés.

L'employée m'installe dans un box douillet et coupe la lumière. Je fais défiler sur l'écran. Miss McConville massacre *Major Barbara*. Elle quitte une scène à Belfast ou Ballymora comme une furie. Elle me jette Shaw à la figure d'une voix saturée d'accent irlandais. Je passe à la suivante.

Lana Linscott manque singulièrement d'épaisseur. Elle joue une Doris débile et indécise dans *Les invités de huit heures*. Sa voix ne correspond pas à *La Voix*. C'est une soprano souple.

Je sais ce qui va suivre. Je fais défiler et j'y arrive. Shirley Tutler, celle d'avant Chessman.

Elle a l'air L.A. Elle *parle* L.A. Elle allonge les – a – et on entend le vibrato dans sa voix traînante. Elle essaye de jouer Stella dans *Un tramway nommé désir*. Elle minaude et guette les effets. Elle recommence et sa dignité naturelle monte d'un cran.

Je me repasse notre première rencontre. Son chemisier trempé de sang *gouttait* par terre. Je lui ai apporté une couverture. Elle a dit : « Vous êtes très gentil. » Je lui ai apporté un verre d'eau. À partir de là, c'est Colin Forbes et Al Goossen qui ont pris le relais.

Je touche l'écran. Je fais défiler. Lois Nettleton en Maggie dans *La Chatte sur un toit brûlant*.

C'est Sa Voix. Elle a *La Voix*. D'un bond géographique, elle intègre le timbre d'une belle demoiselle du Sud. Elle interpelle son petit mari, le fils à papa à la bite molle homo contrarié, et le supplie de lui faire un enfant. Elle est au paroxysme du pathos et de la rage rentrée. Sa diction du Sud profond prend des inflexions du Nord, du côté de Chicago, mêlés de sonorités de Sheboygan. Je suis content. C'est *Sa Voix*, *La Voix*.

Lois, c'est toi.

Janey, c'est toi.

Pour Jack, c'est elle. Ce soir, du moins. Tu es *canon*. Magnétique, la démarche. Tu fais frémir la foule et tu rembarres les hommes qui tentent de t'approcher. Tu mets en émoi les hordes de démocrates à l'œil torve. Tu vas peut-être bien avoir le job. Je vais te nommer le Béguin du Remuant Rock, alors.

Je circule. C'est une grosse soirée. Complètement cucul la praline et un concours de lèche-cul. Remarquez les guirlandes en papier crépon. Les grossières silhouettes découpées dans du carton – des ânes démocrates en train de brouter.

Je suis tout serré au milieu de ces deux cents personnes. Les femmes portent des robes affreuses et montrent trop leurs épaules. Les hommes portent des costumes de demi-saison et transpirent comme des bœufs. Même *moi*, je transpire. Je suis un métèque d'origine libanaise et j'ai tendance à suer.

Jack est insensible à la sueur. Janey aussi. Jack a le chromosome de la climatisation. Janey déambule d'un pas délié en lin couleur lavande. Je suis grand, Jack est grand, Janey est grande. Je suis un périscope. J'observe par-dessus les têtes de la populace qui ondule. Allez, les enfants. C'est La Soirée enchantée, ce soir. Cette fiesta a commencé il y a déjà une heure. Regardez ces yeux. Faites le tour de la pièce. Voyons comment vous entrez en contact.

Un connard me donne un coup de coude. Oh merde – voilà Robbie Molette. Il est en train de présenter aux invités des choux au fromage et du thon grillé sur des toasts. Il me glisse un message. Je le repousse sans ménagement. Le rongeur s'enfuit en serpentant.

Oooga-booga. Nous y sommes. Jack se dirige vers *elle.* Janey se dirige vers *lui.* C'est une marche lente ponctuée d'innombrables détours au milieu de figurants mal fagotés. Il rit. Elle rit. Ils bougent les mains dans une chorégraphie sexy. C'est le destin – *qu'est-ce qu'on peut y faire ?*

Voilà, ils font connaissance. Ils échangent une poignée de main. Ils parlent. Mentalement, je remplis les bulles. Elle l'appelle « sénateur Kennedy ». Il y va de sa repartie qui tue. « Appelez-moi Jack, je vous en prie. »

Je les observe. Le Pervdog of the Nite est un voyeur depuis *trèèèès* longtemps. Mais qu'est-ce qui se passe ici ? Qu'est-ce qui déclenche cette alchimie ? Qu'est-ce que vous avez de spécial, tous les deux ?

Voici la réponse.

Vous êtes bienséants. C'est une habile tromperie. Vous projetez une grâce pleine de style tout en vous dirigeant vers le péché. Un halo s'est formé autour de vous. Il cache la froideur de vos cœurs et votre insatiable quête de conquêtes.

Janey, c'est toi.

Tu es née pour jouer les appâts. Je suis enchanté et horrifié.

Je sors de la sauterie. Je m'isole sous un auvent à côté et je lis le message de Robbie.

« Les Acolytes de Nick se mobilisent. Demain soir, 21 heures au Marmont. »

***

Je redeviens Freddy le groupie. Je suis un soupirant transpirant planté à côté de son téléphone. Je connais son nom, elle connaît le mien. Le cupide Nasty Nat est notre intermédiaire. La secrétaire de l'Actors Studio a livré les infos sur Lois.

Née à Oak Park, Illinois, en 1927. Miss Chicago en 1948. Étudie à l'Art Institute de Chicago. Part sur la côte est s'installer dans la Grosse Pomme. L'Actors Studio. Lois rencontre Shirley Tutler. Son lien à l'affaire Caryl Chessman est une évidence.

Des contrats pour la télévision. Le cinéma. La scène. L'apogée de sa carrière, c'est *maintenant.* Elle est la doublure de Barbara Bel

Geddes dans *La Chatte sur un toit brûlant*. Petite parenthèse pertinente :

La pièce ne recueille que des louanges sur Broadway en ce moment. Si Barbara écope d'une sale bestiole ou se retrouve avec une laryngite, Lois jouera Maggie la chatte.

Mais elle est à L.A. Elle savait que sa critique cruelle de *Confidential* me ferait réagir. Elle sait des choses sur moi. Elle veut quelque chose de moi. Un jour, mes efforts pour tracer son appel seront récompensés. D'accord, mais je suis *là, j'attends*.

Je me laisse tomber sur mon canapé. Je suis Freddy le groupie. Je suis un cocu, un *cornuto*, un branleur, un crétin. Je jette un sort au téléphone. Je réfléchis à une alerte à toutes les patrouilles sur Lois June Nettleton, femme blanche de nationalité américaine, née le 16/8/27, à Oak Park, Ill…

Le téléphone sonne. Je décroche et je risque le ridicule. Je fais : « Allô ? Lois ? »

Elle répond : « Salut Freddy. Je me suis dit que vous alliez me trouver assez vite. Alors j'ai pris les devants.

– J'en suis ravi. Et je ne vais pas vous demander ce que vous voulez, mais je sais que vous allez me le dire. »

Lois dit : « C'est vrai, mais ce que je veux évolue, et je ne sais pas trop où j'en suis.

– J'ai vu un extrait où vous jouez, aujourd'hui. En noir et blanc. Du coup, je ne sais pas de quelle couleur sont vos cheveux.

– Blond vénitien. Et moi, je vous ai vu à l'émission de Paul Coates ; vous essayiez de dire la vérité mais vous avez bafouillé. »

Je dis : « Faisons connaissance. Tout de suite. Il n'est pas si tard.

– Pas ce soir. Mais ce sera pour bientôt.

– Vous avez un côté garçon manqué tourmenté. Comme Julie Harris, mais en plus direct et plus prononcé.

– J'aime les hommes qui remarquent ce genre de choses et font des comparaisons précises comme celle que vous venez d'énoncer.

– Ça fait combien de temps que vous téléphonez comme ça, anonymement ?

– Depuis la guerre, j'étais encore au lycée. Le téléphone, ça a toujours été mon domaine.

– Je regrette qu'on ne puisse pas en parler face à face.

– Ça arrivera, quand le moment sera venu.

– Si on parlait de Chessman ?

– Pas encore.

– Vous avez raison. C'est plutôt le sujet d'une conversation entre quatre yeux. »

Lois dit : « Shirley parle de vous, quand elle est capable de parler. Elle n'a jamais oublié les quelques instants que vous avez passés ensemble. »

DEVANT LE CHÂTEAU MARMONT

West Zarbiwood
16/5/55

Surveillance.

Il est 20 h 55. Je suis garé dans un axe perpendiculaire, un peu plus bas que les bungalows. J'ai emprunté la Chevy de 53 de Don le Bourricot. Elle est très banale, comparée à ma Packard de proxo. Je me suis garé en marche arrière sur un parterre de fleurs. Prêt à démarrer.

Je suis toujours dans mon trip idolâtre, à fond sur Lois. Nous avons parlé jusqu'à deux heures du matin hier. Nous avons balayé toutes sortes de sujets et somnolé parfois en silence. Nous avons ri, flirté, nous nous sommes approchés du sujet de Shirley Tutler et Caryl Chessman pour finalement le contourner. Lois a refusé de dévoiler l'endroit où elle se planque à L.A. J'ai appelé Nasty Nat et Ray Pinker il y a deux heures. Ils ont réussi à tracer trois appels de Lois. Ils sont près du but. Ray a cherché du côté des transformateurs et a réussi à délimiter un périmètre restreint. Qui se trouve à mi-hauteur de Wilshire Boulevard est.

On cherche une cabine téléphonique. Sa meilleure approximation : Western Avenue à l'ouest, Vermont Avenue à l'est, Beverly Boulevard au nord, Olympic Boulevard au sud.

Je sais. Je vois. Je me creuse la cervelle et je tombe direct sur Chapman Park.

Là-bas, il y a l'Ambassador Hotel. Aussi le Chapman Park Hotel et les Gaylord Apartments. Et le Brown Derby. Ainsi que le restaurant, Dale's Secret Harbor. C'est un quartier très vivant. Lois l'apprécierait – je le *sais*.

Le téléphone m'a bouffé la journée. Robbie le Rongeur m'a appelé et m'a énervé. Il a dit que Jack adore Janey. J'ai réagi : Sans déconner, le contraire serait étonnant. Robbie m'a asticoté : Alors, tu lui donnes le gros contrat ? J'ai répondu : Ouais – dis-lui de me retrouver demain soir, chez Frascati, vingt-deux heures. On sera quatre. Elle rencontrera les gens à ce moment-là. Robbie a raccroché. Harry Fremont m'a appelé. *Caramba !!!* – le Service des cambriolages l'a contacté.

Le butin chez Nick Adams correspond aux déclarations de six cambriolages. Six vols par effraction – tous commis dans un rayon d'un kilomètre autour de l'endroit où crèche Nick le Nabab. C'est *booooon*, ça. Si Nick garde le matos, il est cuit. Mais il y a du moins bon. Les gars du labo ont passé au peigne fin les lieux des cambriolages. Ils n'ont pas pu récupérer la moindre empreinte latente utilisable.

J'ai appelé Bill Parker pour lui donner les nouvelles. Il a dit : mets ça de côté pour l'instant. J'ai appelé Bondage Bob et je lui ai raconté. Il a dit : cette affaire autour de *La Fureur de vivre* est devenue une cause célèbre.

Je suis un indic. Je suis un mouchard. Je suis un informateur infernal. Je réussis à arnaquer les deux camps en trouvant une voie médiane maligne. Et le monde entier est *au courant.*

En milieu d'après-midi, je suis allé relever ma boîte aux lettres. Elle contenait une feuille de papier. Qu'est-ce que vous dites de cette belle lettre d'amour :

Freddy,

Arrête de m'espionner avec tes micros, OK ? C'est énervant. Je suis passé à des prairies plus vertes, maintenant. Je suis devenu une star de cinéma. Je ne suis pas le gamin bagarreur qui glandait avec toi et ta bande de voyous débiles. C'est fini et bien fini. Lâche l'affaire. Ça manque de dignité. Confidential *est un torchon, et toi, t'es un salaud parce que tu bosses pour eux. C'est fini. Tu appartiens au passé, mec. Je veux pas de ton nom sur mon CV.*

Bien à toi

Jimmy

Jimmy, tu n'es qu'un petit salopard. Je me souviens du bon vieux temps.

Je surveille les bungalows. Je mate ma montre. Vingt et une heures. Les minutes passent. Rien ne bouge. L'action démarre à 21 h 14.

Voici la bande immonde. Nick Ray le *Farshtinkener Führer* à sa tête. Ses *Untermenschen* se déploient derrière lui. Jimmy Dean, Nick Adams, Chester Alan Voldrich. Les deux *Kameraden* en noir de la sauterie chez les étudiantes.

Die Fahne hoch. Die Reihen fest geschlossen...

Ils sont *tous* en Afrika Korps ce soir. Les combinaisons, les casquettes à grande visière, l'attirail rommelesque. Nick R., caméra au poing. On est de retour à El-Alamein, en 1942. Rommel est déterminé. Il prépare son raid sur les braves forces armées britanniques.

Un frémissement fanatique. Le groupe de gamins suit le père pourri – quelques pas de l'oie et ils montent dans le van Chevy. Voldrich s'installe au volant et démarre.

Ils prennent à gauche sur Sunset Boulevard. Je prends à gauche et je reste derrière. Je me planque derrière un gros autobus qui se dirige vers l'est. Je reste collé à son pare-chocs et ne quitte pas leur van des yeux.

Nous entrons dans Hollywood. Le bus poursuit sa route vers l'est. Le van prend la direction du sud sur Wilton Place. Un marchand de tacos ambulant se glisse entre nous. Il est apparu comme un sous-marin. Sur les flancs barbouillés de couleurs vives, on peut lire LOS INTRUSOS.

Le van poursuit sa route à bonne vitesse. Je surfe derrière le sous-marin. Nous allons vers le sud. Après une courbe, on passe de Wilton à Arlington. On laisse le collège Mount Vernon Junior High, surnommé Mount *Vermine*. Au carrefour avec Jefferson Boulevard, la cible oblique vers l'est. La tacomobile trace sans tourner.

J'ai perdu ma couverture véhiculaire. Je laisse trois voitures s'intercaler et on s'enfonce dans Nègreville. Quelque chose que m'a dit Robbie Molette me revient.

Monter en puissance. Des cambriolages de magasins d'alcools. Nous sommes à l'angle de Jefferson Boulevard et Normandie Avenue. C'est Alcoololand qui brille de tous ses feux – c'est *ici*, c'est *maintenant.*

Un moment télépathique, de moi à eux. Ne lisez pas dans mes pensées, *Menschen* – ne franchissez pas cette ligne.

Le van se déporte sur la file de droite et ralentit le long du trottoir. Je vois la devanture éclairée du magasin d'alcools, juste devant. J'accélère et je me faufile jusqu'au trottoir d'en face. Le van s'est arrêté.

Achtung !!! Raus !!! Mach schnell !!!

Les six cinglés sortent. Nick le Nazi a la caméra. Nick le Nabab tient un fusil à pompe. Jimmy Dean a une bouteille de vin équipée d'une mèche en coton. C'est un cocktail Molotov, y a pas à tortiller.

Je me fige, je regarde, j'épie. Je suis un voyeur, j'ai ça dans le sang. Bill Parker m'a dit d'intervenir et de faire foirer toutes les entreprises délictueuses. Je ne bouge pas. Je désobéis. Je me réfugie dans le retrait. Je reste calmement complice.

Ils entrent dans le magasin. Le gars au comptoir les voit et s'étrangle. Nick Ray filme. Chester Voldrich se penche sur le comptoir pour atteindre la caisse. L'employé glapit. Sa bouche bouge. J'imagine un *s'il vous plaît* plaintif. Les deux *Kameraden* anonymes bondissent par-dessus le comptoir et le bâillonnent avec du scotch.

Voldrich attrape une bouteille. Il la débouche et la passe à ses connards de copains. J'ai une réaction réflexe. Je cherche à dégainer une arme que je n'ai pas.

Nick Ray filme. Nazi Anonyme n° 2 sort un mini-Minox et fait des photos. Jimmy allume son briquet et met le feu au Molotov. Nick le Nabab arme son fusil et canarde les rangées de bouteilles.

Elles explosent, volent en éclats. La piquette, le tord-boyaux et le scotch coulent à flots. Jimmy lance le Molotov. Il tombe sur la vitrine abritant la charcuterie, et la brise. Des fumées fusent et se fragmentent sur le plafond. Des fils électriques prennent feu et crépitent en étincelles bleues et blanches.

La fumée floute ma vision voyeuriste. L'employé sort en courant et disparaît. Les Acolytes de Nick apparaissent à leur tour. Ils s'alignent sur le trottoir, tous les six. Ils lancent un cri de guerre. Ils ouvrent leur braguette, sortent leur bite et pissent dans la rue.

MA SUPER PIAULE DE CÉLIBATAIRE

West Zarbiwood
17/5/55

Je l'avoue. Je me planque dans mon plumard, au supplice. Je bois comme un trou et je came ma pauvre âme meurtrie. *Quelle* âme ? Ils auraient pu exécuter l'employé et supprimer quelques passants. Il fallait que je les observe et que je mémorise les images. Je suis le Pervdog of the Nite – au-delà de toute logique déontique et de toute justification.

J'écris mes confessions à Dieu et au chef William H. Parker. Je lui écris un mémo qui me met en cause et je lui fais porter, presto. Je lis ma Bible et je vais droit à l'*Apocalypse* :

Que celui qui a des oreilles écoute et comprenne… Si quelqu'un tue par l'épée, il faut qu'il soit tué par l'épée.

Il s'agit bien là des Acolytes de Nick, il s'agit de moi. Il s'agit de l'embrasement que Dieu se prépare à infliger à *Confidential.*

Je reste à côté du téléphone. Il faut que Lois appelle. Elle n'appelle pas. Je pose le téléphone sur mes genoux. Il sonne. Je décroche. Ce n'est pas Lois. C'est Robbie Molette le Reptile.

Il jacasse. J'écoute, léthargique. Je suis défoncé et à moitié bourré.

« … et, Freddy, je me suis dit que je devais te le dire. Nick Ray est au Googie's en ce moment même. Il a un groupe de gugusses avec lui, et ils te charrient méchamment. »

Je raccroche. Je veux tellement que Lois appelle. Je sorcellise les ondes et j'essaye de faire sonner le téléphone. Il sonne. Ce n'est pas Lois. C'est le chef William H. Parker.

Il dit : « Tu es absous, Freddy. On a ce qu'il faut pour inculper ces connards pour incendie volontaire, Voie de fait, cambriolage, et six mises en accusation pour détention d'arme. Ils sont cuits si Ernie Roll et moi, on décide de les cuire, et tu m'as prouvé que tu ne vas pas me cafarder à *Confidential*. Tu piges ? Tu n'es ni un lâche ni un collabo. T'es un salopard qui l'a jouée fine pour la première fois de sa vie. »

Je bavasse. Parker me dit : « La ferme, savoure ton absolution et le fait carrément étonnant que je commence à t'apprécier. Et, tant que j'y suis, je te fais une suggestion. Ce serait peut-être bien que tu informes Nick Ray et sa bande qu'ils devraient se ranger. »

L'absolution. La sanction fantasque de Parker. Dexedrine et café fort. Je sors de mon brouillard et je me défais de mon cafard.

Au Googie's, c'est bondé. Je plisse les yeux pour scanner la foule et j'entre par la porte de derrière. Je les vois, ils me voient.

Eux :

Le film avec des fourmis géantes, l'an dernier. Des fourmis géantes attaquent L.A. Elles font un sacré grabuge et bouffent les jolies femmes. Quand je l'ai vu, j'ai bien rigolé. Freddy O. est une fourmi géante.

Eux : Nick Ray, Jimmy Dean, Chester Voldrich. Natalie Wood et Sal Mineo. Tous entassés dans un grand box. Ils sirotent d'énormes martinis. Natalie et Sal n'ont pas l'âge légal. Il y aurait de quoi les arrêter.

J'ajuste mes antennes et je les rejoins. Faut pas faire chier Freddy O., la Fourmi géante. La bande m'ignore. Je pique l'olive posée sur le verre de Nick et je l'avale. En me léchant les babines.

Jimmy dit : « Fous le camp. Tu sais pas lire ? Je ne suis plus ton pote, c'est *finito.* »

Nick s'apprête à se mettre debout. Je l'attrape par la cravate et je tire. Je lui flanque la tête dans son antipasto. Il glougloute et gargouille. J'entortille sa cravate autour de mon poing et je lui maintiens la tête comme ça. Il bat des bras comme une bécasse.

Natalie glousse. Sal se pâme, une vraie chochotte. Jimmy se la joue cool Raoul. La Fourmi géante l'ennuie. Ses tremblements sont révélateurs.

Je lâche Nick. Il hoquète et mouche son nez en sang dans sa serviette. Chester Voldrich dégaine un couteau à cran d'arrêt, sort la lame et la tend vers moi.

Il est tout près. Je saisis son poignet et je l'oblige à lâcher le couteau. Voldrich gémit. Je colle sa main sur la table et j'y plante le couteau. Des os se cassent, du sang s'écoule, la lame perce le bois et traverse la table. Je m'appuie dessus de tout mon poids. Voldrich hurle. Je l'immobilise après un deuxième impact. Le voilà marqué d'une croix.

Voldrich hurle. Je dis : « Natalie, versez le contenu de votre verre sur sa main. »

Natalie répond : « Pourquoi je ferais ça ? »

Je dis : « Parce que vous êtes une délinquante juvénile. »

Natalie dit : « OK. » Natalie verse l'alcool sur la main de l'autre.

Chester hurle. Le liquide embrase la patte épinglée. Il hurle à nouveau. Il renverse la table et se cogne le dos contre la banquette.

Sal dit : « Moi aussi, je suis un délinquant juvénile. » Il retourne son verre. La deuxième dose de liquide brûle la main de Chester.

Chester hurle. Je lui fourre une serviette dans la bouche pour le bâillonner. Jimmy est toujours cool Raoul. Et maintenant, Nick prend la même pose.

Je suis Freddy O., la Fourmi géante. Me faites pas chier.

D'une mission de mutilation à la mortification. De Fourmi géante à paria voyeur.

J'entre chez Frascati. Le maître d'hôtel geint. Il m'emmène à ma table. Des clients aux tables voisines geignent et prennent leurs distances. Les serveurs s'activent. Ils empilent les assiettes, les sets de table et exfiltrent les clients. C'est l'Exode – *Laisse partir mon peuple !*

Voilà Rock et les filles. *Coucooooouuu*, Janey Blaine.

Elle est superbe. Elle est *mucho magnifica* dans une robe chemisier en madras.

Elle tend la main. Je m'incline et je la prends. Rock me fait un clin d'œil. Phyllis lève les yeux au ciel et laisse paraître sa rancœur. *Alleeeez* – c'est rien qu'un montage et un autre faux mariage. C'est Hollywood. Le Triangle trippant de Rock !!!

On va bien rigoler.

Je m'assois. D'un geste, Rock commande d'autres martinis. Je sens une odeur de gin sur les manches de ma veste. Ça me contrarie.

Janey lance les hostilités. Un grand coup, direct.

« Pardon si je me montre pressante, mais qu'est-ce que je dois faire, exactement ? »

J'allume une cigarette. « Vous jouez la comédie. Vous êtes une ancienne étudiante de Smith lâchée à L.A. Vous rencontrez Rock à un dîner. Il s'agit du scénario de la Soirée enchantée que vous maîtrisez, je le sais. Phyllis est avec Rock. Elle est sa fiancée, et elle n'aime pas ce qu'elle voit se passer entre vous deux. J'écrirai un dialogue pour Phyllis et vous, pendant le dîner. Vous parlerez de politique et d'autres choses, mais tout cela est un écran de fumée pour cacher le sentiment frémissant qui est en train de naître entre Rock et vous. Voilà le point de départ. On verra comment ça démarre, et on enchaînera. »

Phyllis dit : « C'est dévalorisant. Ça ne peut aller que de mal en pis, du moins, pour moi. »

Rock dit : « Pas de gros câlins, Janey. Ce n'est pas du tout mon truc. »

Janey rigole. Phyllis dit : « Pas encore – mais on va y arriver. »

Les martinis se matérialisent. On prend le temps de boire tranquillement. Je mate Janey en douce. Je parviens à quelques conclusions.

Elle est autoritaire. Elle est irascible et impatiente. D'entrée de jeu, elle tape sur les nerfs de Phyllis. Définissons la Triade délicate. Rock est l'imbécile de la farce – mais désormais, il est strictement *hétéro*. Phyllis apporte le cerveau et la rectitude royale. Janey est ce qu'elle est – un *appât*. Elle est la tentatrice torride qui vient perturber la marche sereine de Rock vers l'autel.

Janey sirote son martini. « Qu'est-ce que vous êtes prêt à me payer, et combien de temps ça va durer ? »

Je dis : « Dix mille dollars. Préparez-vous à toute une série de rencontres, qui s'étaleront sur plusieurs mois. Il y aura des interviews avec la presse sur les vedettes. Lew Wasserman a promis que vous auriez un rôle secondaire mais avec du texte dans le prochain film de Rock. Vous jouerez la petite sœur salope du premier rôle féminin. »

Janey allume une cigarette. « Je serai sa doublure, aussi. N'est-ce pas, Rock ? Ou est-ce que je dois commencer à t'appeler "chéri" ? »

Rock dit : « Janey est une emmerdeuse, t'es pas d'accord, Freddy ? »

Je confirme. « Ça oui. »

Phyllis lance un regard incendiaire. *L'enfer n'a pas de fureur plus redoutable qu'une femme dédaignée.*

« Rappelle-toi juste qui le récupère, au final. Seule l'une de nous a la capacité de faciliter cette conversion, et c'est moi. Alors, de ce point de vue-là, cette comédie de mauvais goût que tu as inventée reflète *bien* la réalité. »

Rock dit : « Continuez à parler de moi à la troisième personne. J'adore. »

Janey écrase sa cigarette. « Je vois que vous êtes très efficace quand il s'agit de perdre les hommes, Phyllis.

– Disons simplement que je suis plus expérimentée que vous, ma chère. Par exemple, Freddy et moi on s'est pelotés dans un café plein de monde, il n'y a pas si longtemps – et j'aurais volontiers couché avec lui, s'il me l'avait demandé. »

Janey dit : « Freddy, tu es un chien. »

Je fais : « Woof, woof. »

Rock échange avec moi un regard complice. Je déplace le sac à main de Janey pour pouvoir rapprocher ma chaise. Rock rapproche la sienne.

« Je commence à émerger de ce brouillard dans lequel je me trouvais quand tu m'as sorti de prison. Je me rappelle certaines choses qui sont arrivées chez Nick Adams.

– Comme ?

– Comme des lampes à arc. Et tu te souviens que je t'ai parlé d'un gars qui était là-bas avec Nick ?

– Ouais, je me rappelle.

– Eh bien, je me souviens qu'il m'a touché – si tu vois ce que je veux dire. Et il racontait un truc sur Jimmy Dean qui allait jouer le rôle de Caryl Chessman. »

Ça résonne : chantage/rumeur de pornographie/Rock amnésique, et un plan pervers des Acolytes de Nick. Un méli-mélo porno. Ça vaut un chef d'extorsion. Bill Parker va adorer. *La Fureur de vivre.* Le dossier grossit. Et… Caryl Chessman, *à nouveau.*

Un serveur m'apporte un message. Je l'ouvre.

Freddy,

On a tracé les appels. Elle téléphone depuis une cabine à l'angle de Wilshire et Mariposa. Derrière Dale's Secret Harbor.

Bien à toi,

Nasty Nat

Je me lève. J'attrape les fleurs posées en décoration au milieu de la table et j'enroule les tiges dans ma serviette.

Rock dit : « Freddy s'en va. Je parie qu'il a un rendez-vous chaud chaud. »

Les filles nous ignorent. Elles échangent sur un ton de plus en plus haineux.

Lois Nettleton à vingt-sept ans. La voici, c'est la première fois que je la vois.

Je me gare sur le parking derrière Dale's Secret Harbor. La cabine se trouve près de la porte des cuisines. Elle parle dans le combiné. Une ampoule faiblarde au plafond projette une timide lueur. Sa silhouette se découpe nettement sur le fond noir.

Elle est fine. Élancée, ouais – je m'en doutais, d'après sa photo et le bout de film. Longiligne sans être grande. Elle a les cheveux roux qui tirent vers le blond. Elle est simple, sans artifices. Elle a les traits tirés. Je retrouve son côté garçon manqué. Ses yeux sont d'un bleu délavé. Ils confirment notre contact au téléphone. Elle maîtrise les effets, son détachement reste juste en deçà de l'artificiel.

Je me dirige vers la cabine. Lois me voit. Elle entrouvre la porte et sourit. Elle aperçoit les fleurs et fait semblant de se pâmer. Elle dit : « Nat, faut que j'y aille » et elle raccroche.

Je lui tends les fleurs. « Freddy, vous n'auriez pas dû. »

Ses yeux bleu délavé papillonnent. Ils sont trop rapprochés. Ça nuit à sa beauté et ça met son âme en valeur.

Elle a loué une *casita* cool au Chapman Park Hotel. C'est un bâtiment en stuc blanc avec une terrasse carrelée. Un petit sentier de verdure descend jusqu'à Wilshire Boulevard. Les faisceaux des voitures mitraillent les gratte-ciel et les devantures de bon goût.

On s'assoit sur une balancelle recouverte d'un sarape. Le room-service nous livre des salades de homard et du vin blanc. Lois porte une robe droite et un cardigan tout simple. Nous allongeons nos jambes, les pieds calés sur une longue ottomane. Lois a les genoux bosselés. Je remarque ce détail.

Je dis : « Et si Miss Bel Geddes attrape une pneumonie ? Vous serez ici, avec moi, en train de penser à qui vous savez, vous perdrez l'occasion du siècle. »

Lois fait tourner son cendrier. « Barbara ne se permettra jamais de tomber malade. C'est une des raisons pour lesquelles j'ai décidé de venir. Et vous ne devriez pas vous empêcher de dire son nom. C'est Caryl Whittier Chessman. »

Je tourne mon cendrier. « Donnez-moi d'autres raisons.

– Il a une audience bientôt. J'envisage de me planter devant le tribunal et de jeter un sort à ce fils de pute. »

Je m'étire et je rapproche mes pieds de ceux de Lois. Elle va jusqu'à cogner ses pieds contre les miens. Elle porte des chaussures basses à lacets peu élégantes. Je remarque ce détail.

« Il y a une drôle de convergence qui est en train de se former, avec ce connard de Chessman au milieu. D'abord, vous apparaissez et commencez à malmener le magazine, et votre serviteur. Ensuite, je me retrouve mêlé à une embrouille avec des amis flics *et* le magazine, en rapport avec un film que mon ex-bon ami, James Dean, est en train de tourner en ce moment. J'ai été informé que Nick Ray presse Jimmy de jouer le rôle de Chessman dans une espèce de biopic qu'il s'est fourré dans le crâne de tourner. »

Lois allume une cigarette. « Jimmy est un connard. Je l'ai rencontré à New York et je ne l'ai pas apprécié. S'il joue le rôle de Chessman et s'il fait de lui autre chose que le salopard malfaisant qu'il est, je lui jetterai le sortilège tu-mourras-jeune spécial de Tante Lois, et on le retrouvera mort après une altercation terriblement gênante dans un bar sado-maso sordide. »

Je ris comme une baleine. Lois rit comme une deuxième baleine et glisse ses doigts entre les miens.

« J'aurai peut-être l'occasion d'interroger Chessman, pendant qu'il est à L.A. Mes copains le procureur et le chef de la police sont d'accord, pour l'instant. Est-ce que vous voudriez être présente ? »

Lois se signe. « Que Dieu me soit témoin. »

Je me signe. « Alors vous y serez. »

Des notes de musique nous parviennent. L'Ambassador Hotel et le Coconut Grove ne sont pas loin. J'entends « How High the Moon » et je lève les yeux. Des rayons de lune réveillent les étoiles, partout dans le ciel.

« Freddy le mystique. Si seulement je pouvais lire dans vos pensées.

– Je me demande comment vous résumeriez toute cette affaire Chessman.

– Je l'appellerais le moment central de ma vie, alors que je n'étais pas présente lors des faits. »

Je regarde Lois. « J'accepte cette réponse. Je me demande aussi si vous acceptez que je vous embrasse pour vous souhaiter bonne nuit. »

Lois répond : « Je n'ai pas encore décidé. »

MA SUPER PIAULE DE CÉLIBATAIRE

West Zarbiwood
18/5/55

La sonnerie du téléphone me troue les oreilles et transperce un rêve. J'étais la Fourmi géante, une fois de plus. Je me jette sur le combiné en lançant un œil sur le réveil. Il est 8 h 12.

Je dis. « Ici Otash. »

Un homme dit : « Ici Jack. Ne pose pas de questions, rapplique, tout de suite. »

C'est bien Jack. À sa voix suraiguë je devine qu'il est pris de panique.

« J'arrive. »

Je roule, *rapidamente*. J'arrive au Beverly Hills Hotel un battement de cils plus tard. Je traverse le hall en courant et je fonce vers le bungalow de Jack. Je cogne à la porte. Jack ouvre.

Il a l'air choqué. Ses sous-vêtements à carreaux sont en lambeaux. Une gueule et une dégaine de débile. Voyez ses pupilles dilatées. Il a pris trop de pilules, il est complètement parti. Mongo Lloyd, tout droit sorti de l'asile. Il s'est grillé des centaines de milliers de cellules du cerveau. Il brandit un gant de toilette mouillé.

« Qu'est-ce que vous faites, Jack ?

– J'efface les empreintes digitales des murs. Comme ça, ils penseront qu'elle n'est jamais venue ici. J'ai saupoudré des corn-flakes partout par terre dans la chambre, comme ça, s'ils pénètrent par la porte de derrière, je les entendrai. »

J'entre et je ferme la porte. À double tour. Une radio ronronne. Je l'éteins.

« Qui est "elle", Jack ? Et qui c'est, "ils" ? Racontez-moi, lentement. »

Jack dit : « J'ai enlevé les draps du lit et je les ai envoyés à la blanchisserie. J'ai ôté deux cheveux à elle qui étaient restés sur ma brosse et j'ai balancé les mégots de ses cigarettes dans les toilettes. Personne ne l'a vue ni entrer ni sortir. Elle s'est cachée dans la chambre quand le room-service est venu. Je suis un pro à ce genre de trucs, alors… »

Je le gifle, violemment. Une fois, deux fois, trois fois. Ses joues virent au rouge et de petites gouttes de sang apparaissent. J'attrape son petit cou de poulet et je le colle au mur.

« Dis-moi ce qui se passe. Dis-moi qui est “elle”, et qui sont ces “ils”. »

Jack tremble et pleure. Je lui essuie la figure avec un mouchoir et je pose ma main sur son cœur. Il bat à plus de deux cents. Ses sous-vêtements pendouillent, trempés de sueur.

« La call-girl. Janey quelque chose. Avant-hier soir, elle a passé la nuit ici. Son corps a été retrouvé ce matin. J'ai entendu aux infos. Elle a été balancée du côté de Mulholland Drive et Beverly Glen. »

Putain de bordel. Jack K. est dans une merde noire. Robbie Molette a sa part de responsabilité. C'est lui qui a proposé Janey à Jack. Adieu Janey. Pas de contrat long pour toi.

Je sors des pilules de mes poches. Jack se jette dessus. Il va perdre conscience. Il se réveillera complètement dans le cirage.

« Ramasse les corn flakes, et arrête d'essuyer les murs. Appelle Jerry Geisler et dis-lui la vérité. Dis à Jerry d'appeler Ernie Roll et je me charge de Bill Parker. On va étouffer cette affaire et s'assurer que tu n'y laisses pas de plumes. »

Jack dit : « T'es un vrai pote, Freddy. Je savais que tu ferais ce qu'il fallait. »

Rien n'est gratuit, l'ami. Ça va te coûter cinquante mille, au moins. Faudra ajouter la part du LAPD. Parker a ses entrées au FBI. Ça communique. Edgar Homo Hoover te déteste. Ça pourrait donner du *boooooon.*

Jack part vers la chambre en zigzaguant. Les corn flakes crissent sous ses pas. Il s'écroule sur le lit et se terre sous les couvertures. Des ronflements étouffés me parviennent.

***

Cinquante mille. Lois et moi. Un mois de folie à Montego Bay, Jamaïque. Le baiser d'hier soir s'est multiplié *mucho* millions de fois. Je vais glisser des méchants microbes dans le café de Barb Bel

Geddes. Lois va réviser, reprendre son rôle et mettre Broadway à ses pieds. Et le soir de la dernière de *La Chatte*, on file en Jamaïque. Et avant, on profite de Manhattan.

Je me dirige vers la sortie. J'ai laissé Jack dans le coma. Je devrais appeler Parker et Ernie Roll et lancer l'affaire. Le voiturier m'a vu. Il a vu ma Packard de proxo. Quatre grands types se prélassent à côté.

Amicalement vôtre – le Hat Squad.

Je m'approche, *lentement*. La Fourmi géante avance, complaisante.

Max Herman : « Salut Freddy. »

Red Stromwall : « Comment va le sénateur Jack, Freddy ? »

Harry Crowder : « Dommage pour Miss Blaine, Freddy. »

Eddie Benson : « On a trouvé tes empreintes sur le sac à main de Miss Blaine, Freddy. Le chef voudrait bien en parler avec toi. »

L'Hôtel de ville. L'infernal Bureau des inspecteurs. Salle d'interrogatoire n° 3. Les Hats retiennent Otash en otage. Ce n'est pas la première fois que je suis sur la sellette.

La table boulonnée au sol. La chaise vissée dans le sol. Le cendrier. Le gros annuaire. Nous sommes là où ils recueillent systématiquement les confessions.

Les Hats sont à califourchon sur leur chaise. J'ai calé la mienne contre le mur. Max distribue des cigarettes. Red sort sa flasque. Elle tourne. Nous avalons deux goulées chacun.

Red fait *aaaahh*. « Un petit déjeuner de champions. »

Max dit : « Explique tes empreintes sur le sac à main de Miss Blaine.

– J'ai bu un verre avec elle hier soir, mais je suis parti tôt. J'ai pris son sac à main pour le déplacer. »

Harry dit : « C'était où, et il y avait qui d'autre ? »

Je réponds : « Chez Frascati, à Beverly Hills. On s'est retrouvés vers vingt-deux heures. Les autres invités étaient Rock Hudson et sa fiancée, Phyllis Gates. »

Eddie dit : « Rock est une pédale. J'y crois pas – tu étais en train de monter un bobard pour le magazine.

– C'est exact. Je voulais recruter la fille pour jouer les appâts. »

Max dit : « Pourquoi tu es parti tôt ?

– J'avais un rendez-vous. »

Harry dit : « Où, à quelle heure et avec qui ?

– Vers onze heures et demie. Au Chapman Park Hotel. Une femme appelée Lois Nettleton.

– Combien de temps tu as passé avec Miss Nettleton ?

– Je l'ai quittée à deux heures du matin. »

Harry soupire. « Si l'alibi est casher, t'es hors de cause. »

Max soupire. « On devrait mettre Freddy au parfum. »

Red soupire. « Il mérite d'être mis au courant. »

Harry allume une cigarette. « On te file le train depuis l'instant où le chef t'a embarqué dans ce plan contre *Confidential*. »

Eddie tripote sa flasque. « Par exemple, j'ai vu la scène que t'as faite au Googie's hier soir. Voldrich a perdu deux litres de sang et s'est retrouvé en état de choc. J'ai passé l'appel au Queen of Angels. Voldrich est un sac à merde notoire, alors j'ai dit aux urgences de pas se presser. »

Je rigole. « Donnez-moi les détails sur Janey. »

Red jette un coup d'œil à ses notes. « Il s'agit d'un viol et d'une strangulation à mains nues. Le décès remonte à une heure du matin. Elle a été déposée sur Lindell Street, au pied du talus de Mulholland Drive, au niveau de Beverly Glen Boulevard. Apparemment, elle a été tuée dans les buissons et balancée ensuite. Un promeneur de chien l'a trouvée à quatre heures quinze. La nouvelle est sortie juste avant le bouclage du *Herald* de ce matin. Doc Curphey est en train de faire l'autopsie en ce moment même. »

J'analyse les éléments point par point. Elle est peut-être restée tard avec Rock et Phyllis. Elle avait pris un taxi ou sa voiture personnelle pour aller chez Frascati. Elle connaissait le type. Elle fricotait avec lui. Et ça a très *maaaaal* tourné.

« Un véhicule sur la scène de crime ? Est-ce qu'elle avait une voiture ? Des traces dans la terre sur Mulholland Drive ou à l'endroit où on l'a trouvée ? »

Harry reprend ses notes. « Pas de véhicule sur le site, à notre connaissance. Nous allons commencer l'enquête de proximité d'ici une heure. Elle possédait une Buick Super de 1950, qui est garée devant la petite maison qu'elle louait à Culver City. Nous avons déjà épluché les relevés des compagnies de taxi. Pas de courses à destination ni en provenance de chez Frascati à partir de vingt heures. »

Je réfléchis. Harry dit : « Tu as été surveillé le soir de la réception pour la levée de fonds. Au cas où tu ne le saurais pas, les endroits publics de l'hôtel sont pleins de caméras, alors j'ai pu vous observer, le sénateur Kennedy, Miss Blaine et toi – dans ce qui, rétrospectivement, ressemble à une rencontre complètement mise en scène.

D'ailleurs, la police de Beverly Hills a un casier pour Miss Blaine. Elle racolait dans le bar du Beverly Wilshire. »

Max soupire. « Voilà ce qu'on a, Freddy. La grande question, c'est qui t'a mis en relation avec la jeune Blaine et a lancé ce grand truc ? »

Eddie me glisse la flasque. Je glougloute, à gogo.

« Vous n'allez pas me croire, mais je vous le dis quand même. C'était ce petit connard de Robbie Molette que vous avez arrêté lors de l'affaire Art Pepper. Il est aide-serveur à l'hôtel, et son père est un esclave salarié de la Metro. Il recrute des figurantes au studio et Robbie, entre autres entreprises délictueuses bidon, les propose aux clients de l'hôtel contre rémunération. »

Max fait : « Putain de merde. *Ce* branleur. »

Red renchérit : « Belle famille. Papa et Junior maquereautent des filles, et Robbie vend des photos à poil de sa propre sœur. »

Harry ajoute : « Et il vend de la marie-jeanne à tous les camés qui bossent sur des tournages. Tu te souviens ? Il en a parlé quand on l'a interrogé la semaine dernière. »

Eddie dit : « Des tournages comme celui de *La Fureur*, dont Freddy sait tout, parce que le chef lui a commandé un dossier sur ce navet, et que je l'ai vu moi-même en train de surveiller le parking à côté de l'observatoire, pendant qu'ils étaient en train de tourner. »

Filé au train. Piégé de partout. Je suis baisé par tous les trous. Le chef William H. Parker. Le seul, l'unique.

Je dis : « J'aimerais bien qu'on soit d'accord sur un truc. Tout ce qui a un rapport avec ce film devrait aller du chef à moi, et ensuite de moi à vous. Robbie est mouillé, on est d'accord – et mouillé dans ce film. Je veux juste m'assurer que ce boulot que je suis en train de faire pour le chef ne soit pas piétiné. »

Max ricane. « Et je suis sûr qu'il en va de même pour le sénateur Kennedy, quand on l'aura disculpé dans l'affaire Blaine, si jamais ça arrive. »

Harry se bidonne. « Le jeune Molette qui fournit de la chair fraîche à un sénateur des États-Unis. Je continue à trouver ça difficile à croire. »

Red gémit. « On est coincés sur Fat Boy Mazmanian, et maintenant, on se retrouve à nouveau coincés sur cette affaire Blaine. Donne-nous un peu d'espoir, Freddy. Dis-nous qu'elle s'est confiée à toi, et que tu sais tout sur sa vie privée. »

Je tète la flasque. « Que dalle. Robbie a arrangé la rencontre entre elle et le sénateur, et moi, j'ai fait sa connaissance hier soir. Ça va vous demander une grosse enquête de voisinage et d'exploration de ses relations, alors que vous préféreriez pouvoir boucler ce pourri de Mazmanian. »

Red rigole. « *Es la verdad*, Junior. »

J'interpelle Harry. « OK, tu m'as suivi à la soirée de levée de fonds. Tu étais sur place à l'hôtel. Tu as observé le sénateur et Janey, alors tu as gardé les yeux bien ouverts. Je me demande si tu as remarqué quelque chose de bizarre pendant que t'étais là-bas. »

Harry hausse les épaules. « Des photographes de presse indisciplinés, à l'extérieur du hall principal. Au moins un type qui a franchi le barrage et s'est mis à faire des photos à travers la grande baie vitrée qui donne sur le porche. Un flic de Beverly Hills m'a dit qu'il y avait deux bonnes douzaines d'ampoules de flashes par terre, là où il se trouvait. »

Quelqu'un toc-toque à la porte. Les Hats se lèvent, *rapidamente*. Bill Parker entre. Les Hats sortent. Il a fallu 0,1 seconde.

Parker s'assoit à l'envers sur sa chaise. « Le sénateur a contacté Jerry Geisler. Jerry a appelé Ernie Roll. Ernie a envoyé Miller Leavy prendre la déposition du sénateur. Il semblerait que celui-ci était occupé avec une deuxième call-girl pendant que la première était violée et assassinée, ce qui le disculpe au moment de la mort, telle que définie par Doc Curphey. La deuxième call-girl a confirmé l'affirmation du sénateur selon laquelle ils étaient ensemble dans le bungalow de vingt-trois heures à quatre heures du matin, ce qui opportunément couvre toute la fourchette de l'estimation qui a été faite de l'heure de la mort. Sans qu'on s'explique la raison, le sénateur veut que tu t'occupes de cette affaire. Je ne sais pas pourquoi et je m'en fiche. J'accède à la requête du sénateur, et je t'interdis d'utiliser ton influence douteuse auprès de lui pour faire dérailler mon projet d'action contre *Confidential*. Tu vas aussi déployer ton équipe de gros bras pour qu'ils dissuadent de toutes leurs forces les reporters des journaux, de la télé et de la radio de diffuser la moindre information sur le meurtre de Miss Janey Blaine. Concernant ce supposé homicide, Doc Curphey est revenu sur sa première estimation de la cause de la mort de Miss Blaine. Il a officiellement annoncé que Miss Blaine est morte des suites d'une chute depuis le haut du talus de Mulholland Drive. Tu me suis ? »

Je fais craquer les jointures de mes doigts. « Oui monsieur. »

Parker allume une cigarette. « Ernie Roll veut que tu travailles avec les Hats. Il va te donner les références nécessaires du Bureau du procureur et il va te faire prêter serment comme adjoint spécial. Ce sera la première étape pour que tu puisses contacter légalement les instances municipales, les organisations d'État et les autorités fédérales, et demander les casiers de toutes les personnes, acteurs et techniciens, du tournage de *La Fureur.* Je suis, bien entendu, conscient du fait que le peu recommandable Robbie Molette leur vend de la drogue, et je suis conscient que le jeune Robbie a prostitué Miss Blaine au sénateur Kennedy. Je veux que tu compiles les dossiers sur absolument tous les membres du gang de *La Fureur de vivre.* Cela te servira à préparer l'article de *Confidential* qui portera atteinte au film, et ça me servira à juger le dossier à charge que tu prépares pour moi. Et si je peux me permettre, ça vous servira aussi, aux Hats et à toi, dans vos efforts impérativement secrets pour obtenir justice dans l'affaire de ta chère Miss Blaine. Jusque-là, tu me suis ? »

Je suis, chef. Trouve le gars. Tue-le. Corrobore les conneries de Doc Curphey. Janey est tombée du haut d'un talus.

« Je suis, chef. »

Parker avale des cachets de digitaline sans eau. Il enchaîne les Chesterfield. Il remplit la salle d'interrogatoire n° 3 de fumée, du sol au plafond.

« Pour conclure, je veux que tu compiles un dossier à charge sur le sénateur Kennedy lui-même. Je te donnerai peut-être l'ordre de publier tes découvertes dans *Confidential.* Il y a une rumeur selon laquelle le sénateur serait pressenti pour être candidat aux côtés du gouverneur Stevenson l'année prochaine. Le moment est peut-être parfaitement choisi pour une diffamation de grande envergure. »

William H. Parker. Le seul, l'unique.

Je gare ma Packard de proxo au sous-sol de l'Hôtel de ville. J'y suis descendu par une rampe discrète. J'aperçois la limousine Lincoln de Jack K. à côté des places réservées aux voitures de patrouille. Les portières arrière sont grandes ouvertes. Dans l'éclairage émis par le plafonnier, les gens convoqués à ce rendez-vous.

Jack, Ernie Roll, Bill Parker. Il y a un bar et des carafes en baccarat. Jack sert des verres.

Les tubes fluorescents au plafond du sous-sol émettent une lumière fantomatique. Tapi derrière ma voiture, j'épie et j'écoute la réunion.

Jack fait de la lèche à Bill et Ernie. Bill et Ernie font de la lèche à Jack. Ils sirotent tous du scotch et affichent tous un teint rayonnant. Jack dit qu'il va faire envoyer une caisse de Cointreau au coroner Curphey. Ses conclusions post mortem les ont sortis de la merde.

Parker dit : « Surtout vous, sénateur. »

Jack dit : « Appelez-moi Jack. »

Ernie dit : « Nous sommes des hommes d'honneur, Jack. Ne vous attendez pas à ce qu'on vous demande de nous renvoyer l'ascenseur à la minute où vous atterrirez à Washington. »

Jack fait : « Aïe. »

Parker dit : « Vous vous sentez mal pour la fille, n'est-ce pas ? »

Jack allume un cigare. « Oui. Et franchement, j'aimerais bien que tous les détails de cette affaire soient élucidés et qu'elle soit vengée d'une manière quelconque, à jamais tenue secrète, bien sûr. »

Ernie dit : « Vous ne serez pas déçu, Jack. »

Parker dit : « Les Hats savent très bien faire ce genre de choses. Freddy Otash n'est pas mauvais non plus. »

Jack dit : « Je maudis le jour où j'ai fait la connaissance de Freddy. Je ne crois pas qu'une caisse de bouteilles suffira à exprimer adéquatement mes remerciements pour ses conseils condescendants et suffira à chasser ce connard de ma vie pour toujours. »

Parker allume un cigare. Il souffle des ronds de fumée. Le parfum se diffuse et me remplit les narines. *Aaahhh*, Cuba. Un régime fantoche. On a nos mascottes de la pègre qui y font un fric fou. Ils arrosent les démocrates et les républicains, cinquante-cinquante. Jack et la moitié de nos élus en profitent.

Jack dit : « Batista a un requin apprivoisé qui s'appelle Himmler. Il vit dans une grande piscine, derrière le palais présidentiel. Himmler mange les dissidents communistes. Les hommes de main de Batista les jettent dans la piscine et Himmler se régale. Lyndon Johnson m'a dit que c'est un spectacle à ne pas manquer. »

Ernie dit : « Oubliez toute cette gabegie, Jack. On s'en occupe. »

Parker dit : « Nous avons des ressources, et nous n'avons pas peur d'enfreindre quelques règles. »

Jack dit : « Enterrez l'affaire. Je ne veux pas connaître les qui, les quoi, les pourquoi. C'était juste une fille parmi d'autres. Peut-être que je la recroiserai un jour. »

***

Le crépuscule. Une lune flottante dissipe les nuages et allume les étoiles chez Lois. Nous nous balançons sur la balancelle en nous tenant la main. Lois porte une jupe en velours côtelé et un chemisier comme Shirley l'autre soir.

« Je sais ce que tu penses. Tu penses que tu as du mal de me cerner, que je suis une actrice cinglée qui entretient sa motivation en se créant un personnage, parce qu'en réalité la fille est barbante, et c'est ce qui l'a convaincue de devenir une actrice, au départ. »

Je fais *niet*. Lois pose une main sur ma jambe.

« Vous étiez camarades de chambre. Vous viviez ensemble dans un petit appart pas cher. C'était juste après la guerre, et la vie était exaltante. Les amitiés de jeunesse sont puissantes. Tu ne peux pas laisser partir Shirley et il n'y a aucune raison que tu le fasses. »

Lois enfouit son visage dans ma poitrine. « Tu as raison sur ce point. Et tu sais exactement quoi dire pour me désamorcer. Je te connais à peine, mais je sais que tu es sombre parce que l'audience en appel de Chessman a été reportée ; et moi, je retourne bientôt à New York, alors, qu'est-ce qui va se passer ? »

Je la prends par le menton. Je dépose un baiser sur ses cheveux et je perçois un effluve de shampoing à l'amande.

« Je ne vais pas abandonner cette affaire.

– D'accord, mais qu'est-ce que tu vas pouvoir faire ? »

Je m'irrite. « Est-ce que c'est là que tu lâches que tu t'es arrangée pour me rencontrer parce que tu savais que Chessman serait ici, et que j'ai passé cinq minutes avec Shirley, et que tu aimes provoquer des situations dramatiques, et que tu aimes bien pourchasser les hommes, tant que t'y es. »

Lois me gifle. Je la laisse faire. Elle me gifle à nouveau. J'attrape sa main et j'embrasse ses doigts au moment où la gifle part. Elle pleure un peu. Je l'embrasse dans le cou et j'essuie ses larmes.

Elle dit : « Il faut que tu fasses les choses que je ne peux pas faire. Je ne sais pas quoi, mais j'ai besoin que tu fasses quelque chose. »

Je dis : « Je suis en train d'élaborer un article diffamant sur Nick Ray, Jimmy Dean et *La Fureur de vivre*. J'ai un statut d'adjoint spécial sur une affaire qui a un lien. J'ai passé un appel au responsable du courrier à Quentin. Nicholas Ray et James Dean sont des correspondants approuvés de Chessman, alors je pense que la rumeur selon laquelle Jimmy et Nick veulent tourner le film sur lui est vraie. »

Lois plonge sa main dans mes cheveux et m'attire contre elle. Nos fronts se cognent. Nos yeux sont trop près. On s'écarte et on trouve la bonne distance.

« Laisse-moi t'expliquer quelque chose. Je lèche les bottes de certains hommes et je m'appuie sur d'autres, et c'est comme ça que j'obtiens les faveurs dont j'ai besoin. Je vais nous mettre tous les deux dans la même pièce que Chessman, *si* je peux continuer à obtenir des faveurs des gars qui peuvent rendre cette chose possible. »

Lois dit : « Si James Dean joue Caryl Chessman, cela donnera lieu à une publicité telle qu'elle risquera d'agir en faveur de sa disculpation. Je ne veux pas que cela arrive, et je veux que tu fasses quelque chose d'intrépide, de courageux et d'un peu stupide, parce que c'est au cou de ce genre d'hommes que je me jette. »

Une pluie fine se met à tomber. Lois nous enveloppe dans la couverture mexicaine. Je passe ma main sous son chemisier et touche son dos nu.

« Ne me laisse pas ; tu ne vois pas ce qu'il y a au-delà de cette affaire Chessman. Ça ressemble tellement à une fiction théâtrale, qu'on se demande si c'est la réalité. Ne me laisse pas, point, parce que je ne veux pas te perdre. »

Lois se jette dans mes bras. Je la persuade que je suis intrépide, courageux et stupide. Nous nous allongeons et contemplons le spectacle de l'orage.

La pluie.

Des torrents submergent la terrasse. Des flaques se forment et le sarape est traversé. Nous quittons la balancelle et rentrons précipitamment pour nous mettre au lit.

Frissonnants, on se débarrasse de nos vêtements. On ne le fait pas. On se met nus comme des vers et on se planque sous les draps. Par les grandes baies vitrées on regarde Wilshire by nite. En passant, les bus soulèvent d'immenses gerbes d'eau. La pluie tambourine sur le toit. La tête sur l'oreiller, nous chuchotons dans le fracas de l'orage. Nous échangeons des baisers, nous nous touchons partout et revenons aux mots.

Je m'épanche. Je me calomnie avec acrimonie. Je *me confesse*. Je raconte la croisade de Bill Parker pour écraser *Confidential*. Lois me traite de soldat cinglé. Ça me pousse à tenir un discours mal avisé. Je me présente à elle comme un serf servile. J'ai esquivé mes devoirs de soldat. Des hommes que j'ai formés à la perfection à Parris Island ont été trucidés à Saipan par les Japs. Je décris le tabassage de Johnnie Ray comme le pire cauchemar de ma vie. Je raconte mes disputes à propos de *La Fureur de vivre* et sans retenue je raconte tout ce qu'ils ont fait et tout ce que j'ai fait. Je raconte l'énigme Janey Blaine/Robie Molette/Jack K. et l'arnaque officielle pour brouiller la cause de la mort de Janey. Nous nous sommes soumis à la vile vanité de Jack.

Il veut que le tueur soit tué. Qui a tué Janey Blaine ? Cinq d'entre nous sont déterminés à travestir la vérité, tout en la pourfendant comme la pénitence d'un politicien trop haut placé pour qu'on le touche. Et si on attrape le tueur ? Ce sera chacun pour soi.

Et en ce qui concerne Caryl Chessman ? Qu'est-ce que je vais *faire* ? Je vais trouver. Qu'est-ce que ça va me coûter ? Je ne sais pas – mais le prix sera élevé.

Lois me raconte des histoires. Les ventes d'obligations de guerre et les concours de beauté à Chicago. New York et des contrats d'actrice. La schizophrénie, le blues des chambres à coucher. Trop d'hommes faibles à l'âme fragile. Tous acteurs. Tous considérablement caractériels et si sadiques, en réalité, tout cela me menait à *Toi*.

Freddy, je pourrais t'en raconter, des histoires. Chérie, tu l'as déjà fait. Je savais que tu aurais des histoires comme celles que tu m'as racontées. Je crois que c'est la raison pour laquelle j'ai entrepris de te trouver. Tu es un trésor, Lois. Non, je suis simplement ta correspondante de minuit. J'ai de la chance que tu aies décroché le téléphone.

Nous nous endormons à peu près à ce moment-là. La dernière chose dont je me souviens, c'est la pluie.

ENQUÊTE SECRÈTE (CODE PÉNAL 187)

Jane Margaret Blaine (femme blanche de nationalité américaine)
Née le 19/4/29 à Visalia, Californie.
Sur l'affaire : sergent M. Herman, sergent R. Stromwall, sergent H. Crowder, inspecteur E. Benson, adjoint spécial F. Otash.
18/5 - 21/5/55

Les Hats et moi. Partenaires sur le même pied. Sur une course de fond. On estime qu'on peut enchaîner trois jours entiers. Max a un cousin à Bremerhaven, en Allemagne. Il travaille dans une entreprise pharmaceutique qui fabrique du pervitrol. Ce sont des pastilles puissantes qui augmentent la gaieté ; autrefois elles ont permis aux corps blindés de la Wehrmacht de pulvériser la Pologne en un temps record. *Anschluss !!! Blitzkrieg !!!* Nous nous donnons rendez-vous au Drive-In de Stan. De séduisantes serveuses à roulettes nous servent des bières à l'ananas arrangées au rhum 151. On avale du pervitrol et on affine notre stratégie.

Nous passons en revue ce que nous avons. Janey Blaine a abandonné ses études à Visalia J. C. Ses diplômes de Smith-Bryn Mawr sont bidon. Ça se voyait comme le nez au milieu de la figure. Ses relevés téléphoniques ne donnent strictement rien. Elle parlait à ses parents à Visalia et à Robbie Molette. C'est tout – c'est très triste.

Nous épluchons les relevés de Robbie. Il a sa propre ligne téléphonique dans la maison de ses parents à Highland Park. Robbie a appelé Janey et les quatorze autres call-girls listées dans son album. Harry est allé voir le chef de la sécurité à la Metro. Le chef a confirmé les noms. Il a abondamment cafardé sur Robert J. Molette, Senior. Il a dit à Harry qu'il aurait bientôt un dossier bien fourni à nous donner. Nous reprenons les relevés de Robbie. Robbie a appelé Nick

Ray, Nick Adams, Jimmy Dean, Chester Voldrich et l'Acolyte Arvo Jandine. Arvo était le soi-disant photographe de la bande lors de la descente au magasin d'alcools.

Nous parlons du djihad de Robbie Senior et Junior. Nous nous mettons d'accord : Senior va prendre un avocat, *trèèèès vite*. Nous nous mettons d'accord : nous allons mettre la pression sur Robbie et obtenir qu'il nous donne son père. Je rends compte de mes propres faits et gestes. J'ai lamentablement laissé Lois pour passer cinq heures au téléphone, entre trois heures et huit heures. J'enquête sur les délinquants de *La Fureur* et je trouve de la matière à ajouter à mon dossier. Écoutez ça :

Nick Ray est cité à comparaître devant le comité parlementaire sur les activités antiaméricaines de l'État ET devant celle de l'État fédéral. En 1942 et 43, il dirigeait des groupes financés par le Comintern. Parmi eux : le Comité de Hollywood pour la liberté artistique, le Parti du peuple contre la censure, et le Comité non interventionniste du camarade Staline. Max nous interrompt : il a parlé à un gars du Bureau du shérif chargé des cambriolages. Bingo, baby : les numéros de série relevés sur le matériel stocké chez Nick Adam correspondent aux butins de deux cambriolages récents. Nous sommes d'accord : nous allons l'arrêter et discuter avec lui jusqu'à ce qu'il crie comme une fille.

Je retourne à mes relevés sur les gars de *La Fureur*. Rien que de la délinquance juvénile – sauf pour Arvo Jandine.

Arvo Jandine est un exhibo. Sa spécialité, c'était sortir sa queue après s'être introduit dans les vestiaires des filles. Il a fréquenté Pasteur Junior High, Nightingale Junior High, Le Conte Junior High, Foshay Junior High et Audubon Junior High. Nous sommes tous d'accord : cet obsédé mérite qu'on s'intéresse à lui.

Eddie nous parle des résultats du labo. Voyez-vous ça : le violeur/assassin présumé est un éjaculateur généreux. Ray Pinker a déterminé son groupe sanguin, à partir de ses sordides sécrétions. AB négatif. Collés contre le flanc de Janey : des résidus de plasticine et de mousse. Matériau d'habillage de sièges de voitures. Mauvaise nouvelle : le matériau en question se retrouve dans les Merco, les Buick et les Pontiac produites entre 1951 et 1954. Nous grognons à l'unisson. Ce qui signifie *mucho* millions de voitures. Autrement dit : nous devons vérifier toutes les marques et les modèles chez tous nos suspects.

Les voitures. Ça réveille chez nous une grande question. Comment est-ce que Janey est allée jusqu'à Mulholland Drive et Beverly Glen ? Elle n'avait pas de voiture. Elle n'a pas appelé de taxi. Rock et Phyllis ne l'ont pas déposée. Elle n'a pas attendu devant chez Frascati. Ergo : quelqu'un l'a récupérée près du restaurant.

Tout s'est passé à Beverly Hills. La distance n'est pas grande sur Beverly Glen jusqu'à Mulholland. Tout converge vers les clients de Janey, ceux d'autrefois et ceux d'aujourd'hui. Tout converge vers Robbie Molette et la question de savoir si Janey travaillait en free-lance.

Eddie fait le point sur l'enquête de voisinage. Ça a donné que dalle – personne n'a rien vu. Ray Pinker a noté des marques indiquant qu'elle avait été traînée au pied de Beverly Glen jusqu'au talus. Cela indique *un suspect*, qui tire vers le haut. Un connard de la force de police de West L.A. n'est pas d'accord.

Il a examiné un paquet de feuilles écrasées. Qui indiquent *deux suspects*, qui ont traîné Janey depuis le talus. Détail sur la toxicologie : Janey avait un taux d'alcool élevé dans le corps. Sans déconner : elle s'était enfilé quelques martinis et, très probablement, du vin chez Frascati. Ouais, et elle a avalé ou a été forcée à avaler quatre cachets de sécobarbital. Ray a dit qu'au moment de la mort, elle était dans le coma.

Max dit : « J'en ai marre. On va choper Robbie. Freddy et Eddie, vous venez avec moi. »

Harry dit : « On a une piste sur Fat Boy que je voudrais bien creuser. »

Red dit : « Pas question. Toi et moi, on va chercher Nick Adams. Le mec du Bureau du shérif a dit qu'on pouvait être prem's. »

Ma gorge se *serrrrre*. Jimmy est le complice des 459 de Nick A. Un fait que j'ai omis…

On arrive en force. Max, Eddie et moi. Nous sommes super zélés. C'est exagéré. Nous allons faire une descente dans les cuisines du Beverly Hills Hotel.

Nous passons par l'entrée réservée au personnel. Notre arrivée fait son petit effet. On cherche partout Robbie le Reptile. C'est non négociable, *papacito*.

Max chope le chef d'équipe. El Jefe dit que Robbie se trouve vers les bungalows. Il a quatre petits déjeuners à débarrasser.

On va là-bas. On aperçoit le chariot de Robbie. Max et Eddie attrapent des bouts de bacon et des frites en passant. Robbie sort d'un bungalow. Il est en train de bouffer des lambeaux de saumon qu'il ramasse sur des assiettes sales. Il nous voit et fait *Oh merde*.

Il lâche la vaisselle et n'oppose aucune résistance. Il tremble comme une feuille. On le fourre dans notre voiture de patrouille et on le conduit direct au centre-ville.

Max et Eddie sont assis devant. Robbie et moi, on est derrière.

Robbie dit : « C'est à cause de Janey, c'est ça ? »

Max répond : « Robbie prend du plomb dans la tête. »

Robbie dit : « Je veux juste vous dire : j'ai prévu de coopérer. Je voudrais bien éviter de me faire tabasser comme la dernière fois. »

Eddie intervient : « Dis-lui, Freddy. »

Je dis : « Tu as deux options, Junior. Tu laisses tomber l'affaire de filles de ton paternel, ou je te file une trempe moi-même. »

Les dentiers de Robbie commencent à sortir. Je les pousse pour les remettre en place. Max dit : « Je crois qu'il a compris. Sa vie de famille va changer du tout au tout. »

On arrive en ville. On le fait monter au Bureau des inspecteurs et aux salles d'interrogatoire. Red passe un message radio. Il annonce que Harry et lui viennent de choper Nick Adams. Nick s'est d'emblée montré bêtement belliqueux. Ils lui ont mis une trempe et lui ont fait entendre raison à coups de matraque.

On fourre Robbie dans la salle d'interrogatoire n° 2. Max lui a acheté une barre sucrée et un Coca. La salle n° 3 est réservée à Nick Adams.

Eddie dit : « J'ai mis en marche les haut-parleurs du hall. Le chef veut suivre. »

Robbie enfourne son Nougat Deelite et avale son Coca. Max, Eddie et moi, on s'installe à califourchon sur nos chaises. Robbie est assis, les jambes croisées. Complètement passif. Il est là pour nous aider. C'est un mouchard, comme moi. Qui est-ce que je dois trahir pour pouvoir sortir d'ici intact ?

Max dit : « T'as ton affaire de filles et ton affaire de came. Ton père se charge des filles. Il les recrute, et toi, tu vends les passes, exclusivement à l'hôtel. Tu fais tourner l'affaire de drogue tout seul ; tu vends de la marie-jeanne et des cachets à des débiles sur les tournages. Tu lèches les bottes aux clients de l'hôtel qui sont dans le business du cinéma, et de cette façon, tu récupères des infos sur les tournages en cours. »

Robbie acquiesce : « Vous avez tout bon. »

Eddie dit : « Pour info, est-ce que tu as tué Janey Blaine, ou est-ce que tu sais qui l'a fait ? »

Robbie dit : « Non. »

Je dis : « Et à ton avis, c'est qui ? »

Robbie descend du Coca-Cola. « J'ai lu le *Herald*. D'après l'article, Janey a quitté le restaurant seule. Ce qui veut dire qu'elle s'est retrouvée comme ça, toute seule, dans Beverly Hills désert à minuit. Elle a laissé sa voiture chez elle. Peut-être qu'elle avait rendez-vous avec quelqu'un, peut-être que quelqu'un l'a embarquée. Voici mon idée. Janey était près de ses sous. Peut-être qu'un gars l'a prise dans sa bagnole, et elle a senti qu'il était intéressé. Elle lui a offert une gâterie pour cinquante dollars et de fil en aiguille, la pauvre Janey s'est fait dégager. »

Eddie dit : « Donne-nous ton père. Pour info. Et on dégage ce sujet-là. »

Robbie se gratte les couilles. « Pour info, mon père profite de son boulot de machiniste à la Metro pour recruter de la bonne chatte ingénue genre Ivy League, dans l'idée d'en faire des call-girls, et on partage, cinquante-cinquante. Il est dans ce business depuis 1949. Avant que vous demandiez, je vais vous dire : il ne tient pas de listes de clients ni de catalogue des filles. Il garde tout dans sa tête. »

Eddie dit : « Décris sa relation avec Janey Blaine. »

Robbie se cure le nez. « Il l'a recrutée. Ce qui signifie qu'il l'a obligée à se mettre à poil, et il l'a sautée, une fois seulement. Il ne l'a pas *tuée*. C'est ridicule. Il ne sort jamais la nuit. Il a tout ce qu'il veut, fait maison, quand il veut – et c'est tout le temps. Ma mère et ma sœur s'assurent qu'il ne manque de rien. »

Max dit : « Des michetons qui harcèleraient Janey ? Qu'est-ce que tu sais ? »

Robbie fait : « Que dalle. Et même réponse pour toutes mes filles. Elles ont une clientèle classe, exclusivement à l'hôtel. »

Je dis : « Ton père n'a pas de listes de clients ni d'album de ses filles. Mais toi, tu as un album de photos – je l'ai vu. La question est la suivante. Est-ce que Janey tenait un relevé de ses clients ? »

Robbie se lèche les doigts. Miam miam, le Nougat Deelite.

« Je ne sais pas, mais y a un truc que vous devriez savoir. Dans ma chambre à la maison, moi j'en ai une, de liste de clients. Plus particulièrement, tous les gros bonnets qui se tapent mes filles, et voilà où ça coince. Ma chambre a été cambriolée il y a quelques jours.

Quand je suis rentré, j'ai remarqué que des trucs avaient été légèrement déplacés, et la liste avait disparu. Heureusement pour vous, je la connais par cœur. »

Max se marre. Robbie Molette. Le seul, l'unique.

« Donne-nous un aperçu. Tu pourras la transcrire sur papier plus tard. »

Robbie se gratte à nouveau les couilles. « En plus de votre copain le sénateur Kennedy, on a les sénateurs Johnson, Knowland, Smathers, Humphrey, et le gouverneur Stevenson, qui préfère les garçons, mais mon affaire ne propose pas ce genre de services. On a aussi le secrétaire général d'Ike, Sherman Adams, le procureur Ernie Roll, Louis B. Mayer, Lew Wasserman, Jack L. Warner et Darryl F. Zanuck. Sans parler de Clark Gable, Gary Cooper, Van Heflin, et le Frenchie, Yves Montand. »

Eddie fait *Ooooh-la-la*. Max siffle. Ma première chose qui me vient à l'esprit : CHANTAGE. Des hommes connus/des call-girls/une première approche diablement maladroite. Une liste sur *papier* ? Des noms mémorisés ? Ça sent l'*AMATEUR* à plein nez.

Je lance une autre piste. « Le tournage de *La Fureur*. Est-ce que quelqu'un a exprimé un intérêt particulier pour Janey ou d'autres filles ? Les acteurs et les techniciens sont tous des pervers et des connards. Un vrai vivier de suspects potentiels. »

Robbie fait la moue. « Personne sur le plateau n'est au courant, pour Janey ou mes autres filles. Je maintiens une séparation claire entre mes deux milieux professionnels, je compartimente. Et en ce qui concerne *La Fureur*, le tournage se termine le vingt-quatre ou le vingt-cinq. Je garderai l'œil ouvert, mais il faut que je fasse une dernière transaction avec ces connards, parce qu'une fois qu'ils seront partis dans la postproduction, je ne les reverrai plus. »

Max dit : « La soirée de levée de fonds démocrate. Tu débarrassais les tables, alors tu as vu ta fameuse scène de "la Soirée enchantée" se dérouler. Ce qui m'intéresse, c'est la chose suivante : est-ce qu'il y a eu des événements inhabituels ? »

Robbie finit son Coca. « Pas vraiment. Il y a eu un paparazzi qui a franchi les barrières de sécurité et qui s'est mis à faire des photos à travers une fenêtre sans rideau, et moi et Manuel, l'autre aide-serveur, on a été obligés de ramasser toutes les ampoules de flash derrière lui. »

Je dis : « On sait que Nick Ray et Jimmy Dean parlent de faire un film sur Caryl Chessman. Qu'est-ce que tu as entendu dire sur le sujet ? Toute cette affaire me paraît d'un goût douteux. »

Robbie hausse les épaules. « Nick Ray et Jimmy Dean sont d'un goût douteux. Le plan tout entier est d'un goût douteux. Chessman va pas échapper à l'exécution. Si les gens du cinéma causent de Chessman, c'est juste parce qu'on parle beaucoup de lui en ce moment. »

Le haut-parleur sur le mur crépite. Bill Parker dit : « Otash, sors de là. »

Je quitte la salle. Parker me passe sa flasque. J'avale une lampée d'Old Overholt et j'allume une cigarette.

Parker dit : « Le tournage va se terminer. Je me dis qu'on devrait profiter de Robbie et faire une grosse descente anti-drogue. À court terme, ça ferait du bien au magazine, et ça nous permettrait de récolter toute une variété d'indices sur toute une variété d'affaires criminelles. »

Je dis : « Je le pense aussi. »

Parker me fait *Rapplique*. Nous allons voir la salle d'interrogatoire n° 3 et jetons un œil à travers le miroir sans tain. Nick Adams est là. Apparemment il a reçu quelques coups d'annuaire et il est fou de rage. Remarquez le nez en sang qui enfle et l'oreille déchirée.

Parker dit : « Il a avoué les cambriolages et a donné son complice, ton ami Jimmy Dean. Red et Harry viennent de partir à sa recherche. Ça risque de prendre un peu de temps. Ils sont aussi en train de suivre une piste prometteuse sur Fat Boy Mazmanian. »

D'un geste, je demande à boire. Parker me passe sa flasque. Je glougloute et je me sens requinqué.

« On a les aveux d'Adams, chef. C'est imparable devant une cour, et qui sait ce que vous arriverez à tirer de Jimmy. Mais il faut qu'on les lâche, de manière qu'ils soient sur place, si on fait cette descente anti-drogue. »

Parker avale sa digitaline. Direct, sans boire. Alors là, ça le requinque.

« Depuis tout à l'heure, tu dis "on", Freddy. Je trouve ça encourageant.

– Je commence à penser à nouveau comme un flic, chef.

– Autre chose, avant que tu y ailles ?

– Oui chef. Dites à Red et Harry de flanquer une bonne raclée à Jimmy. »

Je pars en solo à Culver City. Ma vocation de voyeur m'a envoyé là-bas. Pervdog, voyeur, rôdeur dépravé. Tu es un chasseur de preuves sur une *grooooosse* affaire. Allons fouiller l'appart de Janey Blaine. Discrètement, cherchons des pistes. Et tant qu'on y est, on va sniffer ses petites culottes.

Il est treize heures. Je m'arrête à un téléphone public et j'appelle ma messagerie. J'ai un message. « Appelez Mr Kennedy à son hôtel. »

Je m'exécute. Un larbin décroche. Il me demande de passer à quinze heures aujourd'hui. Je réponds que j'y serai.

Pour faire chanter ton patron, connard. *Ring-a-ding-ding !!!*

Je trouve le logement de Janey. C'est un cube en stuc couleur pêche en retrait de Motor Avenue. Sa Buick a disparu. Les connards de West L.A. l'ont foutue à la fourrière, après la découverte du corps. Le premier examen par la scientifique a donné que dalle. West L.A. a abandonné l'affaire, du coup. L'équipe Otash – les Hats a récupéré le dossier. L'appart n'a pas été fouillé.

J'accroche mon insigne sur ma veste. Ça m'ajoute une aura d'autorité officielle. J'approche et je scrute la serrure. Le crochet n° 6 fonctionne. La porte s'ouvre. J'entre et je verrouille derrière moi.

Le salon est un mélange de classique et de branché. Des tapis persans pointillistes et des chouettes fauteuils Naugahyde. Dans la cuisine, une cuisinière à gaz et un réfrigérateur. Il contient des plats tout prêts et de la vodka Tovarich. Tovarich, c'est de la bonne came pour pas cher. Janey était amatrice. Elle était portée sur la bouteille. Ça, c'est l'indice n° 1.

J'arrive à la salle de bains. Elle est en ordre, carrelage turquoise, pleine comme un œuf. J'ouvre l'armoire à pharmacie. *Aaaahhh* – voilà du bon.

Un diaphragme. Une grosse boîte d'amidon de maïs. Plein de fioles de biphétamine et nembutal. Je pique deux cachets de biphétamine. Ça va nous rapprocher, bébé.

J'arrive à la chambre. Rangée, au cordeau. Les tapis élimés de rigueur. Le petit lit avec son couvre-lit. Un petit bureau avec quatre tiroirs. Une commode assortie à quatre tiroirs. Des mauvaises reproductions de Picasso aux murs.

Le sous-main sur le bureau. Un classique de la chasse à l'indice. Examine-le. Trouve de la lumière et regarde de près.

Jawohl. Des indentations en quadrillage. Il y a des marques cursives partout. Janey a écrit des lettres sur des feuilles volantes en appuyant fort sur son stylo. *Merde* – pas le moindre mot lisible.

Je fouille les tiroirs du bureau. Soudain, une incohérence incontestable. Ils sont tous vides de chez vide. Pas de stylo, pas de papier, pas d'enveloppe. Le bois a été nettoyé à l'éponge. Autrement dit, les empreintes ont été effacées. Les variations de couleur le révèlent. Là où c'est clair, c'est sec, là où c'est foncé, c'est humide.

Le bureau a été fouillé. Le contenu a été retiré avant le grand nettoyage. Le voleur a emporté la correspondance et/ou les réflexions qu'elle a couchées sur le papier. Il a volé tous les écrits relatifs à la vie de Janey Blaine.

J'examine l'unique fenêtre. Je repère des marques laissées par des outils qu'on a insérés dans l'interstice. Le type s'est approché par le jardin et il est entré, *presto chango.*

Il reste la commode. Les commodes de femmes m'attirent toujours. Je suis un voyeur et un sniffeur. C'est le cas depuis la période de la puberté. Les commodes de femmes me fascinaient en 1936. Elles me fascinent AUJOURD'HUI.

J'ouvre le premier tiroir. Je trouve les culottes que je cherchais. Je recule, stupéfait.

Elles sont blanches. Pudiques, convenables. Une rangée, soigneusement pliées. Tout ce que j'aime.

MAIS…

Elles sont souillées, spermisées, salies de foutre. Le salopard cambrioleur a balancé sa purée dans le coton et la dentelle. Ça me met en rage.

C'est une *preuve*. Je cours à ma voiture et j'attrape ma trousse à indices.

Le sommet Jack-Freddy. Prévu pour quinze heures. Cela me donne le temps d'apporter les culottes au labo. Ray Pinker m'a promis des résultats pour dix-huit heures. Je repars en direction de l'ouest et j'arrive à l'heure au rendez-vous.

Je sonne à la sonnette. Jack ouvre. Il porte un short en seersucker et un tee-shirt Harvard Crew. Il a les traits tirés. Il est trop maigre. Il a des jambes de poulet. On lui voit les côtes. On reconnaît quand même parfaitement Jack K.

Il désigne une chaise. Il dit : « Asseyez-vous. »

Je m'assois. Il s'installe en face de moi. Il allume un cigare. Du cubain. Je me rappelle *Jefe* Batista. Son requin apprivoisé qui bouffe les dissidents.

« Il me faut une promesse, Freddy.

– J'écoute.

– Pas la moindre publicité sur la fille. Pas de scandale dans ton magazine. Pas de tentatives d'extorsion par des flics tordus qui seraient au courant – toi y compris, bien sûr. »

Je dis : « J'ai des questions sur "la fille", comme vous dites. Je me demande ce qu'elle vous a dit de personnel, pendant le bref moment où vous avez parlé. »

Jack rougit. « Non. Je ne vous dirai rien, et c'est la dernière fois que vous et moi, nous abordons ce sujet. »

J'essaye de garder mon sang-froid. « Je vous ai arrangé le coup avec Ernie Roll et Bill Parker. Vous leur êtes redevable, maintenant. D'après ce que j'ai entendu dire, vous avez pris le risque d'affirmer que vous aimeriez voir l'assassin de la fille abattu. Nous sommes cinq à avoir l'intention de le trouver et de le tuer, ce qui vous évitera certainement de graves embarras à un moment ou à un autre. J'ai l'intention d'être indemnisé pour ça, et le prix, c'est cinquante mille dollars. »

Jack tressaille. « Ce montant est très élevé, et votre manière de procéder, beaucoup trop brutale. Vous ne dites pas "Jack, je suis raide", ou "Jack, j'ai besoin d'un coup de main" ou "Jack, nous nous connaissons depuis longtemps". Vous êtes trop brutal, Freddy – et vous êtes visiblement en dehors de la réalité, vous oubliez qui je suis et où je vais. Alors, mettons fin à cette conversation et restons amis tant que nous le pouvons. »

Je dis : « Non. Je tiens à être indemnisé pour ce que j'ai déjà fait et ce que je vais faire, et le prix est non négociable, c'est une affaire, en plus. »

Jack se met à tripoter son cigare. « C'est de l'extorsion. Vous me faites chanter.

– Non, c'est faux. Je ne vous menace pas de divulguer quoi que ce soit. Je vous présente une facture pour services rendus et services à venir. Mettez-y ce que vous voulez. J'attends un appel de l'un de vos larbins irlandais dégénérés, dans un avenir proche. Nous discuterons ensemble du mode de paiement, de la date et du lieu, et c'est la dernière fois que nous en parlerons, vous et moi. »

Jack dit : « Je vais payer, Freddy. Et c'est la dernière fois que nous parlons de quoi que ce soit. Vous venez de vous comporter en escroc irréfléchi et sans envergure – mais en même temps, vous avez toujours été le genre de type à se comporter ainsi. »

Je me trouve à cinquante mètres du Polo Lounge. Mes jambes tremblantes titubent. Je bouscule quelques douairières au passage et j'en fais tomber une sur le cul. Je l'aide à se relever et je demande qu'on serve une tournée à sa table. Elle me lance un grand geste enthousiaste et fait *You-hou !*

Je picole. Je contemple une horloge au mur. Ray Pinker a promis les résultats des analyses de sperme à dix-huit heures. Je me projette des images de Montego Bay, Manhattan, des montagnes sur la lune. Je dépense les cinquante mille dollars de cinquante millions de façons. Je vois Lois toute nue au pied d'une cascade en pleine nature, et Lois nue au Chapman Park Hotel. Des voyous irlandais me tuent de toutes les manières classiques. Je meurs par strangulation, par balle, le crâne fracassé par des coups-de-poing américains. Des drapeaux flottent. Jack prête serment. Je vois Caryl Chessman en Enfer. Il dit : « Hé, salut toi. »

Dix-huit heures se profilent, se rapprochent. Une radio ronronne à côté de mon box. Le Hat Squad aura bientôt mis la main sur le monstrueux Fat Boy Mazmanian. Ce salopard est condamné. Je le sais. Personne ne le dit.

Je trouve un téléphone. Ray Pinker a du bon. Les souillures sur les culottes correspondent aux traces de sperme trouvées à l'autopsie de Janey Blaine. Ray dit des trucs comme « composants cellulaires identiques » et « exsudat de cellules ». Ray dit que l'échantillon a entre six et huit jours. Ce qui signifie que le tueur a déchargé avant de tuer Janey.

Je fonce. Je vais direct au Chapman Park Hotel retrouver Lois. On se met à poil et on saute dans le lit. On ne le fait pas. On se tient serrés serrés l'un contre l'autre et on parle.

On dit tout et n'importe quoi. Mon monologue sur le magot, Montego Bay, Manhattan. Mes hypothèses obscènes sur l'affaire Janey Blaine. Lois sur Nick Ray et Jimmy Dean ; On Ne Peut Pas Les Laisser Faire Ce Film. Je sais ce que j'ai entendu et je sais qu'elle m'entend de la même manière. Je dis On A De l'Argent douze millions de fois. Elle dit Chessman et Qu'Est-Ce Que Tu Vas Faire ? douze millions de fois aussi. Nous nous jetons des phrases à la figure.

Nous nous collons l'un à l'autre et cherchons un unisson que nous ne trouvons jamais.

Je m'endors ou je perds connaissance, et je vais dans un endroit où Lois n'est pas. Il y a de l'alcool, de la drogue, et Jack et Janey et Jimmy qui me quittent. Je trébuche. Je vois des choses qui ne sont pas là et je vais dans un endroit où Lois ne se trouve pas. Je me réveille pour de bon à quatre heures du matin. Lois a disparu, sa valise a disparu, elle n'a pas laissé de mot sur l'oreiller. Tout ce qui me reste, c'est son odeur.

Les Hats sont partis à la poursuite de Fat Boy Mazmanian. Je rentre chez moi et je me change. Je contacte ma messagerie. Personne ne m'a appelé. J'entends *Chessman* et *Qu'Est-Ce Que Tu Vas Faire ?* – mais elle n'est pas là.

J'appelle chez Jimmy et son service de messagerie, pas de réponse. *Qu'Est-Ce Que Tu Vas Faire ? Qu'Est-Ce Que Tu Vas Faire ?* Elle me ventriloquise. Je l'entends le dire – mais elle n'est pas là.

Jimmy a un petit pied-à-terre du côté de Wilshire et La Brea. Il se planque là quand il veut dormir et être seul. C'est une petite piaule aménagée au-dessus d'un garage, un cocon confortable et cool. J'y vais et effrontément, j'entre par effraction.

Facile. Un coup de crochet dans la serrure, un coup d'épaule dans la porte. C'est un studio avec salle de bains, petit réchaud. J'examine la pièce unique. Voici sur quoi je tombe :

Un sanctuaire à Chessman. Le Taj Mahal de Chessman, la Chapelle Sixtine de Chessman. Le Mont Rushmore de Chessman, la Cathédrale Nationale de Chessman. Des titres de journaux recouvrent les murs. Des photos de Chessman plastifiées et collées au plafond. Des photos-tests de tournage entassées sur le lit. Jimmy Dean transformé en Caryl Chessman.

Il a les cheveux plus foncés, là. Il les a fait couper et frisotter à la Chessman. Un maquilleur lui a grossi le nez. Cette proue proéminente est un des traits saillants de Chessman.

Jimmy a toujours l'air agacé, énervé. C'est toujours présent et atténué par sa fierté innée et sa belle gueule. Il incarne la souffrance contemporaine et l'inadaptation idéalisée. C'est son fonds de commerce. Là, il commence à incarner la MÉCHANCETÉ. Il a l'air plus âgé. Il est en communication directe avec Chessman, il a usurpé son identité. C'est une transubstantiation tranchante. Il s'est fait vicieux et vil. C'est une métamorphose, d'homme à monstre.

Je suis cerné par les titres atroces. Les premiers remontent à janvier 1948 et les derniers sont tout récents. LE BANDIT À LA LUMIÈRE ROUGE RECHERCHÉ. LE BANDIT À LA LUMIÈRE ROUGE CAPTURÉ ! CHESSMAN CONDAMNÉ – LA CHAMBRE À GAZ N'EST PAS LOIN. LES VICTIMES DÉCRIVENT LEUR HUMILIATION. IL Y AURAIT UNE TROISIÈME VICTIME.

Les murs tournent autour de moi. Ils m'oppressent, m'écrasent, me privent d'air. Les images me sautent à la figure. Regina Johnson et Mary Alice Meza. Les victimes n°s 1 et 2, en pleurs. Les appels apoplectiques. LA HAUTE COUR REJETTE TOUT SURSIS À L'EXÉCUTION. MANIFESTATIONS DANS LE MONDE ENTIER : LIBÉREZ CARYL CHESSMAN !!!

J'étouffe. Je vacille et je tombe sur le lit. Je lève les yeux vers l'œuvre de Jimmy façon Michel-Ange. Il a collé des photos de Chessman sur les corps de petits anges grecs. Ils volettent, voltigent et jettent la Bête à la figure du monde en pleurs.

Dysfonctionnel. Il donne dans la commémoration. Il construit sa motivation pour le film. C'est un adolescent torturé qui tente ses semblables pour qu'ils se jettent dans l'abîme. Il est une marionnette malade à l'immoralité moderniste. Et Nick Ray le Nihiliste tire les ficelles.

Je ferme les yeux et invoque Lois. Je compte jusqu'à cinquante mille, un dollar après l'autre. J'use de magie pour me déplacer : Montego Bay, Manhattan, les montagnes sur la lune. J'ouvre les yeux et j'aperçois le meuble de rangement à côté du lit.

Du métal vert peu épais. Un seul tiroir. Portant une étiquette : *Correspondance C.C./San Quentin.*

J'ouvre le tiroir. Je vois des douzaines d'enveloppes entassées. Elles sont adressées à Nicholas Ray et James Dean et oblitérées à San Rafael, Californie. Je reconnais l'écriture de Chessman. Le *Herald* a publié deux reproductions de ses lettres de prison. Chessman a réussi à passer les barrages des censeurs et des gardiens et à poster ces missives.

J'ouvre la première enveloppe et sors la première page. Quel sans-gêne : « Salut Jimmy et Nick. » Elle est datée du 18/12/54. La première ligne donne ceci : « Avant toute chose, laissez-moi vous dire que je veux qu'Elizabeth Taylor joue l'autre salope de Meza. Elle a des plus gros nibards, c'est le plus important. »

Chessman a gribouillé à côté. *Si c'est vraiment moi qui l'ai fait – (heh, heh).*

Je lis l'intégralité du dossier. Je sue et je suffoque, étouffé par toutes les toxines accumulées pendant ces derniers jours délirants. Des larmes doivent se mêler à tout ça. Mes yeux me brûlent terriblement et sont bizarres. Je n'arrête pas de les essuyer.

Chessman admet tout. Il avoue tout jusqu'au plus petit détail incriminant. Il y a une description sauvagement précise de l'horreur démoniaque des scènes de sexe. Chessman se rappelle les images, les odeurs et les sons. Il se plaît à ressasser les ravages qu'il a créés dans des vies humaines pendant des années à venir. Il décrit l'agression de Shirley Tutler en désignant Shirley par son nom. Il passe quarante-trois pages à se congratuler chaque fois qu'il l'a mordue. Il dit qu'il a sucé le sang qui imbibait le devant de son chemisier. Il ajoute : « Peut-être qu'on peut obtenir de Natalie Wood qu'elle joue Shirley. »

Je lis la totalité. Je lis les notes de Jimmy en marge. Il a écrit : « Ouah ! », « Putain ! » et « Ce Caryl a un sacré sang-froid » plusieurs fois.

Je vais chercher ma trousse dans la voiture. Je retourne à l'intérieur et je prépare le shooting. J'allume toutes les lumières et je photographie toutes les pages. Je consomme douze pellicules, puis je remets les enveloppes dans le tiroir, dans un ordre approximatif.

Mes jambes tremblantes me soutiennent à peine. Je vais dans la salle de bains et je me passe le visage à l'eau. J'ai l'air différent. Qu'Est-Ce Que Tu Vas Faire ? J'ai l'air plus vieux. Je me demande si Lois remarquerait.

Des preuves. « Ce Caryl » est cuit. Ses droits aux recours sont épuisés. Je viens de poinçonner son billet pour la salle d'exécution.

Étourdissements. Malaise et perturbation. Pas question d'exulter. Pas d'issue, mon ami. Ne va pas chez toi et ne va pas pioncer au Ranch Market. Va quelque part où personne ne pourra te trouver.

J'ai passé un jour et demi dans le pied-à-terre de Jimmy. On est au moins le soir du jour suivant. Je retourne en ville et je me gare sur le parking réservé aux flics à l'Hôtel de ville. Ma voiture m'enveloppe et m'ensommeille. J'essaye de compter de un à cinquante mille. Je m'endors à deux mille et quelques.

Bill Parker cogne sur mon pare-brise pour me réveiller. J'ouvre la portière passager. Il monte et pose le *Herald* du matin sur mes genoux.

Je vois le titre UNE CALL-GIRL ASSASSINÉE. Et LE CORONER CURPHEY CONCLUT À UN ACCIDENT. « N'IMPORTE QUOI », SELON UNE SOURCE ANONYME.

Janey Blaine, ça vient de sortir. Avec une foto fabuleuse. Elle est canon en 1949. Elle est Miss Visalia JC.

Il y a que dalle sur Jack K. Aïe – DES HOMMES POLITIQUES DE PREMIER PLAN PARMI SES NOMBREUX CLIENTS. LE LAPD RIDICULISÉ. LE CHEF PARKER PROMET UNE RÉOUVERTURE DE L'ENQUÊTE.

Je dis : « C'est qui, la source ? »

Parker répond : « Comme si tu ne savais pas.

– Vous ne croyez pas à la ligne de défense de la conversation sur l'oreiller ?

– Non, et j'aurais cru que tu avais pigé que tu es suivi une bonne partie du temps et que tu aurais appris à gérer tes relations amoureuses en fonction. »

J'allume une cigarette. Parker me donne sa flasque. Je bois une bonne lampée et je la rends. Parker boit une bonne lampée aussi. Une proposition de troc va sortir. Autrement, il m'aurait déjà mis une baffe.

Je dis : « Passons un accord. En s'engageant dès maintenant. »

Il dit : « Toi d'abord. »

Je dis : « Pas de représailles contre Lois Nettleton. »

Il dit : « Accordé. De mon côté, je veux que tu nous aides pour la descente sur la bande de *La Fureur*. On démarre à vingt heures demain. La cible sera le Marmont, plutôt que le site du tournage. Les gros poissons sont installés là-bas, et ce sont eux qu'on veut. »

Je ris. « C'est tout ? Je m'en sors franchement mieux que vous.

– Non, pas vraiment. J'ai décidé que ce Fat Boy Mazmanian est le meurtrier qui convient pour l'affaire Janey Blaine et je voudrais que tu aides les Hats à restaurer ma réputation après que Miss Nettleton l'a détruite. »

Pourquoi pas ? Montego Bay et Manhattan apparaissent devant mes yeux. Lois a bavassé, m'a balancé et s'est barrée. Le pardon est divin. J'ai un gros atout dans ma manche. Les lettres de Chessman et Dean vont réjouir Lois. Pour l'instant, je les garde pour moi.

Freddy le Groupie. Il est de retour. Il met au point des fiascos et finalise les faveurs à toute vitesse. L'indic, le mouchard, le roi de la lèche. L'homme qui a fait chanter John F. Kennedy. Vous me croyez intrépide, courageux et stupide ? Lois Nettleton est capable de pire.

Parker dit : « Alors, Fat Boy. Tu marches ? »

Je dis : « Oui chef. Je marche. »

DEVANT LE CHÂTEAU MARMONT

West Zarbiwood
22/5/55

Descente sur la dope. Des bungalows choisis. Le pavillon pimpant de Nick Ray. Le pied-à-terre des acteurs et des techniciens. Les piaules des Acolytes de Nick.

Il est 19 h 50. Robbie le Rongeur a apporté la came vers 19 h 20. Nick le Nazi a rassemblé la *Jugend* juive chez lui. Il va leur bourrer le mou avec un dernier message de motivation. Le tournage sera bouclé d'ici trois jours.

Nous nous postons sur la bretelle d'accès. Quatre voitures banalisées du Bureau du shérif, huit flics des Stups, plus moi. Les Hats sont ailleurs. Ils ont coincé Fat Boy Mazmanian à 94,6 %. Ce qui va permettre d'étouffer l'affaire Janey Blaine. Fat Boy coche toutes les cases pour viol et meurtre. Ça sera bientôt fini pour lui.

On est sur le point de tout boucler. Le tournage va se terminer. Ernie Roll va inventorier les preuves et finaliser les mises en accusation. La Rafle des culottes. Le cambriolage et l'incendie volontaire du magasin d'alcools. Les quatre accusations de cambriolage au cul de Nick Adams et Jimmy Dean. Les Hats leur ont mis quelques coups de poing et les ont relâchés.

Nous nous lançons dans une partie longue, très longue ; partant de la collusion entre les flics et le quatrième pouvoir.

La discréditation de *Confidential* et les mises en accusation doivent être concomitantes. C'est la clé de tout. Pendant tout ce foutoir autour de *La Fureur* j'ai été un vautour véreux. J'avouerai tout lors du procès *Confidential contre l'État de Californie.*

« Deux ans, Freddy. Nous serons en procès, à ce moment-là. Notre œuvre, à toi et moi. »

Parker l'a dit. Je l'ai cru. Son engagement valide mes visions de Lois et des cinquante mille dollars. Il induit que l'innocence clamée de Caryl Chessman est nulle et non avenue. Je l'ai cru. Il *fallait* que je le croie. Alors pourquoi elle n'a pas appelé ?

La radio gargouille et piaille. Ça veut dire, on y va, les brutes…

On sort et on fonce vers les bungalows. Huit flics en face de jeunes junkies et d'ados désœuvrés. Nous arrivons au bungalow du *Führer* au pas de course. Avant de défoncer la porte, on jette un œil par la fenêtre. Voilà ce qu'on aperçoit derrière la grande baie vitrée :

Nick Ray dans une grande toge blanche et, aux pieds, des sandales. Il déclame le Sermon sur la montagne. Ses acolytes camés sont habillés pareil. C'est-à-dire Nick Adams, Jimmy, Natalie Wood et Sal Mineo.

L'air est lourd de fumée de joint. Les acolytes bouffent des frites et des bouts de burgers du Googie's. C'est la Cène. Jimmy joue sur ses bongos. Natalie et Sal se prennent pour des musulmans et ululent à Allah. Nick le Nihiliste brandit un calice kitsch plein de piquette. Il dit : « L'art est le sacrifice de soi dans le combat contre l'Amérique coincée. Venez, buvez mon sang. »

Il sert la communion coco. Avec du vin Thunderbird et des bouts de burgers en guise d'hostie. Natalie se débarrasse de son boubou blanc et se retrouve à poil. Sans déconner – l'autel, c'est elle !!!

Nous enfonçons la porte d'un grand coup de latte. Je me jette direct sur Nick Ray. Je lui explose la gueule avec mon coude et je lui écrase le nez. Son calice kitsch vole. Je lui flanque un coup de pied dans les couilles et il se plie en deux par terre. Je lui menotte les mains aux chevilles. Je le tire en arrière à quatre-vingt-dix degrés. Ce salopard crie comme un goret.

Les acolytes font comme le Mahatma Gandhi. Ils se couchent sur le dos et entonnent des chants soufis pour apaiser les poulets. Les flics mettent des chaînes à Jimmy, Nick A. et Sal. Ils pelotent copieusement Natalie et la laissent à poil. Ils ramassent des flacons de cachets et des papiers de joints par terre.

Je cours jusqu'au bungalow suivant. Je défonce la porte. Quatre techniciens dégueulasses râlent et se retournent dans leur sac de couchage. Je ne vois pas le moindre indice de la présence de drogue. Je repars en courant, et j'arrive aux chambres des homos costauds. Je défonce la porte de la chambre n° 29.

Il y a deux lits. Et personne. Je vérifie les noms des occupants : Chester Alan Voldrich et le fotografe Arvo Jandine.

J'examine la chambre. Un objet luisant est posé sur la commode. Je m'approche.

C'est une photo en noir et blanc. Oh la jolie nana en bikini, je l'ai déjà vue quelque part. Et je sais où. Dans l'album de Robbie Molette. Cette étudiante appartient à son petit réseau.

DEVANT LA PLANQUE DE FAT BOY MAZMANIAN

2892 South Budlong Avenue
23/5/55

Il est là. Dans un garage installé en retrait de la rue. Il paye sûrement beaucoup trop pour ce trou à rats. La maison devant est un atelier de confection clandestin. Une bande de bambins assemble des chemises Sir Guy et des maillots pour des connards de gangs. Dix cents de l'heure, *muchachos*. À ce tarif-là, vous êtes déjà surpayés.

George Mazmanian dit Fat Boy. Il a survécu à son pote pustuleux, Richie Van Deusen dit le Hollandais. Nous avons déjà le délit du restaurant avec les agressions sexuelles. Ce qui, en soi, justifierait la mort par la main de la police. Nous l'avons pour le meurtre de Janey Blaine. Il n'a pas tué Janey Blaine. Personne n'est parfait – lui encore moins que personne, nous, encore moins.

Nous évacuons l'atelier. Les Hats ont acheté aux *muchachos* des esquimaux à un marchand de glaces ambulant. Les gamins se régalent, interloqués par la générosité du LAPD. Nous ne sommes ni le LAPD ni le Hat Squad plus Fred Otash. Aujourd'hui, nous sommes des Hommes descendus de Mars.

Sans déconner, regardez-nous. On se croirait venus de l'ère spatiale. On porte d'épatants gilets pare-balles qui brillent et scintillent. La police en a acheté un gros stock aux surplus chinois. Ils sont résistants à la chaleur et en matériau haute densité. Ils peuvent dévier les bombes H et toutes les balles qui existent. Ils sont *fluorescents* vert pomme dans le noir.

Nous partons en reconnaissance derrière l'atelier clandestin. Nous ajustons nos gilets. Nous chargeons nos fusils à pompe Ithaca avec de la chevrotine trempée dans de la mort aux rats. Nous mettons nos protections pour la tête : des casques de foot des L.A. Rams équipés de protections anti-radiations et de visières en plexiglas. De longues antennes fines pour compléter le look monstre de l'espace.

Nous sommes prêts. Nous sommes armés et équipés. *Uno, dos, tres – vamanos, muchachos* –

On fait sauter la porte de ses gonds. Nos balles à double je ne sais pas quoi réduisent le panneau de pin en bouillie. Fat Boy tire. Je me prends deux balles. Max et Red, deux autres. Elles brûlent légèrement le tissu synthétique et rebondissent sur nos gilets. Fat Boy envoie quatre tirs de plus. Harry et Eddie sont touchés. Mon casque de football est criblé de balles qui ricochent.

Nous avançons. Nous sommes les Hommes venus de Mars. Nous ne craignons ni homme ni bête. Alignés, nous canardons à bout portant. Je balance mes cinq cartouches direct dans sa tête. Il est ma poupée vaudou de substitution. Quand je le tue, je vois le visage de Caryl Chessman.

AU GOOGIE'S

West Zarbiwood
24/5/55

Je ramasse des ragots. Je signe des exemplaires du *Herald*, qui titre : DES HOMMES VENUS DE MARS FONT LA PEAU À L'ASSASSIN DE LA CALL-GIRL !!!

Pas tout à fait exact – mais bon.

Je parcours les dernières infos. Ce ne sont que des conneries. Je m'en fiche. Fêtons la Victoire et exultons.

La célébration de la fin du tournage de *La Fureur* a lieu ici ce soir. Ceux qui ont été arrêtés par les Stups ont payé leur caution et sont sortis. Parker voulait que ça se passe comme ça. Reportons à plus tard le cortège des inculpations. Nous les synchroniserons avec la sortie du film.

Je ramasse des ragots. Je renais. Fat Boy mort, à qui on attribue l'assassinat de Janey Blaine. Ça renforce la sérénité de Jack K. C'est *boooon*, ça. Cela signifie que ça me renforce, *moi*.

Ouais… mais pourquoi Lois ne téléphone pas ? J'ai appelé son service de messagerie à New York quatorze fois et je n'ai jamais eu de réponse. J'ai déclaré Caryl Chessman nul et non avenu. Personne ne le sait à part moi. Je renais. Ce qui signifie que NOUS pouvons renaître.

Un indic vient me voir. Il me rapporte la vente aux enchères secrète de poils de chatte chez Charlie Chaplin. Les touffes authentifiées de Jean Harlow sont mises à prix trente mille dollars, celles de Carole Lombard, à vingt mille, et les légistes de la morgue du comté de L.A. valident l'origine et fournissent un certificat d'authenticité.

Tiens, gamin. Prends ces quarante dollars. Oncle Freddy peut s'offrir une partie de rire. Il a Lois Nettleton et cinquante mille dollars.

La bande de *La Fureur* débarque. Nick Ray, Nick Adams, Natalie Wood et Jimmy D. Jimmy a la gueule contusionnée et cabossée du mec qui s'est pris des coups d'annuaire. La coupure à la racine des cheveux ne trompe pas.

Il m'aperçoit. Il embrasse son majeur et me fait un doigt. Il se retourne et s'en va direct.

Je ne l'ai jamais revu.

INTERMÈDE INFERNAL :

Ma folle vie foireuse
25/5/55 - 14/10/57

Confidential est tombé. L'annulation du procès exige une évolution vers l'expurgation excessive et la censure sévère. Jimmy Dean crève dans un accident de voiture. Dur dur. Son martyre émeut des millions de gens et redéfinit la notion épique de drame dans le magazine. Je n'éprouve presque rien. *Nada, nix, nein, nullifié.* Jimmy m'a trahi. Jimmy m'a plaqué. Il m'a quitté pour Nick Ray.

Bondage Bob a renoncé à la diffamation de *La Fureur de vivre.* Bill Parker a laissé tomber son dossier à charge contre le navet d'adolescents devenu un gros succès. Ernie Roll a viré sa cuti et a refusé d'engager des poursuites contre Nick et ses acolytes. Parker et Roll ont succombé au sentiment et aux sirènes du succès. Un jeune acteur canonisé, un carton sensationnel au box-office. Ils ont capitulé devant le consensus culturel. L'argent du cinéma les a rendus dociles. La tragédie les a fait reculer. Et le double effet infect, c'est qu'ils sont rassasiés, satisfaits. Pas moi.

De 55 à 57, ce n'est qu'une course spectaculaire et fallacieuse. Je sers mes deux maîtres déments. Je vérifie des récits sordides pour Bondage Bob tout en le menant en bateau. Je trafique les vérifications et tords la vérité pour la donner à Bill Parker. Nous montons un dossier à charge. Il atteint les deux mille pages. Il est plus fourni que ce que n'importe quel procureur carriériste pouvait espérer. Il représente un travail titanesque. Il détaille ma vie de marchand de calomnies, de voyou et il propose un récit rigoureux de toutes mes fautes. Pourquoi mâcher ses mots ? Je suis un indic, une balance, un mouchard mal embouché et un informateur trompeur. Et je vénère Bill Parker de m'avoir donné l'occasion de le devenir.

L'année 1955 touche à sa fin. Rock Hudson épouse Phyllis Gates en novembre. Tous mes vœux, les jeunes. Je donne deux ans à ce mariage. Je mettrai en place le plan divorce de Mrs Hudson à ce moment-là. Phyllis est une fille chouette. On baise de temps en temps. Phyllis fait semblant que je suis Rock. Je fais semblant qu'elle est Lois.

Barbara Bel Geddes n'a jamais attrapé froid et n'a jamais eu de laryngite. Lois n'a jamais récupéré le rôle de Maggie. Le spectacle s'est arrêté en novembre 56. Je demeure Freddy le Groupie. J'allume ma télé et je regarde la seule femme que j'aie jamais aimée. Lois apparaît dans la série *Decoy*. Elle est écervelée et lesbienne dans deux émissions qui se passent en prison. Lois est sidérante dans *Studio One* et troue l'écran dans la série de science-fiction *Captain Video and His Video Rangers*. Elle joue avec brio dans *The Brighter Day*. Elle m'interpelle lors d'une diffusion de *Camera Three*, et me dit qu'elle et moi, c'est pas fini.

Lois joue Emily Dickinson. L'incarnation de l'Art et de la Solitude. Sa passion de poétesse me submerge. Je sais pourquoi. Lois vit le désir de la même manière que moi. Elle m'a demandé : « Alors, qu'est-ce que tu vas faire ? » Je ne lui ai pas dit que j'ai déjà fait une grande chose. Je ne lui ai pas dit : « Je te dirai tout en temps voulu. » Je veux que nos retrouvailles soient placées sous le signe de Shirley Tutler et de la Justice vengeresse. Nous avons le temps. Trois juristes géniaux me l'ont confirmé.

J. Miller Leavy a poursuivi Chessman en justice. Il m'a affirmé que ce salopard va probablement passer à la casserole quelque part en 1959. Ernie Roll est plutôt d'avis que ce sera au début de l'année 1960. Le juge Charles Fricke parle de 1960-1961.

Nous avons le temps. Des hommes importants me doivent des services. Nous allons obtenir notre visite à la prison. Je te le promets. En attendant, j'ai fait la chose suivante :

J'ai planqué la photo prise dans le pied-à-terre de Jimmy dans un coffre à la banque. J'ai cambriolé son logement le jour où il est mort. J'ai volé les lettres de Chessman et je les ai mises dans un deuxième coffre. J'ai arraché son papier peint Chessman et j'ai tout brûlé. J'ai contacté deux types haut placés à Quentin et je les ai suppliés de me communiquer la liste de tous les correspondants approuvés de Chessman. Jusqu'ici, ils refusent.

Nous nous retrouverons. Je le sais. Nous ne serons pas aussi riches que je l'avais espéré. Les cinquante mille de Jack K. ne se sont pas concrétisés.

Ce salopard m'a arnaqué. Un larbin m'a appelé et on a organisé le rendez-vous. Le paquet pesait lourd. Je l'ai rapporté à la maison et j'ai compté l'argent. Je trouvais les billets bizarres. Je les ai montrés à un type du Trésor public. Il a dit qu'ils étaient faux. Freddy, tu t'es fait rouler.

J'ai jeté un sort à Jack K. Au début, ça a marché. Il a perdu la course à la vice-présidence en 56. 56 ne présage en rien de ce qui se passera en 60. Jack avait raison. Mon extorsion était un plan à court terme et irréfléchi. Ce qui faisait de moi un petit escroc sans envergure.

Ouais… mais j'ai réussi à torpiller *Confidential*.

Ce n'est pas totalement vrai. J'ai juste aidé. Le plan était depuis le départ échafaudé par le cerveau bouillant de Bill Parker. Nous avons compilé les données destructrices. Parker a transmis le tout au procureur général Pat Brown. Qui a lancé l'enquête officielle et réuni le grand jury. Le 15 mai 1957, le grand jury prononce les mises en examen. Association de malfaiteurs dans le but de publier des écrits diffamatoires. Association de malfaiteurs dans le but de publier des écrits obscènes. Association de malfaiteurs dans le but de diffuser des informations violant la législation du commerce de l'État de Californie.

Un merdier retentissant et assourdissant. Bondage Bob a fait appel à Arthur Crowley pour défendre le magazine. Art est un avocat spécialisé dans les divorces, pas dans la diffamation. L'assistant du procureur général Clarence Linn représente l'État de Californie. Je dois à Bob un beau geste très élégant. Je ne suis pas mis en examen. Parker et Roll ont tenu leur engagement. J'ai monté un plan grossier pour pourrir le panel du jury. Ça a coûté quarante mille dollars à Bondage Bob. J'ai envoyé ces connards à Acapulco. Ils ont mené la grande vie pendant une semaine. Et personne n'a remarqué ou n'a semblé s'en formaliser.

Toute une série de procès ont été lancés, après les mises en examen. Maureen O'Hara a commencé. *Confidential* lui avait fait sa fête dans son numéro de mars 57. L'article prétendait qu'elle avait flirté sans vergogne avec un Mexicain au Grauman's Chinese. *Oups*. Quelqu'un avait dû foirer au moment de la vérification. C'était forcément moi.

Robert Mitchum est allé au tribunal à son tour. Et Errol Flynn. Et Dorothy Dandridge. Nous l'avions éreintée en l'accusant d'avoir une relation interraciale sans la moindre preuve. Le procès s'est ouvert le 7 août 1957. Le procureur Linn appelait Bondage Bob « Mr Big ».

Il a dit que Mr Big se servait de prostituées pour attirer des célébrités dans des situations compromettantes. *Sans déconner.* Il a dit que nous payions des homosexuels notoires pour dénoncer leurs petits camarades. *Sans déconner.* Il a dit que nous utilisions systématiquement des méthodes violentes. *Sans déconner.* Art Crowley a repris la législation sur la diffamation et a rappelé la liberté d'expression. Les échanges se sont poursuivis. Dans la chaleur estivale, la salle d'audience est devenue une étuve. Maureen O'Hara a témoigné. Elle a dit qu'elle n'avait jamais flirté avec ce Mexicain. Le procès a traîné et duré jusqu'à fin septembre. Le jury était partagé, six d'un côté, six de l'autre. Les jurés se sont finalement prononcés à sept voix contre cinq pour la condamnation sur deux chefs. Le juge a déclaré la fin du merdier et a conclu à l'annulation.

Freddy, l'agent double abruti. Il est le deus ex machina distrait de toute cette pagaille. Ses dépositions secrètes ont fortement influencé le résumé du procureur. Il a monnayé le rachat de sa culpabilité. Ça lui a coûté beaucoup d'argent. Et ça lui a donné la liberté de rêver et d'intriguer à nouveau.

Confidential a survécu. Le magazine a mis la pédale douce sur ses contenus. Désormais il publie des âneries pour un nombre ridicule de lecteurs. Notre tirage est descendu en flèche. Bondage Bob a promis de publier « seulement des histoires honnêtes ». Il a décidé de réduire les coûts de manière drastique. Les stations d'écoute ont été abandonnées. Je suis sur le point de quitter le magazine. Mes hommes de main sont retournés dans les marines. Je suis devenu détective privé à temps complet. Je bosse sur des plans divorces qui s'organisent sur le parking de la station-service et je joue les indics pour Bill Parker. Un fonds de financement des balances me paye cinq cents dollars par mois. Je m'en sors. Robbie Molette et Nasty Nat Denkins bossent avec moi. Je suis leur faux papa qui autrefois était une célébrité.

Le plus souvent, je passe mes nuits seul. Je parle à des femmes qui ne sont pas dans la pièce avec moi. Je pense à Janey Blaine et Shirley Tutler. À force de ruminations, j'ai une révélation. Un déclic dans mon cerveau sévèrement esquinté, très tardivement.

Janvier 48. Shirley Tutler est enlevée et agressée. *Près de Mulholland Drive et Beverly Glen.* Mai 55. Janey Blaine est violée et assassinée. *Près de Mulholland Drive et Beverly Glen.*

De la rumination à la révélation. Je vois maintenant la *reproduction* d'une même scène. La folie du cinéma. Le tournage de *La Fureur.*

Des croisements dans tous les sens. Robbie Molette et Janey. Robbie et les techniciens de *La Fureur.*

Ceux qui restent de ce film vivent à L.A. Nick Ray prépare un navet moralisateur à la Fox. Nick Adams fait des apparitions à la télévision. L'Automobile Club des Acolytes de Nick se livre forcément à des actes de malveillance. Mais qu'est-ce que je peux bien y faire ?

Je m'ennuie. Je suis sous-employé. Je vais peut-être bien m'embarquer dans quelque chose d'intrépide, de courageux et de stupide.

LA SUITE DE BONDAGE BOB HARRISON

Au Downtown Statler
14/10/57

L'oraison funèbre inutile. Le compte rendu redondant. Le temps des plans éclatants est fini.

Nous nous asseyons. Bondage Bob nous sert des martinis matinaux. Il porte une toge rose-violette. Notez les marques de coups de fouet sur ses jambes.

« C'est la fin d'une époque, Freddy. Et tu es assez malin pour savoir pourquoi je t'ai fait venir. »

J'allume une cigarette. « Tu es "Mr Honnête" maintenant. Je suis devenu inutile. Tu n'as plus besoin d'une équipe de gros bras, alors tu me mets à la porte. »

Bob sirote son mauvais Beefeaters. La piaule est pitoyable. L'alcool est cheap. Sa toge donne l'impression d'avoir été récupérée auprès du Klan.

« En gros, c'est ça, fiston. Il y a encore quelques boulots de nettoyage dont tu peux te charger, mais ce sera tout, c'est terminé. »

Je fais *nix* de la tête. « Tu as des scrupules à propos du procès. Les procureurs sont entrés dans l'arène, armés jusqu'aux dents. Quelqu'un leur a fourni une tonne d'informations compromettantes. C'était soit moi, soit l'un de mes gars. Tu voudrais avoir le courage de me poser la question. Tu es assis là dans ta toge, et tu ressembles à Jules César en drag-queen. Tu te prépares à me lancer un "et tu, Freddy". »

Bob fait *te salud*. Je lui fais *eh ben, pose la question*. Bob gratte les traces laissées par les fouets sur ses chevilles.

« Moi je vois Parker derrière toute l'affaire. Il tirait les ficelles et il a fourni ce qu'il fallait aux gars du bureau du procureur. Il a recruté des informateurs, pris les dépositions, toute la panoplie.

– Pose-moi la question, Bob. Accuse-moi et interroge-moi. Et je te dirai oui ou non. »

Bob secoue la tête. « Ce que je vois aujourd'hui, ce n'est pas le Freddy Otash d'autrefois. Celui-ci est une version nouvelle, une version *kamikaze*, que je trouve désopilante. »

Je finis mon martini. « Tu me demandes de te donner des indications. OK, en voici une première. Les saloperies que j'ai faites pour toi et le magazine, c'était pas bien. Pars de là. »

Bob fait un geste incrédule. « Tu te fous de ma gueule, fiston. Pas question que tu aies accepté mon fric pendant aussi longtemps et que tu fasses de moi le salaud. »

Je réponds : « C'est moi, le salaud. Je l'ai su quand j'ai tabassé Johnnie Ray. »

Bob hausse les épaules. « Je ne vais pas te poser la question et tu ne vas pas me le dire spontanément. Mais par contre, je vais te dire ce qui me plombe. »

Quoi ?

« Voilà ce qui me plombe. Le coupable était quelqu'un qui connaissait les choses de l'intérieur, et ce salopard a choisi le camp de ce fils de pute bourré de religion, Parker, contre moi. »

Je me lève. « Juste pour que tu saches, le vieux. Je préférerais être lui plutôt que toi. »

LA STATION ESSENCE SHELL

Beverly Boulevard et Hayworth Avenue
15/10/57

Le parking de la station-service. Les exclus en tous genres se retrouvent ici, *vivent* ici. Nous grappillons des miettes. Nous courons après les causes de divorces. Je suis El Daddy-O par défaut et par décret. Je suis un détective privé sous licence. Je suis un adjoint spécial du Bureau du procureur. Mon ex-statut à *Confidential* continue à me marquer aux yeux de tous. Bondage Bob m'a mis à la porte. J'ai toujours mon boulot au Ranch Market. Bob me confie des missions de nettoyage en me payant au lance-pierres. Demain, je fermerai les postes d'écoute. Les micros, les enregistreurs – tout doit disparaître. Bob se débarrasse de ses propriétés, abandonne ses actifs. Ses revenus ont baissé prodigieusement.

Il est Mr. Honnête maintenant. Il l'a dit au juge et au procureur. Appelez-le Mr. Barbant et Mr Désabusé, plutôt.

Je m'avachis dans ma voiture. Je bâille et je bois de l'Old Crow. J'avale deux cachets de biphétamine pour contrer la morosité matinale. Je cause beaucoup avec Robbie Molette. C'est mon nouveau second couteau, mon nouveau Jimmy D. Nasty Nat Denkins somnole sur la banquette arrière. Il a fait sensation en débarquant sur le parking. Il est devenu Mr Divorce de Nègreville. Il a toujours son job à KKXZ. *Confidential* continue à financer la radio.

Robbie dit : « C'est quoi le plan, aujourd'hui ? »

J'allume une cigarette. « Le Café Parisien de Frances, à Washington Boulevard et La Brea Avenue. Le pigeon est un aryen. La fille n'est pas blanche. Elle fait le service au volant et des passes à temps partiel. Le pigeon est terrifié à l'idée d'être découvert. Il est pasteur dans un temple drive-in à Van Nuys. Sa femme veut le divorce. Nat va jouer les cuistots et leur apporter le déjeuner. La piaule est juste derrière le Parisien. On va défoncer la porte et faire les photos. La fille est au courant. Nous sommes trois, il est seul. On va lui mettre une trempe et l'emmener au poste de Wilshire. La femme et son avocat veulent des poursuites pénales. »

Robbie bâille à se décrocher la mâchoire. Il fait craquer ses cervicales, dans un sens, dans l'autre. Il a dormi sur le parking. Dans sa Ford de 49. Il a quitté la maison de papa et maman. Il est devenu Mr Apostasie. Il a arrêté de maquer sa petite sœur et de vendre ses photos à poil. L'affaire Janey Blaine a été pour lui une épreuve terrible. Il a quitté la maison et a atterri *ici*.

Je dis : « Je continue à me poser des questions sur Janey. Qui elle connaissait, avec qui elle couchait, qui elle a pu rencontrer ce soir-là à Beverly Hills. »

Robbie se cure le nez. « On a déjà passé tout ça en revue. J'en ai parlé avec les Hats et toi, Max et Red ont chopé mon père à la Metro et l'ont passé au polygraphe. Il en est sorti blanchi et les Hats et toi, vous avez mis le meurtre sur le dos de Fat Boy. Je n'ai aucune envie de continuer à remuer cette vieille histoire. »

Nasty Nat bouge sur sa banquette. « Fat Boy a été arrêté. Il est la réincarnation d'Emmet Till et des Scottsboro Boys. Je parle de lui dans ma "Pépite" ce soir. »

Je dis : « Dis-moi pourquoi.

– Ces costumes de l'espace provenant de Chine que la police avait achetés ont pris feu tout seuls, dans la pièce de stockage de l'Académie de police. Pfiou, ils s'enflamment et crament. Ils étaient défectueux depuis le début. Aucune mauvaise action ne reste impunie. »

Robbie dit : « Je n'ai jamais pensé que Fat Boy était le coupable. Il travaillait toujours avec un complice, et il volait les femmes d'abord. »

Je ris. Le téléphone public sonne. Nat tend le bras par la fenêtre et attrape le combiné.

Il dit : « Ouais, on est là. » Il écoute. Il raccroche.

« C'est parti. La fille dit qu'elle a peur du pigeon. Il commence à se montrer pervers. »

Le Café Parisien. Faussement moderne avec des éléments de déco vaguement français. La configuration habituelle, avec le bâtiment des cuisines au milieu et les places pour les voitures tout autour.

On arrive, on se gare. La fille sort. Elle porte un chemisier blanc et un corsaire rose. Elle est carrément canon, d'une manière un peu sauvage. Ses cheveux sont retenus dans un filet noir. Sur son badge, on lit *Babette*.

Elle pointe le doigt vers un appartement à l'arrière. Premier étage, accès par escalier, une rangée de trois portes.

Elle dit : « N'attendez pas trop longtemps. C'est sa pause déjeuner et il n'a jamais beaucoup de temps. Sans compter que la première chose qu'il fait, c'est me sauter dessus. »

Robbie lui fait un clin d'œil. Elle lève les yeux au ciel et s'éloigne. Nat enlève ses fringues de ville et enfile sa tenue de cuistot. Je vérifie que l'appareil photo est prêt et j'installe une bande de flashes. Robbie inspecte l'escalier qui monte au premier. « OK, elle y est. »

Un vrai employé des cuisines s'approche. Il tend à Nat un grand sac contenant des burgers et des frites. Nat le paie.

Je regarde ma montre. Je donne aux amoureux cinq minutes entières pour se mettre en position. La fille crie, au bout de trois minutes et huit secondes.

On dirait un vrai cri. Je démarre en trombe et je m'engage dans la ruelle derrière le restaurant. Je m'arrête au pied de l'escalier, sans me garer, le capot vers la sortie. Robbie bouge, Nat bouge. Je fais Non, et je leur fais signe de rester là. *Assis. C'est mon job.*

Je sors et je monte l'escalier en courant. Le cri n° 2, on dirait un vrai. Ça vient de la troisième porte. Je bondis en pivotant et je flanque un coup de pied près du chambranle de la porte.

La porte s'écrase à l'intérieur. Je les vois. Il la maintient couchée sur le canapé. Il est nu. Elle est nue. Il a enfilé sur sa queue une bite en caoutchouc d'un demi-mètre de long. Il souffle sur une cigarette allumée. Il l'enfonce sur le dos de la fille et la brûle.

Elle se tortille et hurle. Il pose à nouveau la cigarette et une deuxième fois la brûle. Je lui saute dessus et je l'écarte. Il se débat et me tape comme une fille. Sa fausse bite me cogne. Je sors ma matraque lestée et je lui envoie un revers dans la figure. Je le touche au nez, dans les dents et je lui casse quelques prothèses. Je lui déchire une narine. Sa queue en caoutchouc pendouille. Je lui mets un coup de genou dans les couilles. Il dégueule sur ma veste Sy Devore.

Quelqu'un me saute sur le dos. Puis plusieurs autres personnes. C'est Robbie et Nat, des voisins et des flics. Un gros flic me cravate. Je commence à planer. Avant de perdre connaissance, je vois Lois.

Black-out total.

Ça m'est déjà arrivé. Je connais la chanson. Tu picoles et tu consommes pendant des semaines d'affilée. Arrive une altercation. Quelqu'un t'écrase la carotide. Tu vois des trucs qui sont là et des trucs qui sont pas là.

Comme Lois, par exemple. Comme la banquette arrière d'une vieille voiture de patrouille. Comme la cellule de dégrisement du commissariat de Wilshire. Comme Jimmy Dean dans un bar cuir – et les petites racailles qui écrasent leur mégot de Kool King sur son cou.

Comme Max et Red. Putain de merde, Freddy – tu t'arrêtes donc jamais ?

Je me réveille au grill d'Ollie Hammond. Max et Red sont assis en face de moi. J'ai mal au cou. Quelqu'un m'a piqué ma veste Sy Devore. Où sont Robbie et Nat ? C'est quoi, la fin de l'histoire sur l'autre salopard sadique et la jolie serveuse ?

Des verres apparaissent. On s'imbibe. Max dit : « On t'a arrangé ton affaire. Tes gars ont ramené ta voiture sur le parking. On a amené la fille au Queen of Angels et on a arrêté l'autre connard pour viol et pagaille. Il ira purger une peine quelque part. »

Service impeccable. Freddy O. est des nôtres. Bill Parker veut quelque chose. C'est pour ça qu'ils sont là.

Je dis : « J'apprécie tout ce que vous avez fait. Merci. Maintenant, si on allait descendre quelques cambrioleurs pour se défouler un peu ? Et peut-être élucider quelques homicides restés dans nos cartons ? »

Max dit : « Freddy est fâché. »

Red dit : « C'est une réaction à retardement à l'interpellation de Fat Boy. »

Max dit : « On a rendu un service à Jack, le pote de Freddy. Ça s'appelle "couper ce qui dépasse tout en compostant le billet d'un connard dont le billet devait être composté de toute manière". »

Red dit : « Freddy connaît les règles. Il a plusieurs scalps accrochés à la ceinture. Il devient juste un peu nerveux quand il pense au sénateur Jack et à sa vision d'"une Amérique qui subvient aux besoins de tous ses citoyens". »

Je ris. Je lève mon verre. Je marmonne *Touché*.

Max dit : « Combien il t'a donné, Jack ? Ne nous déçois pas en nous disant que tu ne l'as pas extorqué. »

Je dis : « La somme demandée était de cinquante mille. J'ai eu le paquet. Dommage, les billets étaient des contrefaçons. »

Max et Red rugissent de rire. Je rugis aussi. Montego Bay, Manhattan, les montagnes sur la lune. *Ô oiseau jamais tu ne…*

Red allume une cigarette. « Le chef a un boulot pour toi. Qui te rapportera trois mille dollars, en cash, pas de faux billets. Il s'agit de tirer parti d'un truc que tu as accepté de faire pour Bob Harrison. »

Je finis mon verre. Je fais semblant de tousser et j'avale deux Dexedrine.

« Il m'a demandé de débrancher toutes les installations et de remballer les postes d'écoute. Laissez-moi deviner. Le chef veut que j'écoute les archives sonores et que je rassemble des informations. »

Max dit : « Freddy n'a jamais été bouché. Il a toujours eu une certaine lucidité. »

Red dit : « J'aime bien Freddy, mais je n'irais pas jusque-là. »

Je leur souffle ma fumée à la figure. « OK, je suis d'accord. Je commence le job pour Bob demain. »

Max fait tourner son verre. « Tu sais ce que le chef aime bien. Tu ne peux pas te tromper avec des sujets comme le sexe, la politique et les violations du Code pénal de Californie. »

Je grignote un gressin. C'est de la mise en scène. Pour cacher mes grimaces grinçantes et mes tremblements terribles.

« J'ai besoin d'un service. Je ne pense pas que ma demande soit démesurée. »

Max fait tsss-tsss. « Alerte Enfumage. Je le sens venir. »

Red fait tsss-tsss. « Les mains qui tremblent, ça te trahit toujours.

– J'ai besoin de jeter un coup d'œil au dossier de Caryl Chessman, et à ce que vous avez sur Janey Blaine. »

Max dit : « Non. Je ne sais pas ce que tu as derrière la tête, ce que tu projettes de faire, mais il ne peut en sortir rien de bon. Le chef voit d'un mauvais œil ta fixation sur les femmes décédées et les femmes brutalisées. »

Red dit : « Plus de croisades pour des femmes mortes, Freddy. C'est ter-mi-né. Chessman n'est plus un sujet et Janey Blaine a été vengée. Tu devrais le savoir – nous avons tué l'homme qui l'a assassinée. »

STATION D'ÉCOUTE

Argyle Avenue, au nord de Franklin
16/10/57

Boulot de merde. Je suis esclavagisé..

Il y a six stations d'écoute. Emballer le mobilier, mettre en caisses le matériel. Écouter quelques conversations encore. Récupérer des ragots ragoûtants qui feront baver Bill Parker. Passer en revue les relevés. Passer au crible les listings d'appels pour Big Bill. C'est *ici* que j'ai commencé. La station d'Argyle contenait un émetteur-récepteur à *looooongue* portée. Nous avons posé des micros et écouté le centre de Hollywood et les très chics Hollywood Hills. Le total de nos cibles s'élevait à vingt-quatre maisons et appartements.

Des gens du cinéma. Des rebelles renfrognés. Des baisodromes dissimulés et les petits nids douillets de jolies hôtesses et call-girls. *Fly me* – je suis Pam, Lizzie, Sally, Nancy, Kathy et al.

Je parcours les relevés. Ils listent les cibles sur écoute et leurs adresses. Les gens qui les appellent aussi. Les dates et heures des appels. Je remarque deux noms, immédiatement.

Ingrid Ellmore. Hôtesse sur la Pan Am et suprême maquerelle. Ingrid a inventé la pyjama-party qui dure la nuit entière. Elle possède une maison à charpente en A comportant six chambres, sur Bronson Hill. Six filles, absinthe à 90° et tous les cachets possibles et imaginables. Ingrid a une piscine chauffée. Et un sauna et des bains de vapeur. Avec deux mille dollars, vous avez droit à la Débauche des Damnés. Ingrid offre ses services vingt-quatre heures sur vingt-quatre.

La liste des appels reçus par Ingrid. Note certains noms. Le procureur Pat Brown, le maire Norris Poulson. Le joueur de base-ball Leo Durocher. Le shérif Gene Biscailuz. Le géant de la télé Sid Caesar. Buddy Hacket l'arrogant et Louis Prima le parasite.

Je choisis trois caisses. Je vais écouter et récupérer des cancans remarquables pour le chef. Et je peux prendre tout mon temps. Le deuxième nom me vrille l'oreille. *Écoute !!! Tout de suite !!!*

Dalton Trumbo. Un capo coco. Nous avons mis sur écoute son appart du côté de Whitley Drive. S'est excité sur les Dix de Hollywood. Un monsieur Je-sais-tout gesticulant. Regardez donc le nom qui apparaît sur sa liste à lui.

Le comité de défense de Caryl Chessman. Avec les notes de Bernie Spindel dans la marge :

« Financé par le parti communiste. Vestige d'un groupuscule plus ou moins officiel. Une émanation du Comité pour la libération des Rosenberg. Appels fréquents de célébrités sur le téléphone personnel. Cf. les noms sur les différentes feuilles d'appels. »

Je parcours les listes. Elles me donnent Burt Lancaster et ce ringard de Chuck Heston. Il y a Preston Epps, le roi du calypso. Il vient de sortir son gros succès, « Bongo in the Congo ». Il y a Liz Taylor. Hugh Hefner. Et Mister Mumbles en personne – Marlon Brando.

Marlon a malmené ma mignonne *mujer*, Joi Lansing, lors d'une soirée. C'était à l'automne 53. Cela fait quatre ans que je lui en veux pour ça.

Je vais directement fouiller dans les enregistrements. Je suis énergisé par ma haine, maintenant. J'endosse une fois de plus mon rôle de *cornuto* trop con. Je repère une communication intéressante sur le listing : Marlon Brando au Comité de défense pour Caryl Chessman.

Je trouve la bande et je l'installe dans un magnéto. Voyons voir la date : le 9/10/57. La semaine dernière.

Je m'installe confortablement. J'allume une cigarette et je siphonne ma flasque. J'appuie sur PLAY. Trumbo le rouge fait de la lèche à Marmonne Brando.

Des parasites hachent la communication. Je passe vite sur les politesses d'usage et les banalités bavardes. Au bout de deux minutes, des voix se font entendre.

Brando : « … et ils ont prévu d'exécuter le cambrioleur assassin le onze. Comment il s'appelle, déjà ? »

Trumbo : « Donald Keith Bashor. Le parti a envisagé d'envoyer des manifestants, mais ce type était vraiment trop vicieux. Il a tué deux femmes, et il s'est amusé avec la jolie, post mortem. On veut qu'il soit exécuté, parce que c'est une bonne illustration de la nature insensible de l'injustice fasciste. En fait, nous voulons que tout le monde soit exécuté, y compris Caryl. Plus il y en a, mieux c'est. Ils sont des martyrs de la cause. Nous pouvons vraiment mettre ça en valeur dans la presse. »

Brando : « Tu as raison sur ce point. Et tu sais, il y a des rumeurs qui courent sur le fait que Caryl va venir bientôt pour une audience. Je suis en train de préparer le terrain. Est-ce que le parti peut financer la présence de deux cents manifestants, à dix dollars par tête ? Au total, ça fait deux mille dollars. J'organise un événement devant le palais de justice, au centre-ville. Il y aura moi, Preston Epps, peut-être Liz Taylor. C'est le dix-sept. Mais pas question que je finance ça de ma poche. »

Trumbo : « Je t'obtiendrai ça, pas de souci. C'est ce que font les groupuscules comme le nôtre – ils financent les camarades. »

Brando : « Forcer sur les rumeurs… ouais, je vois l'idée. Au fait, t'as entendu celle qui concerne la troisième victime ? Caryl lui aurait arraché les tétons avec les dents et depuis, elle est à l'asile. Et elle n'aurait pas pu témoigner au procès de Caryl parce qu'elle était déjà totalement catatonique. »

Trumbo : « La machine à mensonges fasciste a monté ça de toutes pièces. Bien sûr, ils ont fait d'elle une vraie poupée, avec des nichons comme des obus. Dommage, elle n'a pas existé. »

La communication crépite et les mots deviennent incompréhensibles. Marlon Brando marmonne. Les fréquences se brouillent et Trumbo devient inaudible.

Je me remets au travail. Caryl Chessman trotte dans ma tête. On dirait que j'ai de la fièvre. Une monomanie qui mute et métastase. Elle va me mutiler si je n'agis pas, vite.

Je range les bandes d'Ingrid et de Trumbo dans un carton. J'appelle le service de messagerie de *Confidential* et leur demande de venir ici *immédiatement.* Je rédige un mot pour Bill Parker.

« La dame Ellmore est un filon fabuleux pour les Mœurs. Copiez et faites passer les bandes de Trumbo à votre service du renseignement, ainsi qu'au Comité des activités antiaméricaines de l'État et au Comité fédéral. D'autres livraisons à venir. F. O. »

Cette fièvre. Qui s'envenime, qui mute et métastase. Je la sens. Je *le* sens, lui – ce microbe malin à l'intérieur.

J'appelle mon service de messagerie :

Message de Mr Nat Denkins. Miss Anonyme l'a contacté ; elle appellera l'émission ce soir.

Cette fièvre qui s'envenime, qui mute et métastase. *Le microbe malin à l'intérieur de nous, de nous deux.*

Je fais porter les cartons de bandes à Bill Parker. Je zappe mes autres boulots. Je rentre à la maison et je me poste près du téléphone. Je suis Freddy le Groupie, né à nouveau.

Elle n'appelle pas. L'attente m'use, m'épuise, me rince. Je picole, je fume comme une cheminée, j'avale des cachets pour faire passer le temps plus vite. Paradoxalement, c'est le contraire qui se produit. Les cachets ralentissent les aiguilles.

J'arrive à tenir jusqu'à minuit. Puis à une heure. J'allume ma radio. Le Synagogue Sid Trio bêle et bâcle son intro. Ils sont dans le ton ce soir. Le microbe les a infectés, eux aussi. Notez le titre de leur morceau : « I Got Dem Caryl Chessman Blues Again, Mama »[1].

Saxo basse, bugle, batterie. Un crescendo criard. Puis le bruit soyeux de pièces qu'on glisse dans une fente. Puis, sa voix : « Salut Nat, ça gaze, baby ? »

Nasty Nat dit : « Miss Anonyme, en personne. Bon sang, ça fait bien trop longtemps ! »

Mon cœur palpite, pompe et menace d'exploser. Lois dit : « Plus de deux ans, baby.

– Alors… tu es revenue pour finaliser ta plainte contre *Confidential* ? C'est ça qui t'amène en ville ?

– Qu'est-ce qu'il y a à finaliser, Nat ? Le procès de l'été dernier l'a quasiment émasculé. »

Nasty Nat dit : « Ouais, *Confidential* s'est vu privé de ses serres et de son venin, c'est certain. Voyons voir. Est-ce que ta visite serait motivée par le fait que Caryl Chessman va venir pour une audience ce mois-ci et qu'il y a une grande manifestation prévue devant le palais de justice demain, avec Marlon Brando et un paquet d'autres célébrités ? »

Lois rit. « J'ignore de quoi tu parles, Nat.

– Hé, bébé. Tu es une actrice, à ce qu'on m'a dit, et je sais que tu as fait des tas de choses à New York. T'as jamais croisé la route de Marmonne Man ? »

Lois dit : « Eh bien, je dois bien avouer que nous avons partagé quelque chose. »

Mon cœur se serre, lacéré – et manque s'arrêter complètement.

Nasty Nat dit : « J'ai une question, Miss Anonyme. La convocation de Chessman n'a pas été annoncée dans la presse, mais elle fait

1. Voilà que le blues de Caryl Chessman me reprend.

l'objet d'une rumeur depuis longtemps. Comment tu en as entendu parler ? »

Lois rit. Je vois d'ici ses yeux bleu délavé sautiller et manquer de se croiser de justesse.

« Eh bien, Nat, je suis venue pour une levée de fonds organisée par votre procureur général, Pat Brown – qui se présente au poste de gouverneur l'année prochaine. Mr Brown a mentionné la comparution en appel, et aussi le fait qu'au printemps prochain le vice-président Nixon va faire une tournée en Amérique du Sud, où ont déjà été annoncées des manifestations contre la condamnation à mort de Chessman et contre la politique étrangère américaine, manifestations soutenues par les communistes, ce qui pose une question : Comment un homme foncièrement mauvais peut-il éveiller autant d'attention et *que pouvons-nous faire contre ça* ? »

Eh, baby. C'est là que ça devient vraiment intéressant.

DEVANT LE PALAIS DE JUSTICE

Centre-ville de L.A.
17/10/57

Oooga-boooga. La manifestation. Deux cents étudiants. Regardez les larbins du parti qui distribuent les billets de dix. Ils achètent une cacophonie coco. Les jeunes scandent des slogans : « Chess-Man est Inn-O-cent !!! Stop aux Meurtres d'État !!! »

Voilà Brando. Au milieu des gamins. Il signe des autographes et brandit une pancarte vers le ciel. Il est la seule célébrité. C'est lui qui orchestre l'événement. Il est enveloppé d'une phénoménale foule de fans. Il concentre toute leur affection.

Le trottoir de Spring Street tremble sous leurs cris. Je tourne au coin de la rue et avance ma voiture à une vitesse très très lente. Je cherche Lois. Je ne la vois pas. De Spring je passe à Temple, et je fais le tour du pâté de maisons. J'aperçois des contre-manifestants qui se mobilisent. Sur leurs pancartes, on lit EXÉCUTEZ CHESSMAN !!! Ils sont en bleu de travail. Les étudiants sont plus élégants.

Je fais le tour complet et je retourne sur Spring Street. Tiens, un étudiant tout seul à l'arrêt de bus. Il a l'air de s'ennuyer ferme.

Hé hé, j'ai l'antidote pour ça.

Je me gare. Il me voit. Je lui fais signe de s'approcher de la voiture. Il arrive d'un pas nonchalant. Bon sang – qu'est-ce qu'il a l'air de se raser.

« Hé, jeune homme. Ça te dirait de te faire cent dollars en une demi-heure ?

– En faisant quoi ? »

Je lui donne un paquet de mes photos de Marlon Brando. Elles ont une vraie valeur culturelle et sont emblématiques de notre temps. C'est Mister Mumbles, de la queue plein la bouche.

Junior regarde les photos. Ses yeux s'exorbitent et sa mâchoire se décroche. Il embarque les clichés. Je sors le fric.

Il fait : « Eh ben… merci.

– Distribue-les à tes copains. Une manif sans cul, c'est pas drôle. Peut-être qu'il les signera. »

Je retourne au boulot. Il me reste quatre stations d'écoute à démonter et déménager. Le microbe s'agite en moi. Lois vit en moi. La justice pour Caryl Chessman ? N'importe quoi. La justice pour Janey et Shirley Tutler, oui.

Cerveau gauche/cerveau droit. Mon boulot payé est barbant. Cette manif m'a galvanisé. Les quartiers de mon cerveau fondent et fusionnent. Je me rends compte de *ceci* :

La station d'écoute de Sweetzer Avenue. Ce sont également nos Archives. Nous stockons les relevés de tous les postes là-bas. Autrement dit, toutes les transcriptions tapées. En remontant jusqu'au tout premier numéro de *Confidential*. On y trouve les noms et les numéros de *tous* les appelants et tous les appelés. Ce fonds constitue l'intégrale des récits des mœurs de L.A.

Ce n'est pas encore gagné. Mais la convergence provoque la coïncidence. Tout dépend de qui on connaît et qui on suce. Les mœurs de L.A. Ce monde vicieux. Tout le monde *connaît* tout le monde. Tout le monde *parle*. Et *Confidential* a mis ce monde vicieux *sur écoute*.

J'y vais et j'entre. Ça sent le renfermé trop chaud. Je mets en marche la climatisation et je fais baisser la température. Les journaux d'appels représentent quatre-vingt-huit volumes. Douze pour l'année 1952, dix-sept pour 53, onze pour 54, dix-huit pour 55, vingt et un pour 56, neuf pour 57. Ma convergence, c'est le lien entre Chessman, Blaine et *La Fureur de vivre*. Elle culmine en 1955. Le tournage de *La Fureur* s'est déroulé de mars à mai. La montée en puissance des Acolytes de Nick a lieu en mai. Les échanges avec Chessman se sont intensifiés en mai. Janey a été assassinée en mai. Je n'ai pas connaissance d'un système d'écoute à Château Marmont. Ce qui ne veut pas dire qu'il n'y en avait pas. Bernie Spindel effectuait ses installations sans nécessairement m'en parler. Le Marmont était un bon filon pour les Mœurs. Certains logements étaient forcément piégés et surveillés.

Je n'ai pas besoin d'entendre des voix. J'ai besoin de transcriptions écrites avec des noms. Je sors le Journal n° 9, mai-juin 55. Je note une installation d'écoute à Marmont. J'avance sur la pointe des doigts jusqu'à la page 483.

Je remarque d'abord les noms. « Les voix sont identifiées comme celles de Nick Adams et Dennis Hopper. » Je note ensuite le lieu. « Bungalow 21D, Château Marmont. » Je sais qui vivait là-bas en mai 55. C'était Nick Ray le nabab. Je suis un pro des écoutes. Je connais le boulot. Ces échanges se lisent comme une conversation de salon.

Je *pige*. Nick et Dennis Hopper. Ils sont seuls dans le bungalow luxueux de Nick-qui-nique. Nous sommes le 14 mai 55. Quelque chose que m'a dit Robbie Molette me revient.

Le « film alternatif » de Nick Ray. Il est le reflet de *La Fureur* et même plus que ça.

Le micro est caché dans une lampe ou planqué dans un mur. Le transcripteur a noté des parasites, des silences, et *ceci* :

Adams : « Le patron est en train de concocter encore d'autres soi-disant montées en puissance. Il a appelé ça la "poussée filmique finale". »

Hopper : « Ce type est un putain de psychopathe. C'est pour ça que je garde mes distances. »

Adams : « Tous les génies sont des psychopathes. T'as qu'à voir Bird et Lucrèce Borgia. Les deux vont ensemble. »

Hopper : « Nick est complètement cinglé. Il n'arrête pas de courir sur le plateau en demandant à tout le monde, du cameraman au machiniste : "Est-ce que vous savez comment s'écrit le mot *viol* ?" »

C'est tout. La conversation s'effrite en parasites et souffles. Je trouve l'ordre de mission et la signature de la personne qui a transcrit en bas du rapport. Bernie Spindel.

Nous nous retrouvons au Googie's. J'ai lu les autres transcriptions du mois de mai. Rien d'autre ne m'a sauté aux yeux. « La poussée filmique finale. » « Est-ce que vous savez comment s'écrit le mot viol ? » La conversation a eu lieu le 14 mai 1955. Janey Blaine a été violée et tuée le 18 mai. La convergence soutient la conséquence. Je perçois une cause et un effet.

On sirote du café. Bernie dit : « Je me rappelle cette transcription, elle n'était pas pour *Confidential*. Je ne sais pas à quoi tu t'intéresses, là, mais cette mission n'a sûrement rien à voir. »

J'allume une cigarette. « Qui t'a commandé ce job ?

– Le chef de la sécurité de la Warner. Il ne faisait aucune confiance à Nick Ray ; il le croyait très capable d'exploser le budget et il se méfiait de toute la jeunesse dont il s'était entouré. Il surveillait pour les cadres de la maison. J'ai fait toutes les transcriptions, et j'ai jamais rien entendu que de la merde. »

Je dis : « Merde. »

Bernie dit : « Ouais, merde. C'est bien ce que je viens de dire. Mais y a un truc que tu devrais vérifier. Un de mes gars a mal rangé quelques transcriptions de mai dans le dossier de juillet. Comme ce job n'a jamais mené à rien, je ne me suis pas donné la peine de rectifier l'erreur. »

Lois Nettleton à trente ans. La deuxième fois que je la vois pour la première fois.

Émaciée peut signifier *beauté*. Elle est séduisante et circonspecte, très tendue. Elle a beaucoup gagné en intensité. Elle est une sprinteuse dans les starting-blocks à l'instant crucial. Elle est prête à fuir l'autre en courant, mais pas elle-même.

Une fois de plus. Lois l'agile. Ma correspondante de minuit. Nous sommes devant Dale's Secret Harbor. Elle est enfermée dans la cabine, dans le halo de l'ampoule. Elle porte un pull ras du cou et un pantalon en velours.

J'approche. Elle me voit. Elle ferme les yeux et, probablement, dit une prière. Une prière de soulagement. Sa convocation soudaine a été entendue.

Elle parle au téléphone. Je sors la lettre de Chessman à Jimmy D. et je la colle bien à plat sur la paroi en verre. Chessman mentionne Shirley Tutler. Il avoue sans ambiguïté l'agression.

J'attrape la porte. Lois pose sa main sur la mienne et glisse ses doigts entre les miens. J'entends le combiné qui tombe.

On se déshabille et on se met au lit. On ne le fait pas. On invoque un orage, comme la dernière fois. La machine à remonter le temps nous ramène il y a deux ans. Il se met à pleuvoir fort, et les grêlons grésillent. Nous refermons la boucle du temps perdu. De 55 à 57 – la vue de la fenêtre est un ravissement, la nuit.

C'est *maintenant*. Comme à l'époque. Nous écartons les draps et nous nous serrons fort fort. Je lui raconte comment j'ai trouvé les lettres. Je lui pardonne d'avoir cafté sur Janey Blaine à la presse. Elle fait la grimace et pleure. Je la rassure, c'était l'émotion de notre rencontre. Je ne lui dis pas que j'ai tué un homme pour éviter que son identité soit dévoilée.

Lois parle. Elle dit que la date d'audience de Chessman est avancée. Il nous reste quarante-huit heures pour aller le voir, pas plus. Je parle. Je lui dis qu'Ernie Roll a pris sa retraite. Bill McKesson occupe son poste désormais. Il manque sacrément de souplesse. Bill Parker va devoir le convaincre. Lois dit : le chef devrait voir les lettres. Je dis : c'est vrai. Elle dit : je veux les lire toutes.

La chambre à coucher se met à tourner. Elle pivote sur un axe en harmonie avec la pluie. Mais cette fois, j'ai de la reticence, de la retenue, je préfère me taire. J'ai envie d'inventer, d'improviser, de rire. J'ai envie de prédire notre avenir concret au-delà de cette cause sacrée. Je ne bouge pas. Notre avenir s'arrête à la porte de la salle d'exécution. Nous le savons tous les deux.

Lois attrape mon porte-documents et va dans la cuisine. Elle laisse la porte ouverte. Elle fume comme une cheminée et boit du café et lit les lettres de Chessman. Je la regarde. Elle pleure et ses sanglots sont aussi silencieux que moi.

Je me cache dans ses battements de cœur. Ses sanglots silencieux m'endorment. Le temps se détraque. Elle se glisse dans le lit et me serre le cœur : « Est-ce que tu m'aimes ? »

Elle répond. « Je vais y réfléchir. »

LE POSTE D'ÉCOUTE DE SWEETZER AVENUE

West Zarbiwood
18/10/57

« Montée en puissance. »

« La poussée filmique finale. »

« Est-ce que vous savez comment s'écrit le mot viol ? »

Tout est synchronisé avec la date de la mort de Janey Blaine.

Je fais un saut dans le poste d'écoute. Les gars de Bernie ont mal rangé certaines transcriptions de mai 55. Elles sont *ici*. Mon cœur bondit. Lois est revenue. J'engrange des preuves probantes.

J'ai envoyé un courrier à Bill Parker. Il comporte des photostats de quatre lettres de Caryl Chessman à Jimmy Dean. Ernie n'est plus là, chef. Bill McKesson a pris sa place. Vous vous rappelez cette faveur que je vous ai demandée ? Vingt minutes avec le monstre.

Parker a appelé McKesson et m'a répondu. Nous aurons dix minutes avec le monstre.

Aussitôt, je suis parti de chez moi. J'ai foncé à Hollywood pour faire une descente au commissariat. Je me suis précipité dans la salle des archives et j'ai recherché les photos de la scène de crime. J'ai trouvé Shirley Tutler *et* Janey Blaine. 1948 se télescope avec 1955. Mulholland Drive rencontre Beverly Glen. L'endroit où Shirley a été enlevée. L'endroit où probablement le corps de Janey a été déposé. Cinq photos en tout. Des copies parfaites.

Voilà ce qui m'hallucine. En 1955, les feuillages ont été taillés pour qu'ils retrouvent leur forme de 1948. Ce n'est pas le fruit de mon imagination. Je vois des feuilles et des branches coupées sur le sol.

La montée en puissance dans la réplication.

Je m'enferme dans la station d'écoute. Je sors le dossier de 1955 et recherche les feuilles mal rangées. Je trouve la mission concernant Nick Ray au Château Marmont. Les transcriptions des écoutes via les micros précèdent les écoutes téléphoniques. Les premières donnent que dalle.

Nick-qui-nique parle verbeux et pompeux. Jimmy D. et Nick A. répondent pareil. Nick saute la jolie Nathalie et Sal le salace sur le canapé. Les notes de Bernie mentionnent « des grognements sourds et des cris aigus, témoins d'une frénésie sexuelle ». Suivent quatorze pages de messages brouillés à plusieurs voix.

Je m'empare des transcriptions des conversations téléphoniques. La section comporte soixante-deux pages. Une colonne séparée liste les appelants. Rapidement, ça devient ennuyeux.

Nick Ray appelle au Googie's quarante-trois fois. Cal, le barman, décroche. Nick appelle Jimmy, Nick A., Natalie et Sal. Ils parlent de *motivation*. Nick vante les mérites de la baise avec des mineurs.

Nick appelle son agent. Nick appelle vingt-neuf hommes et femmes inconnus. Quarante et un hommes et femmes inconnus appellent Nick. Ça va de barbant à bandant, surtout bavard. Pas de révélation fracassante. Rien qui vaille la peine.

J'arrive à vingt-six pages de parasites. Bernie les a notées telles quelles. J'arrive à une donnée de bon augure : Nick a appelé NO-65832 dix-neuf fois.

C'est un téléphone public à Silver Lake. C'est à côté du Black Cat Bar vers Sunset Boulevard et Vendome Street. Bernie l'identifie comme un « repaire de bookmakers connu ».

Nick et l'Homme inconnu n° 21 parlent. À 99,9 pour cent, du souffle et de la bouillie de parasites. Ouais – mais il y a quelques pépites dans la boue.

Nick, le 11/5/55. Appel au bookmaker n° 8. « Installations », « lumières », « la fille ». Tout au long, des parasites sans arrêt. Onze minutes de parasites en continu après.

Homme inconnu n° 21, le 13/5/55. Appel n° 9. « Accessoires », « la Ford de 46 », « un site réel ». Tout au long, des parasites. Seize minutes de parasites en continu après.

Nick, le 14/5/55. Appel au bookmaker n° 16. « Bien sûr, Jimmy veut jouer le Bandit. » Tout au long, des parasites. Quatre minutes de parasites en continu après.

Trois autres appels téléphoniques après. Il n'y a pas de conversation transcrite. Et alors ? Les appels n° 8, n° 9 et n° 16 révèlent tout.

Les appels précèdent l'assassinat de Janey Blaine. Il y a plein de jargon de cinéma. « *Accessoires* », « *lumières* », « *installations* ». Janey est « *la fille* ». Caryl Chessman conduisait une « *Ford de 46* » quand il allait chercher ses victimes de viol. Mulholland et Beverly Glen est le « *site réel* ». Jimmy veut jouer le Bandit à la lumière rouge ? Si ce connard n'était pas mort, il pourrait tout à fait le faire.

A posteriori, les appels de cette cabine m'agacent. Ils constituent des preuves. Mais seulement circonstancielles. Pour moi, la mention de la « Ford de 46 » est décisive. Je voulais davantage. Je voulais avoir une preuve irréfutable de la présence de l'assassin de Janey Blaine dans cette cabine téléphonique.

J'appelle Al Wilhite au quartier général des Mœurs. Il connaît ce téléphone public et sa fréquentation par les bookmakers. Il dit : « Freddy, c'est juste un banal téléphone public. Ouais, cette cabine voit passer beaucoup de bookmakers – parce qu'ils font beaucoup de boulot au Black Cat. Mais qu'est-ce qui empêche un gars du quartier sans téléphone personnel de venir passer des appels là ? Ou que tes deux gars s'organisent pour utiliser ce téléphone, parce que l'appelé habite dans le quartier et ne veut pas que son numéro apparaisse sur le moindre relevé ? »

Logique. Je vais en voiture vers Sunset et Vendome et j'examine la cabine. Je vois des bookmakers sortir du Black Cat et entrer dans la cabine. Je les vois recevoir des appels, en passer et remplir des coupons de paris. J'observe le Cat, moyennement convaincu. J'échafaude des fictions et je confectionne des théories éclectiques. L'une d'elles a l'air de *tenir.*

Des appels téléphoniques. Des lettres. Des formules codées. Caryl Chessman écrit à Jimmy Dean. Jimmy lui répond probablement par écrit. C'est le film de la réplication répugnante de Nick Ray. Forcément, Nick-qui-nique voudrait *parler* à Caryl Chessman, ne serait-ce qu'une fois, non ?

Je fonce vers l'ouest. L'idée me tenaille. Je passe devant le Ranch Market. C'est là que je stocke mes dossiers sur les acteurs et les techniciens de *La Fureur de vivre.* J'examine la liste des adresses. *Nein* et *niet.* Personne n'habite près de Sunset et Vendome, à proximité du Black Cat.

Nick Ray a appelé Chessman. Je le sens. Les condamnés à mort peuvent recevoir des appels au parloir des avocats. Ces appels passent par le standard de Quentin. Nick Ray a appelé Chessman en mai 55. Son bungalow à l'hôtel a été mis sur écoute et surveillé. Il l'a peut-être senti. *Je* lui mettais la pression, à l'époque. Qu'est-ce qu'il pouvait faire ? Passer par le standard.

Je vais fouiner du côté de Marmont. Je mets sous le nez d'un réceptionniste mon insigne d'adjoint spécial. Je lui fais mon numéro. Nicholas Ray, le tournage de *La Fureur de vivre*, mai 1955. Est-ce que Mr Ray a passé des appels en personne depuis le standard, ici ?

Le gars dit qu'il lui semble se rappeler quelque chose. Il était de service ce mois-là. Il vérifie dans son registre d'appels et sourit béatement.

C'est là. *Maintenant*, je me souviens. Il a appelé le pénitencier de San Quentin. La communication a duré quatorze minutes, et il s'est servi de ce téléphone-ci, celui de la réception.

Je lui glisse un billet de cent. Il l'escamote, *perfecto*. Et je lui joue ma scène de l'hypocrite enjôleur.

Je ne me permettrais *jamais* de vous accuser d'écouter aux portes, mais…

Eh bien, je me rappelle un truc que Mr Ray a dit. « Jimmy et moi, on vous considère comme notre conseiller technique. »

Je vérifie la liste des appels. Ils se sont parlé à 15 h 16, le 17 mai 1955. Janey Blaine a été assassinée le matin suivant.

DEVANT L'HÔTEL DE VILLE

Centre-ville de L.A.
19/10/57

Des manifestants amassés. Des slogans placardés. Des étudiants et des abrutis du cinéma outragés. Leur grand martyr se trouve dans le Bureau des inspecteurs. Il est saucissonné sur un siège dans une salle d'interrogatoire. Nous nous dirigeons vers le bâtiment.

« Chessman Est Inn-O-Cent !!! » « Stop aux Meurtres d'État *!!! »*

Je nous ouvre un chemin. Lois trimballe un faux sténographe. Les manifestants prennent la pose et bombent le torse. Ils sont collés les uns aux autres et en colère. Ils balancent des banalités et brandissent leurs écriteaux.

À coups de coude, je coupe au milieu d'eux. Nous contournons Marlon Brando. Lois dit : « Salut Marlon ! » Brando répond : « Lois, mais qu'est-ce que tu fiches avec ce connard ? » Je lui retourne sa cravate dans la figure.

Les marches. Nous parvenons à les monter et nous nous précipitons à l'intérieur. Max Herman et Red Stromwall jouent les gardes du corps. Ils retirent leur panama signature. Max mate Lois. Red fait *waou !!!*

Nous prenons le monte-charge et arrivons au Bureau des inspecteurs. Les salles d'interrogatoire. Le monstre se trouve dans la n° 2. Je regarde Lois. Lois me regarde. Je lui fais un clin d'œil. Conscients de ce moment Putain-de-merde, nous nous prenons la main. Je pousse la porte.

Le voici.

Belzébuth. 666. La Bête de la Bible. L'apparition dotée de cornes rouges, d'une queue en trident et de sabots fendus. Il émet des étincelles et de la fumée. Des serpents s'enroulent dans sa chevelure. Aujourd'hui, il a une forme humaine. Il a trente-six ans, il est pâle.

Il a le nez bosselé. Il est maigre, il a de l'allure, il porte un jean de la prison. Il veut se faire passer pour le Prisonnier le plus intelligent du monde.

Il est assis les jambes croisées. J'approche une chaise. Lois pose son sténographe sur la table. J'ai apporté mon porte-documents.

Chessman dit : « Vous étiez au commissariat de Hollywood. Je me rappelle vous avoir vu dans la salle de garde là-bas. »

La Bête parle. Il se vante sans vergogne. Je le sais. Aujourd'hui, il est venu avec sa voix douce. Il se montre scrupuleusement circonspect et discret, voire doucereux. Il est la Victime de son Temps et son Espace, par la main vigilante du monde. Il est Sacco et Vanzetti, il est Timothy Evans, qui a été accusé à tort à la place de Reg Christie.

Je dis : « Oui, j'étais là. J'ai vu Colin Forbes et Al Goossen vous interroger, et j'étais là quand Shirley Tutler s'est présentée. »

Chessman dit : « Qui est Shirley Tutler ?

– La femme que vous avez agressée, entre vos agressions contre Regina Johnson et Mary Alice Meza. J'affirme cela en sachant pertinemment que vous avez nié ces crimes et que vous nierez certainement avoir agressé Miss Tutler. »

Je laisse le moment s'étirer et se transformer. Il va nier. Il va dire qu'il n'y a pas de preuve. Lois tripote sa machine. Mon Dieu, ses yeux. Pleins d'une haine tellement pure.

« Je ne suis pas obligé de vous parler. La cour rejettera la transcription de la sténographe et je ne vais certainement pas avouer un crime que je n'ai pas commis. »

J'ouvre mon porte-documents. Je sors les quarante-trois pages qui décrivent les morsures infligées à Shirley Tutler. J'étale les pages sous les yeux de la Bête.

Il regarde. Il voit, il reconnaît, il s'oblige à ne pas réagir. Ses mains se paralysent, les veines de son cou palpitent.

« Ce n'est pas mon écriture. Et même si c'était le cas, j'ai imputé ces crimes à quelqu'un d'autre. »

J'allume une cigarette. « Vous n'avez regardé que la première page. Vous ne savez pas qu'il s'agit de crimes au pluriel. Je n'ai pas mentionné l'imputation, et si vous êtes au courant, c'est parce que vous avez écrit ce document vous-même. »

Chessman repousse les pages vers moi. Il est *l'étranger* de Camus. Il est accablé par des notables bourgeois qui ne comprennent pas, tout simplement. Il supporte sans broncher leur stupidité et leur indifférence. Il a lu Gandhi et Sartre. Il sait comment transcender de manière incisive.

Il dit : « Non. » Ce mot. Existentialisme 101. Refuser, c'est ton recours.

Je lui passe un stylo. « Sur cette première page, vous allez écrire ce que je vais vous dicter. “Ces crimes sont les miens, ainsi que je l'ai dit au défunt acteur James Dean, et ont été attribués à un violeur anonyme. Ces crimes sont bien les miens, et ces documents dans leur ensemble sont *mes* aveux.” »

Chessman dit : « Non. » La Bête est pressée par Freddy le bourgeois. C'est son destin. Qui est ce spectre aux cheveux roux ? *Elle* ferait une bonne victime de viol.

Chessman redit : « Non. » Je le frappe du revers de la main et le mets au tapis. Il se barricade dans un silence buté et apathique. Freddy le bourgeois lui met un coup de pied dans les couilles.

« Vous avez deux choix seulement, Caryl. Vous signez les aveux ou vous mourez sous les coups de pied. La deuxième option n'est pas une option. La première vous permet de survivre, de continuer à cultiver votre image publique, et à faire semblant devant la cour. »

Chessman change d'attitude. On dirait un mauvais Mahatma, s'écartant des voies de chemin de fer. Il ne peut pas demander un changement de costume. Il ne peut pas se raser le crâne et chausser ses lunettes de papi.

Il se lève. La douleur créée par mon coup de poing le fait grimacer. Il écrit mon paragraphe d'introduction aux aveux et signe de son nom.

Lois dit : « Jimmy Dean voulait vous incarner à l'écran. Cela a dû flatter votre vanité. »

Chessman dit : « Salut, Red. J'étais sûre que tu aurais une voix jouissive. »

Je range sa confession dans mon porte-documents. Chessman se rassoit sur sa chaise.

« Je suis au-delà de la vanité, Red. J'en ai trop vu et trop subi. Vous êtes une femme, alors je suis sûr que vous comprendrez. »

Je dis : « Dommage que Jimmy soit mort. J'aurais sûrement apprécié le film. »

Chessman dit : « Il y a toujours le film alternatif de Nick Ray. Enfin, il ne sortira jamais. J'étais le conseiller technique, alors je suis sûr qu'il y a pas mal de vraisemblance dedans. »

Lois dit : « Quelque chose est allé de travers, apparemment. On dirait que ça se passe toujours comme ça, avec vous. »

Chessman hausse les épaules et sourit. Le Mahatma se mêle au Club des rats.

« Le jeu est faussé, Red. C'est pour ça que je prends toujours ce que je veux, et que je le prends là où je le trouve. Et je le trouve toujours, parce que je ne suis pas difficile. Comme en témoignent Johnson, Meza et Tutler. »

Et voilà, c'est fait. Il aura fallu huit minutes et seize secondes.

Je fais sortir Lois rapidement. Le haut-parleur crépite et envoie des parasites. Bill Parker et les Hats rient, crient et applaudissent.

Je n'avais pas de nom, pas de preuve trouvée sur la scène de crime, pas de suspect de meurtre certifié. J'avais une intuition infernale pour le crime et j'avais les contextes écœurants qui l'avaient causé. Lois et moi avons fait le siège du *Bacillus chessmanitis*. À un moment dans ces prolongations épineuses, la tension va céder sous l'effet du gaz. Nous ne l'avions pas prévu. Venger Janey Blaine, c'est ce qui me vivifie.

Je dépose Lois à l'hôtel et je prends la direction nord-nord-ouest. J'arrive à Mulholland et Beverly Glen. Les deux scènes de crimes se télescopent et fusionnent en un tout infernal.

De 48 à 55. Le lieu historique parfaitement préservé. Jimmy D. n'a pas tué Janey. Idem pour Nick Ray. C'est un second couteau quelconque. Il a fouillé l'appartement de Janey. Il a fouillé son bureau et souillé ses sous-vêtements. *Quelqu'un* a volé à Robbie Molette la liste des clients de Janey. Ce quelqu'un tournait autour de Janey en amont du film alternatif. Nick Ray a appelé *cet homme-là* depuis la cabine à côté du Black Cat. Ils ont parlé des détails du tournage. Les Hats ont exclu le père de Robbie Molette. L'assassin est un larbin du plateau de *La Fureur.* Il possède des talents techniques et/ou logistiques. Il a cambriolé la piaule de Robbie. Ce qui signifie qu'il connaît Robbie. Ce qui signifie que Robbie sait *quelque chose* à propos de lui.

Je parcours à pied les scènes de crime superposées. Je monte sur les talus et je cherche des indices. Je trouve des ampoules de flashes usées au pied du talus de Mulholland. Ce qui signifie des photos. Ça me rappelle les ampoules usées sur le site de la soirée de levée de fonds des démocrates. Il surveillait Janey déjà à ce moment-là. C'étaient des préliminaires sournois. Il savait que Janey serait là pour conclure avec Jack K. Robbie a manigancé la rencontre de Janey et Jack. Ce qui signifie que Mr X connaît Robbie.

Je grimpe des talus. Je cherche des indices. Je trouve un rouleau de scotch rouge à côté d'un arbre. Du scotch *rouge*. Il y en avait sur les phares de la Ford 46 dont Nick Ray a parlé avec Mr X. Le Bandit à la lumière rouge se faisait passer pour un flic. Jimmy a fait renaître le personnage. Ce scotch rouge est vieux, usé. Il a l'air d'avoir au moins deux ans.

Robbie n'a pas tué Janey Blaine. Un jour il m'a montré sa carte de groupe sanguin. Il est O positif. L'assassin est AB négatif. Son foutre a permis d'identifier son groupe. Robbie a un nom pour moi. Je le sens, c'est certain.

Le parking. Voilà Robbie. Il est avachi à côté des bidons de lubrifiants. Le parking est léthargique aujourd'hui. Il n'y a pas de *trabajo*, pas de *dinero* à se faire sur des divorces.

J'arrive et je donne un coup de klaxon. Robbie se frotte les yeux et s'approche.

J'ouvre la portière passager. Robbie monte. Je lui passe ma flasque. On avale quelques stimulants et on se sent mieux.

« J'ai quelques questions sur Janey. »

Robbie dit : « Eh ben, tu remontes à loin. »

Je souris. « Il y a du nouveau. »

Robbie fait hé-hé. « Tu veux dire que Fat Boy ne convient plus ? C'est pas comme si ça avait jamais été le cas, pour les connaisseurs. »

Je fais *niet*. « Je repense à quelque chose que tu as dit et à la manière pensive dont tu l'as dit. Tu as dit : "En tout cas, elle a pas voulu de moi" et j'aimerais que tu détailles un peu. »

Robbie s'étrangle. « Freddy. Ne m'oblige pas à le dire.

– À dire quoi, Robbie ? Que tu étais amoureux d'elle ? »

Robbie s'essuie les yeux avec sa manche. Robbie se mouche dans sa chemise.

« OK, je vais le dire. J'étais amoureux d'elle.

– Et ton père t'a arrangé le coup avec elle. Et elle est entrée dans ton harem de filles pour l'hôtel. »

Robbie dit : « Tu me fais du mal, à reparler de tout ça. J'ai liquidé mon écurie, comme tu le sais, bordel. Je suis chauffeur, maintenant. Je me suis rangé. »

Ça me fait rire. « Ton père t'a présenté à Janey, c'est ça ?

– Non, c'est ma sœur, Chrissy. Elle connaissait Janey, de son côté. D'avant même qu'elle ait son contrat à la Metro.

– Elles étaient copines ? Elles faisaient du sport ensemble ? »

Robbie me prend ma flasque et la vide. Ça lui donne un air d'enfant sauvage.

« Chrissie et Janey étaient des folles de cinéma. Elles tournaient ensemble dans des courts-métrages bidon, un peu louches. Tu vois le genre, des films soi-disant expérimentaux où personne n'est payé, qu'on ne voit jamais dans les salles, mais des copies circulent. Je n'appelle pas ça des pornos, plutôt des "films de corsages déchirés", avec beaucoup de peau et quelques scènes un peu cul, si tu vois ce que je veux dire. »

Je dis : « Continue, m'oblige pas à t'encourager. »

Robbie baisse la tête. « C'était des pastiches genre historiques, et ils étaient tous basés sur des crimes célèbres où des femmes se faisaient violer et couper en morceaux. Genre, *Les derniers jours du Dahlia noir*, Fatty Arbuckle et Virginia Rappe, les filles que l'autre, là, Otto Stephen Wilson a poignardées. Chrissy jouait toujours les seconds couteaux, et Janey jouait toujours la victime. C'est comme ça qu'elles se sont rencontrées et qu'elles sont devenues amies. »

Je dis : « Qui faisait les films ? Je veux dire, à la photo et à la mise en scène ?

– Je ne sais pas. Juste des connards du cinéma qui voulaient malmener des femmes et voir de la chair fraîche.

– Est-ce que des gars de ce genre bossaient sur le tournage de *La Fureur* ?

– Pas à ma connaissance.

– Est-ce que tu sais qu'un film ressemblant à ce que tu décris était en cours de tournage et qu'il y était question de Caryl Chessman ?

– Non, mais ça ne me surprend pas, parce que comme je te l'ai dit à l'époque, ce grand malade de Jimmy Dean était super motivé pour incarner Chessman, et ce malade encore plus tordu de Nick Ray était fan de cette idée. Je t'ai aussi refilé le tuyau sur le soi-disant film alternatif. »

J'allume une cigarette. « Est-ce que tu connais un bar à Silver Lake qui s'appelle le Black Cat ?

– Ouais, c'est un repaire de bookmakers le jour et un bar de pédés la nuit.

– D'accord. Est-ce que tu sais si quelqu'un du tournage de *La Fureur* vivait dans le coin ? Vers Sunset et Vendome ? »

Robbie secoue la tête. « Pas vraiment. Pas en 55, je crois pas.

– Qu'est-ce que tu veux dire ?

– Eh ben, je connaissais un gars qui habitait *plus haut*, et qui fréquentait le Cat, et qui a déménagé son studio qui maintenant est tout près du bar. Ça devait être l'an dernier. »

Je me crispe. Dis le nom, Robbie. On est en relation télépathique. J'aurais déjà dû l'identifier, le gars. Il y a une demi-seconde, le nom m'avait traversé l'esprit.

« Alors… ?

– Alors quoi ? C'est Arvo Jandine. Il était le photographe sur *La Fureur*, et lui aussi, c'est un taré tordu du même genre de Jimmy et Nick Ray. Il a pas l'air d'un assassin, comme ça, c'est pour ça que je ne t'en ai pas parlé quand t'as commencé à t'intéresser aux gars de *La Fureur.* »

Je ferme les yeux. Je vois le tableau. Jandine. Les listes d'appel de *La Fureur.* C'est un exhibo. Il hante les collèges de la ville. Il pénètre dans les vestiaires des filles. C'est un photographe. Il a pris des photos lors de leur Descente Infernale au magasin d'alcools.

Plus, la descente des Stups. La piaule de Jandice. La photo en bikini dans l'album de Robbie.

Robbie fait : « Freddy est en transe. On dirait qu'il a pris un nouveau genre de dope qu'il vient tout juste de découvrir. »

J'ouvre les yeux. « Tu as dit "taré tordu".

– Ouais. C'est lui qui a pris ces photos à poil de Chrissy. Il y a ça, et il a sorti sa queue sous le nez de ma mère. »

Je referme les yeux. Robbie dit : « Est-ce qu'il t'arrive d'avoir honte de ta vie, Freddy ? »

Je réponds : « Seulement la plupart du temps. »

Montée en puissance. La mienne et la sienne. Je redouble mes efforts pour mieux le connaître. Je redouble d'ingéniosité pour élaborer mon plan et en tirer un joli profit. J'appelle les Mœurs du LAPD et je récupère une copie intégrale du casier d'Arvo Jandine. Sa montée en puissance est nette.

Arvo Jandine, un taré tordu de la pire espèce. Né le 8/6/1919, au trou-du-cul du Nebraska. Arvo est un malade de la photo. Il commence à faire des photos de filles dans les vestiaires *très très jeune.*

Sa première arrestation a lieu à Omaha, en 1937. Il revend des photos de nues prises à l'insu des victimes dans les campements des Corps civils de la protection de l'environnement et lors des soirées de la Work Projects Administration. On l'envoie faire une colonie éducative. Qui se trouve être mixte. Il piège le vestiaire des filles et y installe un appareil à déclenchement automatique. Il compile sous la forme de catalogues des photos de nues par milliers. Il s'évade et revend les photos à des routiers sur des aires de repos et dans des distilleries de gin dans tout le Midwest. Il devient Mr Porno. Il finit par arriver ici à L.A.

Il devient photographe de plateau. Il bosse à la Paramount et se fait une place à la Columbia. Il installe des appareils à déclenchement automatique dans les loges des plus grandes actrices. Il récupère des photos clandestines à la pelle. Il est Mr Star à Poil. Grâce au bouche-à-oreille il accède rapidement à l'Élite de la Perversion de L.A. Il fabrique des cartes à collectionner d'actrices nues. Myrna Loy, Carole Lombard, Norma Shearer, Rita Hayworth, Ella Raines. Une Ann Sheridan contre deux Betty Grable. Il crée un vrai phénomène de mode. Il se fait une fortune fabuleuse. Les flics le traquent et lui tendent un piège. Il vend des photos à un flic sous couverture et il est condamné à passer entre cinq et huit ans dans l'épouvantable pénitencier de Quentin.

Il sort en conditionnelle en 49. Il retourne à L.A. Il est Mr Subtil jusqu'à ce qu'il pète les plombs à l'automne 51. Il lui faut les avoir, les voir, les photographier *jeunes*, maintenant. Il se fait arrêter devant le collège Le Conte Junior High, en juin 52. Il fait dix-huit mois à Chino et sort en conditionnelle en janvier 54.

Il est monté en puissance. Il est prêt à *collaborer*. Il cherche des tarés tordus qui ont les mêmes fantasmes délirants. Il trouve moyen de se rapprocher de Nick Ray et *La Fureur de vivre*. Il croise dans la crainte le chemin de Freddy Freon Otash. C'est là qu'Arvo commet une erreur.

Montée en puissance. La sienne et la MIENNE.

Je quadrille le quartier de Sunset et Vendome et j'examine les devantures. Jandine Art Photography, à deux portes du Black Cat.

La nuit néfaste tombe. Je prends la direction de l'ouest, vers la Fox. Nick Ray est en train de tourner son dernier film.

Traquenard. Robert Taylor et Cyd Charisse. Avec le beau John Ireland. Jungle John est LA grande star de Hollywood. La sienne mesure 45 centimètres.

Je connais tous les agents de sécurité de la Fox. Je sais que je peux leur servir un bobard pour entrer.

Je parle d'une partie de poker dans le bureau de Pandro Berman. Le gardien avale sans broncher. Je lui glisse un billet de cent dollars. Je gare ma Packard de proxo et je me dirige d'un pas nonchalant vers le bungalow de Nick Ray.

J'y entre par effraction et je me repère avec ma lampe-stylo. J'installe un mini-micro et une batterie sous le bureau de Nick-quinique. Il est équipé d'un interrupteur. Je l'actionnerai le jour du Jugement.

Il est 23 h 14. Je retourne à Silver Lake et j'examine le studio de Jandine. Il est plongé dans la pénombre et on n'y voit pas le moindre mouvement. Je fais le tour du pâté de maisons et j'aperçois une porte donnant sur l'allée derrière. Je range ma voiture et j'enfile des gants en caoutchouc.

J'ai avec moi un sac contenant un Leica équipé d'une pellicule infra-rouge. J'avance tranquillement comme si j'étais chez moi. Il me suffit de deux coups de crochet pour que la porte cède. Je m'enferme à l'intérieur. Une fois de plus, je me repère avec ma lampe-stylo.

Je vois le tableau. Arvo vit pour son travail. Il y a trois pièces où sont stockés des projecteurs et du matériel photo. Je passe à côté d'un coin couchage. Arvo dort sur un canapé-lit et se prépare à manger sur un réchaud. Ses haillons sont accrochés sur un portant. L'évier, la douche et les toilettes puent la merde de rat et la pisse.

Arvo l'obsesso. Arvo le débraillé. Forcément, il garde des souvenirs. Ces tordus sont du genre à garder des objets fétiches.

Depuis le coin habitation un couloir part en diagonale. Ma lampe éclaire une porte fermée. J'attrape la poignée. Rien. J'enfonce un crochet et je tourne dans le sens contraire des aiguilles d'une montre. La porte cède et s'ouvre.

Une seule pièce. Maximum trois mètres sur trois. Sans fenêtres et pratiquement sans air. Je tapote les murs et je trouve l'interrupteur. Des lampadaires éclairent quatre murs couverts de *ceci* :

Les tournages combinés. *La Fureur de vivre* et *Le Bandit à la lumière rouge*. Des photos sur papier glacé par Arvo Jandine.

Jimmy Dean dans son blouson de *La Fureur*. Natalie Jolie et le pétulant Sal, habillés pour le film. Des photos du tournage. Des photos de la Rafle des culottes. Des photos de la Descente infernale au magasin d'alcool. Natalie, nue. Sal, nu et nerveux. Jimmy Dean nu, en train de taper sur ses tambours. Jimmy Dean, habillé en Caryl Chessman. La Ford 46 des viols, la copie de la vraie. Des extérieurs nuit à Mulholland et Beverly Glen.

Janey Blaine en Shirley Tutler. Janey avec des taches de faux sang sur son chemisier. Janey et Jimmy, en train de se bagarrer dans la Ford. Remarquez les seins nus de Janey.

Ensuite, c'est la montée en puissance. Une série continue de clichés :

Janey, nue. Janey et Jimmy, nus. Janey et Jimmy en plein coït sur la banquette arrière de la Ford. Janey dans les vêtements qu'elle portait chez Frascati. Le corps de Janey jeté sur la scène de crime. Elle a été étranglée à la main. Elle est morte.

LE BUREAU DE NICK LE NABAB

20th Century Fox
20/10/57

Je reste là et je laisse monter la tension. J'imagine Lois et je déplace de l'argent vers de nouvelles montagnes sur la lune. Nick a fait sa dernière prise il y a une heure. Ses larbins sont partis tôt. J'ai piégé la porte d'entrée. J'ai laissé toutes les lumières éteintes. J'ai apporté deux types de preuves dans mon porte-documents.

Mes photos des photos de Jandine. Mes photos des pages de son journal intime sur *Le Bandit à la lumière rouge*. Il planquait son journal sous son canapé-lit. Il planquait là aussi ses photos préférées de collégiennes.

Jandine raconte son obsession pour Janey Blaine. Il l'a rencontrée chez Robbie Molette. Chrissy les a présentés en disant que Janey était une amie de son père. Janey lui a déniché un boulot de photographe sur *Les derniers jours du Dahlia noir* et le film sur le gros Arbuckle.

Son obsession a décuplé. Il a cambriolé l'appart de Janey et lui a volé *ses* journaux intimes. Il les a lus et a découvert sa passion pour les hommes et pour l'argent. Il a essayé de la séduire en la faisant chanter. Il a mis Nick Adams dans le coup. Ils ont drogué Rock Hudson au Mickey Finn et ont pris des photos de nus. Il a cambriolé la chambre de Robbie et a volé sa liste de clients pervers et puissants. Janey lui a renvoyé son chantage à la figure en riant. Il a photographié Janey et Jack K. au Beverly Hills Hotel. Il avait déjà le contrat de la photographie sur le tournage de *La Fureur*. Il s'est acoquiné avec Nick Ray et Jimmy Dean. Ils ont concocté le plan *Le Bandit à la lumière rouge*. Le tournage s'est super bien passé. Janey a baisé avec lui pour de vrai, direct, sans pudeur. Ça l'a rendu fou. Il a annoncé qu'il allait la ramener chez elle après le tournage. Les choses ont dérapé. Il n'avait pas l'intention de la violer et de la tuer. Ça arrive, ces choses-là. Heureusement, personne n'a parlé.

La porte s'ouvre. Nick le Nabab fredonne « Lisbon Antigua » en entrant. Le fil de fer que j'ai installé sur le seuil le fait trébucher et il tombe à plat ventre. Sa tête heurte le sol. Il s'écrase le nez. Maintenant, c'est Nick le nez-en-sang.

Il grogne. Je me lève et je pose mon pied sur sa nuque. Il est immobilisé et ne peut pas parler. Avec le faisceau de ma lampe-stylo j'éclaire les photos et les pages du journal intime. Je les fais défiler une par une à côté de son visage aplati et écrasé. *Len-te-ment.* Je lui donne le temps de digérer le dilemme et d'absorber tous les mots de Jandine.

« Tu vas me verser vingt-cinq pour cent de tes revenus nets, jusqu'à la fin de tes jours. Ce qui signifie vingt-cinq pour cent du moindre dollar que tu gagnes. Tu vas prévoir vingt-cinq pour cent de ce que tu as sur tes comptes en banque et tu vas liquider toutes les actions et obligations que tu as peut-être et me donner vingt-cinq pour cent de leur valeur, maintenant. Tu vas me donner vingt-cinq pour cent de la valeur estimée de toutes tes propriétés, maintenant. Tu vas me verser mes parts de salaire le premier de chaque mois, à partir du 1er novembre 1957. J'ai appelé ta banque à Beverly Hills cet après-midi. Je me suis fait passer pour un inspecteur bancaire fédéral et j'ai appris que ton solde actuel est de quarante mille dollars. Nous allons aller à la banque ensemble dès demain. Je prendrai les onze premiers mille en liquide. »

Nick Ray se tortille et retient ses larmes. Freddy Freon. La Fourmi géante est de retour.

Les nuages bas s'ouvrent et déversent de la pluie. Je fonce vers le nord-est jusqu'à Sunset et Vendome. Je me gare dans la même ruelle et je m'approche de la même porte de derrière.

Les deux mêmes crochets ouvrent la serrure. J'entre et je referme la porte tout *dououououcement.* J'entends ses ronflements, direct.

Le coin couchage. Huit pas, puis un virage serré à droite.

J'ai un revolver Magnum .44. La détonation fait beaucoup de bruit. Le silencieux est capable de l'amortir totalement. J'avance vers les ronflements et je dégaine ma lampe-stylo. Dans le rond de lumière, le visage d'Arvo sur l'oreiller. Je vise et je tire six coups.

Il est pulvérisé. Dans le nuage d'os et de sang, je sens la dispersion et la dessiccation. Je prends son journal et ses photos accrochées au mur. Je monte le chauffage au maximum. Que le démon se décompose.

RADIO KKXZ

Southside L.A.
21/10/57

Un bœuf turbulent. Une grande première mondiale. Live dans le studio : le Synagogue Sid Trio.

Le morceau :

« Triptyque psychédélique : Chant funèbre pour Shirley Tutler et Janey Blaine & Chaconne de la chambre à gaz de Caryl Chessman. »

Composé dans la hâte. Genre, là, tout de suite. Sid et ses gars incarnent l'improvisation. On est quatre présents pour la teuf. Lois, Robbie Molette, Nasty Natt et votre serviteur.

Nous avons quelque chose à fêter. J'ai acheté la station KKXZ et j'en ai fait cadeau à Nat. Nick Ray a payé le déménagement. J'ai empoché deux ou trois sous et payé le billet d'avion de Lois pour la Grosse Pomme. Elle a un contrat qui commence pour participer à l'émission de télé *Armstrong Circle Theatre*.

Je suis maussade, déprimé et rétamé. Nous avons arraché ses crocs à la Bête. Nous avons radicalement réécrit l'histoire secrète et sexy de notre nation. La jolie Lois me laisse pour dix minutes de télévision.

Sid et ses gars démarrent. Saxo basse, bugle, batterie. Plutôt limité.

Je deviens nerveux et la Fourmi géante frémit. Je vais dans le salon d'accueil et je prends quelques profondes inspirations.

Ça m'aide. Je me dé-fourmise. Je contemple le mur qui rend hommage à Charlie Parker. Je remarque une nouvelle inscription gribouillée sous l'album *Live on 52nd Street*.

« Pack up all your cares and woes/Here you go, swingin' low/Bye, bye, blackbird. »[1]

Et en dessous : « Love, Lois N. »

---

1. Inspiré du morceau « Bye Bye Blackbird » de 1926 devenu un standard de jazz.

INTERMÈDE INFERNAL :

Ma vie de reclus rêveur
22/10/57 - 1/5/60

Des hauts, des bas. *Confidential*, tout le cirque de *La Fureur*. Je n'ai aucun problème avec l'assassinat d'Arvo Jandine. La décomposition a détruit tous les éventuels indices. Les gaz intestinaux stagnants se sont échappés du cadavre et ont pris feu. Le studio a brûlé. Personne n'y a vu un meurtre.

J'ai détruit toutes les bandes et toutes les transcriptions. *Confidential* et moi, c'est fini. Le magazine continue tranquillement sans moi. Bondage Bob a été laminé par des procès supplémentaires. Les célébrités assaillies autrefois l'assaillent aujourd'hui. Il sort dix ou quinze mille dollars à chaque fois. Les actions pour nuisance contre lui sont en train de le mettre sur la paille. Le contenu corrosif du magazine s'est réduit à du compte rendu consensuel. Il n'y a plus de va-va-voum vindicatif ni d'arnaques scandaleuses. Plus de gros bras pour désamorcer les désaccords et mener le combat pour le précieux premier amendement.

Je n'ai plus trop de chance. Je suis l'ex-agent Freddy. Je suis un ancien détective privé et un derviche du divorce sur le parking de la station-service. J'ai exploité le filon de l'extorsion et saigné Nick Ray le-nez-en-sang pendant un temps. Le racket au long cours, ça me fatigue. J'ai cramé mon argent en alcool, dope et femmes. À me prostituer ainsi au péché, je sens l'aversion me dévorer jour après jour. J'ai décidé de renoncer pour me débarrasser du serpent qui m'aspire l'âme. Je l'ai dit à Nick le-nez-en-sang. Il s'est mis à genoux et il a pleuré.

Une « bonne occasion », c'est de l'amour. Je l'ai toujours su. J'ai dopé un cheval appelé Wonder Boy et essayé de truquer une série de courses. Je me suis fait gauler. Le Bureau du procureur m'a mis en examen. Bill Parker est intervenu et a dévié ma trajectoire de Quentin. J'ai perdu ma licence de privé. Je suis toujours l'informateur clandestin de Big Bill. Je suis toujours un indic, un mouchard, une balance. De Despote des potins, je suis devenu rapporteur. C'est le boulot qui me convient le mieux.

Je suis toujours le Pervdog of the Nite. Je continue à chercher les embrouilles et à épier par les fenêtres que je vois sur mon chemin. J'ai croisé et fracassé pas mal de vies sur le chemin en question. Je me sens seul de toutes ces vies perdues. Je les épie de loin et je suis de loin les chemins qu'elles ont choisis.

Jack K. a été réélu avec un score retentissant au Sénat. 1958 s'annonce comme une grande année pour lui. Pat Brown a été réélu gouverneur de Californie. Le procès de *Confidential* a pulvérisé l'idée que Pat était débile. Rock et Phyllis sont en train de se séparer. J'ai négocié le divorce. Nick Ray demeure l'horrible auteur qu'il a toujours été. Il fait des films fétides qui endorment leur public. Le cirque de *La Fureur* a marqué le début de sa glissade dans le mal. La convergence crée le destin. Il a été aidé.

Jimmy D. est mort. J'ai tué Arvo Jandine. Natalie Wood et Sal Mineo sont des stars. Nick Adams a sa propre émission de télévision. Après une gangrène, Chester Voldrich a perdu la main que je lui ai massacrée. Je lui envoie cinq cents dollars chaque mois, de manière anonyme.

Je les vois tous comme des émanations involontaires de Caryl Whittier Chessman. La cancéreuse conjonction voyou vicieux/victime/excentrique insensible les a laissés trop faibles pour résister. Montée en puissance. La Rafle des culottes chez les étudiantes, la Descente infernale au magasin d'alcools, le film *Le Bandit à la lumière rouge*. Le printemps 55 et la suite. Chessman rôde dans les ellipses. Je ne peux pas et je ne vais pas renoncer à penser à lui. Il est indissolublement imbriqué dans Lois Nettleton. *Ensemble*, ils ont contribué à compromettre mon unique tentative pour devenir quelqu'un d'autre.

Chessman continue. Il se pourvoit en appel et écrit des livres et prétend cristalliser sur lui une bande d'abrutis qui gesticulent en agitant la notion de rédemption comme un hochet de bazar. Tôt ou tard, il y passera. J'ai confiance en ce consensus légal. C'est ce que ma haine la plus absolue et mes perceptions les plus puissantes me disent.

Il a infecté Lois avec son virus. Il vit dans cette partie d'elle où coexistent la carriériste au cœur de pierre et l'artiste toute à son art.

Lois vénère une trinité épineuse. L'art/Chessman/la profanation de Shirley Tutler. Elle m'a trouvé parce qu'elle avait besoin de moi et qu'elle percevait ma vulnérabilité et mon envie d'une idylle. Cela fait deux fois qu'elle me rejette. Elle me voit comme une victime collatérale de Chessman, et je la vois ainsi, moi aussi. Elle sait que je suis amoureux d'une manière dont les artistes-carriéristes ne sont pas. Je me consume pour elle d'une manière dont elle ne se consume pas pour moi. Elle n'est pas faite pour vivre une vie bien rangée. Moi non plus. J'aurais essayé avec elle. Elle ne veut pas essayer avec moi. Je dois changer ma vie. Elle ne soutiendra pas ce projet. Elle le considère comme pathétique et incompatible avec son Drame de l'Artiste Solitaire. J'ai une ultime chance de gagner l'amour de Lois Nettleton. Ce sera le dernier rappel. Nous devons être présents ensemble le jour où Chessman sera exécuté.

LA SALLE D'EXÉCUTION

Pénitentier de San Quentin
2/5/60

Il est là. L'engin en acier pur. Il est d'un vert affreux et plein de gros rivets et de gros boulons. Il est installé face aux sièges des spectateurs. Il contient un condamné, un seul. La porte vers nous est percée d'une fenêtre en plexiglas. Le siège est équipé de moyens de contention, de courroies. Un bac plein d'acide sulfurique est posé en dessous. Les pastilles de cyanure de potassium tombent par une goulotte et se dissolvent dans l'acide. C'est ainsi que commence le grand adios.

Je suis assis avec Lois. Bill Parker nous a réservé nos places. Colin Forbes est assis deux rangs plus bas. Chessman fait salle comble. Soixante places. Soixante journalistes, politiciens et personnes d'influence.

Nous nous sommes garés sur un parking un peu à l'écart et nous nous sommes frayé un chemin au milieu des manifestants. Un bon millier de personnes se bousculaient, hurlaient, poussaient et criaient. Marlon Brando meuglait dans un mégaphone. Il disait aux gens qu'il allait jouer Chessman dans un film prévu pour bientôt.

Il est 10 h 1. Voici la Bête. On le fait entrer par un couloir discret. Deux gardiens le tiennent par les bras. Un troisième ouvre la porte. Ils attachent Chessman sur le siège. Il a des sangles en travers des mollets, des cuisses, de la poitrine.

Un médecin arrive. Il accroche un stéthoscope autour du cou de Chessman. Les gardiens repartent. Chessman est seul dans la salle d'exécution. Il est 10 h 2.

Le directeur prend la parole. Les haut-parleurs envoient le son vers nous.

« Avez-vous quelque chose à dire ? »

Chessman dit : « Je ne suis pas le Bandit à la lumière rouge. »

Un micro dans la salle répercute son credo. Je fais un clin d'œil à Colin Forbes. Colin fait *Freddy, sans déconner.* Lois nous surprend et me tape sur la cuisse.

Les pastilles tombent. Sans bruit. Je vois Chessman feindre la nonchalance. Le gaz remplit la salle. Il est invisible. Chessman se tend, suffoque, bave.

Son menton tombe sur sa poitrine, sa tête part d'un côté, de l'autre. Sa bouche s'ouvre grand. Ses lèvres se rétractent et ses dents apparaissent. Sa langue se replie. Ses bras tremblent et se figent, les paumes tournées vers le haut. Il me paraît complètement mort, à moi.

Le temps s'égrène lentement et s'arrête. Le gaz se dissipe et disparaît. Le médecin entre dans la salle. Il tient un mouchoir sur son visage. Il prend son stéthoscope et l'applique sur la poitrine de Chessman. Il dit : « Je déclare cet homme mort. »

Les gardiens nous aident à traverser la foule. Les manifestants se pressent contre nous. Lois les regarde et fait coucou à des enfants installés dans des poches ventrales comme chez les Indiens. Nous parvenons difficilement à atteindre l'escalier. Les slogans et les cris s'atténuent, deviennent un grondement sourd.

Nous descendons au parking, jusqu'à ma Packard de proxo. Nous nous appuyons sur son flanc et allumons une cigarette.

Je dis : « Allons en ville. Je vais nous prendre une suite au Fairmont et on se planquera là-bas quelque temps. »

Lois souffle des ronds de fumée. « Je vais me marier, Freddy. Je me disais que ce serait bien que tu le saches. »

Je m'assois dans ma voiture. « Eh ben, merde alors. C'est qui ?

– Il écrit des pièces de théâtre et il a sa propre émission de radio. Avant que tu poses la question, j'avoue… Je me suis mise à appeler l'émission, et de fil en aiguille… »

Je ris. « OK. On va faire un tour au Trader Vic's ou au grill d'Ollie Hammond. Et je t'emmènerai demain à l'aéroport. »

Lois dit : « Marlon me ramène. Ne prends pas l'air si abattu, et ne fais pas comme si tu ne savais pas. Depuis le début, nous sommes trois, et maintenant que l'Autre est parti, on se retrouverait juste à aller à la pêche aux compliments et à se faire la conversation. »

***

Un violeur violent a été exécuté. J'ai perdu la fille. Ma confession s'arrête ici, maintenant.

La circulation est brutale. De nouveaux véhicules entrent et sortent de Quentin. Les voitures qui en viennent trimballent des pancartes couvertes de slogans et des professionnels de la manifestation sortis faire du raffut. Sur les panneaux brandis par les fenêtres ouvertes : STOP AUX MEURTRES D'ÉTAT et VOTEZ KENNEDY EN 60. Hé les jeunes, autrefois, je lui fournissais des filles et de la dope, à ce gars-là !!!

Je suis abattu, brisé, plombé. Boo-hoo. J'ai perdu Lois et dix ans à me punir et me maudire. Je frissonne sous mon suaire. Je suis un flic véreux et un homme de main avec trop de passé et pas d'avenir à perdre.

La circulation diminue. J'arrive au pont et je mets les gaz. Je dépasse une caravane de jeunes partisans de Kennedy. Le plaisir pur du mouvement me fait triper. L.A. se trouve à six cents kilomètres vers le sud. Une « bonne occasion », c'est de l'amour. Je suis parti, Daddy-O.

Remerciements de la traductrice

à celui qui m'a initiée à l'idiome ellroyen

En 2019, j'ai eu l'immense honneur de collaborer avec Jean-Paul Gratias sur la traduction de *La Tempête qui vient*. Avec une patience perpétuellement persévérante, un enthousiasme enjoué et toujours généreux, il m'a appris à apprivoiser assonances et allitérations, à dompter les audaces linguistiques et littéraires du Dog.

Panique générale doit beaucoup à Jean-Paul, et moi, beaucoup plus encore.